BASTEI
LÜBBE

HEDWIG COURTHS-MAHLER

LIANE REINOLD

BASTEI LÜBBE

BASTEI-LÜBBE-TASCHENBUCH
Band 12 246

Printed November 1994
Einbandgestaltung: Roland Winkler
Titelfoto: Bastei-Eigenproduktion
Satz: Froitzheim, Bonn
ISBN 3-404-12246-1

Der Preis dieses Bandes versteht sich einschließlich
der gesetzlichen Mehrwertsteuer

1

Liane Reinold umarmte den Eintretenden stürmisch und sah ihn mit töchterlicher Zärtlichkeit an.

»Onkel Joachim – lieber Onkel Joachim. Endlich kommst du wieder einmal nach Hause zu deiner Liane! Wie lange bist du diesmal wieder fortgeblieben!«

Onkel Joachim sah zärtlich auf sie herab und nahm sie in seine Arme.

»Meine kleine Liane, so groß war deine Sehnsucht nach mir?«

Frau Doktor Bartels hatte dieser Begrüßung mit einem seltsam hämischen Lächeln zugesehen und ging nun aus dem Zimmer.

Liane sah mit feuchten Augen zu dem Onkel auf.

»Diesmal ist mir die Trennung von dir noch schwerer gewesen als sonst. Wie froh bin ich, daß ich dich wiederhabe. Du bist mir doch der liebste Mensch – der einzige, der zu mir gehört und der mich liebhat. Du bist mir teurer als ein Vater. Ich hätte meinen richtigen Vater nicht mehr lieben können als dich, wenn ich ihn gekannt hätte und er noch am Leben wäre.«

Eine tiefe Bewegung überflog das edelgebildete Gesicht des etwa fünfzigjährigen Herrn. Er machte einen aristokratischen Eindruck. Seine Gestalt war noch jugendlich schlank, das volle dunkle Haar nur an den Schläfen leicht angegraut. Ein glattrasiertes Gesicht und lebhaft strahlende Augen ließen ihn jünger erscheinen, zumal seine Bewegungen rasch und elastisch waren.

»Wie schön, Liane, daß du mich wie einen Vater liebst. Laß mich immer in deinem Herzen diese Stelle einnehmen. Ich liebe dich auch, wie nur ein Vater sein Kind lieben kann.«

Liane führte ihn in reizendem Eifer zu einem Lehnstuhl am Fenster. Er mußte sich niederlassen, sie setzte sich auf die Armlehne und umfaßte seine Schulter.

»Wie lange bleibst du diesmal zu Haus, Onkel Joachim? Wieder nur wenige Tage?«

Es zuckte in seinen Augen ein unsicherer Schein.

»Zehn Tage kann ich bleiben, Kind, dann rufen mich meine Geschäfte wieder fort.«

»Ach, die dummen Geschäfte! Zehn Tage nur? Die werden schnell vergehen. Und dann bin ich wieder lange allein. Ein volles Vierteljahr warst du diesmal fort, seit Anfang Februar. Ich muß deinen Geschäften böse sein, weil sie dich mir so sehr viel entziehen.«

Er drückte ihre schlanken schönen Hände an seine Wangen und schloß die Augen, als müsse er die lieben Worte der weichen jungen Stimme in sich hineintrinken und sie in sich ausklingen lassen.

Dann richtete er sich auf und zwang sich zu einem leichten, lachenden Ton.

»Schimpf nicht auf die Geschäfte, Kind! War es denn so schlimm allein? Hat dich Frau Doktor Bartels nicht gut unterhalten, so daß dich die Langeweile plagte?«

Liane sah vor sich hin und seufzte leise.

»Langeweile kenne ich nicht, Onkel Joachim, obwohl mir ein richtiger Lebenszweck fehlt. Ich schaffe mir aber schon Arbeit. Zu meinem Vergnügen übersetze ich meine Lieblingsbücher in fremde Sprachen, die mir geläufig sind. Weißt du, wenn ich erst mehr Übung habe, möchte ich mich ganz ernsthaft mit Übersetzungen befassen, das macht mir Freude. Dann habe ich doch auch Theater und Konzerte, Spaziergänge – und mich selbst. Ja, ich bin mir gar nicht die uninteressanteste Gesellschaft und kann mir viel Unterhaltendes erzählen. Lieber bin ich mit mir allein, das will ich dir offen sagen, als mit Frau Doktor zusammen. Ich muß dir einmal gestehen, daß sie mir mit jedem Tag unausstehlicher wird.«

Die letzten Worte stieß sie mit großer Heftigkeit hervor.

Betroffen sah er zu ihr auf. »Du magst sie nicht? Ist sie nicht nett und freundlich zu dir?«

Liane zog die Schultern wie im Frost zusammen und strich sich über die Stirn.

»Ich habe mich zwingen wollen, Sympathie für sie zu empfinden und wollte dir keine Sorgen machen, aber ich habe sie von Anfang an nicht leiden mögen. Sie war gewiß freundlich, zu freundlich im Anfang. Aber diese Freundlichkeit schien mir nicht echt, und ihre aufdringlich vertrauliche Art widerstrebt mir. Seit deinem letzten Hiersein aber hat sie mir gegenüber ein sehr sonderbares Wesen zur Schau getragen. In ihrem Wesen liegt jetzt immer etwas, das mich quält und beunruhigt. Sie führt oft so seltsame Reden, macht häßliche frivole Scherze, die ich nur halb verstehe, und wenn ich sie bitte, das zu unterlassen, dann sagt sie, ich soll mich nicht so prüde aufspielen, das glaube mir doch kein Mensch. Ich kann ihre Art nicht anders bezeichnen als dreist vertraulich. Jedenfalls verletzt sie mich damit, und ich habe das peinliche Gefühl, daß mich der Umgang mit dieser Frau vor mir selbst erniedrigt, ohne daß ich recht weiß, warum.«

Erregt und besorgt sah er in ihr schönes, liebes Gesicht.

»Du erschreckst mich, Kind!«

Sie streichelte seine Hand.

»Das habe ich gewußt, deshalb habe ich dir auch bisher verschwiegen, was mich quälte.«

Er zog seine Stirn wie im Schmerz zusammen. Eine kleine dreieckige Falte erschien zwischen den Augen.

»Ich kenne ja freilich Frau Doktor nicht sehr genau. Sie wurde mir aber empfohlen als tüchtige Hausdame, und ich glaubte, du fühltest dich unter ihrem Schutz wohl. Nie habe ich dir dieses Unbehagen angemerkt.«

Sie schmiegte ihre Wange an die seine.

»Wenn du da bist, Onkel Joachim, dann vergesse ich es. Und wie gesagt, sie ist erst seit deinem letzten Hiersein so unangenehm verändert.«

»Du hättest mir das alles schreiben können.«

»Das wollte ich nicht, es hätte dich nur beunruhigt, ohne daß du mir hättest helfen können. Und außerdem – Frau Doktor kontrolliert meine Briefe. Ich bin neulich dazugekommen, wie sie ein Schreiben von mir an dich, das auf meinem Schreibtisch lag, halb geöffnet hatte. Sie glaubte, ich sei ausgegangen und erschrak, als ich plötzlich neben ihr stand und ihr den Brief entrüstet aus den Händen nahm. Als ich ihr zornig sagte, daß ich mir das verbitte, lachte sie nur höhnisch und meinte nur unverschämt: ›Als Ihre Beschützerin muß ich doch kontrollieren, an wen Sie Liebesbriefe schreiben!‹«

»Unglaublich!« stieß Graf Joachim Rastenau hervor.

»Es war natürlich eine Ausrede, Onkel Joachim, denn der Brief trug deine, ihr wohlbekannte Adresse. Wie gewöhnlich sollte er an deinen Berliner Bankier gehen, der dir die Briefe nachschickt, weil er immer weiß, wo du dich gerade befindest auf deinen Reisen. Also jedenfalls hatte sie kein Recht, anzunehmen, daß es ein Liebesbrief sei. An wen soll ich auch so etwas schreiben? Sie weiß doch, daß ich keinen jungen Herrn kenne. Und seit dieser Zeit ist sie mir direkt verächtlich geworden. Ich mag sie nicht mehr um mich haben. Und sie merkt das und schlägt zuweilen einen gehässigen, drohenden Ton an, der mir allerdings noch lieber ist als ihre frivolen Vertraulichkeiten.«

Graf Rastenau sprang auf und ging einige Male erregt im Zimmer auf und ab.

Sie sah ihm unruhig nach.

»Hätte ich es dir nicht sagen sollen, Onkel Joachim?«

Er trat zu ihr und streichelte weich über ihr goldig schimmerndes Haar.

»Daß du nicht Vater und Mutter hast, mein armes Kind!« brach es in schmerzlicher Erregung über seine Lippen und seine Augen sahen gramvoll auf sie nieder.

Sie schmiegte sich an ihn.

»Ich hab' ja dich, Onkel Joachim.«

»Aber ich muß dich so viel allein lassen – kann meine Hände nicht immer über dich halten, wie ich möchte. Deshalb ließ ich dich so lange in der Pension. Dort wußte ich dich gut aufgehoben inmitten fröhlicher Gefährtinnen.«

Liane lächelte.

»Einmal mußte ich aber doch das Pensionat verlassen, Onkel Joachim. Ich war doch beinahe zwanzig Jahre alt, als ich es vor Jahresfrist verließ und endlich zu dir kommen durfte.«

Er drückte ihr Köpfchen an sich.

»Mein Liebling! Leider hast du auch jetzt nicht viel von mir. Und was du mir über Frau Doktor sagst, beunruhigt mich sehr.«

»Das wußte ich, deshalb schwieg ich so lange. Du bist ja besorgt um mich wie ein Vater. Am liebsten hätte ich dir gar nichts gesagt, aber heute drängte es mich fast gegen meinen Willen dazu.«

»Gottlob! Diese Frau scheint mir nicht einwandfrei als Beschützerin einer jungen Dame, mag sie auch als Hausdame, wie mir gerühmt wurde, Tüchtiges leisten. Was du mir gesagt hast, bestimmt mich, sie zu entlassen. Wir werden einen besseren Ersatz für sie finden. Und sofort will ich Schritte tun, eine andere Dame zu engagieren und diesmal vorsichtiger sein.«

Mit großer Innigkeit umfaßte sie ihn.

»Ach, nun ist mir ein Stein vom Herzen, das kannst du mir glauben.«

Er küßte sie zärtlich.

So standen sie innig umschlungen, als sich leise die Tür öffnete und Frau Doktor Bartels eintrat. Sie war eine große, stattliche Dame mit auffallend schleichenden Bewegungen und kalten, etwas vorstehenden Augen, in denen es zuweilen, wenn sie sich unbeobachtet glaubte, falsch und hinterlistig aufzuckte. Um ihren Mund mit den vollen, dicken Lippen lag ein Ausdruck, der verriet, daß sie niedriger Empfindungen fähig war. Das alles verbarg sie aber meist unter einer öligen Würde, die auf Menschen, die sie nicht näher kannten, echt wirkte. Sie wurde bei ihrem Eintritt nicht gleich bemerkt und sah wieder mit einem häßlichen Lächeln auf die beiden Menschen. Dann räusperte sie sich vernehmlich.

Liane für erschrocken aus Onkel Joachims Armen auf, weil sie ihren Eintritt nicht bemerkt hatte und sich mit ihm allein glaubte. Dies Erschrecken deutete sich Frau Doktor Bartels auf ihre Art.

»Verzeihung, wenn ich störe«, sagte sie mit ihrer ölig würdevollen Art, »ich wollte nur fragen, ob ich das Mittagessen anrichten lassen darf.«

Graf Rastenau wandte sich nach ihr um, und heute fiel es ihm auf, daß in ihrem Gesicht etwas Lauerndes lag.

»Bitte, lassen Sie anrichten«, sagte er mit der ruhigen Vornehmheit seines Wesens.

Liane sah mit einem unbehaglichen Gefühl, daß Frau Doktor ihr hinter dem Rücken Onkel Joachims einen höhnisch verächtlichen Blick zuwarf.

»Nun, Fräulein Liane, jetzt sind Sie wohl wieder besserer Laune, da der Herr Onkel wieder heimgekehrt ist?« fragte sie mit einem seltsamen Ausdruck. Und ohne eine

Antwort abzuwarten, wandte sie sich dem Grafen zu und fuhr fort: »Fräulein Liane hat Sie sehnsuchtsvoll erwartet, Herr Graf. Es ist rührend, wie sie an Ihnen hängt.«

Graf Rastenau war gegen diese Frau mißtrauisch geworden und sah sie durchdringend an. Anfangs war sie ihm gegenüber äußerst liebenswürdig, beinah etwas aufdringlich gewesen. Es hatte ihm fast den Eindruck gemacht, als sei sie nicht abgeneigt, sich um ihn zu bemühen. Und das war wirklich so gewesen. Für unmöglich hatte sie es nicht gehalten, den fünfzigjährigen Junggesellen zum heiligen Ehestand zu bekehren. Vermögend schien er auch zu sein, oder seine Geschäfte, die ihn so viel vom Hause wegführten, brachten ihm viel ein. Jedenfalls hielt es Frau Doktor Bartels für lohnend, sich um seine Gunst zu bewerben. Aber dann mochte sie wohl plötzlich eingesehen haben, daß ihre Bemühungen vergeblich waren. Während seiner letzten Anwesenheit im Februar hatte sie mit einem Mal ihr Benehmen ihm gegenüber geändert. Die neckische Liebenswürdigkeit, mit der sie sich jugendlich aufspielte, wich der öligen Würde und einer kühlen Zurückhaltung. Und genau von demselben Zeitpunkt an legte sie Liane gegenüber ein feindliches Wesen an den Tag.

»Das weiß ich, Frau Doktor, und es beruht auf Gegenseitigkeit. Also bitte, lassen Sie anrichten«, sagte der Graf reserviert.

»Gewiß, ich bitte um Entschuldigung, wenn ich gestört haben sollte«, erwiderte sie mokant.

»Sie haben nicht gestört«, antwortete er.

Liane wandte sich, gequält von dem lauernden Blick dieser Frau, ab, dem Fenster zu. Frau Doktor verließ mit ihren schleichenden Bewegungen, die so sehr im Widerspruch standen zu ihrer großen, kräftigen Gestalt, das Zimmer.

Graf Rastenau wandte sich seiner Pflegetochter Liane wieder zu. Er war nicht ihr Onkel, sondern wurde nur von Kind auf so von ihr genannt.

»Diese Frau Doktor ist wirklich sehr unangenehm. So lange ich glaubte, sie sei dir ein Schutz und Hort, habe ich mich bemüht, sie sympathisch zu finden. Heute mißlang mir das vollständig. Aber nun sei nicht mehr verstimmt, Liane. Es war ein Mißgriff von mir, sie zu engagieren. Sie wird entlassen und du bekommst eine andere Ehrendame. Die Stimmung wollen wir uns dadurch nicht trüben lassen, sondern die wenigen Tage, die ich bei dir sein kann, recht von Herzen genießen.«

Liane schob mit aufleuchtenden Augen und im kindlichen Vertrauen ihre Hand unter seinen Arm.

»Ja, das wollen wir, Onkel Joachim. Verzeih, wenn ich mich ein wenig verstimmen ließ. Es war töricht von mir. Keine Minute deiner Anwesenheit will ich mir verderben lassen.«

Sie ließen sich plaudernd an einem kleinen Tischchen in dem um eine Stufe erhöhten Erkerausbau nieder. Das Zimmer, in dem sie sich befanden, war das Wohnzimmer und, wie die ganze Wohnung, mit behaglicher Eleganz ausgestattet.

Diese Wohnung befand sich in einem westlichen Vorort Berlins in einem herrschaftlichen, mit allem Komfort ausgestatteten Mietshaus. Sie bestand aus sechs Zimmern mit Zubehör. Von diesen Zimmern hatte Graf Joachim Rastenau das kleinste für sich als Schlafzimmer reserviert, weil er, wie er meinte, doch nur wenig zu Hause war. Ein zweites Zimmer war für Frau Doktor Bartels bestimmt. Dann folgte ein Speisezimmer, ein hübscher kleiner Salon und das Wohnzimmer. Neben diesem befand sich Lianes Schlaf- und Ankleidezimmer, ganz in Weiß und Hellblau gehalten, voll Duft und Helligkeit. Es war der rechte Rahmen für ihre blonde, lichte Schönheit und entschieden von allen Räumen am kostbarsten ausgestattet.

Als Liane vor Jahresfrist aus der Pension kam und von Onkel Joachim in diese Räume geführt wurde, hatte sie sich entzückt umgesehen und sich nur darüber beschwert, daß er selbst in dem kleinsten Raum untergebracht war.

»Das solltest du nicht, Onkel Joachim, für mich hätte doch auch dies kleine Zimmerchen genügt.«

Aber er hatte lächelnd den Kopf geschüttelt.

»Du weißt doch, Kind, daß ich die meiste Zeit auf Reisen und immer nur wenige Tage zu Hause bin. Da genügt mir dieses kleine Zimmer. Die Wohnung ist in der Hauptsache dein Reich, und es soll mich freuen, wenn sie dir gefällt.«

So war es geblieben, wie er es bestimmt hatte.

Welcher Art die Geschäfte waren, die Onkel Joachim fast immer von ihr entfernt hielten, ahnte Liane nicht. Wenn sie einmal darauf zu sprechen kommen wollte, wußte er geschickt auszuweichen.

Er hatte ihr erzählt, ihr Vater sei einst sein Regimentskamerad und bester Freund gewesen. Sie hatte ihren Vater nie gekannt, auch ihre Mutter nicht. Diese war bald nach dem Vater gestorben, als Liane kaum ein Jahr zählte. Sie hatte nichts von Schmerzen gefühlt, als ihre Eltern starben, weil sie noch zu jung gewesen war.

Aber Onkel Joachim gab es immer in ihrem Leben wie einen treuen Schutzgeist.

Er hatte ihr erzählt, daß er sie vom Totenbett der Mutter auf seinen Armen fortgetragen und sie, als die Mutter beerdigt war, selbst nach der Schweiz zu einer Tante ihrer Mutter, einer Schweizerin, gebracht hatte.

Und bei Tante Lott war sie in einem freundlichen Haus in einem kleinen Städtchen geblieben, bis zu ihrem zwölften Jahr. Da war Tante Lott gestorben.

Ihre ersten Erinnerungen zeigten Liane immer dies freundliche Häuschen, das alte liebe Faltengesicht Tante Lotts, und eine elegante, vornehme Erscheinung – Onkel Joachim.

Er war jedes Jahr einige Male zu Besuch gekommen in Tante Lotts kleines Haus, das in der gigantischen Alpenwelt noch viel kleiner erschien. Und immer waren es für Liane köstliche Festtage gewesen, wenn er kam.

Er hatte sie dann kaum von seiner Seite gelassen, sich von ihr alles aus ihrem friedlichen Kinderleben erzählen lassen, und seine Augen hatten voll Liebe und Güte in die ihren geleuchtet. Er schenkte ihr herrliche Spielsachen und las ihr jeden Wunsch von den Augen ab. Dann hatte wohl Tante Lott ein wenig gescholten.

»Sie verwöhnen das Kind, lieber Graf, es sehnt sich die ganze Zeit nach Ihnen und zählt die Tage, bis Sie wiederkommen«, hatte sie einmal gesagt.

Worauf Onkel Joachim erwiderte:

»Diese Gewißheit ist ja mein einziger Trost, Tante Lott, da ich Liane nicht bei mir haben darf.«

»Warum nimmst du mich nicht mit dir, Onkel Joachim?« hatte Liane gefragt.

Da hatte er sie traurig angesehen.

»Weil ich keine Heimat für dich habe, mein kleiner Liebling.«

»Ei, willst du deine alte Tante Lott allein lassen, Liane? Ich hab' doch gemeint, du hast mich auch ein wenig lieb. Nun will das Mädli nichts von ihrer Tante Lott wissen«, hatte die alte Dame scheinbar gekränkt gescholten.

Liane hatte sie umarmt.

»Doch, Tante Lott, ich hab' dich auch lieb. Und Onkel Joachim müßte uns beide mit sich nehmen.«

»Ach, du dummes kleines Mädli, der Onkel Joachim

reist immer in der Welt herum, mal hier, mal da. Was soll er da wohl mit uns zwei Frauensleut' anfangen.«

Nach diesen Worten hatte Onkel Joachim Tante Lotts Hand gedrückt.

»Gute Tante Lott – Dank für die Hilfe«, hatte er gesagt.

Liane konnte das nicht recht verstehen, aber so viel wußte sie nun doch, daß es ein Zusammenleben mit dem zärtlich geliebten Onkel Joachim nicht geben würde.

Und sie hatte sich darein gefügt und sich von einem Mal auf das andere gefreut, bis er wieder zu Besuch kam. Genau so freute sie sich heute noch, wenn er heim kam.

Als sie zwölf Jahre alt war, starb Tante Lott. Und in ihrer letzten klaren Stunde setzte sie eine Depesche auf an Graf Rastenau, die ihn an ihr Sterbebett rief. Und dann schenkte sie Liane ein Elfenbeinmedaillon mit einer geschnitzten Rose darauf. In diesem Medaillon war ein Bildchen – ein schöner, junger Frauenkopf.

»Das ist deine Mutter, Liane. Sie hat mir Bild und Medaillon geschenkt, als sie mich verließ und nach Deutschland ging, als Gesellschafterin einer jungen deutschen Aristokratin. Dort hat sie deinen Vater kennengelernt, der Offizier war. Halt das Bild in Ehren – und werde so ein liebes gutes Menschenkind wie es dein Mütterlein war, du gleichst ihr sehr.«

Und sie starb, ehe Graf Rastenau eintraf.

So lieb hatte er sie getröstet und doch selbst sehr traurig und bedrückt ausgesehen.

Sie hatte sich an ihn geschmiegt.

»Laß mich mit dir gehen«, hatte sie gebettelt.

Und in dem Moment hatte er das Medaillon, das an einem schwarzen Band um ihren Hals hing, geöffnet. Als er das liebliche Frauenbild sah, war ein gramvoller Ausdruck in seine Augen getreten. Krampfhaft hatte er sie an sich gepreßt und sie wieder und wieder geküßt.

»Es geht nicht, mein Liebling – vielleicht später, wenn du groß bist. Jetzt mußt du ins Pensionat und mußt viel lernen. Dort findest du fröhliche Gefährtinnen, und ich besuche dich, sooft ich kann. Du bist mein liebes vernünftiges Kind, das mir keine Sorgen macht.«

Nein – Sorgen wollte sie dem geliebten Onkel gewiß nicht machen. Aber sie hatte doch gesagt:

»Ich will keine fröhlichen Gefährtinnen, ich will nur dich.«

Er war jedoch fest geblieben und hatte sie in ein vornehmes Genfer Pensionat gebracht, dessen Vorsteherin Madame Schöpfing war.

Liane gewöhnte sich dort bald ein und ihre heitere und sonnige Natur hatte auch Gefallen gefunden an der Gesellschaft ihrer jungen fröhlichen Pensionatsgenossinnen. Aber ihres Herzens Sehnsucht galt doch immer Onkel Joachim.

Endlich war denn auch ihr heißer Wunsch in Erfüllung gegangen. An ihrem neunzehnten Geburtstag schrieb er ihr, sie möge nur noch ein halbes Jahr warten, dann werde er sie heimholen – nach Berlin.

Ach, war ihr dieses letzte halbe Jahr lang geworden. Aber endlich war es doch vergangen und noch einige Wochen darüber. Dann kam Onkel Joachim und holte sie ab. Er führte sie in das hübsche, behagliche Heim, wo sie von Frau Doktor Bartels empfangen wurde. Diese gefiel ihr gleich nicht so recht, aber das ging alles unter in ihrer Freude, bei Onkel Joachim zu sein. Die Freude hielt freilich nicht lange an. Nach wenigen Tagen mußte er schon wieder abreisen und ließ sie mit Frau Doktor Bartels allein. Sie sah ihn im Grunde nicht öfter und länger als früher. Jedes Vierteljahr kam er nur auf acht bis zehn Tage heim. Aber dann gehörte ihr auch jede Stunde, jede Minute seiner Zeit. Und in die kurzen Tage ihres Beisammenseins drängte sich dann alles, was sie einander Liebes zu tun und zu sagen hatten.

Nie ging er in diesen Tagen mit ihr aus. Es fiel Liane nicht auf, daß er es vermied. Er sagte ihr, da er so viel draußen in der Welt sein müsse, wäre es ihm eine Erholung, ganz stillfriedlich mit ihr zu Hause zu sitzen. Sie könne ja mit Frau Doktor ausgehen, so viel sie wolle.

Liane war bisher nie dazu gekommen, sich Gedanken über die Art des Verhältnisses zu machen, in dem sie zu Onkel Joachim stand. Es erschien ihr so selbstverständlich, daß sie alles von ihm bekam und alles von ihm nahm, als ob er wirklich ihr Vater wäre.

Nur in dem letzten Vierteljahr, seit seinem letzten Hiersein, war zuweilen bei Frau Doktor Bartels seltsamen Reden blitzartig ein unruhiges Gefühl aufgetaucht in ihrer Seele.

Einmal hatte diese geäußert:

»Es ist doch ein recht seltsames Verhältnis zwischen Ihnen und Graf Rastenau. Wie er nur dazu kommt, sich so fürsorglich einer bürgerlichen Waise anzunehmen! Sie sind ja freilich ein sehr schönes Mädchen, und er muß Sie unsinnig lieb haben, daß er Ihnen solche Opfer bringt.«

Vor wenigen Tagen hatte sie wieder eine Bemerkung fallen lassen, die in Liane eine beklemmende Unruhe auslöste und einen direkt frivolen Beigeschmack hatte.

Da hatte Liane sie entrüstet zurückgewiesen und sie dringend ersucht, derartige ihr unverständliche Reden zu unterlassen.

Frau Doktor hatte sie mit wahrhaft gehässigen Blicken gemessen und höhnisch geantwortet:

»Tun Sie doch nur nicht so stolz und prüde. Das ist ja gar nicht Ihr Ernst. Wenn Sie wirklich stolz wären, dann dürften Sie sich doch nicht von Graf Rastenau aushalten lassen, mit dem Sie doch in keiner Weise verwandt sind.

Mir können Sie keinen Sand mehr in die Augen streuen. Ich weiß jetzt sehr genau, wer Sie sind und was ich von Ihnen zu halten habe.«

In ihrer Herzensunschuld ahnte Liane nicht, was Frau Doktor Bartels damit hatte sagen wollen. In ihr blieb nur ein unangenehmes Gefühl zurück und die Frage, ob es wohl ein Unrecht sei, von Onkel Joachim alles Gute anzunehmen, als ob sie in Wahrheit sein liebes Kind wäre.

Dies bedrückte sie bis heute, und sie hatte sich vorgenommen, offen mit Onkel Joachim darüber zu sprechen, wenn er wiederkam.

Nun er aber vor ihr saß in seiner liebevoll väterlichen Art, da schalt sie sich selbst kleinlich und töricht.

»Ich würde ihn nur betrüben damit«, dachte sie und schwieg. Alle Sorgen waren unter seiner treuen, liebevollen Fürsorge schlafen gegangen. Sie plauderte froh und heiter mit ihm und war glücklich in der Sicherheit, von ihm beschützt zu werden.

Auch fiel ihr nun ein Stein vom Herzen, weil Frau Doktor Bartels entlassen werden sollte.

2

Es war einige Tage später. Graf Rastenau hatte soeben mit Liane und Frau Doktor Bartels das Mittagessen eingenommen, als er zu Liane sagte:

»Liebes Kind, du läßt mich, bitte, einige Minuten mit Frau Doktor allein, ich habe etwas mit ihr zu besprechen.«

Liane erhob sich sogleich. Sie wußte, was kommen würde und war froh, nicht Zeuge sein zu müssen, wenn Onkel Joachim Frau Doktor ihre Entlassung ankündigte. Mit einem kurzen Gruß entfernte sie sich.

»Ich komme später hinüber in deinen Salon, Liane!« rief ihr der Graf nach.

Sie nickte ihm lächelnd zu und verschwand.

Eine Weile sah er sinnend hinter der schlanken Gestalt her. Liane hatte sich zu einer holden, lieblichen Schönheit entfaltet, und die Grazie und Anmut ihres Wesens entzückten ihn täglich aufs neue. Es erfüllte ihn mit zärtlichem, väterlichem Stolz, daß sie wie eine herrliche Blume erblüht war.

Wie weh es ihm tat, nur so selten bei ihr sein zu können, wußte nur er allein. Am liebsten hätte er sie nie von seiner Seite gelassen.

»Sie wünschen mir etwas zu sagen, Herr Graf?«

Mit ihrer Frage riß ihn Frau Doktor Bartels aus seinen Gedanken. Er richtete sich straff empor. Der weiche, gütige Ausdruck verschwand von seinem Gesicht. Es nahm einen strengen, entschlossenen Zug an.

In diesen Tagen hatte er, durch Lianes Worte angeregt, die Frau scharf und kritisch beobachtet. Und das Ergebnis seiner Beobachtungen war der feste Wille, sie zu entlassen.

»Allerdings, Frau Doktor. Ich will Ihnen mitteilen, daß ich leider gezwungen bin, Sie zu entlassen. Da wir heute den ersten Mai haben, ist es ein geeigneter Kündigungstermin. Ich muß Sie bitten, am ersten Juni mein Haus zu verlassen.«

Frau Doktor Bartels hatte sich jäh verfärbt. Ihr Gesicht bekam einen bösen, hämischen Ausdruck.

»Oh – Fräulein Liane hat mich wohl bei Ihnen verklatscht, Herr Graf?« fuhr es ihr zornig heraus.

Mit großen kalten Blicken sah er sie an.

»Fräulein Liane klatscht nicht. Das überläßt sie ungebildeten Leuten.«

»Nun, Sie selbst sind doch bisher mit mir zufrieden gewesen. Nur Fräulein Liane behagte es nicht, daß ich ihr ein wenig auf die Finger sehe. Deshalb verlangt sie von Ihnen, daß Sie mich entlassen sollen. Das weiß ich sehr wohl. Sie selbst haben sicher nichts an mir auszusetzen. Sie müssen mir doch zugeben, daß ich außerordentlich diskret gewesen bin und den seltsamen Verhältnissen, die in diesem Haus herrschen, Rechnung getragen habe, obwohl auch ich mancherlei daran auszusetzen hatte.«

Er ließ seine kritischen Augen nicht von ihrem häßlich entstellten Gesicht.

»Ich verstehe Sie nicht! Was meinen Sie für seltsame Verhältnisse?« fragte er scharf.

Sie zögerte eine Weile und sah ihn an, als taxiere sie, wie weit sie gehen dürfe ihm gegenüber. Endlich sagte sie mit einem sonderbaren Ausdruck:

»Das ist wohl nicht schwer zu erraten. Sie wissen doch sicher besser als ich, daß Sie sozusagen ein Doppelleben führen.«

Er zuckte zusammen und erblaßte. Und sie wußte, daß sie ins Schwarze getroffen hatte, obwohl er sich gleich wieder in der Gewalt hatte.

»Ein Doppelleben? Wollen Sie mir nicht erklären, was Sie damit meinen?« fragte er mit unterdrückter Erregung.

Gerade seine Erregung gab ihr die Gewißheit, daß sie Trümpfe in der Hand hatte. Jetzt gab es für sie keine Zurückhaltung mehr, sie deckte ihre Karten auf. Gerade, weil sie sich im Anfang gewisse Hoffnungen auf diesen Mann gemacht hatte, die sie als vergeblich hatte erkennen müssen, lockte es ihre niedrige Natur, ihn zu demütigen, wie er sie durch die Entlassung demütigte.

»Soll ich wirklich deutlicher werden?« fragte sie drohend.

Seine Gestalt straffte sich, seine Augen blitzten. Er fühlte eine nahende Gefahr, und das rief seine Energie und seine Entschlossenheit wach.

»Ich muß sogar dringend darum bitten«, erwiderte er schroff.

Kampfbereit richtete sie sich empor.

»Nun wohl! Als Sie mich vor etwa Jahresfrist engagierten, sagten Sie mir, daß Sie meiner als Hausdame und als Ehrendame für Ihre ›Pflegetochter‹ bedürften. Ich kam hierher, und Sie empfingen mich in ›Ihrer Wohnung‹. Sie bedeuteten mir, daß Sie Ihre Pflegetochter in wenigen Tagen hierherbringen würden. Ich hatte natürlich keine Ahnung, daß hier nicht alles klipp und klar war. Sonst hätte ich diese Stellung nicht angenommen. Zwar fiel mir gleich zu Anfang mancherlei auf. Ich fragte mich, wie ein Graf Rastenau zu einer bürgerlichen Pflegetochter kam und warum er gar so zärtlich zu ihr war. Und es erschien mir seltsam, daß Sie stets auf Reisen waren und nur selten einige Tage hier verlebten, ohne jemals mit Fräulein Liane das Haus zu verlassen. Aber ich schwieg und erlaubte mir keine Kritik. Damals glaubte ich noch an die Pflegetochter.«

Graf Rastenau zuckte wieder leise zusammen, aber er faßte sich schnell.

»Weiter«, gebot er rauh.

»Als Sie jedoch das letztemal hier waren – Anfang Februar –, erhielt ich von einer befreundeten Dame die Nachricht, daß sie auf der Durchreise Berlin berühre und sich freuen würde, mit mir auf ein Stündchen bei Josty zusammenzutreffen. Ich sagte zu. Diese Dame war Frau Schuldirektor Schwarze aus Thüringen.«

Sie machte eine Kunstpause. Diesmal hatte sich Graf Rastenau in der Gewalt. Kein Zug in seinem Gesicht verriet irgendwelche Erregung.

»Und weiter?« fragte er fast ironisch.

Sie sah, daß die Adern an seiner Stirn anschwollen und ließ sich nicht mehr irremachen. Sie rückte sich breit in ihrem Sessel zurück, als wolle sie behaglich ein interessantes Schauspiel genießen.

»Ich traf also meine Freundin bei Josty. Wir saßen am Fenster und schauten hinaus. Und da gingen Sie vorüber, Herr Graf. Meine Freundin richtete sich lebhaft auf und stieß mich an. ›Sieh – der Herr, der hier eben vorübergeht, ist Graf Joachim Rastenau,‹ sagte sie. Ich blickte sie fragend an. Sie wußte nicht, daß ich als Hausdame bei Ihnen angestellt war. Mir liegt nichts daran, meine Bekannten wissen zu lassen, daß ich mir in abhängiger Stellung noch etwas verdienen muß, weil ich sonst nicht auskomme mit meiner kleinen Rente. ›Kennst du denn Graf Rastenau?‹ fragte ich vorsichtig, ohne zu verraten, daß ich Sie sehr gut kenne. Meine Freundin nichte eifrig. ›Natürlich kenne ich ihn. Den kennt doch in unserem Städtchen jedes Kind. Er ist der reiche Majoratsherr Graf Rastenau, der außer Schloß Rastenau noch vier oder fünf große Güter besitzt. Drei davon liegen in unserer nächsten Umgebung. Er ist zuweilen hier mit seinem Automobil, und auch in dem benachbarten Thüringer Luftkurort habe ich ihn schon oft gesehen, wenn wir dorthin einen Ausflug machten!‹ Ich stutzte natürlich, Herr Graf, und ließ mir von meiner Freundin alles erzählen, was sie von dem Majoratsherrn Graf Rastenau wußte, ohne ihr zu verraten, wie gut ich ihn kannte – und unter was für ganz anderen Umständen. Und da erfuhr ich zu meiner großen Überraschung, daß Graf Joachim Rastenau durchaus nicht Junggeselle war, wie ich hatte annehmen müssen und wie Fräulein Liane, so viel ich wußte, auch glaubte, sondern daß er verheiratet ist und eine sechzehnjährige Tochter hat. Ich erfuhr, daß Sie nicht den größten Teil des Jahres auf Reisen sind, sondern auf Schloß Rastenau wohnen und nur zuweilen von dort verreisen – nach Ihrem ›Heim‹ in Berlin, von dem natürlich dort kein Mensch eine Ahnung hat. So, Herr

Graf, nun wissen Sie, was ich mit Ihrem Doppelleben bezeichnen will.« Aufatmend und befriedigt schwieg Frau Doktor Bartels still.

Graf Rastenau hatte Zeit gehabt, sich zu fassen. Diese Entdeckung kam ihm unerwünscht und unerwartet. Aber er hatte doch stets mit einer solchen Entdeckung rechnen müssen. Immer hatte er daran gedacht, daß ein Zufall sie herbeiführen könne und war nun schnell gewappnet.

Mit eisiger Ruhe richtete er sich auf und sah fast spöttisch in die lauernden Augen dieser gefährlichen Frau.

»Nun – und was weiter?« fragte er mit ironischer Überlegenheit.

Sie war durch diese Ruhe verwirrt. Was sie ihn kostete, wußte sie zum Glück nicht. Sie ahnte auch nicht, daß jeder Nerv in ihm fieberte, und wie er alle Sinne anspannte, um dem Schlag zu begegnen, zu dem das Schicksal eben ausgeholt hatte.

Etwas weniger zuversichtlich fuhr Frau Doktor Bartels fort:

»Sie können sich doch denken, Herr Graf, daß mir der Bericht meiner Freundin sehr interessant war. Mit einem Mal wußte ich nun, was es mit Ihren seltsamen Reisen für eine Bewandtnis hatte.«

Er behielt äußerlich seine ironische Ruhe.

»Darüber hatten Sie sich wohl schon sehr den Kopf zerbrochen?« spottete er, erkennend, daß sein Spott sie immer unsicherer machte.

»Natürlich denkt man über so etwas nach. Ich merkte doch, daß ich düpiert worden war.«

Er zuckte die Achseln.

»Ich wüßte nicht, daß ich verpflichtet wäre, Ihnen über meine Familienverhältnisse Aufschluß zu geben. Und es handelt sich doch hier lediglich um Familienangelegenheiten, die niemand etwas angehen als die Beteiligten. Da

Sie aber an diesen Dingen, wie mir scheint, und zwar ganz unberechtigterweise, allerlei auszusetzen zu haben scheinen, so begrüßen Sie es ja sicher als eine Erlösung, daß ich Sie entlasse.«

Jetzt zuckte Frau Doktor Bartels zusammen. Mit ihrer Enthüllung hatte sie gehofft, das Heft in die Hand zu bekommen und Bedingungen stellen zu können. In dieser Hoffnung sah sie sich nun durch das scheinbar wirkungslose Verpuffen ihres Angriffs betrogen.

»Sie wollen mich also wirklich entlassen, Herr Graf?« fragte sie heiser.

»Ich bedauere, dazu gezwungen zu sein«, erwiderte er bestimmt. Denn gerade diese Unterredung hatte ihm zur Genüge gezeigt, daß diese Frau nicht die geeignete Beschützerin Lianes sein konnte.

Sie erhob sich mit gehässig flimmernden Augen. »Undank ist der Welt Lohn!« sagte sie wütend.

Er erhob sich gleichfalls.

»Bin ich Ihnen irgendwelchen Dank schuldig?« fragte er mit der vornehmen Sicherheit des Weltmannes.

»Nun, ich denke doch zum mindesten dafür, daß ich Fräulein Liane nichts davon erzählte, daß Sie eine Gemahlin und eine Tochter haben, die nicht sehr viel jünger ist, als Fräulein Liane selbst.«

Ganz unmerklich zuckte es in seinen Augen auf. Aber er verlor seine Überlegenheit nicht. Er sah jetzt ein, daß er Liane dies Geheimnis doch nicht länger vorenthalten konnte. Frau Doktor würde sicher ihre Niederlage rächen wollen und würde vor allen Dingen Liane mit ihren Entdeckungen nicht länger verschonen. Deshalb war es besser, er selbst klärte sie schleunigst auf.

Mit einem kühlen, überlegenen Blick sagte er ruhig und bestimmt:

»Sie hätten es ihr ruhig erzählen können. Anscheinend

vermuten Sie Geheimnisse, wo keine sind. Fräulein Liane weiß das alles. Es ist ihr bekannt, daß ich verheiratet bin und eine Tochter habe. Sie brauchen sich also nicht erst zu bemühen.«

Fassungslos sah sie ihn an. Dann stieß sie empört hervor:

»Das ist stark!«

Er wußte nicht recht, was sie mit diesem Ausruf meinte. Und er hatte keine Lust, länger mit ihr zu debattieren. Deshalb sagte er kurz:

»Es scheint mir nun für beide Teile ersprießlicher, wenn Sie Ihren Aufenthalt hier im Haus nach Möglichkeit abkürzen. Fräulein Liane wird sich mit den beiden Dienstboten behelfen, bis eine Nachfolgerin für Sie engagiert ist. Für Gehalt und Verpflegung bis zum Ablauf der Kündigungsfrist komme ich auf.«

Sie warf, wütend, daß all ihr Pfeile wirkungslos abprallten, den Kopf zurück. Wie gut sie getroffen hatte, ahnte sie nicht.

»Also gut, sobald ich ein geeignetes Unterkommen gefunden habe, verlasse ich dies Haus«, sagte sie schroff und ging hinaus. Aber sie nahm sich vor, mindestens so lange zu bleiben, bis er wieder abgereist war, denn sie wollte wenigstens an Liane ihre Rache zu kühlen versuchen. Und das konnte sie nur tun, wenn der Graf nicht als Beschützer neben ihr stand.

Hätte Graf Joachim Rastenau nur eine leise Ahnung gehabt, welchen niedrigen Verdacht Frau Doktor Bartels in ihrer Seele trug, er wäre außer sich gewesen und hätte keinesfalls Liane auch nur noch eine Stunde mit ihr allein gelassen. Er glaubte aber, der Verdacht dieser Frau ziele nach einer ganz anderen Richtung.

Er war, als sie ihn verlassen hatte, mit düsterer, gespannter Miene eine Weile im Zimmer auf und ab gegangen. Jetzt, da er allein war, hatte er die ruhige Maske fallen lassen. Auf einmal blieb er stehen und preßte die Hände vor das zuckende Antlitz. Tief und schwer, einem Stöhnen gleich, kam der Atem aus seiner Brust. Aber dann richtete er sich auf, und in seinem blassen Gesicht prägte sich eine eiserne Entschlossenheit aus.

Es muß durchgehalten werden. Kein Mensch darf die Wahrheit ahnen. In meinem Herzen muß dies Geheimnis vergraben bleiben. Liane muß jetzt wissen, was ihr diese Frau verraten könnte – nur durch mich soll sie es erfahren. Es wird sie ohnedies hart genug treffen, dachte er.

Und endlich ging er mit schnellen, entschlossenen Schritten hinüber in Lianes Salon. Diese hatte wartend am Fenster gesessen und wollte gerade anfangen, ein wenig zu musizieren. Als er eintrat, wandte sie sich schnell von dem Flügel ab und hing sich zutraulich an seinen Arm.

»Ist das Unangenehme überstanden, Onkel Joachim?« fragte sie.

Er nickte ihr zu.

»Ja, Kind, ich habe Frau Doktor Bartels gekündigt. Sie wird so bald wie möglich das Haus verlassen.«

Liane seufzte auf. Ihr schönes Gesicht, aus dem die braunen Augen in so lieblich stolzer Reinheit strahlten, wandte sich dem väterlichen Beschützer zu. Um den feinen Kopf waren die starken, goldblonden Flechten, die ihr herrlichster Schmuck waren, in schlichter Weise gelegt. Sie wußte nicht, wie entzückend sie aussah, und gerade das machte den stärksten Zauber ihres Wesens aus.

»Wie nahm sie die Kündigung auf, Onkel Joachim?« fragte sie.

Er sah grübelnd vor sich hin, weil er nicht wußte, wie er mit seiner Eröffnung beginnen sollte.

»Sie war ziemlich beleidigt.«

»Das kann ich mir denken.«

»Man muß sich aber nicht daran kehren. Da sie unseren Anforderungen nicht entsprach, mußte ich sie entlassen. Du wirst vielleicht einige Zeit mit den beiden Dienstboten allein bleiben müssen, bis ich einen besseren Ersatz gefunden habe. Das muß natürlich so schnell wie möglich geschehen, ich muß dich unter guter Hut wissen.«

»Oh, lieber bleibe ich allein, als in ihrer Gesellschaft.«

»Ich glaube es dir. Sie ist ein niedriger Charakter, das hat sie mir heute offenbart. Aber allein darfst du nicht bleiben. Ich will alles daran setzen, schnell eine passende Dame zu finden.«

Liane nickte.

»Nun denk nicht mehr daran. Ganz blaß und verstimmt siehst du aus, Onkel Joachim. Das will ich gar nicht sehen. Was kann ich tun, dich froh zu machen?«

Er wollte noch eine Frist haben.

»Sing mir ein Lied, Liane«, bat er.

Sie setzte sich bereitwillig an den Flügel, und nach kurzem Nachdenken begann sie ein Vorspiel. Dann fiel ihre Stimme ein – eine von den vollen weichen Frauenstimmen, die einen so warmen, dunklen Klang haben, der zu Herzen geht und von Herzen kommt.

Sie sang zwei Lieder ihres Lieblingskomponisten Grieg. Zuerst »Mein Schwan, mein stiller, wie glänzt dein Gefieder«, und dann das heitere Lied: »Agnes, mein reizender Schmetterling«.

Der Sturm in Graf Joachims Seele ebbte ab unter diesen Klängen. Er wurde ruhiger und sah nun einen Weg vor sich, den er gehen konnte.

Schelmisch sah sie sich nach ihm um. »Ist's nun besser?«

Er nickte. »Ja, kleine Zauberin. Darf ich in deinem Salon eine Zigarette rauchen?«

Sie sprang auf. »Hier steht schon alles bereit. Ich weiß doch, daß du nach Tisch gern rauchst.«

»Stört es dich auch nicht?«

Sie setzte sich ihm gegenüber und lächelte.

»In der Pension haben wir auch zuweilen heimlich Zigaretten geraucht – allerdings wohl nur, weil es Madame Schöpfing verboten hatte. Aber man kommt dann doch auf den Geschmack.«

»Dann leiste mir Gesellschaft.«

»Gern.«

Er bediente erst sie in seiner vornehm ritterlichen Art, dann sich selbst. Und nun wollte er mit seiner Beichte beginnen. Liane kam ihm ahnungslos selbst zu Hilfe.

»Weißt du, Onkel Joachim, daß heute Tante Lotts Todestag ist?«

Er sah sie nachdenklich an.

»Nein, Liane, das hatte ich vergessen. Die gute alte Tante Lott – wäre sie doch am Leben geblieben. Du hattest es so gut bei ihr.«

Sie faßte seine Hand und legte ihre Wange darauf.

»Bei dir habe ich es doch besser. Ich dachte vorhin an Tante Lotts Sterbestunde, in der sie mir dies Medaillon gab mit dem Bild meiner Mutter. Ihr zu Ehren habe ich es umgebunden.«

Er sah auf das Medaillon.

»Vorhin trugst du es noch nicht.«

Sie faßte spielend nach dem Elfenbeinmedaillon.

»Nein, ich dachte erst an Tante Lotts Todestag, als ich allein war. Ich habe mir meiner Mutter Bild betrachtet. Mir scheint, ich bin ihr sehr ähnlich geworden.«

»Sehr, Liane. Manchmal überrascht mich diese Ähnlichkeit. Du armes Kind hast deine Mutter viel zu früh verloren.«

Sie schmiegte sich an ihn.

»Ich habe ja dich, Onkel Joachim.«

Das klang so rührend lieb, daß seine Augen sich feuchteten.

»Die Mutter kann dir niemand ersetzen, Liane.«

Sie seufzte leicht auf.

»Ich war noch zu jung, als ich sie verlor, und habe den Verlust in seiner ganzen Größe nie empfunden. Und wenn du mir auch die Mutter nicht ersetzen konntest, den Vater hast du mir voll und ganz ersetzt.«

Bewegt zog er sie an sich.

»Hast du den Vater nie vermißt?«

»Nein, du ließest es nie dazu kommen.«

Er atmete tief auf.

»Es war mein innigstes Bestreben, ihn dir zu ersetzen.«

»Denke dir«, sagte sie versonnen, »von meinem Vater kann ich mir keine Vorstellung machen, nur von meiner Mutter.«

»Das macht wohl, weil du von ihr ein Bildchen hast und von deinem Vater nicht.«

Sie nickte. »Das mag sein. Aber ich glaube noch mehr deshalb, weil deine Persönlichkeit mich das Andenken an meinen Vater fast vergessen ließ. Du hattest ihn sehr lieb, nicht wahr?«

Er strich ihr leise über ihr Haar.

»So lieb – wie mich selbst.«

»Ihr wart beide Offiziere eines Regiments?«

»Ja, wir waren unzertrennlich, und einer trat stets für den anderen ein – in allen Lebenslagen.«

»So hätte wohl mein Vater auch in gleicher Weise für dein Kind gesorgt, wenn du eins hinterlassen hättest, wie du es für mich tust?«

»Ja, Liane, das hätte er sicher getan.«

Sie dachte bei dieser Frage an die quälenden Worte von Frau Doktor Bartels, als sie von der unbegreiflichen Fürsorge Onkel Joachims für sie sprach. Nun atmete sie erleichtert auf.

»Nicht wahr, deshalb darf ich auch alles Gute unbedenklich von dir annehmen, es braucht mich nicht zu bedrücken?«

Erschrocken faßte er ihre Hände.

»Aber Liane, welch ein törichter Gedanke! Machst du mich nicht glücklich, weil du mich für dich sorgen läßt, wie für ein eigenes Kind?«

»Ich möchte dir nur meine Dankbarkeit noch mehr beweisen.«

»Das tust du doch mit jedem Atemzug.«

»Ja, aber ich möchte etwas recht Schweres tun, um meinen Dank abzutragen.«

»Sprich nicht davon, du bist mir keinen Dank schuldig.«

Sie lächelte reizend und sah ihn mit den goldbraunen Sonnenaugen schelmisch an.

»Das weiß ich besser.«

Er sah sie lange an. Wie schön und hold sie war. Ein tiefer Seufzer entfloh seiner Brust. »Du wirst deiner Mutter wirklich von Tag zu Tag ähnlicher.«

»Oh, das freut mich sehr. Tante Lott hat es mir auf dem Sterbebett gesagt, ich soll wie meine Mutter werden. Sie sei lieb und gut gewesen.«

»Wie ein Engel, Kind. Bleib ihr immer ähnlich an Leib und Seele«, sagte er bewegt.

Liane wurde ernst. »Warum ist meine Mutter so jung gestorben?«

Er starrte vor sich hin.

»Weil die Engel im Himmel der Erde diese Schwester nicht lassen wollten. Sie war so gut, viel zu gut für diese Welt. Es herrschte damals eine bösartige Influenza. Deine Mutter bekam eine schwere Lungenentzündung und starb nach wenigen Tagen.«

»Vielleicht hätte sie die Krankheit überstanden, wenn sie den echten Willen zum Leben gehabt hätte. Ich denke mir, die Sehnsucht hat sie meinem Vater nachgezogen. Du sagtest mir doch einmal, sie habe ihn über alles geliebt.«

Er nickte. Seine Augen glänzten feucht.

»Ja – sie hat ihn sehr geliebt.«

Liane sah ihn an. Wenn Onkel Joachim von ihrer Mutter sprach, dann hatte sie immer das Gefühl, als müsse auch er sie sehr geliebt haben. Nie hatte sie danach gefragt. Aber heute brannte ihr die Frage aus den Augen. Sie faßte seinen Arm.

»Onkel Joachim, ich möchte wissen, weshalb du dich nicht verheiratet hast.«

Es ging wie ein Ruck durch seine Gestalt. Da war die Gelegenheit, ihr sein Geständnis zu machen. Er faßte ihre beiden Hände.

»Weißt du denn so sicher, daß ich nicht verheiratet bin? Ich habe das doch nie behauptet.«

Sie zuckte betroffen zusammen und sah in seine fieberhaft glänzenden Augen.

»Onkel Joachim?« fragte sie bang.

Er holte tief Atem.

»Würde es dir weh tun, Liane, wenn ich dir sagte, daß ich verheiratet bin?«

Sie wurde ein wenig blaß, und ihr Atem stockte.

»Weh tun? Ich weiß nicht. Aber das ist ja nur ein Scherz von dir«, sagte sie hastig.

»Wenn es aber ernst wäre, Kind?«

Sie schüttelte wie in ängstlicher Abwehr den Kopf.

»Ach nein – wo hättest du denn deine Frau? Sie ist ja nicht hier. Du willst mich necken. Das hättest du mir doch nicht verheimlicht.«

Wie ein Stöhnen kam es über seine Lippen.

»Manchmal gibt es einen Zwang zu Heimlichkeiten,

meine kleine Liane. Wie nun, wenn solch ein Zwang mich verhindert hätte, dir zu sagen, daß ich verheiratet bin?«

Sie sprang plötzlich auf und trat dicht vor ihn hin. Ihre Augen blickten wie erloschen in die seinen.

»Onkel Joachim, du machst so ernste Augen, als sei das wahr. Sag mir – sag mir schnell. Ist das wahr? Bist du verheiratet?« fragte sie mit tonloser Stimme.

Er zog sie neben sich nieder und legte wie schützend den Arm um sie.

»Ruhig, ruhig, mein liebes Kind! Ich hätte es dir gern für immer verschwiegen, um dich nicht zu beunruhigen. Dieser Umstand übt ja auf unser beiderseitiges Verhältnis gar keinen Einfluß aus. Aber nun bin ich doch gezwungen, es dir zu sagen. Ein Zufall hat es bei meinem letzten Hiersein Frau Doktor Bartels verraten und ich fürchte, sie bringt es dir in schonungsloser Weise zur Kenntnis. Sie spielte es mir gegenüber ziemlich unverschämt als Trumpf aus, und um ihr den Triumph nicht zu gönnen, daß sie mich erschreckt hat, habe ich mir sogar den Anschein gegeben, als wüßtest du es längst. Es lag eine heimliche Drohung in ihren Worten, und die wollte ich abwehren. Von keinem anderen Menschen sollst du es hören, als von mir. Also ja, mein liebes Kind, ich bin verheiratet.«

Sie sah ihn mit erloschenen Augen an und barg dann ihr Gesicht an seiner Schulter.

»Seit wann, Onkel Joachim?« fragte sie leise.

»Seit langen Jahren schon, Liane. Als du in der Schweiz bei Tante Lott lebtest, etwa ein Jahr nachdem ich dich dorthin gebracht hatte, da habe ich mich verheiratet. Tante Lott wußte es, sie riet mir, es dir zu verschweigen, weil ich dich nicht zu mir nehmen konnte. Wir dachten ja, du könntest immer bei ihr bleiben. Und nachher fand ich nicht den Mut, es dir zu sagen.«

»Warum nicht?«

Er sah düster vor sich hin.

»Ich hätte es vielleicht doch lieber tun sollen. Aber ich habe es gut gemeint, Kind. Hätte ich dich in meine Familie aufnehmen können, so hätte ich es dir gewiß nicht verschwiegen. Aber meine Ehe war eine Vernunftehe, die von den Verhältnissen geboten war. Und meiner jungen Frau wollte und konnte ich nicht zumuten, ein fremdes Kind aufzunehmen. Und später, als wir uns näherkamen – da war eben der rechte Augenblick verpaßt, und ich konnte meiner Frau nicht mehr von dir sprechen. Inzwischen hatte uns der Himmel ein Töchterchen geschenkt.«

Liane preßte erregt das Gesicht in die Hände.

»Eine Tochter hast du auch – eine richtige Tochter?« fragte sie mit versagender Stimme.

Liebevoll zog er ihr die Hände vom Gesicht.

»Ja Liane, eine sechzehnjährige Tochter – ein liebes, frisches, wildes Ding. Aber sieh, sie ist nun schon sechzehn Jahre alt und hat dir nichts von meiner Liebe genommen. Ich habe für euch beide genug. Es tut mir weh, daß dich das so sehr erschüttert. Beruhige dich! Das alles ändert doch nichts an unserem Verhältnis zueinander.«

Mit einem traurigen Blick sah sie ihn an.

»Doch, Onkel Joachim, für mich ändert das viel – sehr viel,« sagte sie mit tonloser Stimme.

Gramvoll sah er sie an.

»Hast du mich etwa nun nicht mehr lieb?«

Sie warf sich an seine Brust.

»Doch, du bist und bleibst der liebste Mensch, den ich auf Erden habe. Aber bisher habe ich geglaubt, daß ich auch für dich der einzige Mensch bin, den du liebst. Und nun weiß ich, daß ich dich mit anderen teilen muß.«

Er schüttelte den Kopf.

»Liebe teilt man nicht. Sie vermehrt sich ganz von selbst, wenn man sein Herz noch anderen Menschen erschließt. Man kann viele Menschen in gleich starker Weise lieben. Wenn ein Vater viele Kinder hat, liebt er nicht jedes mit der gleichen herzlichen Innigkeit? Und hast du je gemerkt, daß ich dich darben lasse an Liebe? In meinem Herzen liebe ich zwei Kinder, dich und meine kleine Steffie. Und für euch beide habe ich Liebe genug. Nie wird daran etwas geändert werden.«

Sie lächelte schmerzlich.

»Nur, daß ich jetzt weiß, daß ich nicht dein einziger lieber Mensch bin. Zürne mir nicht, Onkel Joachim, daß ich es dir so schwer mache. Sicher ist es schlecht von mir, daß ich mich nicht darüber freuen kann, daß du eine Frau und eine Tochter hast. Vielleicht lerne ich es noch. Aber jetzt – jetzt tut es mir so weh – weil ich nun kein Recht mehr an deine Liebe habe.«

Er streichelte ihr Haar und trocknete ihr die Tränen, die jetzt über ihre Wangen liefen. Mit herzlichen Worten tröstete er sie. Aber sie konnte das traurige Gefühl nicht aus ihrem Herzen bannen.

Liebevoll zog er sie zu sich nieder und suchte sie zu beruhigen. Und plötzlich richtete sie sich auf.

»Ach, nun weiß ich auch, was es mit deinen Reisen für eine Bewandtnis hat. Das sind gar keine Geschäftsreisen, die dich mir immer so lange fernhalten. Du hast ja hier bei mir gar keine Heimat. Deine Heimat ist bei deiner Frau und deiner Tochter. Zu mir kommst du nur zu Besuch, nicht wahr?«

Er seufzte.

»So ist es, Kind. Ich bin der Majoratsherr von Rastenau und lebe auf Schloß Rastenau in Thüringen. So oft ich mich freimachen konnte, kam ich zu dir, um mich zu überzeugen, daß es dir gut geht, dir an nichts fehlt. Und um dir das Zusammengehörigkeitsgefühl mit mir nicht zu nehmen, redete ich dir vor, dies sei mein Heim und ich müsse die längste Zeit in Geschäften verreisen. Meine Familie ahnt nichts von deiner Existenz, und so gern ich es möchte, kann ich dir keinen Einlaß in mein Haus schaffen. Es spielen da allerlei Verhältnisse als Hindernis mit, die ich dir nicht erklären kann. Ich wollte dich deshalb gar nicht wissen lassen, daß ich Familie habe, um dir nicht weh tun zu müssen. Nun zwingt mich Frau Doktor Bartels dazu. – Aber nun mach wieder ein heiteres Gesicht, Liane, deine Traurigkeit fällt mir schwer aufs Herz. Es ist ja alles beim alten geblieben. Du willst doch nicht, daß ich mich um dich sorgen muß und keine Ruhe finde, wenn ich dir fern bin.«

Sie zwang das wehe Gefühl in sich nieder und versuchte tapfer zu lächeln. Aber dabei hatte sie ein Empfinden, als sei alle Sonne aus ihrem Leben gewichen.

Mit krampfhaftem Druck ergriff sie seine Hand.

»Laß mir Zeit, damit fertig zu werden, Onkel Joachim. Ich muß das erst verwinden. Dann werde ich schon wieder ruhig werden. Jedenfalls weiß ich nun, daß ich dir noch tausendfach mehr Dank schuldig bin, als ich glaubte. Du hattest doch für deine eigene Familie zu sorgen.«

Er war froh, daß sie etwas ruhiger wurde.

»Vergiß nicht, Liane, daß ich bedeutende Einkünfte von meinen Gütern habe. Zum Majorat Rastenau gehören noch vier andere Güter, die mir große Revenuen bringen. Da brauchst du nicht ängstlich für mich zu rechnen.«

»Aber du entziehst deiner Tochter, was du für mich ausgibst.«

»Sie wird nicht zu kurz kommen.«

»Deine Tochter heißt Steffie. Das ist wohl eine Abkürzung von Stefanie?«

»Ja – ihre Mutter heißt Stefanie und sie ist Stefanie Charlotte getauft. Wir rufen sie aber Steffie.«

Liane sah sinnend vor sich hin.

»Ich möchte sie wohl einmal sehen.«

Er lächelte und atmete tief auf.

»Soll ich dir ein kleines Bildchen von ihr zeigen, das ich bei mir habe?«

Lebhaft richtete sie sich auf.

»Ja, bitte zeig es mir.«

Er nahm eine Photographie aus der Brieftasche und reichte sie ihr. Es war eine Amateuraufnahme, einem glücklichen Moment abgelauscht. In einem weißen Kleid saß Komteß Steffie auf der Ecke eines Tisches, der unter einem blühenden Baum stand. Einen großen, weichen Strohhut hatte sie weit aus der Stirn geschoben, so daß der Rand wie ein Heiligenschein um das reizende, übermütige Backfischgesicht stand. Zwei dicke, dunkle Zöpfe hingen ihr über die Schultern, und in der Hand hielt sie einen Blumenstrauß, mit dem sie aus dem Bildchen herauswinkte; die Augen lachten sonnig und froh zu Liane empor, so daß ihr ganz warm ums Herz wurde.

»Welch ein liebes, reizendes Geschöpf«, sagte sie leise.

Der Graf lächelte.

»Sie ist ein großer Wildfang und will nicht viel vom Stillsitzen wissen. Sie sitzt lieber auf einem Pferderücken oder auf einem Baum, als auf der Schulbank, der sie noch nicht entwachsen ist, weil sie vom Lernen nicht viel hält. Einer unserer Bekannten, Baron Wachau, hat sie ›Burgfräulein Übermut‹ getauft. Aber sie hat ein gutes, weiches Herz – und wüßte sie von dir, sie würde mir keine Ruhe lassen, bis ich dich nach Rastenau gebracht hätte. Wie gerne würde ich ihr von dir erzählen – wenn es möglich wäre.«

»Nein, nein, du sollst dir keine Unannehmlichkeiten machen meinetwegen, sonst wird meine Dankesschuld immer größer.«

»Kind, was willst du nur heute immerfort mit der Dankesschuld?«

Ihre Lippen zuckten.

»Ich weiß doch erst seit heute, wie groß sie ist. Und das werde ich nun nie mehr vergessen.«

Er fühlte, daß er sie über diesen Punkt beruhigen mußte um jeden Preis, damit sie sich nicht unablässig mit diesem Gedanken plage. Er wollte ihr irgendeinen Halt geben, der sie in dieser kritischen Zeit aufrecht hielt und sie innerlich frei machte. Und da kam ihm ein glücklicher Gedanke.

»Du bist ganz im Irrtum, Liane. Eine Dankesschuld deinerseits mir gegenüber besteht überhaupt nicht. Daß ich mich um dein Wohlergehen sorgte, tat ich doch vor allem aus Freundschaft für deine Eltern, denen ich verpflichtet war. Hörst du, Liane, verpflichtet war ich ihnen – und bin es deshalb auch dir. Und außerdem habe ich herzlich wenig für dich getan. Wir haben nie über Geldangelegenheiten gesprochen, weil mir das in unserem innigen Verhältnis kleinlich erschienen wäre. Heute zwingst du mich, dies Thema zu berühren, um dich zu beruhigen. Also – du verfügst von deinen Eltern her über ein Vermögen, dessen Zinsen ich für deine Erziehung mit verbraucht habe und – ja, und diese Einrichtung hier, die habe ich dir von dem Erlös des kleinen Nachlasses von Tante Lott gekauft.«

Daß er Tante Lott das kleine Häuschen gekauft und ihren und Lianes Unterhalt bestritten hatte, verschwieg er.

Liane sah überrascht auf.

»Davon wußte ich gar nichts, Onkel Joachim. Es ist mir ganz neu, daß meine Eltern und Tante Lott mir etwas hinterlassen haben.«

Seine Stirn rötete sich leicht.

»Weil ich eben diesen Punkt nie berührt habe – er erschien mir nicht wichtig. Aber nun du mir so ängstlich vorrechnen willst, was du mir schuldest, muß ich dich doch aufklären, daß dies sehr wenig ist, und daß ich meiner Familie durchaus nicht Unsummen entziehe, um sie dir zuzuwenden. Am Tag deiner Mündigkeit, der ja ohnedies bald herankommen wird, hätte ich dir selbstverständlich auch ohne diesen Anlaß über deine Vermögensverhältnisse Aufschluß gegeben. Nun kann das aber auch einige Monate früher geschehen, und wenn du willst, kannst du schon jetzt die Verwaltung deines Vermögens in deine eigenen Hände nehmen.«

Sie atmete unruhig.

»Das klingt ja, als handle es sich um eine größere Summe, Onkel Joachim. Ich denke, ich bin ein armes Mädchen.«

Er zwang sich zu einem lustigen Tone.

»Nun, eine Millionenerbin bist du freilich nicht, aber immerhin besitzt du ein Vermögen von rund hunderttausend Mark, das ich als dein Vormund bei der Deutschen Bank für dich deponiert habe.«

Sie merkte sehr wohl seine leichte Unsicherheit. Und da richtete sie sich plötzlich straff empor und sah ihn mit einem scharfen, gespannten Ausdruck forschend an.

»Onkel Joachim – jetzt glaube ich zum erstenmal in meinem Leben nicht an die Wahrheit deiner Worte.«

Er zwang die Erregung in sich nieder.

»Aber Liane!« sagte er vorwurfsvoll.

Sie drückte erregt seine Hand.

»Verzeihe mir – dieser Unglaube soll dich nicht kränken. Es gibt fromme Lügen, die aus den edelsten Motiven geboren werden und bewundernswert sind. Und ich traue dir sehr wohl zu, daß du mir dieses Vermögen jetzt plötzlich aus deiner eigenen Tasche zahlen willst, nur um mir das bedrückende Gefühl zu nehmen, daß ich deine Familie beraube.«

Er wußte, daß er jetzt ganz ruhig sein mußte, wenn er nicht alles verderben wollte. Sie mußte ihm glauben. Groß und ernst sah er sie an.

»Nein, nein, Kind, ich könnte es doch vor meiner Familie nicht verantworten, ein solches Kapital jemandem zu schenken, der nicht zu meiner Familie gehört. Sieh mich an, Liane – wirst du mir glauben, wenn ich dir mein Ehrenwort verpfände?«

Sie wurde blaß. »Unbedingt. Dein Ehrenwort ist dir heilig, das weiß ich.«

»Nun wohl! Ich gebe dir mein Ehrenwort, daß diese hunderttausend Mark von deinem Vater stammen, daß er sie für dich bestimmt hat, und daß ich sie in seinem Auftrag für dich bei der Deutschen Bank deponiert habe. Von deinem einundzwanzigsten Geburtstage an kannst du die Zinsen dieses Vermögens selbst abheben. Bist du nun zufrieden?«

Sie nickte aufatmend. »Ja, Onkel Joachim, nun bin ich beruhigt. Und – ich bin sehr froh darüber, daß ich das Geld besitze.«

»Weil du mir nun nicht mehr so stark verpflichtet bist. Wie dich das nur hat quälen können!«

Sie faßte rasch seine Hand und küßte sie.

»Meine Verpflichtung dir gegenüber hat mich nie gedrückt – aber anderen Menschen möchte ich nicht verpflichtet sein. Kannst du mir das nicht nachfühlen?«

Er küßte sie auf die Stirn.

»Doch, Kind, das kann ich wohl.«

»Und du kannst auch begreifen, daß ich froh bin, selbst einiges Vermögen zu haben, nicht wahr?«

»Natürlich. Deshalb sagte ich es dir gerade jetzt, nicht erst zu deinem einundzwanzigsten Geburtstag. Aber nun versprich mir auch, daß du dir dies alles nicht schwerer machen willst als es ist. Zwischen uns bleibt alles beim alten. Sei mein vernünftiges Kind.«

Er reichte ihr die Hand. Sie sah die Sorge in seinen gütigen Augen und wollte ihn nicht beunruhigen. Deshalb zwang sie sich zu einem Lächeln und faßte nach seiner Hand und legte sie schmeichelnd an ihre Wange.

»Du hast es ja gut gemeint, Onkel Joachim. Wie könnte ich dir zürnen. Das wäre undankbar von mir. Ich weiß, du hast das Beste für mich gewollt, und mein Vertrauen und meine Liebe zu dir bleiben unerschüttert.«

An beiden Händen zog er sie zu sich heran, und in seinen Augen glänzte es feucht.

»Hab Dank für diese Worte. Ich habe dich doch so lieb wie ein eigenes Kind, und wenn du leidest, leide ich mit dir. Entzögst du mir deine Liebe und dein Vertrauen, dann würde mich das sehr unglücklich machen.«

»Das wird nie, niemals geschehen.«

Er zog sie an sich und küßte sie.

Und dann besprach er ruhig und beschwichtigend noch mancherlei mit ihr.

»Ich habe allerlei Erinnerungen an deine Eltern aufgezeichnet. Die sind in einem Kuvert enthalten, das in einem Tresorfach der Deutschen Bank für dich verwahrt liegt. Mancherlei ist dabei, was du erst nach meinem Tod erfahren sollst. Gib mir dein Wort, daß du meinen Willen respektieren wirst. Ich habe meine Gründe dafür.«

Groß und ernst sahen ihn ihre goldbraunen Augen an.

»Ich gebe dir mein Wort, Onkel Joachim.«

»Ich danke dir. Morgen fahren wir beide zur Deutschen Bank, damit das Tresorfach auf alle Fälle auf deinen Namen eingetragen wird. Und zugleich können wir die Geldangelegenheit in Ordnung bringen, damit du die Zinsen deines Vermögens selbst abheben kannst. Und nun wollen wir nicht mehr von diesen Dingen sprechen. Die wenigen Tage, die wir noch zusammen sein können, wollen wir uns nicht trüben lassen. Bist du nun wieder mein frohes, liebes Kind?«

Sie schmiegte sich an ihn und schloß die Augen. Tapfer kämpfte sie in sich nieder, was ihre Seele wie eine schwere Last bedrückte. Noch war ja Onkel Joachim bei ihr und umgab sie mit seiner Fürsorge. Sie wollte jetzt nicht daran denken, was sich wie ein dunkler Schatten zwischen sie schob.

Er hielt sie an seinem Herzen und streichelte ihr Haar. Und über ihr goldschimmerndes Köpfchen hinweg flog sein Blick mit einem wehen, schmerzlichen Ausdruck ins Weite.

Daß ich dich nicht immer so halten kann, meine arme kleine Liane, dachte er erschüttert.

Und als sie so, innig aneinandergeschmiegt, dasaßen, klopfte es an die Tür, und ohne einen Zuruf abzuwarten trat Frau Doktor Bartels über die Schwelle. Ihre vorstehenden Augen sahen mit einem gehässigen Ausdruck auf die beiden Menschen.

»Ich möchte Ihnen mein Haushaltbuch zur Abrechnung vorlegen Herr Graf«, sagte sie mit einer gekränkten, beleidigten Miene.

Graf Rastenau wandte sich nach ihr um.

»Bitte, legen Sie es auf den Tisch, ich sehe es nachher durch.«

Sie tat es.

»Es ist Teezeit – Sie haben wohl die Güte, dann ins Speisezimmer zu kommen, Herr Graf«, sagte sie dann im Hinausgehen.

Liane wurde völlig von ihr übersehen. Mit Verachtung sah sie über diese hinweg.

3

Die letzten Tage von Graf Rastenaus Aufenthalt in Berlin waren schnell vergangen. Er war mit Liane in einem Auto zur Bank gefahren und in demselben Wagen mit ihr zurückgekehrt. Auch hatte er ein Inserat in eine Zeitung rücken lassen, um eine Nachfolgerin für Frau Doktor Bartels zu finden. Die Offerten wurden an die Adresse seines Bankiers erbeten, der ihm alle Briefe zuschickte, die er nicht direkt nach Rastenau kommen lassen wollte. Am liebsten wäre er geblieben, bis er Liane in sicherer Hut wußte. Aber eine Depesche rief ihn in einer dringenden Angelegenheit ab.

Graf Rastenaus Hoffnung, daß Frau Doktor Bartels sich noch vor seiner Abreise entfernen würde, erfüllte sich nicht. Doch war er überzeugt, daß sie nicht wagen würde, Liane noch irgendwie zu nahe zu treten. Sonst wäre er um keinen Preis abgereist. Er durchschaute die ganze Gemeinheit dieser Frau noch nicht.

Er versprach Liane, zu ihrem einundzwanzigsten Geburtstag wiederzukommen, wenn er es nicht möglich machen konnte, schon früher wieder nach ihr zu sehen.

Bekümmert reiste er ab. Liane war nun wieder allein mit Frau Doktor Bartels und den beiden Dienstboten, der Köchin und dem Zimmermädchen.

So lange Onkel Joachim dagewesen, hatte er ihr keine Zeit gelassen, traurigen Gedanken nachzuhängen. Sie hatte sich auch bemüht, tapfer und heiter zu scheinen. Aber nun sie wieder allein war, überfiel sie der Jammer in verstärktem Maß.

Nun wurde es ihr erst so recht klar, daß etwas anders geworden war zwischen Onkel Joachim und ihr. Sie hatte das Zusammengehörigkeitsgefühl verloren. Wußte sie doch nun, daß es Menschen gab, die ihm näher standen als sie, die ein größeres Anrecht an ihn hatten. Und sie wagte gar nicht mehr mit der selbstverständlichen kindlichen Zärtlichkeit wie früher an ihn zu denken. Ihr war, als beraube sie damit seine Frau und seine Tochter.

Liane Reinold war eine sehr sensitive, feinfühlige Natur und sie grübelte sich nun in ihrer Einsamkeit mehr und mehr in eine schmerzliche Entsagung und Resignation hinein. Jetzt empfand sie zum erstenmal in der ganzen Schwere, daß sie verwaist war und keinen Menschen hatte, auf dessen Liebe sie ein Anrecht hatte. Sie fühlte sich einsam und verlassen wie nie zuvor in ihrem Leben.

Dieses Gefühl wurde noch verstärkt durch das gehässige Benehmen von Frau Doktor Bartels. So viel wie möglich vermied sie, mit ihr zusammen zu sein. Aber die Mahlzeiten mußte sie doch mit ihr einnehmen. Und da hefteten sich die kalten, forschenden Augen dieser Frau mit einer quälenden Beharrlichkeit auf ihr Gesicht. Liane saß dann wie hypnotisiert unter diesem starrenden Blick und vermochte kaum etwas zu essen.

Sie war immer froh, wenn solch eine Mahlzeit vorüber war. Dann zog sie sich in ihren Salon zurück mit ihren traurigen Gedanken. Ausgehen mochte sie auch nicht, weil sie fürchtete, Frau Doktor würde sie begleiten, wie das sonst der Fall gewesen war. Ebensowenig mochte sie aus demselben Grund ins Theater oder ins Konzert gehen. Sie las viel oder musizierte. Aber singen konnte sie jetzt nicht. Aus ihrem bedrückten Herzen kam kein freier erlösender Ton. In dieser Zeit machte sie noch eine sehr unangenehme Entdeckung, die auch nicht zu ihrer Aufheiterung beitrug. Köchin und Zimmermädchen, die sonst sehr freundlich und willig ihr gegenüber gewesen waren, begegneten ihr in einem mürrischen, verdrießlichen Ton. Sie bedienten sie lässig und widerwillig und maulten, wenn Liane etwas sagte.

Diese wußte nicht, was sie von dem veränderten Wesen der beiden Dienstboten halten sollte und ahnte nicht, daß sie von Frau Doktor Bartels beeinflußt wurden.

Jedenfalls zählte aber Liane die Tage, bis Frau Doktor das Haus verlassen mußte und wünschte sehnlichst, daß es vor Ablauf der Kündigungsfrist geschehen möge. Und endlich sagte diese eines Tages beim Mittagessen in einem geradezu verächtlichen Ton:

»Gott sei Dank ist es mir gelungen, schon jetzt eine andere Stellung zu finden. Ich möchte mich nun, ehe ich sie antrete, noch einige Tage in einer angenehmeren Umgebung erholen. Und so teile ich Ihnen mit, daß ich morgen dieses Haus verlassen werde. Mir brennt ohnedies der Boden unter den Füßen, und ich werde erst wieder zufrieden sein, wenn ich reine Luft atmen kann.«

Liane vergaß, auf den kränkenden Ton zu achten. Sie atmete nur auf, daß sie endlich von dieser Frau erlöst werden würde.

»Sie können jederzeit gehen, Frau Doktor. Onkel Joachim hat mir Weisung gegeben, Ihnen Gehalt und Verpflegungsgeld bis zum ersten Juni auszuzahlen, auch wenn Sie früher gehen wollen.«

Frau Doktor Bartels warf einen haßerfüllten Blick auf das schöne Mädchengesicht.

»Das ist mein Recht und ich nehme es selbstverständlich in Anspruch. Im übrigen sollten Sie doch endlich mir gegenüber die lächerliche und verächtliche Komödie mit dem ›Onkel Joachim‹ aufgeben. Für wie dumm halten Sie mich eigentlich?« fragte sie unfein und derb.

Liane sah sie groß und ruhig an.

»Ich verstehe Sie nicht. Das passiert mir übrigens nun schon seit einigen Monaten. Sie reden immer so sonderbare Dinge, für die mir jedes Verständnis fehlt!«

Frau Doktor plusterte sich vor Entrüstung auf wie ein zorniger Truthahn.

»So eine Verstocktheit! Nun, von Ihnen wundert mich gar nichts mehr. Sie sind eine ganz abgefeimte Komödiantin. Aber ehe ich gehe, muß ich Ihnen doch einmal die Wahrheit ins Gesicht sagen. Das habe ich mir fest vorgenommen. Sie sollen nicht glauben, daß Sie mich düpiert haben.«

Liane richtete sich stolz auf.

»Wahren Sie Ihre Worte, Frau Doktor! Was Sie eigentlich wollen, verstehe ich noch immer nicht. Aber Beleidigungen lasse ich weder Onkel Joachim noch mir zufügen. Wie können Sie es wagen, so beleidigende Ausdrücke zu gebrauchen? Das verbitte ich mir.«

Frau Doktor Bartels lachte verächtlich auf.

»Mir können Sie mit Ihrer hoheitsvollen Miene keinen Sand in die Augen streuen – mir nicht. Und was ich zu sagen habe, das sollen Sie anhören. Selbst die Dienstboten wissen, wie hier die Dinge liegen, die sind jetzt auch gescheit geworden. Also sparen Sie sich die Entrüstung, die Ihnen durchaus nicht zukommt. Oder meinen Sie, wir sind hier alle auf den Kopf gefallen und wissen nicht, warum Ihnen der Graf dies lauschige Nestchen eingerichtet hat und Sie erhält? Da täuschen Sie sich. Wir wissen sehr wohl, daß Sie die Geliebte des Grafen Rastenau sind.«

Liane zuckte zusammen wie unter einem Schlag. Sie wurde leichenblaß und fuhr plötzlich kerzengerade empor. Entsetzt starrten ihre Augen in die ihrer Angreiferin. Eine Weile kämpfte sie mit sich selbst, weil ihr die Kehle wie zugeschnürt war vor Schreck und Empörung. Aber endlich rang sich ein Schrei aus ihrer Brust:

»Das ist eine Beleidigung! Schämen Sie sich. Wie können Sie wagen, Graf Rastenau und mich in so unerhörter Weise zu verdächtigen? Er wird Sie zur Rechenschaft ziehen, wenn ich auch Ihren Beleidigungen augenblicklich wehrlos gegenüberstehe.«

Ihre Feindin zuckte verächtlich und unbeirrt die Achseln.

»Nur nicht so große Töne, meine Liebe! Ich sage Ihnen nochmals, mir können Sie keinen Sand in die Augen streuen. Ich nehme nicht ein Jota von meinen Worten zurück.«

Da flog Liane, bebend an allen Gliedern, zur Tür und öffnete sie mit einem Ruck. Hochaufgerichtet blieb sie neben der Tür stehen und streckte die Hand danach aus.

»Hinaus«, rief sie außer sich, mit klingender Stimme.

Ein häßliches Lächeln umspielte den Mund ihrer Beleidigerin.

»Sparen Sie sich diesen Bühnencoup, den Sie wohl irgendwo einstudiert haben. Sie sind sicher früher beim Theater gewesen. Auf mich macht das keinen Eindruck.«

Durch Lianes Körper lief ein Zittern.

»Elende Verleumderin! Sogleich verlassen Sie das Haus. Keine Stunde bleiben Sie mehr. Ich sende Ihnen Ihr Geld auf Ihr Zimmer. Befreien Sie mich von Ihrem Anblick.«

»Nur sachte, sachte! Strengen Sie sich nicht an. Es verfängt nicht. Sie haben hier überhaupt niemand hinauszuweisen. Diese Wohnung bezahlt Graf Rastenau. Ich gehe, wenn es mir paßt, und zwar morgen früh, wie ich geplant habe. Sehen mag ich Sie auch nicht noch einmal, aber meine Verachtung müssen Sie sich gefallen lassen. Und in Ihrem eigenen Interesse rate ich Ihnen, einen anderen Ton gegen mich anzuschlagen, sonst könnte es mir einfallen, der Gräfin Rastenau mitzuteilen, daß ihr Gemahl in dieser Wohnung ein Liebchen versteckt hält. Dann würde die ganze Herrlichkeit hier schnell zu Ende sein. Dann würde es für Sie heißen: Hinaus!«

Liane erschrak. Unwillkürlich preßte sie im jähen

Schreck beide Hände ans Herz. Die Drohung ihrer Feindin, der Gräfin Rastenau etwas von diesem furchtbaren Verdacht mitzuteilen, beraubte sie fast der Sprache. Es genügte ja schon, daß die Gräfin überhaupt etwas von ihrer Existenz und von den Besuchen ihres Gemahls bei ihr erfuhr, um Onkel Joachim in eine peinliche Situation zu bringen. Wie viel größer würde aber das Unheil sein, wenn diese furchtbare, häßliche Verleumdung, die Liane noch gar nicht zu fassen vermochte, der Gräfin zu Ohren kam.

Nein, das durfte nicht geschehen. Lieber wollte sie alles ertragen, als Onkel Joachims Frieden stören zu lassen.

»Gehen Sie – lassen Sie mich allein – ich kann das nicht ertragen«, stöhnte sie und sank plötzlich haltlos in einen Sessel.

Frau Doktor Bartels weidete sich eine Weile am Anblick der gebrochenen Gestalt.

»Oh, nun vergehen Ihnen wohl die großen Töne. Ich rate Ihnen auch in Ihrem eigenen Interesse, reizen Sie mich nicht weiter. Sonst tue ich, was ich Ihnen androhte.«

Verstört sah Liane zu ihrer Peinigerin empor.

»Das dürfen Sie nicht. Es ist ja nicht wahr, was Sie sagen. Aber Graf Rastenau darf keine Unannehmlichkeiten haben. Sie dürfen den Frieden seiner Ehe nicht stören. Es wäre ein Verbrechen« stieß sie hervor.

Frau Doktor Bartels fühlte sich als Siegerin.

»Sie bleiben also bei Ihrem Leugnen. Nun, es muß Ihnen ja auch schwerfallen, die Wahrheit einzugestehen. Aber das rate ich Ihnen – kehren Sie um auf dem Weg, den Sie beschritten haben. Er führt ins Verderben. Das ist mein letztes Wort an Sie. Wenn ich der Gräfin nichts berichte, tue ich es nur aus Schonung für die betrogene Frau. Morgen früh reise ich ab. Mein Geld schicken Sie mir in mein Zimmer. Der liebe Gott möge Sie zur Erkenntnis Ihrer Schuld bringen und Sie auf den rechten Weg zurückführen.«

Mit diesen ölig salbungsvollen Worten verließ Frau Doktor Bartels als Siegerin das Zimmer und drückte die Tür fest ins Schloß.

Liane starrte ihr nach mit entsetzten Augen. War das Wirklichkeit, was sie jetzt erlebt hatte, waren wirklich diese furchtbaren beleidigenden Worte an ihr Ohr gedrungen, und mußte sie diese Beleidigung auf sich sitzen lassen? Ihre Gedanken irrten ruhelos umher wie scheue Vögel in einem Käfig. Was sollte sie tun?

»Onkel Joachim!« jammerte sie, als müsse er kommen und ihr helfen.

Ach, daß er bei ihr wäre, um ihr beizustehen.

Ratlos und verstört, sich immer wieder aufbäumend gegen die ihr zugefügte Schmach, von der sie sich nicht reinigen konnte, lag sie in dem Sessel, wie zerschlagen an Leib und Seele. Ihr war, als sei ihr der Boden unter den Füßen fortgezogen worden und sie sinke ins Bodenlose, ohne Halt.

So saß sie, eine Beute namenloser Pein, bis es klopfte.

Erschrocken fuhr sie auf und strich sich über die brennenden Augen. Angstvoll sah sie nach der Tür, sie fürchtete, ihre Feindin könne nochmals eintreten, um sich an ihrer Qual zu weiden.

Endlich ermahnte sie sich und forderte zum Eintritt auf. Das Zimmermädchen erschien und hinter ihr tauchte das dicke, rote Gesicht der Köchin auf.

Liane suchte sich Haltung zu geben vor den neugierig und entschieden schadenfroh starrenden Augen der Dienstboten.

»Was wünschen Sie?« fragte sie heiser.

Die Köchin, eine etwas bornierte, aber gutmütige Person, sah unbehaglich in Lianes blasses Gesicht. Sie sah die dunkeln Ringe um Lianes Augen, die von den letzten schweren Stunden gezeichnet waren, und wandte sich unschlüssig dem Zimmermädchen zu. Das war eine magere, kleine Person mit einem spitzen Gesicht.

Diese warf sich in Positur.

»Ich möchte das Geld holen für Frau Doktor. Und dann – ja, dann möchten wir Ihnen sagen, da heute der Fünfzehnte ist, daß wir am nächsten Fünfzehnten ziehen wollen, die Berta und ich.«

Liane erhob sich mühsam.

»Weshalb wollen Sie Ihren Dienst aufgeben?« fragte sie tonlos.

Die Köchin zuckte die Achseln. »Ich will mir verändern, gnädiges Fräulein.«

Das Zimmermädchen stieß sie ärgerlich in die Hüften.

»Warum sagste denn nicht die Wahrheit, Berta? Wir gehen eben, weil – na ja, bei so einer bleiben wir nicht, wir halten auf Reputation«, sagte sie frech.

Das gab Liane die Haltung wieder. In diesem Augenblick wurde es ihr klar – was auch kommen mochte, sie durfte sich selbst nicht verlieren. Sie mußte Trost und Halt finden im Bewußtsein ihrer Umschuld.

Mit leichenblassem Gesicht, aber mit hocherhobenem Kopf ging sie zu ihrem Schreibtisch und zog ein Fach auf, das ihr Onkel Joachim stets mit dem nötigen Geld füllte. Ohne ein Wort zu sagen, zählte sie drei Häufchen Geld auf, nachdem sie nachgerechnet hatte.

»Hier ist das Geld für Frau Doktor – und hier ist für Sie beide Lohn und Verpflegung bis zum nächsten Fünfzehnten. Sie sind sofort entlassen, alle beide«, sagte sie mit ruhiger, klingender Stimme. Und dabei sah sie die beiden Mädchen fest und stolz an.

Diese waren doch etwas betroffen durch ihre Haltung. Die Köchin wischte sich mit der verkehrten Hand über die Stirn und machte ein verlegenes Gesicht.

»Ich kann nichts dafür, gnädiges Fräulein. Frau Doktor

hat uns gesagt, wer Ehre und Reputation im Leibe hat, darf nicht bei Ihnen bleiben, weil – na ja, Sie wissen schon. Und die Anna hat denn auch in mich reingeredet, daß ich gleich mit kündigen soll, und da habe ich's denn getan.«

»Ich halte weder Sie noch Anna«, erwiderte Liane kalt, »aber ich gestatte Ihnen auch nicht, länger hier zu bleiben. Solche Dienstboten leide ich keinen Tag länger in meiner Umgebung.«

»Nun gut, dann gehen wir eben gleich«, sagte das Zimmermädchen schnippisch. »Aber erst müssen wir unsere Zeugnisse haben.«

»Die können Sie sich von Frau Doktor ausstellen lassen, die wird ja wohl zufriedener mit Ihnen sein, als ich es bin. Hier, nehmen Sie das Geld.«

»Na, dann ist es auch gut«, sagte das Zimmermädchen frech.

Sie ergriff ihr Geld, schob der Köchin das ihre zu und nahm das für Frau Doktor mit sich.

Dann gingen die beiden Mädchen hinaus. Die Köchin mit verlegener, beklommener Miene, das Zimmermädchen schnippisch und mit fest auftretenden Hacken.

Als sie draußen waren, sagte die Köchin betreten:

»Du, Anna – ich weiß doch nicht, ob wir recht getan haben.«

Anna zuckte die Achseln.

»Mensch, sei doch zufrieden! Wir haben doch ein feines Geschäft gemacht. Vier Wochen Lohn und Brot – und keine Arbeit. Du bist ja zu dämlich, Berta, daß du dir von so einer noch imponieren läßt.«

»Na ja, Frau Doktor hat ja auch gesagt, wir müssen gehen, wenn wir anständige Dienstboten bleiben wollen. Und das will ich gewiß, das bin ich meiner seligen Mutter schuldig.«

Anna zog ein spöttisches Gesicht.

»Na also, Berta, dann laß auch dein dämliches Geklöne. Und jetzt wollen wir unsere Sachen packen.«

Wie Liane den Rest dieses Tages und die folgende Nacht verbracht hatte, wußte sie später selbst nicht mehr.

Ohne sich auszukleiden, hatte sie sich auf das Ruhebett geworfen und eine Decke über sich gebreitet, weil sie vor Aufregung fröstelte. Bis zum nächsten Morgen hatte sie so gelegen, und erst als die Sonne schon längst aufgegangen war, hatte sie einige Stunden Schlaf gefunden.

Als sie erwachte, war es ganz still um sie her. Sie erhob sich und sah nach der Uhr. Die zehnte Stunde war schon fast beendet.

Mit matten, trüben Augen sah sie um sich. Der ganze Jammer von gestern überfiel sie aufs neue. Unsicher lauschte sie hinaus. Daß die beiden Dienstboten schon gestern abend das Haus verlassen hatte, wußte sie. Aber ob Frau Doktor Bartels noch anwesend war, wußte sie nicht.

Schließlich wagte sie sich doch hinaus auf den Korridor. Alles war still in der Wohnung, und die Tür zum Zimmer der Frau Doktor stand weit offen. Von ihr selbst und von ihren Sachen fand sich keine Spur mehr.

Liane atmete auf und trat in das Zimmer. Auf dem Tisch lag eine Visitenkarte ihrer Feindin. Darauf standen die Worte: »Meine Postsachen bitte ich mir nachzusenden postlagernd Berlin, Postamt 7.«

Nichts weiter.

Liane warf einen befreiten Blick durch das Zimmer. Gottlob, ihre Feindin war verschwunden. Gott mochte helfen, daß sie ihr nie mehr zu begegnen brauchte. Ihr war, als könne sie nun wieder etwas freier atmen, als sei die Luft wieder reiner um sie her, nachdem diese Frau das Haus verlassen hatte.

Langsam ging sie durch die leeren Räume. Auch die Küche betrat sie. Alles war in bester Ordnung.

Was sollte sie aber nun tun? Sie wußte es nicht. Und ihr Kopf war wüst und schwer, so daß sie keinen klaren Gedanken zu fassen vermochte. Sie hatte ein Empfinden, als sei sie körperlich krank. Daß sie seit gestern mittag keinen Bissen gegessen hatte, daran dachte sie nicht.

Aber weil der Kopf schmerzte, meinte sie, es sei gut, wenn sie ein wenig ins Freie gehe. Die frische, klare Frühlingsluft würde ihr gut tun, und dann würde sie wieder fähig sein, ihr Schicksal zu überdenken.

Planlos lief sie einige Straßen entlang und suchte dabei möglichst den Menschen auszuweichen. Ihr war, als müsse ihr jeder Mensch ansehen, welche Schmach man ihr angetan hatte.

Wie sollte sie sich davon frei machen und reinigen? Der Schein war gegen sie. Und auch Onkel Joachim konnte sie nicht rechtfertigen. Seine Ehre war gleichfalls angegriffen von diesem niedrig denkenden Weib. Immer wieder jagten die peinigenden Gedanken in ihrem Kopf herum, und dabei hatte sie manchmal ein Gefühl des Schwindels, als wenn sie mit den Füßen ins Leere, Bodenlose träte.

Sie wollte diesen Zustand nicht beachten. Es gab viel Wichtigeres für sie zu denken. Was sollte sie tun?

Es würden vielleicht auch andere Menschen Schlimmes über ihr Verhältnis zu Onkel Joachim denken. Onkel Joachim sah noch so jung aus, war so frisch und lebhaft. Und sie war nicht verwandt mit ihm. Das alles würde vielleicht auch andere Menschen mit Mißtrauen erfüllen. Und deshalb – ihr Herzschlag stockte, aber tapfer führte sie den Gedanken zu Ende, der sie schreckte –, deshalb mußte sie sich in Zukunft von ihm trennen. Ja, sie durfte nicht in der Wohnung bleiben, die er für sie in so liebevoller Fürsorge gemietet hatte. Er durfte sie dort bei seiner Wiederkehr nicht mehr finden. Seinetwegen und ihretwegen mußte sie in Zukunft auf jedes noch so kurze Zusammenleben mit ihm verzichten. Er durfte nicht der Möglichkeit ausgesetzt werden, daß seine Familie von ihrer Existenz erfuhr.

Nun sie die Gefahr erkannt hatte, und ihre harmlose Unbefangenheit durch den feindlichen Angriff der Frau Doktor Bartels aufgeschreckt worden war, mußte sie handeln.

Ja – und zwar sofort, ohne langes Zaudern und Besinnen, es war ganz gewiß notwendig, zu ihrem Heil wie zu dem Onkel Joachims.

Als sie sich das während ihres planlosen Weitergehens klargemacht hatte, kam eine gewisse, starre Ruhe über sie. Bisher hatte das Leben sie nie vor einen großen Entschluß gestellt. Ihre Willenskraft war nie geweckt worden, hatte sich nie betätigen können. Und Kämpfe waren ihr stets erspart geblieben. Eine Heldennatur war sie auf diese Weise nicht geworden. Aber jetzt fühlte sie, daß sie für sich allein einstehen müsse in Zukunft. Der starke Schutz, der Onkel Joachim bisher für sie gewesen war, mußte nun ausgeschaltet werden aus ihrem Leben.

Mit heißer Dankbarkeit gedachte sie des Onkels, mit unverminderter kindlicher Liebe. Ihr Vertrauen in ihn war unerschütterlich; trotz allem war er doch der einzige Mensch auf der Welt, mit dem sie ein Zusammengehörigkeitsgefühl verband. Das würde auch bleiben, wenn sie ihn nicht wiedersah.

Sie beschloß, ihm doch lieber ganz offen alles zu berichten, was geschehen war, und ihm zu schreiben, was sie beschlossen hatte. Er würde sie verstehen und alles billigen, was sie im Bestreben tat, einen falschen Schein zu meiden.

Verschweigen durfte sie ihm nichts. Wer konnte ihr dafür garantieren, daß ihre Feindin sich nicht dennoch mit ihrer giftigen Verleumdung an die Gräfin Rastenau herandrängte? Da mußte Onkel Joachim gewappnet sein.

Während sie das alles durchdachte, wurden ihre Schritte immer müder und schwerer, und zuweilen hatte sie ein Gefühl, als drehe sich alles mit ihr im Kreis. Und so war sie, ohne zu wissen wie, bis an den Wannsee gekommen. Dicht vor sich sah sie eine Holzbrüstung, die zu einem Bootssteg führte. Schwindelig taumelte sie auf diese Brüstung zu und hielt sich daran fest. Mit starren, müden Augen blickte sie über den Wasserspiegel.

Sie hatte nicht bemerkt, daß ihr ein junger, elegant gekleideter Herr gefolgt war. Er war ihr vor einer Weile begegnet und hatte, wie magnetisch angezogen, diskret hinter ihr hergeblickt.

Ihr liebreizendes Gesicht mit dem feinen Schmerzenszug um den blassen Mund, und der traurige, leidvolle Ausdruck der braunen Augen, in denen heute nicht wie sonst die goldigen Sonnenlichter funkelten, hatten ihn seltsam angezogen und gefesselt. Obwohl Liane den Fremden gar nicht angesehen, ihn überhaupt nicht bemerkt hatte, blieb er doch nun hinter ihr stehen und beobachtete sie verstohlen, sich den Anschein gebend, als blicke er über den See.

Er bemerkte sehr wohl die müden, schwankenden Schritte der jungen Dame und sah, wie sie sich schwer auf die Holzbrüstung lehnte.

Es war hier um diese Zeit ganz menschenleer ringsum. Nur auf dem Wasser draußen fuhren vereinzelte Segler und Ruderer in ihren Fahrzeugen.

Der Fremde wollte sich einige Male zum Gehen wenden, aber immer wieder zögerte er. Die schlanke Mädchengestalt da drüben an der Holzbrüstung ließ ihn nicht los.

Und plötzlich kam Leben in seine reglose schlanke Gestalt. Liane Reinold fühlte wieder einen starken Schwindel, ihre Hände lösten sich von der Brüstung und faßten ins Wesenlose. Sie taumelte und wäre sicher zu Boden gestürzt, wenn sie nicht ein starker Arm davor behütet hätte. Der Fremde hatte sie im letzten Augenblick aufgefangen, ehe sie zusammensinken konnte.

Durch den Ruck, mit dem ihr Körper aufgefangen wurde, kam Liane aus ihrer halben Bewußtlosigkeit wieder zu sich. Mit einem glanzlosen, traurigen Blick sah sie auf in das Gesicht des Fremden. All ihre Kraft zusammennehmend, richtete sie sich auf und tastete, sich stützend, nach der Holzbrüstung.

Teilnahmsvoll sah er in ihr Gesicht.

»Verzeihung, meine Gnädigste, ich sah, daß ein Unwohlsein Sie befallen hat. Deshalb mußte ich Ihnen meine Hilfe aufdrängen«, sagte er artig, in ritterlicher Haltung, hilfsbereit neben ihr verharrend.

Liane suchte sich Haltung zu geben, und ihre Augen blickten nun etwas klarer und bewußter, sie verloren den starren Ausdruck. Und wie träumend sah sie in die warmen, grauen Augen des Fremden. Diese Augen grüßten sie wie etwas Liebes, Vertrautes. Das waren Augen, wie sie Onkel Joachim hatte, dieselbe Farbe, derselbe Ausdruck und der gleiche warme, gütige Glanz.

Sie atmete tief auf. So völlig unerfahren sie war im Verkehr mit jungen Herren, fühlte sie doch instinktiv, daß dies kein leichtfertiger Müßiggänger war, der galante Abenteuer suchte.

Sie strich sich über die Stirn.

»Ich danke Ihnen – es war ein leichtes, vorübergehendes Unwohlsein«, sagte sie leise.

»Darf ich Ihnen meine weitere Hilfe anbieten? Ich bitte, verfügen Sie über mich.«

Sie richtete sich auf, wie um ihre Kräfte zu prüfen, und

fühlte, daß ihre Knie zitterten. Die große Aufregung gestern und heute, die schlaflose Nacht und der Umstand, daß sie seit gestern mittag nichts zu sich genommen, hatte sie so schwach gemacht.

Hilflos sah sie in seine gütigen, teilnahmsvollen Augen.

»Wenn ich Sie bitten dürfte, ein Auto anzurufen – ich möchte nach Hause fahren«, sagte sie, verlegen über ihre Schwäche.

Er verneigte sich.

»Gern, meine Gnädigste. Gestatten Sie mir aber vorher, Sie nach der Bank dort drüben zu führen, damit Ihnen nichts zustößt, während ich einen Wagen zur Stelle schaffe.«

Und wie selbstverständlich bot er ihr artig seinen Arm.

Ihre kleine bebende Hand in dem eleganten Handschuh legte sich darauf. Sorglich führte er sie zu der Bank und erst, als sie Platz genommen hatte, eilte er davon.

In wenigen Minuten hielt er mit einem Auto drüben an der Straße.

Sie hatte sich etwas erholt und erhob sich, um hinüberzuschreiten. Sorglich blieb er aber an ihrer Seite und begleitete sie. Er half ihr einsteigen, nachdem sie dem Chauffeur ihre Adresse angegeben hatte.

»Darf ich Sie unbesorgt allein lassen, Gnädigste? Sonst setze ich mich zum Chauffeur und begleite Sie.«

Liane schüttelte den Kopf.

»Ich danke Ihnen, aber ich bedarf Ihrer Hilfe wirklich nicht mehr.«

Da zog er den Hut und trat zurück.

Noch einmal trafen die beiden Augenpaare ineinander mit einem Blick, als wollten sie sich gegenseitig ihre Persönlichkeit einprägen. Dann fuhr das Auto schnell davon.

Der Fremde blieb stehen und sah hinter dem Wagen her,

bis er verschwunden war. Dann wandte er sich nach der entgegengesetzten Richtung und ging langsam davon.

Nach wenigen Minuten war er vor einem am Wannsee gelegenen Sanatorium angelangt. Hier wollte er einen Freund besuchen, der sich kürzlich bei einem Sturz vom Pferd einen komplizierten Beinbruch zugezogen hatte. Anläßlich eines Aufenthaltes in Berlin hatte er diesen Morgen benutzen wollen, um den Freund zu sehen und sich nach seinem Befinden zu erkundigen, was er außerdem auch seiner Kusine versprochen hatte.

Und nun war ihm auf diesem Weg sein Schicksal begegnet.

Aber das ahnte er noch nicht. Die junge Dame hatte allerdings einen tiefen Eindruck auf ihn gemacht, aber er glaubte heute noch nicht, daß er sich nicht mehr verwischen ließe. Das kleine Erlebnis schien ihm abgetan. Er war kein Mensch, der leichtfertig Abenteuer suchte, und wenn ihn auch das schöne Mädchenantlitz sogleich angezogen hatte, so hätte er doch selbstverständlich seine Hilfe im gleichen Fall auch der häßlichsten Frau angedeihen lassen.

Daß die schöne Unbekannte ein Mädchen war, schien ihm sicher. Sie hatte etwas so Reines, Unberührtes in ihrer ganzen Art gehabt. Und doch hatte er nicht einmal den Versuch gemacht, ihre Adresse zu erlauschen, um sich ihr später nähern zu können.

Aber während er bei seinem Freund saß und mit ihm plauderte, sah er doch immer wieder das schöne blasse Mädchengesicht vor sich, und fast war ein Gefühl der Sorge in ihm, ob sie auch ohne weiteren Unfall sicher nach Hause gelangen würde.

Und je weiter der Tag fortschritt, desto intensiver beschäftigte er sich in seinen Gedanken mit der schönen

Unbekannten. Ihr holdes Bild wollte sich nicht verwischen lassen. Schließlich wurde er ganz ärgerlich darüber.

»Über so eine flüchtige Begegnung muß man doch hinwegkommen«, dachte er.

4

Auch Liane mußte immer wieder an ihren ritterlichen Helfer denken, dessen gute Augen so teilnahmsvoll in das Elend ihrer Seele, in ihre Verlassenheit geblickt hatten. Gerade weil sie so einsam gewesen war, hatte ihr seine selbstverständliche Teilnahme, die nichts Aufdringliches hatte, wohlgetan. Und während sie im Auto nach Hause fuhr, saß sie mit geschlossenen Augen und suchte sein Bild festzuhalten. Ganz deutlich sah sie ihn vor sich. Er mochte im Beginn der Dreißig stehen. Sein Gesicht hatte markante, energische Züge, die von keinem Bart verdeckt wurden. Die grauen Augen leuchteten seltsam hell aus dem gebräunten, fast bronzefarbenen Gesicht, das von einem häufigen Aufenthalt in Luft und Sonne zeugte. Nur die obere Hälfte der Stirn, von dem Hut beschützt, hob sich leicht von dem Bronzeton ab. Er machte entschieden einen vornehmen, aristokratischen Eindruck, und seine ganze Art hatte sie unsagbar sympathisch berührt.

Das sinnende Nachdenken über den Fremden lenkte Liane eine Weile wohltätig von ihrem Kummer ab. Als sie dann jedoch ihre Wohnung wieder betrat, überfiel er sie mit neuer Gewalt. Ihre körperliche Schwäche zwang sie aber nun erst einmal, etwas zu sich zu nehmen. Sie ging in die Küche und sah in die daranstoßende Speisekammer. Da fand sie allerlei Vorräte: kaltes Fleisch, Eier, Butter, Brot und Konserven. Sie bereitete sich davon eine stärkende

Mahlzeit. Die nahm sie zu sich und trank ein Glas Wein dazu. Von Kräften durfte sie jetzt nicht kommen. Es war unklug von ihr gewesen, nichts gegessen zu haben in ihrer Aufregung. Nachdem sie gespeist und, was ihr ungewohnt war, die Ordnung in der Küche wiederhergestellt hatte, begab sie sich in ihr Wohnzimmer und überlegte, was sie nun an Onkel Joachim schreiben sollte. All ihre Briefe sandte sie stets an seinen Bankier, der sie weiterbeförderte. Früher hatte ihr Onkel Joachim gesagt, das geschähe, weil der Bankier immer seine Adresse hätte. Jetzt wußte sie, daß er sich die Briefe nur auf diesem Weg erbat, damit sie unverfänglich in seine Hände gelangten.

So war es auch. Obwohl Graf Joachim stets die Posttasche zuerst in die Hände bekam und die Schlüssel dazu hatte, war ihm doch diese Sicherheitsmaßregel für alle Fälle nötig erschienen.

Liane war jetzt sehr froh zu wissen, daß ihr Brief sicher und unbeanstandet in seine Hände gelangen würde. Sie konnte nun wenigstens alles, was ihr am Herzen lag, an ihn schreiben.

Das wollte sie noch heute tun. Abschicken würde sie den Brief erst, wenn sie das Haus verließ.

Daß dies so schnell wie möglich geschehen müsse, stand fest bei ihr. Sie mußte sich nur erst klar werden, wohin sie ihre Schritte lenken sollte.

Mit einem Seufzer der Erleichterung dachte sie an ihr eigenes Vermögen, von dem ihr Onkel Joachim jetzt erst Mitteilung gemacht hatte.

Zwar hatte sie nie einen richtigen Begriff von Geld und Geldeswert gehabt, aber das mußte sie eben lernen. Das Exempel konnte nicht schwer sein. Es hieß, sich das Leben so einzurichten, daß sie mit viertausend Mark im Jahre auskam.

Bis sie die nächsten Zinsen von der Bank abheben

konnte, hatte sie noch Geld genug in ihrem Schreibtischfach, das ihr Onkel Joachim immer für laufende Ausgaben füllte. Diese kleine Kasse war zwar durch die Auszahlungen an die Dienstboten und Frau Doktor stark in Anspruch genommen worden, aber es blieb ihr trotzdem genug für die nächsten Wochen.

Wie gut, daß sie nun mit der Geldangelegenheit auf der Bank Bescheid wußte. So war sie doch in etwa gewappnet. Und vor allen Dingen konnte sie auch Onkel Joachim die Beruhigung geben, daß sie keinen Mangel leiden würde, auch wenn sie nichts mehr von ihm annahm.

Solange sie glaubte, er stehe allein im Leben, hatte sie es ohne Skrupel und Bedenken getan. Jetzt aber wußte sie, daß sie seine Familie beraubte mit jedem Pfennig, den er für sie ausgab. Und das durfte nicht sein – nicht mehr, seit sie wußte, wie die Dinge lagen.

So arbeiteten sich ihre Gedanken mehr und mehr zur Klarheit durch.

Und sie überlegte auch, wie sie in Zukunft ihr Leben einrichten wollte. Am besten war es, sie kam Onkel Joachim gleich mit einem festen Plan. Aber das war freilich nicht so leicht. Und nachdem sie einige etwas phantastische Möglichkeiten erwogen und wieder verworfen hatte, griff sie aufseufzend nach der Zeitung, die sie vorhin mit hereingebracht hatte.

Ganz mechanisch blätterte sie darin, gleichsam, um erst einmal von allem Nachdenken auszuruhen. Sie las einmal einige Zeilen und blätterte dann weiter.

Und so kam sie zum Inseratenteil. Interesse flößte ihr gar nichts ein. Gedankenlos sah sie über die schwarzen Buchstaben hin und las dies und das, ohne den Sinn zu erfassen. Und da ertappte sie sich dabei, daß sie das eine Inserat schon einige Male durchgelesen hatte, ohne sich dessen bewußt geworden zu sein.

Nun gab sie sich plötzlich einen Ruck und zwang sich, die Anzeige aufmerksam zu lesen. Sie lautete:

»Für eine junge Dame aus guter Familie wird eine jugendliche Gesellschafterin gesucht. Dieselbe müßte eine gute Erziehung genossen haben, musikalisch und gemütvoll sein. Hohes Gehalt kann nicht gezahlt werden, dagegen wird völliger Familienanschluß und angenehmer Aufenthalt auf einem Gut in landschaftlich schöner Gegend gewährleistet. Bewerberinnen wollen Offerten unter H. B. 8 an die Expedition dieses Blattes senden, möglichst mit Photographie und Zeugnissen.«

Wie gebannt blickte Liane auf diese Annonce. Es wollte ihr fast scheinen, als habe das Schicksal ihr einen Fingerzeig geben wollen. War es nicht das beste für sie, sich eine derartige Stellung zu suchen, in der ihr ein Familienanschluß zugesichert wurde?

Um sich eine Ehrendame zu halten und mit dieser einen eigenen Haushalt zu führen, dazu reichte ihr Einkommen keinesfalls. Und allein irgendwo eine neue Heimat für sich zu gründen, das ging auch nicht. Es hätte auch Onkel Joachim viel zu sehr beunruhigt, sie allein und schutzlos zu wissen. Es war also sicher das ratsamste für sie, irgendeinen Familienanschluß zu finden. Bis das geschehen war, mußte sie sich freilich allein behelfen. Und so lange war es wohl das beste, Unterkunft in einer gediegenen Familienpension zu suchen.

Sie erinnerte sich, daß eine Pensionsfreundin von ihr im vergangenen Winter in solch einer Pension mit ihrer Tante gewohnt hatte, als sie für einige Wochen in Berlin war.

Liane hatte sie einige Male dort besucht, und die Damen waren des Lobes voll gewesen über die gute Unterkunft.

In diese Pension wollte sie sich also zunächst begeben. Sie wußte, daß sie den Pensionspreis erschwingen konnte, obwohl es eine sehr vornehme Pension im Westen Berlins war.

Und zugleich wollte sie auch auf das Inserat antworten und ausprobieren, ob sie diese Stellung erhielt und ihr gewachsen war. Sie hatte eine erstklassige Erziehung genossen und, wie Madame Schöpfing ihr lachend versichert hatte, mehr gelernt als alle ihre anderen Pensionärinnen. Aber Zeugnisse wurden verlangt. Sie überlegte. Nein, Zeugnisse besaß sie nicht, außer dem, das ihr Madame Schöpfing bei ihrem Abgang aus dem Pensionat ausgestellt hatte. Das war allerdings glänzend. Vielleicht genügte es doch? Sie konnte es jedenfalls mit einsenden.

Wagen wollte sie es auf alle Fälle.

Würde aber Onkel Joachim damit einverstanden sein, daß sie eine solche Stellung annahm?

Jedenfalls wurde ihr Entschluß, sich um die Stellung zu bewerben, immer fester, und nach einer Weile setzte sie sich an ihren Schreibtisch und griff zur Feder. Sie schrieb:

»Sehr geehrte gnädige Frau!

Auf Ihr Inserat Bezug nehmend, erlaube ich mir, mich um die von Ihnen ausgeschriebene Stellung zu bewerben. Ich bin fast einundzwanzig Jahre alt, Vollwaise, im Besitz eines Vermögens, das mir gestattet, auf ein hohes Gehalt zu verzichten.

Sieben Jahre war ich in der Pension der Madame Schöpfing in Genf, ich spreche geläufig englisch und französisch, bin musikalisch gut ausgebildet in Gesang und Klavierspiel und hoffe auch in allen anderen Dingen Ihren Ansprüchen gerecht zu werden. Da ich noch nie eine Stellung irgendwelcher Art bekleidet habe, kann ich Ihnen keine anderen Zeugnisse vorlegen als das meiner ehemaligen Pensionsvorsteherin. Mir ist vor allen Dingen darum zu tun, Familienanschluß zu erhalten, da ich ganz allein im Leben stehe. Ich bitte Sie, mein Gesuch in gütige Erwägung zu ziehen. Meine Photographie lege ich bei. Ich bitte ergebenst, Ihre gütige Antwort an untenstehende Adresse zu senden, und empfehle mich Ihnen

hochachtungsvoll

Liane Reinold.«

Sie fügte die Adresse der Pension Wesemann bei, in der sie Aufenthalt nehmen wollte, sobald sie ihre Sachen gepackt hatte.

Aufatmend las sie den Brief noch einmal durch. Sie wußte nicht recht, ob er gut und richtig abgefaßt war, denn sie hatte sich ja noch nie um eine Stellung beworben. Aber sie machte ihn postfertig und trug ihn gleich selbst zum Briefkasten an der nächsten Straßenecke.

Als das geschehen war, hatte sie ein Gefühl, als habe sie nun den ersten Schritt zur Selbständigkeit getan. Und nachdem sie von dem kurzen Ausgang zurückgekehrt war, begann sie an Onkel Joachim zu schreiben:

»Mein lieber treuer Onkel Joachim!

Heute kommt Deine Liane mit einem schweren, schweren Herzen zu Dir. Seit Du mich verlassen, hat sich so viel für mich geändert, daß mir nun die Welt mit einem Mal ein ganz anderes Gesicht zeigt.

Um gleich das Schwerste zuerst zu sagen – aber bitte, erschrick nicht zu sehr –, wenn Du diesen Brief erhalten wirst, dann habe ich das liebe, traute Haus verlassen, das Du mir in väterlicher Liebe und Güte geschaffen hast. Die Schlüssel dazu übergebe ich dem Portier, der sie für Dich in Verwahrung nehmen wird, denn ich bin ganz allein. Frau Doktor Bartels und die beiden Dienstmädchen sind fort.

Wie das alles kam, muß ich Dir erzählen, wenn es mir auch sehr schwer ankommt. Würde ich es Dir verschweigen, wie ich es gern möchte, um Dir Aufregung zu sparen, so könnten Dir daraus größere Unannehmlichkeiten erwachsen, denn Frau Doktor Bartels stieß eine Drohung aus, die mich fürchten läßt, daß sie vielleicht auch auf Dich ihr häßliches Gift ausspritzen könnte. Und da mußt Du auf alle Fälle gewappnet sein.

Ich will mich kurz fassen, denn dies alles ist so niedrig und abscheulich, daß ich vor Entsetzen wie gelähmt war. Also gestern sagte mir Frau Doktor, sie wolle heute das Haus verlassen und nach einigen gewechselten Worten brach sie los und schalt über meine Verderbtheit. Was sie über Dich und mich alles sagte – sie nannte es ›die Wahrheit sagen‹ – ist so gemein, daß ich es nicht wiederholen mag. Nur das Gravierendste mußt Du wissen: sie nannte mich Deine Geliebte und meinte, wenn ihr Deine Frau nicht leid täte, müßte sie es ihr mitteilen.

Ich wies ihr die Tür. Da drohte sie mir, daß sie Deiner Frau berichten wolle, was sie mir schamloserweise ins Gesicht sagte. Die Angst, sie könne es tun, schloß mir die Lippen. Weiß ich doch, daß Du Deiner Frau nichts über mich gesagt hast. Wie müßte eine solch häßliche Verleumdung auf sie wirken! Frieden und Glück Deiner Ehe wären gefährdet, und bei all meiner Schuldlosigkeit wäre ich die Ursache davon. Das darf nicht sein. Lieber will ich alles ertragen. Es wäre mir ein furchtbarer Gedanke, wenn Du für alle Güte, die Du wie ein treuer Vater der armen Waise erwiesen hast, so einen schlechten Lohn bekommen solltest.

Und so konnte ich mich gegen die häßliche Anschuldigung nicht einmal wehren.

Frau Doktor begnügte sich aber nicht damit, mich völlig niedergeschmettert zu haben, sie wiegelte auch noch die beiden Dienstboten gegen mich auf, so daß diese mir mit der Bemerkung kündigten, daß sie bei ›so einer‹, wie ich es sei, nicht bleiben könnten.

Ich entließ beide sofort.

Sie sind gestern abend gegangen, und Frau Doktor heute morgen. Nun bin ich ganz allein in der Wohnung.

Erst war mir schlimm zumute, mein lieber Onkel Joachim. Aber jetzt bin ich schon etwas ruhiger und gefaßter. Wenn ich nur selbst reinen Herzens bin, dann können mich solche abscheulichen Anschuldigungen böser Menschen nicht treffen. Darin muß ich Trost finden.

Aber eins ist mir in diesen schweren Stunden klar geworden, daß ich das Heim, das mir Deine Güte geschaffen hat, verlassen muß. Es darf nicht sein, Onkel Joachim, daß noch mehr Menschen einen so häßlichen Verdacht gegen uns fassen können. Und deshalb dürfen wir nie mehr zusammen sein, dürfen uns am besten nicht wiedersehen. So schwer es mir ankommen wird, Dich zu meiden, und so genau ich auch weiß, wie weh ich Dir damit tun muß, mein geliebter zweiter Vater, so muß es doch sein. Dafür habe ich vielleicht ein bestimmteres Gefühl als Du. War mir doch schon in dem Moment, als Du mir eröffnetest, daß Du Familie hast, als sei all meine Liebe zu Dir rechtlos geworden, als sei es ein Raub an Deiner Familie, daß Du mich väterlich liebst.

Und nun, nach dem Angriff dieser Frau, wäre es mir einfach unmöglich, wie früher mit Dir zusammen zu sein. Nicht wahr, das siehst Du ein, und zürnst mir nicht, daß ich mein Schicksal jetzt selbst in die Hand nehme.

Allein bleiben kann und will ich nicht. Ich weiß, das wäre auch nicht in Deinem Sinn. Da ich aber mit den Zinsen meines väterlichen Erbteils auskommen möchte, denn Du darfst mir nicht mehr in pekuniärer Weise helfen, kann ich mir eine Ehrendame nicht engagieren. Da habe ich mir nun ausgedacht, ich müßte mir auf irgendeine Weise Aufnahme in eine Familie verschaffen, sei es, daß ich eine Stellung annehme mit Familienanschluß, oder daß ich mich in einer Familie in Pension gäbe, vielleicht bei einer Familie mit gleich-

altrigen Töchtern oder zu einer alten Dame. Nicht wahr, das würdest Du mir auch raten?

Und Deiner Zustimmung sicher, habe ich auch schon auf ein Inserat eine Offerte geschrieben. Das Inserat lege ich Dir bei.

Ich hätte Dich natürlich viel lieber erst zu einer Besprechung zu mir gebeten, aber erstens warst Du jetzt erst von zu Hause abwesend, und zweitens will ich lieber jedes Zusammentreffen mit Dir vermeiden nach dieser häßlichen Verdächtigung. Das verstehst Du, nicht wahr?

Ich weiß, Du würdest mir jetzt um jeden Preis zu Hilfe kommen wollen. Das darfst Du aber nicht. Und deshalb will ich Dir jetzt lieber gar nicht sagen, wo Du mich finden wirst. Erst mußt Du mir brieflich versprechen, keinen Versuch zu machen, mit mir zusammenzutreffen. Sei nicht in Sorge um mich, ich handle ganz besonnen und umsichtig, denn ich weiß, daß ich Dich um mein Schicksal beruhigen muß.

Behalte Deine Liane lieb, laß mir mein kleines Fleckchen in Deinem Herzen, neben Deiner lieben Tochter Steffie. Du hast mir ja gesagt, daß väterliche Liebe sich mit jedem Kind verdoppelt, so daß keines zu kurz kommt. Ich begebe mich, sobald ich meine Sachen gepackt habe, in eine Pension, die mir als vornehm und gediegen bekannt ist. Und ich bleibe dort, bis ich Stellung oder Familienanschluß gefunden habe.

Regelmäßig wirst Du über alles ausführlich Nachricht von mir erhalten. Das verspreche ich Dir zur Beruhigung. Einige hundert Mark Geld besitze ich noch, und später bekomme ich ja meine Zinsen von der Bank. Wie gut, daß Du mich in dieser Angelegenheit jetzt selbständig gemacht hast, so weiß ich doch gut Bescheid.

Du sollst Dich nicht um mich betrüben. Der liebe Gott wird mir schon helfen, er wird wissen, warum er mir das auferlegte. Ich bin jetzt ganz tapfer und unverzagt, nachdem ich die ersten Schrecken überwunden habe. Jetzt weiß ich auch, was Frau Doktor Bartels immer mit ihren häßlichen Andeutungen wollte. Nie hätte ich darauf kommen können. Aber nichts mehr davon.

Sei also ganz ruhig über mich, ich nehme das Herz tapfer in beide Hände. Bitte, schreib mir nur bald, ob Du mit mir zufrieden bist, und ob Du auch fernerhin in väterlicher Liebe und Güte meiner gedenkst. Das wird mich wie ein Schutzwall umgeben und mir das Herz leicht machen. Deine Briefe sende, bitte, bis auf weiteres nach Postamt 50, Berlin W., unter meinem Namen postlagernd. Und nun habe ich alles vom Herzen herunter, und mir ist wieder wohler zumute.

Leb wohl, mein Onkel Joachim, mein geliebter Pflegevater. Gott mit Dir auf allen Wegen. Er möge es gnädig fügen, daß Deine hochherzige Freundestat gegen meine Eltern, die Dich bestimmte, mir armen Waise den Vater zu ersetzen, Dir nur Segen bringt. Vielleicht fügt er es doch in seiner Gnade, daß wir uns eines Tages ohne Bedenken wiedersehen können. Ich werde allzeit Deiner würdig bleiben und nie vergessen, was ich Dir schuldig bin.

In dankbarer Liebe und Verehrung

Deine Liane.«

Als Liane Reinold diesen langen Brief beendet hatte, atmete sie tief auf. Etwas freier war ihr nun wirklich ums Herz, da sie ihrer Not und Sorge Worte gegeben hatte. Und nun fand sie auch Tränen – erlösende Tränen. Sie barg das Gesicht in den Händen und weinte lange und heftig. Die Tränen spülten einen Teil ihres Kummers fort, und als sie endlich versiegten, erhob sich Liane mit einem entschlossenen Ausdruck. Sie wollte nun nicht mehr verzagt und mutlos in die Zukunft blicken.

Ohne Zögern begann sie ihre Sachen zusammenzusuchen, die sie mitnehmen wollte. Mancherlei, was ihr lieb und wert war, trug sie zusammen. Darunter vor allen

Dingen Onkel Joachims letzte Photographie. Sie stand auf ihrem Schreibtisch in einem schlichten, vornehmen Rahmen. Da hatte er sie selbst hingestellt am Morgen ihres zwanzigsten Geburtstages, mit all den übrigen reichen Geschenken, die er für sie aufgebaut hatte.

Als sie jetzt auf das Bild herniedersah, mußte sie plötzlich wieder an den fremden jungen Herrn denken, der ihr heute morgen seine Hilfe hatte angedeihen lassen. Just mit denselben Augen hatte er sie angesehen, wie es Onkel Joachim immer tat: so warm, so gütig und so teilnahmsvoll.

Sie schüttelte über sich selbst den Kopf. Was ging sie dieser fremde Mann an, der einmal flüchtig ihren Weg gekreuzt hatte und dem sie sicher nie im Leben wieder begegnete.

Leise, wie schmeichelnd glitten ihre Hände über die Photographie, dann verpackte sie sie sorglich in einen Karton.

So trug sie ein Stück nach dem anderen zusammen. Zum Glück besaß sie noch die großen neuen Rohrplattenkoffer, die sie sich unter Madame Schöpfings Assistenz in Genf gekauft und worin sie ihre ganze Habe in der Pension eingepackt hatte, ehe Onkel Joachim sie abholte.

Diese Koffer mußte sie nun ganz allein aus einer Kammer herbeischleppen, und nachdem sie all ihre Sachen hineingepackt hatte, war sie rechtschaffen müde und spürte auch wieder Hunger.

Sie begab sich erneut in die Küche, bereitete sich eine Abendmahlzeit und kochte Tee.

Als sie dann im Speisezimmer einsam bei Tisch saß, wollte sie der Jammer wieder überkommen. Aber sie wehrte sich dagegen. Sie wollte nicht schwach werden, aber das Alleinsein war ihr schrecklich. Ähnlich einsam hatte sie sich nur, soweit sie sich erinnern konnte, ein einziges Mal gefühlt. Das war am letzten Weihnachtsabend gewesen. Die früheren Weihnachtsfeste bei Tante Lott und in der Pension hatte man ihr immer sehr angenehm gemacht. Da hatte sie Onkel Joachim nicht so schmerzlich vermißt. Aber das erste Weihnachtsfest hier in diesem Heim war ihr ordentlich quälend gewesen. Onkel Joachim hatte ihr geschrieben, daß seine Geschäfte ihm nicht erlaubten, am Weihnachstfest bei ihr zu sein. Herrliche Geschenke hatte er ihr gesandt, und hatte auch einen Tannenbaum geschmückt und die Geschenke darunter aufgebaut. Frau Doktor hatte sich unwohl gefühlt und war gleich nach der Bescherung zu Bett gegangen, und da hatte dann Liane einsam neben dem Weihnachtsbaum gesessen und in die brennenden Kerzen gestarrt wie ein verlassenes Kind. Sehnsuchtsvoll hatte sie an Onkel Joachim gedacht und ihn draußen in der Welt gesucht, auf seine Geschäfte grollend. Jetzt wußte sie, daß er damals, wie alle früheren Weihnachten, das Fest bei seinen Angehörigen verlebt hatte.

Sie versuchte sich vorzustellen, wie er auf Schloß Rastenau im Kreise seiner Familie saß. Man aß vielleicht auch dort gerade zu Abend. Die heitere Komteß Steffie scherzte und lachte wohl mit dem Vater, und er strich ihr zärtlich über das dunkle Haar, das sich ein wenig unbändig um die Stirn krauste.

Bei diesen Gedanken stiegen ihr wieder die Tränen in die Augen. Sie erhob sich hastig, um die Fassung nicht zu verlieren, und räumte das Geschirr in die Küche hinaus. Sorglich, wenn auch ein wenig ungeschickt, säuberte sie es selbst und brachte alles in Ordnung. Wenn sie morgen früh die Wohnung verließ, mußte alles sauber sein. Unordnung war häßlich, die mochte sie nicht leiden.

Dann ging sie in ihren Salon und setzte sich an den Flügel. Ihre Hände glitten leise und verträumt über die Tasten. Traurige Melodien waren es, die sie spielte. Und das Herz tat ihr weh, weil sie morgen dies stille, friedliche Heim, das treue Fürsorge ihr geschaffen hatte, verlassen mußte. Wo würde sie das Schickal hintreiben?

5

Als Liane am anderen Morgen erwachte, kleidete sie sich an und bereitete sich selbst ihr Frühstück, damit sie unterwegs nicht etwa wieder ein Unwohlsein befiel.

Ehe sie am Abend vorher eingeschlafen war, hatte sie wieder an den jungen Fremden denken müssen. Und auch jetzt bei ihrem Frühstück kam er ihr wieder in den Sinn. Er hatte ihr sehr gut gefallen. Sein gebräuntes, charakteristisches Gesicht hatte für sie etwas ungemein Vertrauenerweckendes gehabt. Ihr war, als habe ihr das Schicksal diesen sympathischen Menschen als Trost in ihrer Verlassenheit in den Weg geschickt, als ein Zeichen, daß sie nicht zu verzagen brauche, und daß es noch mehr gute Menschen auf der Welt gab.

Fast gab ihr dieser Gedanke auch jetzt wieder einen leisen Trost.

Nachdem sie gefrühstückt hatte, machte sie sich auf den Weg nach der Pension Wesemann.

Sie bestieg an der nächsten Straßenecke die Elektrische und fuhr zum Kurfürstendamm bis an die Kaiser-Wilhelm-Gedächtnis-Kirche. Dort stieg sie aus und hatte noch eine kurze Strecke zu Fuß zurückzulegen, bis sie die Pension erreichte.

Diese befand sich in einem der großen, vornehmen Mietpaläste des Westens. Als sie die Hausglocke zog, sprang die Tür, wie von unsichtbaren Händen geöffnet, auf. Von der Tür aus führte eine breite Marmortreppe, mit roten Läufern belegt, bis zum Hochparterre, in dem sich die Pension befand.

Hier klingelte Liane abermals, und gleich darauf öffnete sich die Tür, an der ein Schild mit der Inschrift »Pension Wesemann« angebracht war. Eine freundliche, sauber gekleidete Dienerin mit weißer Schürze und weißem Häubchen erschien.

»Ich möchte Frau Major Wesemann sprechen«, sagte Liane.

»Bitte einige Minuten Platz zu nehmen, gnädiges Fräulein. Frau Major ist gerade beschäftigt. Ich werde sie sogleich benachrichtigen.«

Damit ließ die Dienerin Liane in die Diele eintreten und schob ihr einen eleganten Rohrsessel hin.

Liane ließ sich nieder. Eine Weile saß sie nun allein in dem hübschen, freundlichen Raum. Sie sah sich darin um. Ein runder, mit Zeitschriften bedeckter Tisch, um den sechs Rohrsessel gruppiert waren, eine große Garderobe mit hohem Spiegel, auf dem Fußboden ein geschmackvoller Kokosteppich, hübsche Blumenstücke in weißen Rahmen an den Wänden, blendend saubere Mullvorhänge an dem breiten, niedrigen Fenster, in dem blühende Blumen standen, um den nüchternen Ausblick nach dem Hof zu verdecken, das war die Einrichtung dieser Pensionsdiele. Zu beiden Seiten führte ein langer Gang zu den Zimmern. Daß auch diese Zimmer elegant und freundlich, vor allem aber sehr sauber waren, wußte Liane von ihrem früheren Hiersein, beim Besuch ihrer Pensionsfreundin.

Sie atmete auf. Hier würde sie es schon aushalten können, bis sich ihr Schicksal weiter entschieden hatte.

Sie lehnte sich in ihren Sessel zurück und schloß die Augen. Aber da vernahm sie in dem nach rechts führenden Gang das Öffnen und Schließen einer Tür. Schnelle elastische Schritte ertönten. Liane glaubte, Frau Major Wesemann nähere sich, und wandte ihr Gesicht der Richtung zu, von der sie kommen mußte.

Aber im nächsten Augenblick zuckte sie zusammen. Das war nicht Frau Major Wesemann, sondern – der junge Fremde von gestern morgen. Auch er hatte Liane nun erblickt und sofort seine schöne Unbekannte erkannt. Überrascht sah er sie an und merkte mit einer leisen Erregung, daß sich ihr Gesicht mit heller Röte überzog. Einen Augenblick zögerte er, offenbar nicht wissend, was er tun sollte. Er war nicht der Mann, solch einen Zufall ungeniert auszunutzen. Konnte er doch nicht wissen, ob der jungen Dame diese erneute Begegnung und die Erinnerung an gestern angenehm war. Daß sie ihn erkannt hatte, stand deutlich genug in ihrem Gesicht geschrieben.

Noch hatte er keinen Entschluß fassen können, als abermals eine Tür geöffnet wurde und die Dienerin zurückkam. Da entschloß er sich schnell, mit einer ritterlichen Verbeugung stumm den Hut vor Liane zu ziehen und an ihr vorüber zur Tür zu gehen.

Liane dankte mit einem Neigen des Kopfs.

Der junge Herr begegnete der Dienerin.

»Ist Post für mich eingetroffen?« fragte er diese.

»Nein, gnädiger Herr, der Briefträger war noch nicht da.«

»Wenn jemand nach mir fragen sollte, geben Sie, bitte, Bescheid, daß ich wahrscheinlich vor Abend nicht zurückkomme.«

»Sehr wohl, gnädiger Herr.«

Die Dienerin öffnete ihm die Tür, die nach dem Treppenhaus führte, und wandte sich dann an Liane:

»Frau Major läßt bitten, gnädiges Fräulein.«

Das hörte der Fremde noch im Hinausgehen. Eine Weile blieb er draußen im Treppenhaus unschlüssig stehen und sah auf die geschlossene Tür, als wolle er sie mit den Blikken durchdringen.

Daß ihm das Schicksal heute abermals diese junge Dame in den Weg führte, an die er »höchst überflüssigerweise« seit der gestrigen Begegnung immerfort hatte denken müssen, erschien ihm nicht bedeutungslos.

Zufall oder Schicksalsfügung? fragte er sich.

Aber wie ärgerlich über sich selbst warf er den Kopf zurück und lief dann eilig die Treppe hinab und aus dem Haus.

Und doch wurden seine Schritte, je weiter er ging, immer zögernder. An der nächsten Straßenecke blieb er sogar stehen, eine ganze Weile, bis die junge Dame, die einen so tiefen Eindruck auf ihn gemacht hatte, aus dem Haus trat.

Erst, als er sah, daß sie ein vorüberfahrendes Auto anrief und in diesem davonfuhr, setzte er seinen Weg fort.

Lianes Herz hatte sehr unruhig geklopft, als sie den jungen Fremden wiedergesehen hatte. Etwas erregt war sie der Dienerin gefolgt. Der junge Herr schien ebenfalls in der Pension Wesemann zu wohnen. Ob ich ihn wohl nochmals wiedersehe? dachte sie.

Frau Major Wesemann, eine stattliche sympathische Dame, deren kluge Augen die Menschenkennerin verrieten, empfing Liane in ihrem kleinen Kontor mit der ihr eigenen liebenswürdigen Freundlichkeit. Sie hatte ein vorzügliches Personengedächtnis und erkannte in Liane sogleich die junge Besucherin einer ihrer Pensionärinnen.

»Womit kann ich Ihnen dienen, gnädiges Fräulein?« fragte sie, Liane zum Sitzen einladend.

»Ich möchte einige Zeit bei Ihnen Wohnung nehmen, Frau Major. Meine Freundin, Fräulein von Schlicht, hat mir den Aufenthalt in Ihrem Hause sehr gerühmt. Ich möchte mich für unbestimmte Zeit unter Ihren Schutz begeben, da ich völlig allein stehe. Kann ich Aufnahme bei Ihnen finden, oder haben Sie kein Zimmer mehr frei?« sagte sie mit der ihr eigenen, vornehm wirkenden Ruhe.

Die Majorin war eine gute Menschenkennerin und mußte sich oft auf diese Eigenschaft verlassen. Lianes ganze Art wäre ihr Bürgschaft genug gewesen, auch wenn sie nicht gewußt hätte, daß sie mit Fräulein von Schlicht befreundet war. Und da sie ein hübsches Zimmer frei hatte, wurde man schnell einig.

Liane sagte, daß sie sogleich ihr Gepäck holen und einziehen wollte. Und dann verabschiedete sie sich und stieg draußen in ein Auto, was von der nächsten Straßenecke aus von dem Fremden beobachtet wurde, ohne daß sie eine Ahnung davon hatte.

Liane fuhr zu ihrer bisherigen Wohnung. Dort fragte sie zuerst den Portier, ob er mit dem Chauffeur zusammen ihre Koffer herunterschaffen wolle. Der Portier war sogleich bereit, auf ein gutes Trinkgeld hoffend.

Danach ging Liane noch einmal durch alle Räume, sah sorglich nach, ob alles in Ordnung war, strich noch einmal wie liebkosend über ihren Flügel und ging dann schnell hinaus.

Sie schloß die Wohnung ab und übergab die Schlüssel dem Portier.

»Ich verreise auf längere Zeit. Bitte, nehmen Sie die Schlüssel in Verwahrung, bis mein Onkel kommt und sie Ihnen abfordert«, sagte sie.

Dabei beobachtete sie voll Unruhe die Gesichter des Portiers und seiner Frau, ob die Dienstboten oder Frau Doktor selbst auch hier ihre Verleumdung angebracht hatten. Aber es schien nicht der Fall zu sein. Die beiden Leute waren sehr dienstwillig und ehrerbietig und bedankten sich für das reichliche Trinkgeld.

Liane atmete erlöst auf. Sie hatte zum erstenmal die Furcht vor der Meinung der Welt kennengelernt.

Schnell verabschiedete sie sich nun und ging hinaus, um das Auto zu besteigen. Der Portier beeilte sich, den Wagenschlag zu öffnen und zu schließen.

Liane sah zu den Fenstern empor, hinter denen sie über ein Jahr lang ein friedliches Heim gefunden hatte. Ihre Augen trübten sich. Nun war sie wieder heimatlos. Hatte sie überhaupt jemals eine rechte Heimat gehabt? Nein. Sie war ein losgerissenes Blatt, schutzlos dem Sturm des Lebens preisgegeben. Wohin würde sie jetzt das Schicksal treiben?

Schnell hatte sich Liane in ihrem hübschen hellen Pensionszimmer für die nächste Zeit eingerichtet. Zwei der größten Koffer packte sie gar nicht erst aus. Alles Nötige hatte sie in zwei kleineren Koffern untergebracht, und was diese enthielten, ordnete sie in Schränke und Schubladen.

Sie wollte zunächst einmal die Antwort von Onkel Joachim abwarten.

Um zwei Uhr wurde in der Pension Wesemann zu Mittag gegessen. Liane wurde selbst von Frau Major Wesemann ins Speisezimmer geführt. Sie hörte, wie diese im Vorübergehen zu dem Serviermädchen sagte: »Herr Greifenberg hat telephoniert, daß er heute mittag zum Essen kommt, legen Sie also ein Gedeck für ihn auf, er muß gleich zurück sein.«

Liane fragte sich, ob Herr Greifenberg vielleicht der junge Fremde war, den sie heute morgen in der Diele wiedergesehen hatte.

Das war allerdings der Fall. Herr Greifenberg wohnte in der Pension, speiste aber sonst nicht hier. Er hatte nur in der Pension Wesemann Wohnung genommen, weil diese günstig für ihn lag und er schon seit Jahren hier zu wohnen pflegte, wenn er sich in Berlin aufhielt. Sonst speiste er mit Freunden zusammen, wo er sich gerade befand. Auch heute hatte er nicht die Absicht gehabt, vor dem Abend zurückzukommen, wie er ja der Dienerin mitgeteilt hatte. Aber der Gedanke an zwei goldbraune Mädchenaugen, an ein blasses, süßes Gesicht ließ ihn nicht mehr los. Er hatte die Verabredung mit zwei Freunden aufgegeben, weil es ihm keine Ruhe mehr ließ, zu erfahren, wer seine schöne Unbekannte war, und was sie in der Pension gewollt hatte.

Vielleicht wollte sie dort wohnen? Das mußte er in Erfahrung bringen. Und das konnte er am unverfänglichsten bei Tisch tun. So hatte er telephonisch mitgeteilt, daß er in der Pension speisen würde.

Als das geschehen war, ärgerte er sich allerdings ein wenig über sich selbst. Unwillig fragte er sich, warum er die Gelegenheit, seine schöne Unbekannte kennenzulernen, herbeiführen wollte. Es war nicht seine Art, Abenteuer zu suchen, wenn er auch frisch und froh genoß, was ihm das Leben Gutes in den Weg führte. Warum lockte es ihn so sehr, die nähere Bekanntschaft dieser jungen Dame zu machen?

Er gab sich keine Antwort auf diese Frage, aber er fand sich pünktlich um zwei Uhr an der Tafel in der Pension Wesemann ein.

Und der Zufall begünstigte ihn auch weiterhin.

Es war Brauch in der Pension Wesemann, daß neu angekommene Gäste am Ende der Tafel saßen, rechts und links von Frau Major Wesemann, die stets am letzten Ende ihren Platz hatte. Frau Major Wesemann machte dann die neuen Ankömmlinge mit ihren Nachbarn bekannt und vermittelte, wenn es erwünscht war, die Unterhaltung.

Liane Reinold und Herr Greifenberg waren die beiden zuletzt eingetroffenen Gäste, und folglich fanden sie sich an der Tafel einander gegenüber, nur getrennt durch Frau Major Wesemann.

Diese stellte die beiden jungen Herrschaften einander vor. Und so erfuhr Herr Greifenberg, daß seine schöne Unbekannte, die bei dieser abermaligen Begegnung noch stärker errötete, Fräulein Reinold hieß – schlichtweg Fräulein Reinold.

Während er die Suppe löffelte und einige Worte mit der Majorin und auch mit Liane wechselte – ohne jedoch auf die frühere Bekanntschaft anzuspielen –, sagte er zu sich selbst:

Sei so gut, mein lieber Detlev, und sieh nicht so tief in diese schönen Augen, die aus dem süßen Gesicht herausstrahlen wie die liebe Sonne selbst. Mir scheint, du könntest bei dieser Gelegenheit einem gefährlichen Zauber erliegen und unversehens dein Herz verlieren. Und du bist in Gefühlssachen ein schwerfälliger, gründlicher Mensch, der sich mit Kleinigkeiten nicht abgibt. Es hieße mit dem Feuer spielen, wenn du nicht schleunigst zum Rückzug bläst. Hier gibt es nur Wunden für dich zu holen. Dieses Fräulein Reinold – sie sieht übrigens viel eher wie eine junge Fürstin aus – muß Luft für dich sein, verstanden? Sie darf gar nicht für dich existieren, das weißt du. Denn für eine Liebelei ist dieses liebliche, stolze Geschöpf nicht zu haben. Wäre sie es, würde sie dir nicht so gut gefallen. Und für ein ernstes Engagement auf Lebenszeit – das geht eben nicht, mein lieber Detlev, du hast doch keine freie Wahl. Also sei hübsch vernünftig, halte dein Herz fest und weiche der jungen Dame in Zukunft aus.

Ungeachtet dieser schönen Rede, die sich Detlev Greifenberg hielt, sah er doch immer wieder mit brennendem Interesse zu Liane Reinold hinüber. Und es entging ihm kein Wort, das sie mit der Majorin sprach.

Die beiden Damen unterhielten sich von Fräulein von

Schlicht und ihrer Tante, einer Baronin Verden. Der Gatte der letzteren hatte mit dem verstorbenen Major in einem Regiment gedient. Deshalb wohnte die Baronin immer in der Pension Wesemann, wenn sie in Berlin war. »Meine Gäste bleiben mir erfreulicherweise treu«, sagte die Majorin lächelnd.

»Das ist verständllich«, erwiderte Liane artig.

»Sie wissen es Ihren Gästen sehr behaglich zu machen, Frau Major – ich komme ja auch schon seit langen Jahren immer wieder gern zu Ihnen«, bemerkte Detlev Greifenberg.

Die Majorin neigte lächelnd den Kopf.

»Das macht mich auch sehr froh, Herr Greifenberg«, erwiderte sie und streifte mit einem wissenden Blick sein gebräuntes Gesicht.

Er hatte aus dem Gespräch entnommen, daß Liane in einer Genfer Pension gewesen war. Und als nach einer Weile die Majorin von der Tafel abgerufen wurde, konnte er es sich trotz aller schönen Vorsätze nicht versagen, die Unterhaltung mit seinem Gegenüber lebhaft fortzusetzen. Sie sprachen über Genf, das auch Herrn Greifenberg gut bekannt war.

Als er aber merkte, daß ihre Tischnachbarn nicht auf sie achteten, sondern anderweitig in eine Unterhaltung verstrickt waren, sagte er halblaut:

»Ich wußte nicht, mein gnädiges Fräulein, ob ich mich unserer Begegnung von gestern morgen noch erinnern durfte, und ob Sie sich derselben erinnerten, deshalb berührte ich sie nicht in Gegenwart von Frau Major. Wenn ich also ungeschickt war, bitte ich um Verzeihung.«

Sie errötete leicht, erwiderte aber ruhig und schlicht:

»Es bedarf wirklich keiner Verzeihung, daß Sie taktvoll schwiegen. Ich erinnere mich sehr wohl Ihrer freundlichen Hilfe, als ich von einem kleinen Unwohlsein befallen wurde, und freue mich, Ihnen nochmals danken zu können.«

»Sie beschämen mich, ich konnte leider wenig genug für Sie tun. Hoffentlich haben sie dies Unwohlsein völlig überwunden?«

»Ich danke, es war wirklich nur eine ganz vorübergehende Unpäßlichkeit.«

Aber er sah, wie sich bei ihren Worten die herrlichen Sonnenaugen verdunkelten und der feine Schmerzenszug um den jungen Mund wieder sichtbar wurde.

Sie muß irgendein schweres Leid erfahren haben und sah schon gestern viel mehr unglücklich als leidend aus, dachte er.

Und er hätte gern gewußt, welcher Kummer sie bedrückte.

Aber er war viel zu taktvoll, um noch ein Wort darüber zu verlieren. Ablenkend fragte er sie, ob sie Berlin schon kenne oder zum ersten Male hier sei.

Dabei sah er eine leichte Unsicherheit in ihren Zügen, die ihn seine Frage schon bereuen ließ. Sie bezwang diese Unsicherheit jedoch sehr schnell und erwiderte in ihrer ruhig vornehmen Art:

»Ich kenne Berlin schon länger.«

Sie plauderten nun über Berliner Theater und Konzerte, wie man eben mit fernstehenden Menschen spricht. Aber in den beiden jungen Augenpaaren leuchtete dabei doch zuweilen ein wärmerer Schein, als es die flüchtige Bekanntschaft rechtfertigte.

Liane vertiefte sich immer mehr in das Studium seines Gesichts. Es erinnerte sie immer lebhafter an das Onkel Joachims. Nicht nur die Augen waren in Form, Farbe und Ausdruck einander ähnlich, sondern auch die Gesichtszüge. Diese Ähnlichkeit wurde noch unterstützt dadurch, daß weder Onkel Joachim noch Herr Greifenberg einen

Bart trugen. Aber das Sonderbarste war, daß Herr Greifenberg auf der Stirn zwischen den Augen genau dieselbe eigenartige dreieckige Falte hatte, wenn er die Stirn krauste, wie Onkel Joachim auch.

Deshalb ist er mir gleich so sympathisch, weil er mich an Onkel Joachim erinnert, dachte sie.

Und sie mußte sich wieder fragen, was wohl Onkel Joachim zu ihrem Brief sagen, und wann sie wohl Antwort von ihm haben würde.

Inzwischen kam die Dame des Hauses zurück, und das Serviermädchen reichte das Dessert herum. Nachdem dieses eingenommen war, hob die Majorin die Tafel auf.

Es wurde nun noch Mokka gereicht.

Die wenigen Herren zogen sich in das kleine Rauchzimmer zurück, um eine Zigarette zu rauchen. Einige Herrschaften brachen sofort auf, um auszugehen. Man war in Berlin, um Neues zu sehen und zu hören.

Auch Detlev Greifenberg hätte sich beeilen müssen, um seine Freunde noch zu treffen. Aber er blieb totzdem in Lianes Gesellschaft, bis sie ihren Mokka getrunken hatte und sich mit einer Verbeugung zurückzog.

Da entfernte auch er sich endlich und nahm sich ernstlich vor, ihr in Zukunft auszuweichen.

Es ist das beste für mich, ich sehe sie nicht wieder. Der Zauber, der von ihren schönen Augen und von ihren herrlichen Loreleihaaren ausgeht, ist wirklich sehr gefährlich.

Aber am anderen Tag saß er ihr Punkt zwei Uhr wieder an der Tafel gegenüber und sah viel tiefer, als ihm gut war, in die schönen, traurigen Augen.

Auch Liane hatte mehr, als ihrer Herzensruhe zuträglich war, in Detlev Greifenbergs Augen gesehen. Ihre Unterhaltung war an diesem zweiten Tag entschieden schon einen Ton wärmer. Und am dritten Tag, als Herr Greifenberg allen Vernunftgründen zum Trotz abermals bei der Tafel erschien, plauderten die beiden jungen Menschen so angeregt miteinander, daß die Augen strahlend ineinanderleuchteten und die Herzen ihnen bis zum Hals hinauf klopften.

Und dann kam der vierte Tag. Da erschien Detlev Greifenberg mit einem etwas gespannten, entschlossenen Gesicht bei der Tafel. Er hatte sich soeben erst in seinem Zimmer eine energische Vorlesung gehalten und sich selbst das Wort gegeben, sich heute unter allen Umständen das letztemal der Gefahr auszusetzen, die in Liane Reinolds Augen für ihn lag.

Er ließ allerdings diese Gefahr heute noch einmal gründlich auf sich wirken. Seine Augen wichen kaum von ihrem Gesicht. Aber nach Tisch trat er an ihre Seite, ehe sie den Speisesaal verlassen konnte.

»Mein gnädiges Fräulein«, sagte er mit vor Erregung etwas rauher Stimme, während es in seinem Gesicht leise zuckte, »gestatten Sie mir gütigst, daß ich mich von Ihnen verabschiede. Ich reise heute nachmittag ab.«

Liane verriet nicht, was sie bei dieser Mitteilung empfand. Sie hatte von ihm selbst gehört vor einigen Tagen, daß er noch drei oder vier Tage länger hatte bleiben wollen. Er mußte seine Pläne geändert haben.

»Sie reisen schon heute, Herr Greifenberg?« fragte sie, während sie unwillkürlich erblaßte.

»Ja – ich bekam ein Telegramm, das mich schnell abruft«, stieß er heiser hervor.

»So wünsche ich Ihnen gute Reise.«

Sie reichte ihm die Hand. Er zog sie an seine Lippen, und sie fühlten beide, daß ihre Hände unsicher ineinander ruhten, und daß das Blut schwer bis in die Fingerspitzen pulsierte.

»Ich danke Ihnen, mein gnädiges Fräulein. Es war mir

ein Vorzug, Ihnen begegnet zu sein. Ob uns das Leben jemals wieder zusammenführen wird?«

Sie sah in seine brennenden Augen.

»Fatum, Herr Greifenberg. Wie es das Schicksal fügt«, erwiderte sie leise.

»Fatum? Glauben Sie an ein Fatum – an eine Vorausbestimmung des Schicksals?«

Sie zwang ein Lächeln in ihr Gesicht.

»Obwohl ich keine Mohammedanerin bin, habe ich doch das Empfinden, daß uns Menschen unser Lebensweg im Buch des Schicksals vorgezeichnet ist.«

»So möge Ihr Fatum ein holdes und glückliches Gesicht tragen, mein gnädiges Fräulein.«

»Das wünsche ich Ihnen auch.«

Noch einmal preßte er ihre Hand an seine Lippen.

»Ich werde Sie nie vergessen – leben Sie wohl«, stieß er mit verhaltener Stimme hervor und eilte, sich losreißend, davon.

In seinem Zimmer angelangt, warf er hastig seine Sachen in seinen Koffer. Wie um sich selbst zu betrügen, versuchte er leise vor sich hinzupfeifen, als sei er in heiterster Stimmung. Aber als er den Kofferdeckel zuschlug, brach dieses Pfeifen jäh ab. Mit finster zusammengezogener Stirn trat er an das Fenster.

Starr sah er hinaus. Und dann formten seine Lippen leise Worte, die ganz aus seinem Innern kamen.

Man sieht einander, lernt sich kennen, gewinnt sich lieb – und muß sich trennen.

Diese Worte kamen ihm erst zum Bewußtsein, als er sie ausgesprochen hatte. Da fuhr er mit einem ärgerlichen Gesicht herum.

Nun aber schleunigst fort mit dir, mein lieber Detlev, damit du wieder klare, vernünftige Gedanken bekommst. In schnellster Flucht liegt deine einzige Rettung. Mit so etwas wirst du doch noch fertig werden? Diese Blume ist nun mal nicht für dich gewachsen, und der Mensch soll nicht unerreichbaren Dingen nachstreben. Punktum!

Er schloß seinen Koffer ab und machte sich zur Abreise fertig. Ein Blick auf seine Uhr zeigte ihm, daß es höchste Zeit zum Aufbruch war. Und unten fuhr auch schon das Auto vor, das ihn zum Bahnhof bringen sollte.

Mit zusammengebissenen Zähnen schritt er wenige Minuten später die Treppe hinab und warf sich in das Auto. Sein Blick flog zu den Fenstern empor. Er sah aber nicht, daß ein goldblonder Mädchenkopf verstohlen hinter dem Tüllstore auf die Straße hinablugte.

Liane Reinold wollte noch einen letzten Blick hinabwerfen auf den Mann, der ihr junges Herz zum ersten Mal hatte höher schlagen lassen – einen Abschiedsblick.

Seine letzten Worte zitterten in ihrer Seele nach: »Ich werde Sie nie vergessen.« Sie preßte die Hände aufs Herz. Nein, auch sie würde ihn nie vergessen, niemals, das wußte sie.

Und ihr Leben schien ihr nicht ärmer, sondern reicher geworden zu sein durch diese Gewißheit. Das Gefühl, das er in ihr geweckt hatte, und das schüchtern keimte, war noch ganz wunschlos.

Sie sah, wie er die Fenster absuchte mit den Augen und wie seine Zähne sich zusammenbissen. Dann entführte ihn der Wagen.

6

Schloß Rastenau lag in der herrlichsten landschaftlichen Umgebung inmitten des Thüringer Landes, und zwar auf einem Berg, der die ganze Gegend beherrschte.

Ursprünglich war das Schloß nur eine Burg von ganz geringem Umfang gewesen, aber einer der Grafen Rastenau nach dem anderen hatte durch originelle Anbauten und Umbauten die Stammburg seines Geschlechts vergrößert, wie ein Morgen Land nach dem anderen seinem Besitz angefügt worden war. Und so hatte es sich im Lauf der Jahrhunderte zu einem stolzen und imposanten Schloß entwickelt, das gerade durch die regellosen Angliederungen sehr malerisch wirkte, wenn es auch auf Stilreinheit keinen Anspruch erheben konnte.

Die Rastenaus gehörten zu den wenigen Adelsgeschlechtern, deren Reichtum und Besitz sich mit den Jahren nicht nur erhalten, sondern auch vermehrt hatte. Und nicht nur die Grafschaft Rastenau hatte sich vergrößert, sondern durch Kauf und eingebrachtes Heiratsgut waren zu dem Majorat Rastenau noch mehrere große Güter gekommen. Gerade, weil es Majorat war, wurde der Besitz nie zerstückelt.

Um Macht und Ansehen des Geschlechts zu erhalten, hatte mancher zweit- oder drittgeborene Graf Rastenau sich mit einem sehr geringen Erbe abfinden müssen. Reichtum und Besitz hatten sich in der Hauptsache immer nur auf den Erstgeborenen vererbt.

Aber während Besitz und Reichtum sich bis jetzt erhalten hatten, war das Geschlecht der Grafen Rastenau entschieden im Aussterben begriffen. Zwei Majoratsherren hatten keine Söhne hinterlassen, und so war das Majorat auf deren Vettern oder Neffen gefallen. Der Vorgänger des jetzigen Majoratsherrn hatte zwar einen Sohn gehabt, aber dieser war ihm überraschenderweise im Tod vorangegangen.

Auch Graf Joachim Rastenau besaß keinen Sohn, sondern nur eine Tochter. Und außer ihm existierte überhaupt nur noch ein einziger Graf Rastenau, das war sein Neffe.

Dieser würde nach Graf Joachims Tod Majoratsherr von Rastenau werden. Er stand im dreiunddreißigsten Lebensjahr und war seit seinem zwölften Jahre verwaist.

Graf Joachim hatte sich seiner angenommen und ihn wie einen Sohn aufgezogen. Wenn er keine Söhne bekam, starben die Rastenaus aus.

Die Grafen Rastenau hatten ihren Namen noch die ihrer Güter angefügt. Komteß Steffie, Graf Joachims Tochter, pflegte lachend zu sagen: »Wenn ich meinen Namen mit allen Schikanen und allem Drum und Dran ausschreiben muß, dann brauche ich für die Unterschrift allein einen ganzen Briefbogen. Deshalb habe ich eine so große Abneigung gegen das Schreiben. Daran sind meine Vorfahren schuld. Warum mußten sie ein Gut nach dem anderen an ihren Besitz und einen Namen nach dem anderen an ihren Namen hängen.« Komteß Steffie war also gar nicht stolz auf ihren vornehmen Namen. Und man konnte von ihr auch nicht behaupten, daß sie in anderer Beziehung stolz gewesen wäre. Sie hatte als Kind am liebsten mit den Sprößlingen des Schloßgärtners gespielt, vier gesunde, robuste Flachsköpfe waren das. Mit denen war sie herumgetollt auf dem Schloßberg, im Garten und auf der Mauer, auf Bäumen und Zäunen. Sie hatte sich mit ihnen gerauft und wieder vertragen und tollte noch jetzt zuweilen mit ihnen herum.

Denn trotz ihrer sechzehn Jahre war Komteß Steffie noch gar nicht damenhaft geworden.

So saß sie auch heute, an einem wundervollen Maienmorgen, auf einem riesigen Kirschbaum, der dicht an der äußersten Schloßmauer im Schloßgarten stand. In den Zweigen dieses Baumes war ihr Lieblingsplatz, denn von hier hatte sie über die Schloßmauer hinweg eine herrliche Aussicht über das Thüringer Land und konnte den breiten Fahrweg, der zum Schloß emporführte, übersehen. Das letztere war ihr die Hauptsache, denn irgend etwas Herrliches, Wunderbares mußte doch eines Tages diesen Weg heraufkommen: das Glück – oder ein Märchenprinz oder – ja, vielleicht auch Baron Hans Wachau, ihr guter Freund, mit dem sie zwar ewig auf Kriegsfuß stand, der ihr aber trotzdem nicht oft genug kam.

Heute konnte sie ihn freilich nicht erwarten, denn er lag seit Wochen mit einem gebrochenen Bein zu Bett. Aber trotzdem saß sie auch heute ungeduldig harrend auf dem Kirschbaum.

Und unter diesem Baum auf einer Bank saß Fräulein Malwine Rückauf, die langjährige Erzieherin Komteß Steffies. Vielleicht bevorzugte die Komteß den Platz da oben auch aus dem Grund, weil ihr Fräulein Rückauf nicht dahin folgen konnte. Diese hielt ihr zwar jedesmal eine Strafpredigt und behauptete, es sei unfein und jungenhaft, auf die Bäume zu klettern, aber Komteß Steffie war anderer Ansicht.

Also Fräulein Rückauf saß unten auf der Bank mit einer gottergebenen Miene und las mit großem Stimmenaufwand ihrem Zögling die Lebensgeschichte Lessings vor, während die Komteß nur sehr unaufmerksam zuhörte.

Nach einer Weile rief sie hinunter:

»Aber liebstes Rückaufchen, weshalb schreien Sie denn so laut. Sie werden heiser werden.«

»Leider muß ich ja mein Organ über Gebühr anstrengen, Komteß Steffie. Ich kann doch nicht zu Ihnen hinaufklettern, um Ihnen näher zu kommen«, erwiderte Fräulein Rückauf ein wenig gereizt und vorwurfsvoll.

»Sie überanstrengen sich aber ganz zwecklos mit dieser höchst uninteressanten Lebensgeschichte des seligen Klopstock.«

Fräulein Rückauf warf einen anklagenden Blick gen Himmel.

»Ich lese Ihnen Lessings Lebensgeschichte vor, Komteß.«

»So? Na, das kommt ja schließlich auf eins heraus. Eins ist mir so uninteressant wie das andere. Und ich habe gar keine Zeit, darauf zu achten. Erst habe ich mir ausgerechnet, wie lange es noch dauert, bis hier auf dem Baum die ersten Kirschen reif sind. Ich denke, sechs Wochen dauert es noch. Dann wollen wir aber plündern. Die schönsten Kirschen werfe ich Ihnen dann herunter. Also ja – und außerdem muß ich doch die Landstraße unten im Auge behalten, wie weiland meine Vorfahren, als sie noch das lohnende Geschäft der Raubritter betrieben.«

»Aber das ist doch unerhört, Komteß«, rief Fräulein Rückauf außer sich.

»Ja, das finde ich auch, daß es unerhört von meinen Vorfahren war, die Gegend als Raubritter unsicher zu machen, und daß wir auch noch stolz auf diese Vorfahren sind.«

Fräulein Rückauf machte verzweiflungsvolle Gebärden.

»Aber das meine ich doch gar nicht. Wie könnte ich mich erdreisten, etwas gegen das hochgräfliche Geschlecht der Rastenaus zu sagen. Ich meine, es ist unerhört, daß Sie beim Unterricht so unaufmerksam sind.«

»Rückaufchen, jetzt widersprechen Sie sich. Erst versichern Sie mir, daß Sie sich nicht erdreisten würden, etwas gegen das Geschlecht der Rastenaus zu sagen. Und nun kanzeln Sie mich ab. Ich gehöre doch sozusagen auch zu den Rastenaus.«

»Ja doch! Aber ich bin Ihre Erzieherin und muß es rügen, daß Sie dem Unterrichtsgegenstand so wenig Interesse entgegenbringen.«

Komteß Steffie lachte übermütig.

»Ach, Rückaufchen, seien Sie doch gemütlich und gestehen Sie ehrlich ein, daß es ganz gleichgültig ist, wie und wann der alte Klopstock oder Lessing gelebt und gelitten hat. Gönnen Sie doch den alten Herren die wohlverdiente Ruhe im Grab.«

»Sie müssen aber doch das Nötigste von unseren Klassikern wissen.«

»Wenn ich nur ihre Werke so leidlich kenne, ich meine, das ist die Hauptsache. Meine Erziehung wird ohnedies eines Tages manche Lücke aufweisen. ›Gott sei Dank‹ hat Baron Hans Wachau gesagt.«

»Ach, der Herr Baron – der sollte Sie lieber nicht in Ihrer Unaufmerksamkeit bestärken. Die Lücken in Ihrer Bildung werden leider sehr groß sein.«

»Meinen Sie? Na – dann hängen wir ein schönes Bild auf die Lücken – vielleicht eine Photographie von Ihnen, Rückaufchen, die letzte in dem duftigen Tausendblumenkleid, auf der Sie sich dem geneigten Beschauer als holder Frühling empfehlen.«

»Komteß Steffie!« rief Fräulein Rückauf mit versagender Stimme.

»Halt, halt! Um Gottes willen, fallen Sie nicht in Ohnmacht, ich kann Sie nicht halten. Rückaufchen, verschnaufen Sie sich zehn Minuten und ärgern Sie sich nicht über mich, vom Ärger wird man nur alt und häßlich. Und was soll unser junger Herr Pastor dazu sagen? Sie wissen doch, er sucht eine Frau, und wenn Sie meine Erziehung mit Glanz beendet haben, werde ich dafür sorgen, daß er einsieht, daß Sie am besten für ihn passen, und daß Sie als Frau Pastorin ins Pfarrhaus einziehen. Er ist nämlich so schüchtern, daß man die Sache energisch in die Hand nehmen muß. Sitzen Sie noch fest?«

Fräulein Rückaufs Gesicht war vor Verlegenheit dunkelrot geworden. Sie blätterte erregt in ihrem Buch.

»Mit Ihnen kann man nicht reden, Komteß Steffie, Sie wissen manchmal nicht, was Sie schwatzen.«

Die Komteß zappelte vergnügt mit den Beinen.

»Doch, das weiß ich ganz genau. Nun legen Sie nur das dumme Buch beiseite und schonen Sie Ihr Organ noch ein Weilchen.«

»Meine Pflicht ist aber, Sie zu unterrichten, wir haben jetzt Literaturstunde.«

»Ach, seien Sie doch kein Frosch, Rückaufchen! Die vornehmste Pflicht eines Menschen ist die der Selbsterhaltung. Das habe ich mal irgendwo gelesen. Solch edle Exemplare der Menschheit wie Sie und ich dürfen nicht aussterben. Hier – fangen sie auf –, in dem Karton sind noch fünf Stück famose Pralinés. Die stifte ich Ihnen als Schmerzensgeld für Ihr Organ. Wenn Sie die friedlich und behaglich aufgefuttert haben, komme ich freiwillig hinunter und setze mich eine halbe Stunde steif wie ein Ölgötze neben Sie. Sie können mir dann in aller Eile so viel Liebes und Gutes vom seligen Lessing erzählen, daß ich vor Weisheit aufgehe wie ein Hefekloß. Apropos, Hefeklöße und geschmorte Sauerkirschen – das ist auch was Gutes, nicht?«

Fräulein Malwine Rückauf wußte von früheren derartigen Szenen, daß sie doch den kürzeren zog, wenn sie sich ihrem energischen Zögling nicht auf Gnade und Ungnade ergab.

Und so begann sie, ergeben in ihr Schicksal, die Pralinés zu verspeisen. Als sie fast damit fertig war, hätte sie sich am letzten fast verschluckt, denn Komteß Steffie hatte ihren luftigen Platz verlassen und kletterte gewandt vom Baum herab. Sie hing einen Augenblick zwischen Himmel und Erde, oder genauer, zwischen Fräulein Rückauf und der Krone des Kischbaumes. Ihre schlanken Beine in schwarzen Strümpfen und Halbschuhen baumelten dicht vor dem Antlitz ihrer Erzieherin. Aber als diese sich schon darauf gefaßt gemacht hatte, daß ihr

Komteß Steffie in den Schoß springen würde, gab diese sich einen energischen Schwung und flog über ihre geängstigte Erzieherin hinweg mit einem eleganten Absprung auf den Boden.

Mit einem reizenden Knicks, den faltigen Rock zierlich spreizend, verneigte sich die graziöse Gestalt der Komteß vor ihrer Erzieherin und lachend deklamierte sie dabei:

»Wie ein Gebild aus Himmelshöh'n
Sah er die Jungfrau vor sich steh'n.«

Dann fuhr sie gemütlich fort:

»Sehen Sie, Rückaufchen, die Erde hat mich wieder. Und nachdem ich Ihnen mit dem schönen Verschen einen Beweis meiner literarischen Kenntnisse gegeben habe, setze ich mich, ergeben in mein hartes Schicksal, an Ihre grüne Seite. Aber wenn Sie mir nun in Gnaden Lessings Erdenwallen erlassen und mir statt dessen einige Szenen aus der famosen Minna von Barnhelm vorlesen wollen – wissen Sie, die zum Beispiel, wo Tellheim mit verbundenem Arm zu Minna kommt –, dann würde ich das edel und großmütig finden. Pastorenfrauen müssen eigentlich immer edel sein.«

Wieder errötete Fräulein Rückauf jäh.

»Komteß Steffie, Sie stellen meine Geduld heute auf eine harte Probe.«

Die Komteß küßte sie lachend auf die Wange.

»Ach, liebstes Rückaufchen, wenn Sie rot werden, sehen Sie viel hübscher aus. Sollte der Herr Pastor wieder zu Tisch kommen, werde ich dafür sorgen, daß Sie immer rot werden.«

»Sie sind ein Unband«, seufzte die Erzieherin, aber sie konnte doch nicht ernstlich zürnen.

Komteß Steffie legte den Arm zutraulich um ihre Schulter.

»Sehen Sie, Rückaufchen, um noch mal auf besagten Lessing zu kommen – Sie müßten mir nur alle Weisheit in schmackhaften Portionen einfüllen, dann würde ich mich gar nicht sträuben, sie zu mir zu nehmen. Was soll ich mich mit Lessings Werdegang abplagen? Seine Werke sprechen doch deutlich genug für ihn. Wenn ich Minna von Barnhelm lese, wird mir warm ums Herz, und meine Seele singt dem Dichter einen Lobgesang. Dann ist er für mich überhaupt nicht tot, er hat nicht von da bis da gelebt, sondern er ist wahrhaft unsterblich. Warum soll ich mir also einprägen, wann, wo und wie er gestorben ist? Habe ich recht oder nicht?«

Fräulein Rückauf konnte nichts einwenden. So ging es meist. Wenn Komteß Steffie eine ganze Weile Unsinn geschwatzt hatte und vor Übermut nicht wußte, wo sie hinaus sollte, dann gab sie plötzlich durch ein paar Worte zu verstehen, daß sie sehr wohl den rechten Sinn von dem erfaßte, was man ihr hatte einpauken wollen.

Fräulein Rückauf las also die gewünschten Szenen aus Minna von Barnhelm, und sie las sie sehr hübsch mit Wärme und Nachdruck.

Und Komteßchen saß ganz still und lauschte. Ihre Augen verloren den übermütigen Ausdruck und sahen fast träumerisch ins Weite.

Als endlich die Erzieherin das Buch zuklappte, richtete sie sich mit einem Seufzer empor und sah auf ihre Armbanduhr.

»Herrgott, Rückaufchen, jetzt müssen wir uns eilen. Es wird gefuttert!« rief Komteß Steffie vergnügt.

»Aber Komteß! Ihre Ausdrücke sind oft sehr ungehörig.«

»Ach, schelten Sie nur nicht gleich wieder. Futtern ist doch ein famoser Ausdruck. Hans Wachau sagt auch so.«

»Aber eine junge Dame darf das nicht sagen.«

»Weg mit den strengen Falten, liebes Rückaufchen, die kleiden Sie nicht. Und bedenken Sie wohl:

Des Lebens Mai – zwei drei
Ist bald vorbei – zwei drei.«

Die letzten Worte sang sie und tänzelte zierlich um Fräulein Rückauf herum. Dann verneigte sie sich zeremoniell: »Darf ich zum Frühstück bitten, Fräulein Rückauf? Papa und Mama erwarten uns, es ist höchste Zeit«, sagte sie gemessen.

Aber dann zog sie lachend ihre Erzieherin bei den Händen hoch und führte sie im schnellen Tempo davon.

Sie durchschritten den großen, von einer Mauer umgebenen Garten, der das ganze Bergplateau um das Schloß einnahm. Da grünte und blühte alles in leuchtender, duftender Frühlingspracht. Und die Vögel sangen, als wollten sie vor Daseinslust die Brust zersprengen. Zu Tausenden saßen sie in den Zweigen, als wüßten sie, daß gerade hier oben die Welt am schönsten war.

Das Schloß, von dem blühenden Garten umgeben, bot ein herrliches Bild. Wie ein Märchenschloß lag es da. Die Wirtschaftsgebäude befanden sich unten am Fuß des Berges und störten den malerischen Anblick nicht.

Graf Joachim Rastenau saß mit seiner Gemahlin, der Gräfin Stefanie, auf dem halbkreisförmigen Terrassenvorbau, der den südlichen Teil des Schlosses begrenzte. Dort war im Sonnenschein ein Frühstückstisch einladend gedeckt, und die beiden Herrschaften hatten sich daran niedergelassen.

Die Gräfin war eine sympathische Dame im Beginn der Vierzig. Sie trug sich elegant und geschmackvoll, hatte ruhige, vornehme Bewegungen, volles dunkles Haar und frische, gesunde Farben. Ihre dunklen Augen waren in Form und Farbe denen ihrer Tochter ähnlich, aber sie blickten nicht so übermütig, sondern mit freundlich abgeklärtem Ernst ins Leben.

»Hörst du unsere Lerche, Stefanie?« fragte Graf Joachim lächelnd, als Komteß Steffies Gesang zu ihnen herübertönte.

Die Gräfin nickte lächelnd.

»Wenn man unseren Wildfang nicht sieht, dann hört man ihn wenigstens. Steffie erfüllt ganz Rastenau mit ihrem Übermut.«

Das klang aber nicht etwa tadelnd, sondern in dem Ton, den nur eine gütige Mutter für ihre Kinder findet.

Graf Joachim küßte seiner Frau die Hand.

»Wie freut es mich, Stefanie, daß du unserem Wildfang nicht Scheuklappen anlegst, sondern ihn ausschäumen läßt.«

Sie schüttelte den Kopf.

»Das Beste im Menschen verkümmert, wenn man ihn in eine Schablone pressen will. Ich habe es einst an mir selbst erfahren. Und – das Schicksal macht auch vor einer Schablone nicht halt. Wozu also die steife Dressur? Ecken und Kanten schleift das Leben von selbst ab.«

»Und dann wird aus unserem Wildfang ein köstlicher Edelstein.«

Die Gräfin lächelte gütig.

»Eitler Vater.«

Nochmals küßte er ihre Hand.

»Sie ist ja deine Tochter, Stefanie«, sagte er artig und herzlich.

Ein leises Rot stieg in das Gesicht der Gräfin.

Diese beiden Menschen hatte einst nur die Konvenienz zusammengeführt. Jahrelang hatten sie ziemlich gleichgültig nebeneinander dahingelebt, sich nur eine kühle Hochachtung entgegenbringend. Aber eines Tages war dann doch die warme Quelle ihres Seins aufgesprungen und hatte sie zusammengedrängt, fordernd und gebend. Und daraus war dann ein schönes, harmonisches Verhältnis entstanden. Ein warmes Verstehen hatte sich angebahnt, ein zartes, werbendes Entgegenkommen des Mannes, ein sanftes Hingeben der Frau. Und in ihrem Kind kamen sie sich täglich näher.

So war diese Ehe doch noch eine selten glückliche geworden, vielleicht gerade deshalb, weil sich keiner von beiden in heißer, flammender Leidenschaft etwas vergeben hatte. So waren sie stetig mehr ineinander verwachsen. Und jetzt hätte wohl Graf Joachim längst den Mut gefunden, seiner Frau von der verheimlichten Existenz seiner Pflegetochter Liane zu sprechen, wenn er nicht gefürchtet hätte, gerade dadurch die schwer errungene Harmonie seiner Ehe zu stören. Er mußte ja damit eingestehen, daß er jahrelang ein Geheimnis vor ihr gehabt hatte. Er fürchtete, sie könne dann das schöne Vertrauen verlieren, das sie ihm entgegenbrachte. Und außerdem hatte er noch einen anderen, schwerwiegenden Grund, zu schweigen. Aber diesen Grund gestand er sich selbst kaum ein. In seiner Vergangenheit lag etwas, das verschleiert bleiben mußte. Und er fürchtete vor allen Dingen, dieser Schleier könne gehoben werden.

Inzwischen war Komteß Steffie auf der Terrasse aufgetaucht, gefolgt von ihrer Erzieherin. Stürmisch, mit fliegenden Kleidern und Hängezöpfen eilte sie auf die Eltern zu, umarmte sie gleichzeitig alle beide und küßte sie abwechselnd.

»Laß uns nur am Leben, Burgfräulein Übermut«, neckte der Graf.

Komteß Steffie errötete ein wenig.

»Burgfräulein Übermut« hatte sie der junge Baron Hans Wachau getauft, und der Name war an ihr hängengeblieben.

Man setzte sich zu Tisch. Ein Diener brachte zu den bereitstehenden kalten Speisen noch eine warme Frühstücksplatte.

Vornehmlich die Komteß sorgte für die gründliche Würdigung derselben. Während des Frühstücks brachte ein anderer Diener die Posttasche. Graf Joachim schloß sie auf und sortierte die Briefe. Die für ihn selbst bestimmten legte er alle in die Tasche zurück, um sie später auf seinem Zimmer zu lesen. Die anderen teilte er aus. Die Gräfin bekam mehrere Schreiben von Lieferanten, ein Brief war für Fräulein Rückauf eingelaufen, und einige Briefe und Postkarten übergab der Graf dem Diener für die Domestiken. Zuletzt hielt er lächelnd noch einen Brief in der Hand. Es war ein großes, schmales Kuvert.

»Wer bekommt diesen Brief?« fragte er neckend seine Tochter.

Die Komteß haschte danach.

»Ein Brief für mich, Papa?«

»Ja, heute bekommst auch du einen Brief.«

»Gib – ach, gib schnell!«

Der Graf reichte ihr lachend den Brief. Sie sah darauf nieder.

»Ach – von Detlev«, sagte sie ein wenig enttäuscht.

»Ich wüßte nicht, wer dir sonst schreiben sollte, Steffie«, bemerkte ihre Mutter.

Komteß Steffie nickte schnell gefaßt. Daß sie im tiefsten Winkel ihres Herzens auf einen Gruß Hans Wachaus hoffte, gestand sie sich selbst nicht ein.

»Natürlich, von wem sollte ich sonst einen Brief bekommen. Und Detlev hatte mir doch auch versprochen, zu schreiben.«

»Weil du dich beschwertest, daß du nie Briefe bekommst.«

Komteß Steffie las nun die Adresse auf dem Kuvert und

lachte laut auf. Sie führte ihre sämtlichen Namen und Titel in der steilen, charakteristischen Handschrift ihres Vetters Detlev.

»An Ihre Hochgeboren, die Komteß Stefanie Charlotte Maria von Rastenau-Greifenberg-Uerzen-Soldenau-Gütershagen auf Schloß Rastenau in Thüringen. Eigene Angelegenheit der Empfängerin«, las sie mit feierlicher Stimme und einer wahren Amtsmiene vor.

Dann ergriff sie resolut in Ermangelung eines Brieföffners ihre Frühstücksgabel, zum Entsetzen Fräulein Rückaufs, und fuhr damit ins Kuvert, es auf diese Weise aufschlitzend.

Ein großer Briefbogen kam zum Vorschein. Er war dicht mit den großen Buchstaben beschrieben und lautete:

»Liebe kleine Steffie!

Ein Mann, ein Wort. Hier hast Du den versprochenen Brief. Ich schreibe ihn zwischen einem interessanten Fünfuhrtee bei der Gräfin Holzbach und dem Besuch einer Opernvorstellung. Da während meines kurzen Berliner Aufenthalts jede Minute kostbar ist, kannst Du ermessen, wieviel mir an Deinem Wohlwollen gelegen ist, daß ich mich zu dieser langen Epistel aufschwinge.

Also zuerst ein Bericht über die Ausführung Deines mir erteilten Auftrages. Ich besuchte gleich am Morgen nach meiner Ankunft Hans Wachau im Sanatorium. Er sah mir vergnügt lachend entgegen und ist auf dem Weg der Besserung. Der berühmte Arzt hat sein Bein, das er sich beim Sturz vom Pferd so übel zurichtete, famos wieder in Ordnung gebracht. Er garantiert vollständige Heilung und Gebrauchsfähigkeit. –

So, dieser Gedankenstrich war als Pause für einen Luftsprung für Dich berechnet, denn einen solchen hast Du, wie ich Dich kenne, jetzt erst einmal losgelassen.

Ich habe Hans Wachau wahrheitsgetreu berichtet, daß Du mir schlankweg die Freundschaft kündigen willst, wenn ich ihn nicht sogleich besuche und mich nach seinem Ergehen erkundige. Das hat ihn riesig gefreut. ›Burgfräulein Übermut ist ein Prachtmädel‹, hat er zu mir gesagt – das gebe ich Dir aber nur à discretion *wieder. Offiziell soll ich Dir bestellen, er sei gerührt durch Deine Teilnahme und lasse Dir tausendmal danken. Es gehe ihm gut, er habe nur eine tolle Sehnsucht, mit Dir wieder über Hecken und Gräben zu springen. Und er lasse herzlich grüßen. Burgfräulein Übermut möge ihm den Daumen kneifen, daß er bald wieder nach Hause dürfe.*

So! Nun will ich Dir nur noch melden, daß ich Ende der Woche nach Hause komme, wie ich mit Onkel Joachim verabredet habe. Ehe ich nach Greifenberg fahre, um dort meine Regierung wieder anzutreten, spreche ich natürlich in Rastenau vor. Außerdem kund und zu wissen, daß ich bei Sarotti eine Riesenbonbonniere und bei Sawade einen großen Karton Deiner Lieblingsmarke – kandierte Walnüsse – für Dich erstanden habe. Du wirst mit Deinem Vetter zufrieden sein. Bitte, grüße Onkel Joachim herzlich, Tante Stefanie sende ich einen Handkuß. Dir einen kräftigen Händedruck und einen Kuß auf Dein drolliges Stumpfnäschen. In brüderlicher Liebe und Treue

Dein Vetter Detlev.«

Mit atemlosem Interesse hatte Komteß Steffie den Brief gelesen. Und ihr Vetter mußte sie sehr genau kennen, denn bei dem Gedankenstrich machte sie wirklich einen Luftsprung. Ihre Eltern sahen sie lächelnd an.

»Nun, Steffie, hast du erfreuliche Nachricht von Detlev?« fragte ihre Mutter, als sie den Brief nun befriedigt sinken ließ.

Steffie nickte und sprang abermals auf, um die Mutter zu umarmen.

»Ja, Mama, sehr erfreuliche. Denkt euch nur, Hans Wachaus Bein wird vollständig wiederhergestellt.«

»Das ist sehr erfreulich. Wie geht es ihm?« fragte der Graf.

»Oh, viel besser. Er ist sehr vergnügt gewesen und läßt mir sagen, er sehnt sich danach, wieder mit mir über Hecken und Gräben zu springen.«

Der Graf und seine Gemahlin sahen sich verstohlen lächelnd an. Der junge Baron Wachau hatte ein besonderes Interesse für sie.

»Damit wird es doch wohl noch gute Wege haben, Steffie. Aber schließlich muß es ja nicht gleich gesprungen sein«, bemerkte Graf Joachim.

Komteß Steffie hing sich an seinen Hals.

»Ach, Papa, das Leben ist doch nur schön, wenn man springen kann. Und das wird Hans Wachau doch sicher wieder lernen, nicht wahr?«

»Ganz gewiß, wenn er auch vielleicht nicht mehr mit unserem Wildfang Schritt halten kann. Dafür kommt er doch nun in ein gesetztes Alter. Das erste Vierteljahrhundert hat er doch schon zwei Jahre hinter sich, nicht wahr?«

Steffie nickte.

»Zwei Tage nach meinem sechzehnten Geburtstag hatte er seinen siebenundzwanzigsten. Ihr wißt doch, wir haben gemeinsam unseren Geburtstag gefeiert.«

»Ja, ja, wir wissen es«, sagte die Gräfin eifrig. »Jedenfalls finde ich es sehr hübsch von dir, Steffie, daß du so viel Teilnahme für Baron Wachau hast.«

»Aber Mama, das ist doch selbstverständlich. Wir sind doch sozusagen Jugendfreunde. Er hat mir oft erzählt, daß er mich schon als Wickelkind herumgeschleppt hat wie einen jungen Hund, wenn er mit seinen Eltern von Wachau nach Rastenau herübergekommen ist. Weil ich nie geschrien habe, hat er mich leiden mögen, obwohl ihm sonst so kleine Kinder schrecklich gewesen sind. Und als ich drei Jahre alt war, hat er mich mal in Wachau vor sich auf seinen kleinen Schlitten gesetzt und ist mit mir den Gockelberg herabgesaust. Da sind wir beide abgestürzt, und ich habe bis an die Nase im Schnee gesteckt. Da hat er gedacht: Na, nun wird sie ein schönes Gezeter anfangen. Aber als er mich aus dem Schnee gebuddelt hat, da habe ich hell aufgelacht und vergnügt gesagt: Noch mal Kobolz! Das hat ihm riesig imponiert. Und so haben wir immer durch dick und dünn zusammengehalten. Als ich nun hörte, daß er mit dem Pferd gestürzt war und er einen komplizierten Beinbruch davongetragen hat, könnt ihr euch doch denken, wie ich erschrocken bin. Wer selbst so gern über alle Hindernisse springt wie ich, der kann erst richtig ermessen, was es heißt, mit gebrochenen Gliedern stilliegen zu müssen.«

Die Gräfin strich lind und leise eine dunkle Locke aus der weißen Stirn ihres Kindes. Sie wußte sehr gut, wie sehr Steffie dem jungen Baron Wachau zugetan war, wenn sie auch immer auf einem neckenden Kriegsfuß mit ihm stand.

»Schreibt Detlev sonst noch etwas Besonderes, Steffie?« fragte der Graf.

»Er kommt Ende der Woche heim, wie er mit dir besprochen hat, und er bringt mir Pralinés und kandierte Walnüsse mit.«

»Nun also, dann ist ja der Brief voll guter Nachrichten. Aber nun will ich mich zurückziehen und auch meine Post durchlesen.«

Mit diesen Worten erhob sich der Graf und küßte seiner Frau die Hand. Steffie strich er sanft über das Haar und küßte sie auf die Stirn.

»Sei nicht zu wild, Steffie, damit Fräulein Rückauf keine Klagen zu führen hat.«

Mit komisch zerknirschter Miene sah Steffie zu Fräulein Rückauf hinüber.

»Ach, weißt du, Papa, sie ist ja im Grunde ganz zufrieden mit mir. Aber aus pädagogischen Gründen läßt sie sich das nur nicht anmerken. Manchmal gehen unsere Ansichten ein wenig auseinander – zum Beispiel über Lessing. Nicht wahr, Rückaufchen?«

Die Erzieherin lächelte hilflos.

»Komteß Steffie hat nur zuviel überschüssige Kraft und kann schwer stillsitzen«, sagte sie.

Komteß Steffie schüttelte ihr die Hand.

»Das haben Sie sehr hübsch gesagt, und weil Sie mich wegen des Kirschbaums nicht verpetzt haben, verspreche ich Ihnen feierlichst, eine ganze Woche lang eine Musterschülerin zu sein. Und was ich verspreche, das halte ich auch, wie Sie wissen. Heute ist Montag – also bis nächsten Montag will ich so fleißig und gehorsam sein, daß Sie Ihre Freude daran haben sollen. Jetzt aber muß ich schnell meines Vetters Brief beantworten. Wie war doch seine Adresse, Papa – er reist doch wie immer inkognito?«

»Ja, Steffie – einfach Detlev Greifenberg, Berlin W, Pension Wesemann.«

Komteß Steffie nickte.

»Wenn ich später mal viel reisen sollte, dann wähle ich mir auch so ein schlichtes Inkognito. Titulaturen sind schon zu Hause umständlich, unterwegs aber geradezu lästig.«

Ihre Eltern lachten, und Graf Joachim ging ins Schloß, um sein Arbeitszimmer aufzusuchen. Die Komteß ging ebenfalls in ihr Zimmer, und die Gräfin plauderte noch ein Weilchen freundlich mit Fräulein Rückauf über den Abschluß der Erziehung ihrer Tochter. Der Unterricht sollte nur noch bis zum Ende des Jahres fortgesetzt werden.

7

Graf Joachim saß an seinem Schreibtisch und sah die erhaltenen Briefe durch. Zuerst öffnete er ein großes Kuvert mit dem Aufdruck der Firma seines Bankiers. Wie er vermutet hatte, lag darin ein Brief Lianes. Ein weiches Lächeln huschte um seinen Mund.

Meine arme kleine Liane. Ob sie denn nun verwunden hat, daß sie nicht die einzige in meinem Herzen ist, dachte er.

Schnell öffnete er das Schreiben und begann zu lesen. Aber das Lächeln verging ihm bald, und je weiter er kam, desto entsetzter starrte er auf den Brief.

Als er fertig war, atmete er schwer und erregt und drückte die geballten Fäuste an die Stirn. Was ihm Liane berichtete, erregte ihn namenlos.

Mein armes liebes Kind, wie schwer magst du gelitten haben, dachte er.

Und nachdem er eine Weile mit düsteren Augen vor sich hingestarrt hatte, sprang er auf.

Ich muß es Stefanie sagen. Sie muß Liane in Rastenau aufnehmen, dachte er.

Und alle Bedenken beiseite werfend, eilte er zur Tür. Aber als er schon die Klinke in der Hand hatte, blieb er stehen und ließ die Hand schlaff herabfallen.

»Nein, nein – es darf ja nicht sein«, stöhnte er und verbarg das Gesicht in den Händen.

So stand er eine ganze Weile, und seine Brust arbeitete mühsam und schwer.

Endlich ließ er die Hände fallen und sah mit müden Augen um sich. Und dann begann er ruhelos im Zimmer auf und ab zu laufen.

Fieberhaft kreisten die Gedanken in seinem Kopf.

Was sollte er tun, um Liane zu helfen? Wie konnte er sie

wirksam schützen gegen die Ausgeburt der schmutzigen Phantasie eines niedrig denkenden Weibes?

In den Schmutz gezogen hatte man, was ihn mit Liane verband. Und er konnte nicht hintreten und für sie einstehen.

Wer gab ihm Garantie, daß man ihm glaubte, wenn er beteuerte, daß nur ein rein väterliches Empfinden für Liane in seinem Herzen lebte, wenn er sagte, daß sie ihm heilig war, und daß auch sie nur wie eine Tochter für ihn fühlte?

Das Herz schlug ihm laut bis zum Hals hinauf. Am liebsten hätte er sofort alles stehen und liegen lassen und wäre zu ihr gefahren. Er hätte es auch getan, wenn er gewußt hätte, wo er sie suchen sollte. Und das hatte sie vorausgesehen, und deshalb hatte sie ihm verschwiegen, wohin sie sich wenden wollte.

Er nahm den Brief nochmals zur Hand und las ihn durch, um einen Anhalt zu finden, was er jetzt tun sollte, tun konnte. Der einfachste Ausweg, sich seiner Frau anzuvertrauen und Liane nach Rastenau zu holen, war ihm abgeschnitten. Das ging nicht – ging einfach nicht, wenn er nicht Unheil über sich und sein Haus heraufbeschwören wollte. Was aber war sonst zu tun?

Eine Pension wollte Liane aufsuchen, eine Pension im Westen Berlins. Da befanden sich unzählige solcher Pensionen. An das Postamt Berlin W 50 sollte er ihr schreiben – postlagernd. Wie umsichtig sie das alles geordnet hatte, seine kleine scheue Schwalbe, die noch nie allein Entschlüsse gefaßt hatte.

Wieder lief er aufgeregt auf und ab, und wieder las er den Brief von Anfang bis zu Ende durch. Danach mußte er seufzend zugeben, daß Liane nur zu recht hatte, wenn sie fürchtete, daß noch andere Menschen mit mißtrauischen Augen das Verhältnis zwischen ihm und ihr betrachten könnten. Es kam ihm plötzlich selbst zum Bewußtsein, daß solch ein Verdacht den Schein einer Begründung haben könne. Kein fremder Mensch konnte wissen, welch ein Band ihn an Liane Reinold fesselte.

Und da er sie nicht in den sicheren Schutz seines Hauses, seiner Frau holen konnte, so war es schließlich wirklich das beste, wenn sie ihren Vorsatz ausführte und Familienanschluß suchte.

Er las das Inserat durch, das sie ihm mitgeschickt hatte. Aber es sagte ihm nicht viel. Er kannte ja die Menschen nicht, die eine Gesellschafterin für ihre Tochter suchten. Und vor allen Dingen wollte er nicht, daß sie ein Gehalt annahm, das durfte nicht sein.

Wie gut, daß er ihr bei ihrem letzten Zusammensein von dem Geld gesprochen hatte, daß sie nun wenigstens auf alle Fälle vor Not geschützt war. Sie wäre in der Verfassung, in der sie sich jetzt befinden mußte, imstande gewesen, auch dann jede weitere Unterstützung von ihm abzuweisen, wenn sie völlig mittellos gewesen wäre.

Der Jammer um sie übermannte ihn. Er vergrub das Gesicht in den Händen.

Endlich setzte er sich wieder an seinen Schreibtisch. Das wichtigste war, daß Liane jetzt so schnell wie möglich Nachricht von ihm bekam. Und er schrieb:

»Mein liebes, teures Kind, meine arme kleine Liane!

Dein lieber Brief hat mich, wie Du Dir denken kannst, furchtbar erschreckt. Was hilft es aber, über die Schlechtigkeit der Menschen zu schelten und zu grübeln? Du hast recht, meine Liane, wir müssen, Deinetwegen vor allen Dingen, auch den Schein meiden.

Was es mich kostet, jetzt nicht zu Dir zu kommen, um Dich schützen und trösten zu können, das weißt Du. Aber ich muß darauf verzichten. Du hast recht, wir dürfen uns jetzt nicht wiedersehen. Es würde Deine Lage nur verschlimmern.

Aber ich muß wissen, wo Du bist, wo Du Dich aufhältst. Du darfst mich keine Stunde darüber im unklaren lassen, denn diese Unsicherheit ist furchtbar für mich. Schreib mir sofort Deine Adresse. Ich gebe Dir mein Wort, daß ich mich nie mehr ohne Deinen Willen Dir nähern will. Nur muß ich wissen, wo Du bist, damit ich wenigstens das Gefühl habe, daß ich Dich aus der Ferne unter meinem Schutz und Schirm haben kann. Und unternimm nichts Bindendes, ohne Dich vorher brieflich mit mir besprochen zu haben.

Ich sehe selbst ein, daß es das beste ist, Du suchst einen Familienanschluß in guter, gebildeter Familie, auf irgendeine Art. Das würde mich unter den gegebenen Verhältnissen am meisten beruhigen, wenn Du nicht doch lieber eine Ehrendame engagieren und von mir den nötigen Zuschuß annehmen willst. Es wird ja würdigere Damen geben für einen solchen Posten, als Frau Doktor Bartels. Ich würde mich Dir dann fernhalten und Dir das Geld durch die Bank anweisen lassen. Du könntest es wirklich unbedenklich annehmen. Willst Du es nicht tun, mein liebes Kind? Überlege es Dir. Keinesfalls möchte ich, daß Du Gehalt annimmst. In solche Abhängigkeit sollst Du Dich nicht begeben, das würde Dein Vater nie zugelassen haben.

Also gib mir schnell Nachricht. Ich sehe Dich von tausend unbekannten Gefahren bedroht und habe nicht eher Ruhe, bis ich Dich in sicherer Umgebung weiß.

Über alles Weitere korrespondieren wir noch. Jetzt nur dies, damit Du weißt, daß Du nicht verlassen bist, wenn ich auch nicht bei Dir sein kann und Dir fernbleiben muß.

Gräme Dich nicht, meine kleine Liane, über schlechte Menschen, die Dir ihre eigene niedrige Gesinnung unterschieben wollen. Du bist mein liebes, gutes Kind. Sei tapfer und unverzagt und bleibe reinen Herzens wie bisher. Mit innigem Gruß und Kuß

Dein Onkel Joachim.«

Dieses Schreiben machte Graf Joachim postfertig und ließ es sofort zur Post besorgen. Vielleicht fragte Liane schon morgen auf dem Postamt nach. Dann mußte sie Nachricht finden. Ihr Brief an ihn hatte ohnedies durch den Umweg über seinen Bankier die doppelte Zeit gebraucht, um in seine Hände zu gelangen.

Erst als das erledigt war, brachte er es über sich, seine anderen Briefschaften durchzusehen. Aber dazwischen sah er immer wieder Liane mit blassem, verstörtem Antlitz und entsetzten Augen vor sich.

An die Möglichkeit, daß Frau Doktor Bartels versuchen könne, auch nach Rastenau das Gift ihrer Verleumdung zu spritzen, dachte er vorläufig wenig. Seine Sorge galt heute vornehmlich Liane. Er glaubte auch nicht, daß Frau Doktor Bartels wagen würde, ihn und seine Gemahlin zu behelligen. Sollte sie es aber dennoch wagen, sich an seine Frau zu wenden – dann mußte er die Folgen tragen und der Gefahr begegnen wie ein Mann.

Vorläufig konzentrierte sich all seine Sorge auf Liane.

Als er heute mittag zu Tisch kam und seiner Gemahlin gegenüber saß, sah diese ihm besorgt ins Gesicht.

»Was ist dir, Joachim? Du siehst so blaß aus, als seiest du nicht wohl. Oder hattest du Ärger und Unannehmlichkeiten?« fragte sie liebevoll.

Er schüttelte lächelnd den Kopf.

»Es ist nichts, Stefanie – nur ein wenig Kopfweh. Und allerlei geschäftlichen Ärger. Aber das darf dich nicht beunruhigen.«

Er küßte ihr die Hand und nahm sich zusammen. Es gelang ihm sogar, sich mit Steffie zu necken. Aber seine

Gemahlin kannte ihn doch viel zu gut, um an seinen leichten Ton zu glauben. Sie merkte sehr wohl, daß ihn etwas quälte. Aber sie pflegte sich niemals in sein Vertrauen zu drängen, sondern wartete immer ab, bis er es ihr freiwillig entgegenbrachte.

Liane hatte wirklich am nächsten Tag, wie schon am Tag vorher, auf dem Postamt nach Briefen für sie gefragt. Gestern war es vergeblich gewesen, aber heute hielt sie nun aufatmend den Brief Onkel Joachims in den bebenden Händen.

Schnell ging sie zur Pension Wesemann zurück, und in ihrem Zimmer angelangt, las sie klopfenden Herzens die liebevollen, tröstenden Worte.

Erleichternde Tränen rollten über ihre Wangen herab. Gottlob, Onkel Joachim zürnte nicht, daß sie eigenmächtig gehandelt hatte, sondern billigte ihr Verhalten.

Sie war nun doch froh, daß sie ihm mitteilen konnte, wo sie sich befand. Ihr war selber ganz unheimlich gewesen, daß gewissermaßen zwischen ihm und ihr die Verbindung unterbrochen gewesen war.

Sie antwortete sofort und teilte ihm mit, daß sie sich in der Pension Wesemann befinde unter dem vorläufigen Schutz der Majorin.

Sie dankte ihm herzlich für seine Fürsorge, und er möge nicht zürnen, wenn sie jeden Zuschuß von ihm zurückweisen müsse. Sie wolle mit ihrem eigenen Vermögen auskommen und könne das auch ganz bequem.

Jedenfalls verspreche sie ihm nur zu gern, alles mit ihm zu beraten, was sie unternehmen würde. Diesen Brief sandte sie sofort ab.

Am nächsten Tag erhielt sie einen Brief von fremder Hand. Es war die Antwort auf die Offerte, die sie abgesandt hatte.

In diesem Schreiben teilte ihr eine Freifrau von Brinken auf Brinkenhof folgendes mit:

»Sehr geehrtes gnädiges Fräulein!

Unter den eingelaufenen Offerten auf unser Inserat hat uns die Ihre am besten gefallen. Ihre Zeugnisse aus der Pension der Madame Schöpfing genügen uns als Empfehlung, denn ich kenne diese Pension selbst als eine vorzügliche und Madame Schöpfing als eine gewissenhafte Frau.

Daß Sie selbst einiges Vermögen haben, ist uns lieb. Unser Gut wirft nicht so viel ab, daß wir nicht mit Ihrem Gehalt rechnen müßten. Meine Tochter braucht aber eine gute Gesellschafterin sehr nötig, denn sie ist viel allein. Sie hat von einem Unfall ein Fußleiden zurückbehalten und ist dadurch in ihrer Bewegungsfreiheit gehindert. Ich selbst habe in unserem großen Haushalt viel zu tun, und mein Mann, der Brinkenhof selbst bewirtschaftet, hat auch keine Zeit für sie. So müssen wir unsere Tochter zuviel sich selbst überlassen und wir fürchten, daß sie in ihrer Einsamkeit melancholisch werden könnte. Deshalb suchen wir eine Gesellschafterin für sie, obgleich es uns, wie gesagt, ein pekuniäres Opfer auferlegt. Sie würden bei uns vollständigen Familienanschluß finden. Meine Tochter ist ein stiller, sanfter Charakter, und Ihr Bild hat ihr sehr gefallen. Unser Gut liegt in herrlichster Umgebung und in nächster Nähe eines vielbesuchten Kurorts, dessen Besuch Ihnen einige Anregung bringen wird. Anständige Verpflegung versteht sich von selbst. Zwei freundliche Zimmer neben denen meiner Tochter sind für Sie bereit, und wir sind Menschen, mit denen es sich leben läßt. Nun teilen Sie mir, bitte, umgehend mit, ob Sie die Stellung annehmen wollen, und welches Gehalt Sie beanspruchen. Dann werden wir hoffentlich bald einig.

Hochachtungsvoll

Freifrau von Brinken auf Brinkenhof
in Thüringen.«

Der Brief gefiel Liane sehr. Und sie war sogleich gewillt, diese Stellung anzunehmen.

Nachdem sie eine Weile überlegt hatte, entschloß sie sich, Onkel Joachim diesen Brief einzusenden. Sie schrieb dazu:

»Mein lieber, guter Onkel Joachim!

Bitte, lies den beifolgenden Brief und sage mir, ob Du meinst, daß ich diese Stellung annehmen soll. Ich werde Frau von Brinken sogleich schreiben, daß es mir am liebsten wäre, wenn sie mir gar kein Gehalt zahlt, damit ich etwas unabhängiger bin. Ich habe das Gefühl, als müsse ihr das lieb sein, und Du siehst es ja auch lieber.

Ich erwarte Deinen umgehenden Bescheid, denn wenn ich Antwort von Frau von Brinken erhalte, muß ich mich schnell entscheiden.

Ich sende Dir tausend innige Grüße.

Deine Liane.«

In diesem Sinn schrieb Liane dann auch sogleich an Frau von Brinken.

Pünktlich traf die Antwort Joachims ein.

»Meine liebe, kleine Liane!

Ein Stein ist mir vom Herzen. Ich kenne die Familie Brinken sehr genau. Brinkenhof liegt in nächster Nachbarschaft eines meiner Güter. Es heißt Greifenberg. Ich bin mit Herrn von Brinken befreundet und kenne auch seine Frau und Tochter gut. Es sind sympathische, vornehm empfindende Menschen. Die Tochter ist nicht schön, fast häßlich zu nennen und lahmt infolge eines Unfalls. Aber sie ist ein liebes, gutes Geschöpf, das Dir gefallen wird.

Daß Du auf ein Gehalt verzichtest, ist mir sehr lieb, Du wirst Dich dort gut einleben, und ich weiß Dich nicht allzu fern von mir. In einer Stunde kann ich mit meinem Auto von Rastenau Schloß Greifenberg erreichen. Von dort aus bin ich in einer Viertelstunde in Brinkenhof, für den Fall, daß ich Dich einmal in Not wüßte und Du mich rufen würdest.

Greifenberg wird seit zwei Jahren von meinem Neffen bewirtschaftet, ich selbst komme nur selten dorthin. Eine Begegnung brauchst Du also nicht zu befürchten. Sollte der Zufall einmal eine solche herbeiführen, dann müßten wir uns offiziell fremd sein, damit nicht etwa neues Mißtrauen geschürt wird. Es ist mir sehr, sehr schmerzlich, daß ich nicht wirksamer für Dich eintreten kann. Aber leider sind mir die Hände gebunden. Deshalb wäre es mir ein Trost, Dich im Schutz des Brinkenhofs zu wissen. Dort bist Du, das weiß ich gewiß, gut aufgehoben.

Schreib mir bitte sofort, wenn die Sache perfekt ist, wann Du nach Brinkenhof gehst. Daß Du in der Pension Wesemann gut aufgehoben bist, hat mich beruhigt. Ich selbst kenne diese Pension und habe mit meiner Frau schon einige Male dort gewohnt, wenn wir in Berlin waren.

Nun Gott mit Dir auf allen Wegen, mein liebes Kind. Er möge Dich in seinen besonderen Schutz nehmen. Die Wohnung in Berlin, die Du verlassen hast, gebe ich nächstens auf und lagere die Möbel für Dich bei einem Spediteur. Denn sie gehören Dir – sie sind von Deinem Geld gekauft. Den Lagerschein sende ich Dir später zu. Ich lasse ihn auf Deinen Namen ausstellen und Du verwahrst ihn gut. Vielleicht brauchst Du die Möbel eines Tages.

Bleib guten Muts und unverzagt, meine liebe kleine Liane. Ich grüße und küsse Dich väterlich.

Dein Onkel Joachim.«

An demselben Tage erhielt Liane auch ein Schreiben von Frau von Brinken. Sie teilte ihr mit, daß sie natürlich gern einverstanden sei, Liane kein Gehalt zu zahlen.

Sie hoffe, ihr dafür den Aufenthalt in Brinkenhof noch angenehmer zu gestalten. Ihre Tochter erwarte sie schon voll Sehnsucht. Sie möge den genauen Termin ihrer Ankunft melden, damit man ihr einen Wagen an den Bahnhof senden könne. Wie sie am besten reise, um ihr Ziel zu erreichen, teilte ihr Frau von Brinken auch noch mit.

So war Lianes Geschick vorläufig wieder einmal in friedliche Bahnen gelenkt worden. Sie meldete ihre Ankunft für den nächsten Sonnabend. Bis dahin wollte sie in der Pension Wesemann bleiben. In Onkel Joachims letztem Schreiben war ihr der Name Greifenberg aufgefallen. Sie hatte nicht gewußt, daß er ein Gut dieses Namens besaß. Er hatte ihr zwar bei ihrem letzten Zusammensein erzählt, daß er außer Rastenau noch mehrere Güter besaß, aber Namen hatte er nicht genannt.

Jetzt stieg, als sie den Namen Greifenberg las, das gebräunte, charakteristische Gesicht des jungen Mannes vor ihrem inneren Auge auf. Sie dachte so viel an ihn. Aber sie brachte ihn in keinerlei Zusammenhang mit Schloß Greifenberg und dem Gut gleichen Namens. Wenn er auch einen sehr vornehmen Eindruck auf sie gemacht hatte, so kam es ihr doch nicht in den Sinn anzunehmen, er könne ein Graf gleichen Namens sein. Und noch weniger konnte sie annehmen, daß der schlichte Herr Greifenberg, den sie kennengelernt hatte, ein Graf Rastenau-Greifenberg sein könne – der Neffe Onkel Joachims.

Mit was für anderen Gefühlen hätte sie wohl sonst ihrer Übersiedlung nach Brinkenhof entgegengesehen.

Schicksal, wie seltsam führst du die Menschen!

8

Graf Detlev Rastenau hatte, nachdem er als Herr Greifenberg die Pension Wesemann verlassen hatte, im Auto den Weg zum Bahnhof zurückgelegt.

Von dort aus depeschierte er nach Rastenau und meldete seine zeitigere Ankunft.

Und als er auf der Rastenau am nächsten gelegenen Station ausstieg, sah er sein Bäschen, Komteß Steffie, auf einem eleganten Selbstkutschierer sitzen. Sie hielt die Zügel von zwei feurigen Rappen, die ungeduldig tänzelnde Bewegungen machten, als der Zug einfuhr, und schnaubend die Nüstern hoben.

»Hallo, Detlev! Mach schnell! Ich kann die Gäule kaum noch bändigen. Der Zug hat natürlich wieder sechs Minuten Verspätung.«

Graf Detlev sprang mit einem Satz zu ihr auf den Wagen und setzte sich neben sie.

»Tag, Steffie! Willst du mir die Zügel geben?«

Sie schüttelte energisch den Kopf.

»Nein, ich behalte sie selbst.«

»Aber wirf mich nicht in den Chausseegraben«, neckte er.

Sie machte ein entrüstetes Gesicht.

»Du, auf Pferde verstehe ich mich so gut wie du.«

»Na, na, nur nicht aufschneiden, ich bin gedienter Kavallerist.«

Sie zuckte die Achseln.

»Um Pferdeverstand zu haben, braucht man nicht erst zur Kavallerie.«

»Schön! Also ich befehle mich in deine Hände – mit Zittern und Zagen.«

Sie lachte.

»Bist doch sonst nicht bange.«

Er küßte sie brüderlich auf die kindlich runde Wange. Dann legte er plötzlich erschrocken die Hand auf ihren Arm.

»Halt! Noch zwei Minuten, Steffie. Meinen Handkoffer will ich doch mitnehmen. Da bringt man ihn schon. Erstens muß ich ihn haben, um in Rastenau zur Mittagstafel Tante Stefanie mit Anstand unter die Augen treten zu können, und dann auch, weil ich die Bonbonnieren drin verstaut habe. Die wollte ich doch nicht erst nach Greifenberg schleifen lassen.«

Greifenberg lag zwei Stationen weiter.

Komteß Steffie riß die Pferde zurück.

»Also ran mit dem Koffer!«

Graf Detlev winkte dem Träger. Der brachte den Koffer herbei und lud ihn hinten auf den Wagen. Er bekam ein gutes Trinkgeld und zog vergnügt die Mütze.

»Nun los, Steffie, laß die Racker laufen, sonst gehen sie durch. Schneidig, daß du dieses edle Gespann hast einschirren lassen, um mich abzuholen. Da fahren wir so schnell wie ein Auto.«

Steffie nickte.

»Die schaffen's. Ich wollte dich mit dem Mercedeswagen abholen, aber natürlich allein, ohne Chauffeur, Papa hat's nicht zugelassen.«

»Sehr vernünftig von ihm. Du hättest ein halbes Dutzend Bäume umgefahren, und um deine bildschöne Stumpfnase wäre es auch schade gewesen.«

Sie schnitt ihm eine Grimasse.

»Pah! Sorg du nur für deine Nase. Eigentlich sollte ich dich zur Strafe in den Graben kutschieren. Aber mir tun die Rappen leid.«

»Und ich nicht?«

»Nicht sehr. Aber um die Schokolade wär' es auch schade. Die möchte ich nicht gern zerquetschen lassen.«

»Richtig – die Schokolade! Und die Walnüsse, Steffie. Jetzt bin ich beruhigt, die opferst du nicht so skrupellos wie deinen Vetter.«

Komteß Steffie verstand wirklich mit Pferden umzugehen. Sie regierte mit ihren kleinen festen Händen die Zügel tadellos, und nachdem die Rappen erst einmal eine kurze Strecke dahingerast waren, gingen sie ihr glatt im Zügel.

»Wie Öl!« sagte sie vergnügt.

Nun hatten die beiden mehr Muße zur Unterhaltung.

»War's fein in Berlin, Detlev?« fragte Komteß Steffie.

Er nickte.

»Sehr fein.«

»Warum kommst du dann zwei Tage früher heim, als du wolltest?«

Er atmete tief auf und sah versonnen vor sich hin.

»Es war die höchste Zeit, Steffie. Die Berliner Luft hat mich berauscht.«

Sie sah ihn forschend von der Seite an.

»Dann wäre ich erst recht geblieben. Ich möchte mich furchtbar gern mal ein paar Wochen an Berliner Luft berauschen.«

»Kommt auch noch, Steffie. Wenn du erst gesellschaftsfähig bist, gehst du sicher jeden Winter mit deinen Eltern nach Berlin. Dann ist es interessanter als jetzt zwischen Frühjahr und Sommer.«

»Meinst du?«

»Sicher. Wie geht es zu Hause? Alles wohl?«

»Danke! Nur Papa ist seit einigen Tagen ein bißchen nervös, ich weiß nicht warum. Aber er sagt, wir sollen uns nicht sorgen, es sei nichts von Bedeutung, er habe nur geschäftlichen Ärger. Sonst ist alles auf dem Posten.«

»Hast du Fräulein Rückauf noch nicht totgeärgert?« neckte er.

Sie lachte.

»Ach, die ist lebensfreudiger als je, und ich weiß auch warum. Aber das verrate ich nicht, es ist ein zartes Geheimnis. Im übrigen ärgere ich sie nie. Sie tut nur pflichtgemäß immer, als ärgere sie sich über ihren wilden Zögling. Im Grunde ist sie eine herzensgute Person und plagt nur sich und mich mit pädagogischen Grundsätzen, weil sie nun mal dafür bezahlt wird. Gottlob habe ich in unserem beiderseitigen Verhältnis das geistige Übergewicht und dirigiere meine Erziehung selbst.«

Graf Detlev lachte laut auf.

»Dabei kann ja was Nettes herauskommen«, scherzte er.

Sie machte ein schelmisch-würdevolles Gesicht.

»Etwas sehr Nettes, hoffe ich. Du wirst es ja erleben.«

Wohlgefällig sah er in ihr blühendes Gesicht.

»Von des Gedankens Blässe bist du jedenfalls nicht angekränkelt.«

Energisch schüttelte sie den Kopf.

»Das wirst du auch nicht erleben. Zu gescheite Frauen sind nur eine Plage, hat mir Hans Wachau gesagt.«

Er sah sie verstohlen an.

»So, Hans hat das gesagt? Na, der muß es wissen.«

Sie rückte an den Zügeln, daß die Rappen aufbäumten.

»Erzähle doch, Detlev. Wie geht es ihm? Sieht er blaß aus? Muß er noch immer still liegen? Was hat er denn alles gesagt?«

»Du fragst viel auf einmal. Aber ich will versuchen, alle Fragen erschöpfend zu beantworten.«

Er tat es, und sie lauschte, ohne sich zu rühren. Und als er schwieg, da schwieg auch sie. Sie merkte nicht, daß er sie lächelnd von der Seite beobachtete.

So kamen sie bis an den Schloßberg heran. Hier mußten die Pferde ihr Tempo mäßigen, denn nun ging es aufwärts.

Graf Detlev blickte zum Schloß Rastenau hinauf, das

sich gerade von dieser Seite besonders imposant und malerisch vom grünen Hintergrund der bewaldeten Höhenzüge abhob.

»Ist doch ein wundervoller Anblick, unsere alte Raubritterburg! Nicht, Steffie?«

Sie nickte.

»Mir geht auch jedesmal das Herz auf, wenn ich sie so im Sonnenschein liegen sehe. Weißt du, Detlev, Berlin in Ehren, aber so was wie Schloß Rastenau gibt es dort nicht, wenn man auch auf Schritt und Tritt über ein Schloß stolpert.«

Er lachte.

»Gestolpert bin ich noch über keins. Aber sonst hast du recht. Auch Greifenberg ist mir lieber als alle Berliner Schlösser.«

»Das ist ja auch nach Rastenau unser schönster und größter Besitz. Sehr hübsch ist auch Güntershagen, auf dem ich einmal meine Tage beschließen werde.«

»Ach, du meinst, weil unser Hausgesetz das kleine Schloß Güntershagen als Witwen- und Waisensitz für die weiblichen Hinterbliebenen der Majoratsherren bestimmt hat?«

Sie nickte.

»Ja, das meine ich.«

Er lachte.

»Nun, ich glaube nicht, daß du jemals in Güntershagen wohnen wirst, du wirst dich sicher eines Tages verheiraten.«

Ein helles Rot schoß in ihr Gesicht. »Ausgeschlossen! Ich kriege im Leben keinen Mann«, sagte sie übermütig.

Er lachte.

»Abwarten. Zwei bis drei Jahre hast du noch Zeit, ehe du alle Hoffnung aufzugeben brauchst«, neckte er.

Sie lachte mit.

»Meinst du, daß ich noch nicht alle Hoffnung aufgeben soll?«

»Ja, das meine ich ganz gewiß. Und wenn du dich wirklich nicht verheiratest, dann bleibst du bei mir und führst mir den Haushalt.«

»Na, du wirst doch selbstverständlich auch heiraten.«

»Wer weiß.«

»Unsinn! Bei dir ist es übrigens schon höchste Zeit.«

Er seufzte leise.

»Es eilt mir nicht.«

Jetzt fuhr der Wagen im eleganten Bogen durch das erste große Tor in den vordersten Schloßhof und hielt vor einem hohen Portal, zu dem eine breite Sandsteintreppe zwanzig Stufen emporführte.

Steffie knallte mit der Peitsche. Ein Diener erschien und hielt die Pferde, bis ein Stallknecht herbeikam, um Wagen und Pferde in die Stallungen zu bringen. Ein zweiter Diener hob Graf Detlevs Koffer vom Wagen und trug ihn durch einen Seiteneingang ins Schloß.

Komteß Steffie und Graf Detlev sprangen die Treppe herauf. Sie betraten eine schöne, hohe Halle, die dämmerig kühl war. Durch wundervolle, mit Glasmalereien versehene hohe Fenster fiel das Licht gedämpft in satten Farbtönen auf den Steinfußboden, der mit kostbaren Teppichen belegt war. Vier massige schwere Säulen stützten das Dekkengewölbe, das mit schönen alten Malereien bedeckt war.

Hier kam ihnen Graf Joachim entgegen. Er küßte sein Töchterchen und begrüßte herzlich seinen Neffen. Man sah schon aus dieser Begrüßung, daß Onkel und Neffe wie Vater und Sohn zusammenstanden.

Eine halbe Stunde später saß man in dem geräumigen Speisesaal am Tisch. Heute fehlte Fräulein Rückauf. Sie nahm die Mahlzeiten nur mit den gräflichen Herrschaften zusammen ein, wenn diese ganz allein waren.

Es herrschte eine rege Unterhaltung bei Tisch. Graf Detlev hatte mancherlei von gemeinsamen Bekannten zu berichten.

Komteß Steffie liebäugelte mit der Schokolade, die ihr der Vetter mitgebracht hatte, und die nun neben ihrem Platz stand. Genascht hatte sie schon davon.

Auch Graf Detlev fiel es auf, daß Onkel Joachim etwas blaß aussah und seltsam gespannte Züge hatte. Er erschien ihm unruhig und nervös, wollte es aber nicht zeigen.

Über Nacht sollte Graf Detlev in Schloß Rastenau bleiben und erst am nächsten Morgen nach Greifenberg weiterfahren.

Nach Tisch zogen sich die beiden Herren in Graf Joachims Zimmer zurück, um eine Zigarette zu rauchen.

Sie setzten sich in die tiefen lederbezogenen Klubsessel am feuerlosen Kamin. Wie jeder Raum im Schloß, atmete auch dieser neben aller Feudalität behaglichsten Komfort und guten, vornehmen Geschmack.

Die Herren zündeten sich ihre Zigaretten an und ließen den Rauch aufsteigen. Nach einer Weile fragte Graf Joachim, seinen Neffen forschend ansehend: »Wie kommt es, daß du schon einige Tage früher zurückkehrst, als du beabsichtigt hattest?«

Graf Detlev sah eine Weile dem Rauch seiner Zigarette nach, als überlegte er die Antwort. Dann richtete er sich ein wenig aus seiner versunkenen Stellung hoch und sah den Onkel mit großen Augen an.

Es fiel in diesem Augenblick auf, wie sehr sich die beiden ähnlich waren. Und beide hatten jetzt die gleiche, seltsame, dreieckige Falte auf der Stirn zwischen den grauen Augen.

»Offen heraus, Onkel Joachim – ich habe Berlin fluchtartig verlassen.«

Graf Joachim sah ihn fragend an.

»Fluchtartig? Vor wem oder vor was bist du denn geflohen?«

Graf Detlev atmete tief auf.

»Vor mir selbst oder – vor zwei schönen goldigbraunen Mädchenaugen und vor einem süßen, traurigen Mädchengesicht.«

Graf Joachim hatte seinen Neffen vorsichtig ausforschen wollen, ob er in der Pension Wesemann vielleicht Liane Reinold begegnet war. Aber ehe er noch damit beginnen konnte, kam ihm Graf Detlev ahnungslos selbst entgegen.

Er richtete sich auf.

»Vor schönen Frauenaugen läuft ein Mann in der Regel nicht davon, Detlev.«

Dieser strich bedächtig die Asche von seiner Zigarette.

»In der Regel nicht. Aber du kennst doch meine Veranlagung, Onkel Joachim. Tändeleien liegen mir nicht. Ich bin in Herzenssachen sehr schwerfällig, und deshalb hüte ich mich vor zärtlichen Gefühlen, soviel ich kann, zumal ja, wie du weißt, die Grafen Rastenau nur ebenbürtige Gemahlinnen heimführen dürfen, wenn sie des Majorats nicht verlustig gehen wollen. Ich habe freilich schon manchmal gedacht, daß dies eine sehr unsinnige Bestimmung ist. Wir sind dadurch nicht besser dran, als Prinzen aus regierendem Haus. Wir dürfen unsere Gemahlinnen auch nicht nach dem Herzen wählen, sondern nach der Tradition.«

»So ist es, mein lieber Detlev.«

Das kam wie ein schwerer Seufzer über Graf Joachims Lippen.

Graf Detlev sah ihn herzlich an.

»Nun, Onkel Joachim, du bist ja gottlob von dieser Bestimmung nicht schwer getroffen worden, denn daß du

Tante Stefanie aus Liebe geheiratet hast, merkt ein Blinder. So eine harmonische Ehe, wie die eure, kann nur in gegenseitiger Liebe geschlossen worden sein.«

Starr sah Graf Joachim vor sich hin.

»Meinst du?« fragte er heiser.

Betroffen sah ihn sein Neffe an.

»Ist es nicht so?«

Der alte Herr riß sich aus seinem Brüten. »Du hast recht, Detlev, wenn du unsere Ehe harmonisch nennst. Sie ist es – aber sie ist es erst geworden. Aus Liebe haben wir einander nicht geheiratet, meine Frau und ich. Wir folgten auch der Tradition, beide. Und erst nach manchen Kämpfen fanden wir uns, über unser Kind, im liebevollen Verstehen.«

»Das wußte ich nicht«, sagte Graf Detlev leise.

Mit einem feinen Lächeln nickte Graf Joachim vor sich hin.

»Ja, ja, mein Junge, man sieht den Dingen erst dann auf den Grund, wenn man die Oberfläche durchdrungen hat. Aber, wir kamen ab von dir. Du bist also vor einem schönen Mädchen geflohen?«

Graf Detlev atmete tief auf.

»Ja, sie drohte mir gefährlich zu werden. Wie sehr, das merkte ich erst jetzt. Sie übt selbst in der Entfernung noch einen mächtigen Zauber auf mich aus. Glaubst du an eine Liebe auf den ersten Blick?«

Graf Joachim sah mit einem seltsamen Lächeln vor sich hin.

»Ja, ich glaube daran, denn – ich habe es vor langer, langer Zeit an mir selbst erfahren, daß es solch eine Liebe gibt.«

Graf Detlev stützte das Haupt in die Hand.

»Ich hätte solch eine Liebe nie für möglich gehalten. Meine Ansicht war, daß zwei Menschen sich erst ziemlich gründlich kennenlernen müßten, ehe sie sich lieben könnten. Aber jetzt glaube ich doch an eine Liebe auf den ersten Blick. Du bist ja mein Vertrauter, mein bester Freund, mein Vater gewesen, seit ich als zwölfjähriger Bursche zu dir kam. Danken kann ich dir nie genug dafür, wie herzlich und warm du dich meiner angenommen hast.«

Graf Joachim machte ein gequältes Gesicht.

»Davon sollst du nicht reden, das ist doch selbstverständlich. Als Majoratsherr habe ich die Verpflichtung, die minderbemittelten Rastenaus zu unterstützen.«

»Ja, soweit vielleicht, wie dich dein Vorgänger unterstützt hat, ehe du Majoratsherr wurdest. Er hielt dich mit einem schmalen Wechsel gerade so weit über Wasser, daß du nicht unbedingt ertrinken konntest, wenn du dich ordentlich abzappeltest. Ich weiß ja, was dein Onkel für dich getan hat. Aber du? Was hast du mir alles getan in deiner Liebe und Güte. Du hast mich in jeder Beziehung wie deinen Sohn gehalten, hast mir alle Schönheiten der Welt zugänglich gemacht und mir die gesamten Einkünfte von Greifenberg überwiesen. Du hast mich zum unumschränkten Herrn über Greifenberg gesetzt, und dir allein danke ich es, wenn meine Jugend eine heitere, sorglose war. Das alles war doch, weiß Gott, nicht deine Verpflichtung.«

Graf Joachim winkte hastig ab.

»Laß uns doch nicht darüber streiten. Letzten Endes war es nur Egoismus, der mich bestimmte, dich so zu stellen, daß du nicht sehnsüchtig auf mein Ende lauern mußt. Es ist ein unbehagliches Gefühl, an einer vollen Schüssel zu sitzen, wenn man liebe Menschen hungrig zusehen lassen soll. Und ich kann so gut entbehren, was ich dir zukommen lasse, da ich, wie du weißt, große Einkünfte habe. Außerdem nimmst du mir die Arbeit ab, die mir die Verwaltung von Greifenberg machen würde. Du siehst, es läuft alles auf Egoismus hinaus.«

Graf Detlev faßte seine Hand.

»Ich will mich lieber nicht auf eine weitere Debatte mit dir über diesen Punkt einlassen. Schließlich beweist du mir klipp und klar, daß ich dein Wohltäter bin, weil ich all die Güte über mich ergehen lasse.«

Graf Joachims Gesicht zuckte.

»Was dir paradox erscheint, ist vielleicht richtig.«

Lachend, aber mit herzlicher Wärme drückte ihm Graf Detlev die Hand.

»In diesem Punkt bist du entschieden ein Sonderling, Onkel Joachim. Aber das bin ich gewöhnt, und meinen Dank mußt du dir schon gefallen lassen.«

Hastig winkte der alte Herr ab. Seine Augen blickten gequält und düster.

»Laß das«, sagte er rauh.

»Nun gut. Ich wollte ja auch nur sagen, daß ich dir stets wie einem Vater, wie meinem besten Freund vertraut habe. Und deshalb will ich dir anvertrauen, was mich jetzt vorzeitig von Berlin vertrieben hat. Oder interessiert es dich nicht?«

»Doch, Detlev, meines wärmsten Interesses für alles, was dich bewegt, kannst du sicher sein. Also sprich weiter. Du hast eine junge Dame kennengelernt, die einen tiefen Eindruck auf dich gemacht hat und die – deinen Reden nach – dir nicht ebenbürtig ist.«

Graf Detlev nickte.

»So ist es, Onkel Joachim. Sie ist bürgerlicher Abkunft – ein schlichtes Fräulein Reinold.«

Graf Joachim zuckte zusammen und starrte ihn betroffen an.

»Reinold?« kam es wie ein Schrei über seine Lippen.

Sein Neffe sah ihn erschrocken an.

»Was ist dir?«

Mühsam faßte sich der alte Herr und strich sich über die feuchte Stirn.

»Ach – es ist nichts, ich sehe nur, daß – daß der Fall für dich ziemlich hoffnungslos zu liegen scheint, da die junge Dame nicht einmal den einfachen Adel hat.«

Mit einem tiefen Seufzer richtete sich Graf Detlev auf.

»Ja, ein ganz hoffnungsloser Fall. Deshalb floh ich, ehe es zu spät war.«

»Wo lerntest du die junge Dame kennen? Erzähle mir«, bat der alte Herr, der sich wieder in der Gewalt hatte.

Graf Detlev erzählte nun ausführlich von seiner ersten Begegnung mit Liane am Wannsee, und wie sie schon da einen unauslöschlichen Eindruck auf ihn gemacht hatte in ihrer traurigen Hilflosigkeit. Und dann berichtete er von der weiteren Begegnung in der Pension Wesemann. Er berichtete, daß es ihn wieder und wieder mit Allgewalt in ihre Nähe gezogen und was er mit ihr gesprochen hatte. Immer erregter werdend, schilderte er den tiefen Eindruck, den sie auf ihn gemacht hatte, und wie er mehr und mehr verzaubert worden war.

Graf Joachim hatte mit atemlosem Interesse zugehört. In seinen Augen lag ein grübelnder Ausdruck.

»Schicksal«, sagte er leise und schwer.

Wie seltsam, daß sein Neffe Liane begegnet war in dem riesengroßen Berlin, gerade ihr. Und daß gerade sie einen so tiefen Eindruck auf ihn machen mußte.

»Du weißt nun, Onkel Joachim, weshalb ich zu früh heimkehrte. Und nun will ich mich blindlings in die Arbeit stürzen und darüber zu vergessen suchen, was mich aus dem Gleichgewicht gebracht hat. Damit muß ich doch fertig werden, nicht wahr?«

Seltsam sah ihn sein Onkel an.

»Fatum, Detlev«, sagte er nochmals versonnen. Und

sich aufrichtend, fuhr er fort: »Ich wünsche dir jedenfalls, daß du keine schweren Herzenskämpfe zu bestehen hast. Es sind die schwersten, die Männer unseres Schlages zu bestehen haben.«

Forschend sah Graf Detlev den alten Herrn an. »Du sprichst wie aus Erfahrung, Onkel Joachim.«

Dieser erhob sich.

»Vielleicht habe ich einst selbst solche Kämpfe kennengelernt, mein lieber Junge. Jedenfalls fühle ich mit dir und wünschte, ich könnte dir helfen. Aber nun komm zu Tante Stefanie hinüber. Sie will sicher deine Gesellschaft auch noch eine Weile genießen und Steffie auch.«

Graf Detlev erhob sich, und Arm in Arm gingen die beiden Herren zu den Damen zurück.

Gräfin Stefanie saß bei einer feinen Handarbeit und sah ihnen mit ihrem ruhigen Lächeln entgegen.

Komteß Steffie hatte inzwischen die beiden Riesenbonbonnieren gründlich auf ihren Inhalt geprüft. Sie hing sich in ihres Vetters Arm.

»Wundervoll ist die Schokolade, Detlev, einfach ein Gedicht«, schwärmte sie.

Er sah lächelnd auf sie herab.

»Es freut mich, daß ich deinen Geschmack getroffen habe.«

Die vier Menschen saßen plaudernd zusammen. Komteß Steffie brachte nochmals die Rede auf Baron Wachau. Auch ihre Eltern wollten Näheres über diesen wissen.

Und Graf Detlev mußte daran denken, was ihm Hans Wachau gesagt hatte:

»Wenn Komteß Steffie heiratsfähig ist, mein lieber Detlev, dann komme ich als Freier nach Schloß Rastenau. Sie ist mir unbedingt vom Schicksal bestimmt, ich schieße jeden über den Haufen, der sie mir streitig machen will. Denn sie ist genau so, wie ich eine Frau haben will: frisch, froh und natürlich, Herz und Mund auf dem rechten Fleck, nicht von des Gedankens Blässe angekränkelt, keine bleichsüchtige Zierpuppe. Und sie ist immer bereit, tapfer mit mir durch dick und dünn zu stapfen, und kriegt nicht gleich Ohnmachten und Angstzustände, wenn man mal ein bißchen wild drauflosstürmt, sie hält dann tapfer mit. Und so gefällt es mir.«

Graf Joachim war merklich still an diesem Abend. Er merkte nicht, daß seine Gemahlin ihn immer wieder verstohlen forschend ansah. Sie fragte nicht, was ihn bedrückte, aber sie fühlte, daß seit einigen Tagen irgend etwas auf seiner Seele lastete, was er ihr nicht anvertrauen wollte.

Der alte Herr war mit seinen Gedanken bei dem, was ihm Detlev von Liane erzählt hatte. Schlich da ein neues Leid an Liane heran? Erging es ihr wie Detlev?

Wie seltsam sich dieses Begegnen gefügt hatte! Sicher hatte Liane an jenem Morgen am Wannsee noch ganz unter dem vernichtenden Eindruck gestanden, den die Anschuldigung der Frau Doktor Bartels auf sie gemacht hatte. Es erregte ihn sehr, daß Detlev sein Herz an Liane verloren hatte. Wie nun, wenn es auch Liane so ergangen wäre?

Er erhob sich und trat an das offene Fenster. Vor ihm lag die dunkle weiche Frühlingsnacht. Der Duft des blühenden Flieders stieg zu ihm hoch und weckte Erinnerungen an eine ferne, selige Zeit. Am Himmel zog der Mond als schmale Sichel seine Bahn. Er verdunkelte noch nicht den Glanz der Sterne. Seine Gedanken flogen zu Liane.

Wie gut konnte er Detlev verstehen. Liane glich ihrer Mutter. Und diese ...

Er strich sich über die Stirn. Seine Augen wurden groß und weit, als hätten sie da draußen im Dunkeln eine Erscheinung. Sie grüßte ihn, diese Erscheinung. Es war ein liebliches Frauenbild, und es hatte goldblondes Haar und goldig schimmernde Augen – wie Liane.

Da legte sich leise eine Hand auf seine Schulter, so daß er zusammenzuckte. Er fuhr aus seinen Gedanken auf.

»Ein herrlicher Abend, Joachim«, ertönte die sanfte, liebevolle Stimme seiner Frau neben ihm.

Sie fühlte instinktiv, daß er litt, und sie wollte ihm zeigen, daß sie mit ihrer Teilnahme bei ihm war, daß sie bereit war, mit ihm zu tragen, was ihn drückte.

Langsam wandte er ihr sein Gesicht zu. Es war blaß und die Augen brannten. Auf ihrem Grund lag ein unausgesprochenes Weh und eine heiße Sehnsucht, sich dieses Weh vom Herzen lösen zu können.

Wie sehr wünschte er in diesem Augenblick, der hochgesinnten Frau an seiner Seite alles sagen zu dürfen, was ihn quälte seit langen, langen Jahren, was ihn nie zur Ruhe kommen ließ.

Sie würde ihn verstehen – und auch wohl verzeihen.

Aber dennoch, es durfte nicht sein. Er durfte ihr die Bürde nicht auflegen, die ihm zuweilen zu schwer wurde. Allein mußte er weiter tragen, was er sich selbst aufgeladen hatte. Straff richtete er sich auf und führte ihre Hand an die Lippen.

»Du hast recht, Stefanie, es ist ein wundervoller Abend. Man kommt ins Träumen. Und der Fliederduft berauscht fast die Sinne. Wir wollen das Fenster schließen«, sagte er.

Sie wußte, daß er sie nur ablenken wollte. Aber sie half ihm das Fenster schließen.

Und dann wandten sie sich ins Zimmer zurück.

Komteß Steffie hatte sich inzwischen lustig mit ihrem Vetter geneckt.

Er war gutmütig darauf eingegangen, und ihr Lachen lenkte ihn wohltätig von seinen unruhigen Gedanken und von seiner heimlichen Sehnsucht nach Liane Reinold ab.

Nun sagte die Gräfin zu ihrer Tochter:

»Ich denke, meine liebe Steffie, es ist Zeit für dich, schlafen zu gehen.«

Steffie erhob sich und hing sich an ihren Hals.

»Muß das sein, liebste Mama?«

»Ja, mein Kind. Junge Menschen brauchen viel Schlaf zum Gedeihen, und deine Zeit ist längst vorbei. Detlev zu Ehren habe ich schon ein Stündchen zugegeben.«

Die Komteß küßte ihre Mutter.

»Na also, dann blasen wir Zapfenstreich. Gute Nacht, liebste Mama.«

»Gute Nacht, mein liebes Kind.«

Auch den Vater küßte die Komteß herzlich. Er streichelte ihre frischen Wangen und sagte ihr liebevoll gute Nacht.

Nun reichte sie Detlev die Hand.

»Sehe ich dich morgen früh noch, Detlev, ehe du nach Greifenberg fährst?«

»Ich hoffe doch, wenn du nicht gar zu lange schläfst. Um neun Uhr breche ich auf.«

»Ach – da bin ich längst aus den Federn. Also auf Wiedersehen morgen früh.«

»Auf Wiedersehen! Schlaf gut. Hoffentlich hast du dir an den kandierten Walnüssen nicht den Magen überladen. Sonst bekommst du schwere Träume«, neckte er.

Sie zuckte mit den Achseln.

»Meinen Magen würden nicht einmal Ziegelsteine genieren. Der ist von robusterer Beschaffenheit, als es einer Komteß Rastenau zukommt. Ich könnte gut noch eine Weile weiterfuttern. Aber der Weise sorgt im voraus für Tage der Not.«

Graf Detlev sah sie mit schief gehaltenem Kopf an.

»Tage der Not? Du siehst nicht aus, als hättest du schon welche kennengelernt.«

Sie lachte.

»Ach, ich hab's in mir. Kandierte Walnüsse gibt es jedenfalls nicht alle Tage in Rastenau. Also gute Nacht – und träume süß.«

Damit machte sie einen zierlichen Knicks und tänzelte im Kiebitzschritt aus dem Zimmer.

Die Zurückbleibenden sahen ihr lächelnd nach. Und dann plauderten sie noch ein Stündchen, ehe auch sie zu Bett gingen.

Graf Detlev saß in seinem Zimmer noch eine Weile im offenen Fenster und rauchte eine Zigarette.

Sein Blick flog hinüber in der Richtung nach Greifenberg. Dort würde er morgen seine Arbeit wieder aufnehmen. Er hatte in Berlin einige Tage ausspannen wollen, ehe die Heuernte begann. Einige vergnügte Tage wollte er erleben. Und nun war er mit einem wunden Herzen zurückgekommen. So schnell kam er darüber nicht weg, das wußte er.

Er biß die Zähne zusammen.

In zwei, drei Wochen ist das überstanden. Tief kann es doch noch gar nicht sitzen. Wenn ich das liebe Geschöpf nicht wiedersehe, dann verblaßt der Zauber, den es auf mich ausgeübt hat. Aber ich möchte doch wissen, ob es ihr auch ein wenig weh getan hat, daß ich abreiste. Na, nicht mehr dran denken, Detlev – du bist doch ein Mann!

So rief er sich selbst zur Ordnung. Aber seine Gedanken irrten doch unablässig um denselben Gegenstand. Und als er zur Ruhe ging, gaukelte ein goldblonder Mädchenkopf in seine Träume hinüber.

Am nächsten Morgen gab Komteß Steffie nach dem gemeinsamen Frühstück ihrem Vetter das Geleit bis zum Auto. Er wollte sich in diesem gleich bis Greifenberg bringen lassen. Das war bequemer, als erst zum Bahnhof und dann mit der Eisenbahn weiterzufahren.

Von Onkel und Tante hatte er sich schon drinnen herzlich verabschiedet. Steffie hing sich an seinen Arm und hüpfte neben ihm her. Sie plauderte lustig in ihrer etwas burschikosen Backfischmanier.

»Ich würde viel lieber mit dir nach Greifenberg fahren, als mich jetzt mit Rückaufchen anzuöden. Wann sehen wir uns wieder, Detlev?«

Er überlegte.

»Na, Sonntag auf jeden Fall, wenn du nicht schon vorher auf eine Stippvisite nach Greifenberg kommst.«

»Mal sehen, was sich tun läßt. Ich möchte auch gern mal wieder mit dir hinüberfahren zum Kurkonzert. Können wir nicht mal sonntags diesen Ausflug machen?«

»Das können wir gern tun, Steffie. Vielleicht sind die Eltern mit von der Partie.«

»Ach, eigentlich haben sie nie Lust dazu. Aber ich immer.«

»Gut, wir können Sonntag darüber sprechen, wenn ich herüberkomme.«

»Tun wir. Und du brauchst keine Angst zu haben. Ich komme im schönsten Sonntagsstaat und blamiere dich nicht.«

Er lachte.

»Meinetwegen kannst du so kommen, wie du bist.«

Kritisch sah sie an ihrem weißen Waschkleid herab.

»Nun ja, so am frühen Morgen passiere ich auch in meinem Feld-, Wald- und Wiesenkleid. Aber im Lauf des Tages büßt es erheblich an Frische ein, und dann sieht es kläglich aus. Hier in Rastenau geniert das weder mich noch andere Leute. Aber außerhalb habe ich als Komteß Rastenau zu repräsentieren, und da soll's auch mit Grazie geschehen. Die Kurgäste sollen Bauklötze staunen, wenn ich auf der Kurpromenade erscheine. Und die jungen Damen gucken sich dann wieder nach dir die Augen aus.«

»Sie werden doch nicht«, sagte er mit komischer Besorgnis.

Komteß Steffie nickte lachend.

»Sie werden ganz sicher.«

»Dann müßte ich menschenfreundlicherweise eigentlich zu Hause bleiben.«

»Im Gegenteil. Denkst du denn, sie sind nicht froh, wenn sie etwas anzuschwärmen haben?«

»Na schön, dann will ich mich opfern. Aber nun muß ich mich eilen, Steffie.«

»Wenn Menschen auseinandergehen, dann bleiben sie noch ein bißchen stehen«, deklamierte sie.

Er stieg in den Wagen.

»Auf Wiedersehen, Steffie!«

Sie schlug heftig den Wagenschlag zu.

»Auf Wiedersehen!«

Das Auto rollte davon, den Schloßberg hinab.

Komteß Steffie rannte lachend ein Stück hinterher und lief dann in den Garten, wo Fräulein Rückauf sie schon erwartete.

Oben am Fenster seines Arbeitszimmers stand Graf Joachim und sah gedankenverloren seinem Neffen nach. Er dachte an dessen Bericht von gestern abend.

Und als dann einige Tage später Lianes Nachricht kam, daß ihr eine Stelle in Brinkenhof offen stand, da trat ein helles Leuchten in seine Augen.

»Fatum!« sagte er laut vor sich hin, als würfe er dem Schicksal den Fehdehandschuh zu.

Und er riet Liane keineswegs, wie er es aus Besorgnis für seinen Neffen wohl hätte tun müssen, nicht nach Brinkenhof zu gehen, sondern er stimmte eifrig zu.

Aber als der Brief mit seiner Zustimmung abgegangen war, sah er lange Zeit nachdenklich vor sich hin. Schließlich hob er aber entschlossen den Kopf und begab sich in die Bibliothek des Schlosses. Neben derselben befand sich ein Geheimarchiv. Und dort verharrte er über eine Stunde, eifrig in alten Papieren suchend. Aber er fand vorläufig nicht, was er suchte. Und als er das Archiv verließ, lag ein fester, entschlossener Zug um seinen Mund.

»Ich lasse die Dinge gehen, wie es das Schicksal will. Gott wird wissen, warum er die beiden Menschen zusammengeführt hat.«

Graf Detlev war in einer Stunde in Schloß Greifenberg. Die ganze Zeit war er durch Rastenauer Gebiet gefahren. An die Ländereien, die zu Schloß Rastenau gehörten, grenzten die Greifenbergschen.

Das Schloß war ebenfalls ein malerisches, stattliches Gebäude. Es lag auch auf einem Berg, doch der war nicht so hoch wie der Rastenauer Schloßberg. Die Straße führte ganz allmählich hinauf, bis vor das Schloßtor am Ende einer Brücke, die über einen Graben führte. Das war in früheren Zeiten die Zugbrücke gewesen, die von den Herren von Greifenberg nicht herabgelassen wurde, wenn ungebetene Gäste kamen, mit unfriedlichen Absichten.

Schloß Greifenberg war wohl nur halb so geräumig wie Schloß Rastenau, und es hatte auch nicht eine so kostbare Einrichtung. Lange Jahre war es unbewohnt gewesen, bevor Graf Detlev einzog. Aber wohnlich und behaglich hatte es Graf Joachim einrichten lassen, ehe er es seinem Neffen als ständigen Aufenthalt anwies.

Schöne alte Möbel waren wieder aufgefrischt worden und standen festgefügt auf dem Platz, den sie seit Jahrhunderten einnahmen.

So boten die Räume einen feudalen Anblick. Und Graf Detlev gefiel dieses eigene Reich außerordentlich gut. Er änderte noch dies und das nach seinem Geschmack und fühlte sich sehr behaglich.

Ehe er nach Greifenberg ging, war er einige Jahre Offizier gewesen, wie alle Grafen Rastenau. Aber er hatte den bunten Rock gern ausgezogen, als ihn sein Onkel zum Herrn auf eigener Scholle machte. Seitdem hatte das Leben erst einen rechten Wert für ihn bekommen. Nun fühlte er sich so recht heimisch im Thüringer Land. Und auch heute, als er in Greifenberg ankam, umwehte ihn wieder dieser echte Heimatszauber.

Als er am Fenster seines Arbeitszimmers stand und hinab schaute auf seinen Wald, da dachte er: Schön ist es daheim, wunderschön. Und nichts fehlt mir hier, als eine junge Frau, die das Schloß mit mir teilt. Onkel Joachim weiß gar nicht, wie reich er mich gemacht hat damit, daß er mich als freien Herrn auf eigenem Grund und Boden schalten und walten läßt. Mich lockt, weiß Gott, das stolze Majorat nicht. Ich bin zufrieden in meinem Reich und tauschte mit keinem König, wenn ich nur eine Frau nach meinem Herzen neben mich stellen dürfte. Eine wüßte ich, die ich mir heimholen möchte: Liane Reinold.

Und bei diesem Namen kam er ins Träumen.

Aber bald wurde er gestört. Die Geschäfte des Tages nahmen ihn in Anspruch.

Er kleidete sich schnell um und schlüpfte in seinen festen, praktischen Reitanzug, der ihn vorzüglich kleidete. Er wollte vor Tisch noch einen Ritt über Wiesen und Felder machen, um nach dem Rechten zu sehen.

Unterwegs traf er seinen nächsten Nachbar, Herrn von Brinken. Dieser schüttelte ihm herzlich die Hand. Es war ein stattlicher Herr, fest und kernig, ein echter Landedelmann mit rötlich-braunem Gesicht, graumeliertem Haar und Schnurrbart und gutmütigen blauen Augen.

»Guten Morgen, lieber Graf! Na, heil und ganz wieder zurück aus dem Sündenbabel Berlin? Ich denke, sie wollten erst nächste Woche wiederkommen?« sagte er jovial und hielt sein Pferd neben dem Detlevs an.

»Ich glaube, ich hatte ein bißchen Heimweh, Herr von Brinken. Jedenfalls bin ich schon gestern nachmittag in Rastenau angekommen und habe dort bis heute morgen Station gemacht.«

»Na schön, daß Sie wieder da sind. Das wird meine Damen freuen. Wie geht es in Rastenau? Alles wohl?«

»Gottlob! Nur Onkel Joachim erschien mir ein wenig nervös und überarbeitet.«

»Kein Wunder! Er hat zuviel zu tun. Wissen Sie, lieber Graf, so ein stolzes Majorat ist ja eine ganz schöne Sache, und Reichtum schändet nicht. Aber ich glaube, ich fühle mich auf meiner Klitsche behaglicher, wenn es auch nicht viel weiter reicht, als aus der Hand in den Mund. Reichtümer kann man da nicht sammeln. Aber was sollen wir auch mit Schätzen, die Motten und Rost zerfressen? Jungens habe ich nicht, die den Mammon ins Rollen bringen. Auf einen Schwiegersohn brauche ich auch keine Rücksicht zu nehmen. Und meine arme kleine Hanna, na – das ist so ein bescheidenes Gemüt, für die ist's immer noch genug.«

Graf Detlev sah dem alten Herrn warm in die Augen.

»Sie sind trotz allem reicher als der reichste Mann, Herr von Brinken. Ihre Zufriedenheit ist beneidenswerter als aller Reichtum der Welt. Und in Brinkenhof ist es immer behaglich und gemütlich.«

Herrn von Brinkens Gesicht strahlte.

»Freut mich, daß Sie das sagen, lieber Graf. Aber nun beweisen Sie auch, daß es Ihnen bei uns gefällt, und machen Sie sich nicht zu rar. Wann darf ich Sie meinen Damen anmelden? Ich möchte ihnen eine frohe Nachricht mit nach Hause bringen, denn ein bißchen Zerstreuung ist ihnen zu gönnen.«

»Ich werde kommen, sobald ich ein paar freie Stunden habe. Anmeldung ist ja zwischen guten Nachbarn nicht nötig. Wie geht es Fräulein Hanna?«

Ein leiser Schatten flog über das fröhliche Gesicht des alten Herrn.

»Wie immer. Sie klagt ja nie, das wissen Sie. In ihrer himmlischen Geduld erträgt sie gottergeben ihr schweres Schicksal. Na – sprechen wir nicht davon, es nützt ja doch nichts. Sie will auch nicht, daß wir um sie klagen. Aber wir sind jetzt auf einen famosen Gedanken gekommen, meine Frau und ich. Wissen Sie, was wir getan haben, um Hanna ein bißchen aufzufrischen?«

»Nun?«

»Wir haben ihr eine junge Gesellschafterin engagiert, damit sie nicht so viel allein ist.«

»Oh, das ist ein guter Gedanke.«

Herrn von Brinkens Gesicht strahlte.

»Nicht wahr? Daß wir nicht schon eher darauf verfallen sind! Hanna freut sich sehr. Aber nun halte ich Sie nicht länger auf. Sie wollen gewiß nach dem Rechten sehen. Das Auge des Herrn macht die Kühe fett. Na, und unsere Heuernte dies Jahr – alle Wetter! Aber ich will nichts berufen.«

»Ja, das Heu steht gut. Nur gutes trockenes Wetter nach dem Schlag. Also, ich komme in den nächsten Tagen. Inzwischen eine herzliche Empfehlung an Ihre Damen.«

»Werde ich bestellen. Aber kommen Sie nicht nur auf eine Stippvisite.«

»Nein, nein, ich richte es ein, daß ich ein paar Stunden bleiben kann. Am besten paßt es mir abends.«

»Schön, kommen Sie abends, uns paßt es immer. Also auf baldiges Wiedersehen!«

Sie schüttelten sich die Hände und ritten nach entgegengesetzter Richtung davon.

Graf Detlev mußte ein Stück Wald passieren, ehe er auf seine Äcker und Wiesen kam. Und als er wieder allein war, flogen seine Gedanken zu Liane Reinold. Er sah sie vor sich in ihrer ganzen lieblich stolzen Schönheit, hörte ihre volle weiche Stimme, sah ihr bezauberndes Lächeln, hinter dem es immer wie leise Traurigkeit lauerte und das sehr zu Herzen ging.

Ja, Liane Reinold wäre eine Frau nach seinem Herzen gewesen, davon war er fest überzeugt, obwohl er doch nur wenige Stunden mit ihr zusammen gewesen war.

Ein Schnaufen seines Pferdes schreckte ihn aus seinen sehnsüchtigen Gedanken.

Also schon wieder auf verbotenen Pfaden mit den Gedanken. Auf diese Weise wirst du lange brauchen, um über diese Episode hinwegzukommen, schalt er mit sich selbst.

Er nahm die Zügel straff und gab seinem Roß die Sporen. Ein scharfer Ritt brachte ihn bald aus dem Walde heraus ins freie Feld.

Und da gab es Arbeit für ihn. Die lenkte ihn ab von unerlaubten Träumen. Fest und scharf blickten seine Augen um sich. Aber er fand nichts zu tadeln. Seine Leute waren alle tüchtig auf dem Posten.

9

Es war einige Tage später.

Auf der blumengeschmückten Veranda, die um das Gutshaus von Brinkenhof lief, ging Hanna von Brinken mit Gießkanne und Gartenschere von einem der Blumenkästen zum anderen.

Die Pflege dieser Blumen war ihr auf ihren Wunsch

übertragen worden. Hier konnte sie, auf ihren Stock gestützt, langsam hin und her gehen und sich ein wenig betätigen. Sie lahmte ziemlich stark und war viel zum Stillsitzen verdammt. Lange Spaziergänge konnte sie auch nicht machen. Ihr kranker Fuß hinderte sie an allen freien Bewegungen.

Sie war vor zwei Jahren von einem Lastwagen überrollt worden, dessen Pferde durchgegangen waren. Weil er eine Gruppe spielender Kinder zu überfahren drohte und niemand zur Hilfe kam, hatte sich Hanna mit ihren schwachen Kräften den scheuenden Tieren entgegengeworfen. Dabei war sie zu Fall und ihr Fuß unter ein Rad gekommen.

Er war so schwer verletzt worden, daß er amputiert werden sollte. Aber ein geschickter Arzt hatte ihn davor gerettet und so weit geheilt, daß er, wenn auch verkrüppelt, ihr erhalten blieb.

Sie ermüdete leicht beim Gehen. Hanna von Brinken war kein schönes Mädchen. Sie hatte eine flache Stirn, breite Backenknochen und eine etwas breitgedrückte Nase. Der Mund war ziemlich groß, aber gut geschnitten, und beim Lachen zeigte er prachtvolle weiße Zähne. Ihr dunkles, glattes Haar trug sie schlicht in zwei Zöpfen um den Kopf gelegt. Ihre Gestalt war mittelgroß und nicht reizlos. Zwei Schönheiten besaß aber auch dieses von der Natur etwas stiefmütterlich bedachte Geschöpf: sie hatte wundervolle Hände von edelster Form und schöne, sanfte dunkle Augen. Die leuchteten ganz froh und zufrieden, vielleicht hauptsächlich deshalb, weil sie wußte, daß das Gegenteil ihre zärtlichen Eltern innig betrübt hätte. Sie mußte stets ihre Eltern trösten über das Ungemach, das sie selbst betroffen hatte.

Jede Woche einmal ließ sie sich aus dem Dorf die Kinder kommen, die sie damals durch ihr Eingreifen vor dem

Überfahren geschützt hatte, denn sie waren gerettet worden, weil Hanna die Tiere eine Weile aufgehalten hatte. Und wenn diese Kinder vergnügt um sie herumsprangen, dann sagte Hanna wohl zu ihrer Mutter:

»Sieh nur, Muttchen – für so viel blühendes Leben ein einziger Fuß, das ist nicht zu teuer bezahlt.«

Frau von Brinken preßte dann ihre Hanna an die Brust, daß diese ihr zuckendes Gesicht nicht sah. Sie war anderer Ansicht – denn sie war Hannas Mutter.

Die Sonne sank schon, als Hanna endlich ihre Blumen alle besorgt hatte. Ein Körbchen mit welken Blumen und Blüten und die Gießkanne mußte eine Dienerin forttragen, die ihr das Wasser herbeigeholt hatte.

Dann nahm Hanna ihren Stock und humpelte langsam in ihr Zimmer, um ihre schönen schlanken Hände zu säubern und jede Spur der Arbeit zu entfernen. Als sie damit fertig war und aus ihrem Zimmer trat, begegnete sie ihrer Mutter, einer stattlichen, wenn auch nicht schönen Frau. Hanna sah ihr sehr ähnlich. Die Mutter legte sogleich den Arm zärtlich stützend um Hannas Schulter.

»Wo willst du hin, Hanna?«

»Noch ein Weilchen auf die Veranda hinaus, mein Muttchen. Es ist noch so schön warm.«

»Ich komme mit dir, Kind.«

Hannas Augen leuchteten froh.

»Ach – hast du Zeit für mich? Das ist schön.«

»Ja, endlich kann ich dir ein Weilchen Gesellschaft leisten bis Vater heimkommt. Du warst wieder den ganzen Nachmittag allein. Aber warte nur, Hannchen, bald hast du nun deine junge Gesellschafterin, dann wird es besser für dich.«

Hanna nickte.

»Ich freue mich auf Fräulein Reinold, Muttchen. Ihr Bild gefällt mir sehr gut.«

Sie hatten die Veranda erreicht.

»Hoffentlich gefällt sie selbst dir auch so gut. Komm, setz dich, Hanna.«

Die Mutter wollte ihrer Tochter einen Sessel zuschieben, obwohl sie wußte, daß Hanna sich nicht gern bedienen ließ, wenn es nicht unbedingt sein mußte.

»Laß nur, Muttchen, ich stehe lieber noch ein Weilchen hier an der Brüstung. Du aber mußt dich setzen, du wirst müde sein.«

Damit drückte Hanna ihre Mutter freundlich, aber energisch in den Sessel.

Gleich darauf ertönte Hufschlag an ihr Ohr. Hanna wandte sich um.

»Da kommt wohl Vater heim«, sagte sie. Aber dann faßte sie in froher Erregung den Arm der Mutter und fuhr fort: »Er kommt nicht allein, Muttchen, Graf Detlev begleitet ihn.«

Auch Frau von Brinkens Augen strahlten, weil ihre Tochter sich freute.

»So hat er doch Wort gehalten«, sagte sie.

Hannas Augen leuchteten auf.

»Das tut er immer.«

Zärtlich umarmte die Mutter ihr Kind.

»Freust du dich seines Kommens?«

Mit einem tiefen Atemzug nickte Hanna und drückte verstohlen die Hand aufs Herz.

»Das weißt du doch, Mutter, mit ihm plaudert es sich so gut«, sagte sie ganz ruhig und beherrscht.

In diesem jungen Geschöpf wohnte eine große Kraft. Die Mutter durfte ja nicht merken, daß ihr Herz schwer und laut bis zum Hals hinaufschlug beim Anblick des Grafen Detlev. Kein Mensch durfte es merken, und am wenigsten Graf Detlev selbst.

Hanna liebte ihn, schon seit er vor zwei Jahren in Schloß

Greifenberg eingezogen war und seinen ersten Besuch in Brinkenhof gemacht hatte. Damals war sie erst wenige Tage von ihrem Krankenlager erstanden und machte mit ihrem armen Fuß die ersten schüchternen Gehversuche. Sie hatte alle Kraft nötig gehabt, um die besorgten Eltern nicht das Elend ihrer Stimmung merken zu lassen.

Und da war Graf Detlev gekommen. Er hatte von ihrer Heldentat gehört und ihr voll warmer Teilnahme sein Interesse zugewandt. Freundlich hatte er mit ihr geplaudert und sie aufgeheitert. Wieder und wieder war er gekommen, ihr jedesmal eine kleine Freude bereitend, sei es, daß er ihr Blumen brachte oder ein Buch oder neue Noten. Und er hatte mit ihr musiziert und sie immer froh gemacht.

Und da begann sie ihr Leiden zu lieben – um seinetwillen.

Wäre ich gesund und leichtfüßig, dann würde er keinerlei Notiz von mir nehmen, weil ich häßlich bin. Er würde vielleicht vermeiden, nach Brinkenhof zu kommen, wie andere junge Männer auch, aus Furcht, ich könnte mir Hoffnung auf ihn machen. Weil ich lahm bin, weiß er, daß ich nie danach trachten könnte, seine Frau zu werden. Und deshalb stellt er sich auf einen so harmlos freundschaftlichen Standpunkt mir gegenüber. Wie schön ist das, wie gut. So hat mein Unglück doch auch ein Glück für mich im Gefolge.

Ängstlich verschloß sie ihre Liebe für ihn in ihrem Herzen. Sie liebte ihn ohne Wünsche und Hoffnungen, nur wie man die Sonne liebt. So unerreichbar wie die Sonne stand auch er über ihrem armen Dasein.

Aber er füllte es mit Licht und Wärme, nur weil er sie zuweilen aufsuchte und geduldig mit ihr plauderte.

Und wenn sie dann merkte, daß er über ihrem Geplauder ihre Häßlichkeit vergaß und ihr wie ein echter

Freund gegenübersaß, dann war sie so glücklich, wie sie es nur sein konnte.

Auch heute leuchtete die Freude über sein Kommen aus ihren Augen. Bis er vor ihr stand, hatte sie Zeit, sich zu fassen und ruhig zu werden.

Lächelnd bot sie ihm die Hand.

»Wie freue ich mich, daß Sie uns wieder einmal besuchen«, sagte sie mit ihrer sanften Stimme.

Er küßte ihre Hand.

»Meine erste freie Zeit gehört Ihnen, Fräulein Hanna. Und den ganzen Abend bleibe ich hier, wenn mir Ihre Frau Mutter ein Butterbrot und eine Tasse Tee kredenzt.«

»Na, keine Sorge, lieber Graf, es gibt auch ein bißchen was Besseres als Tee und Butterbrot. Man muß die Feste feiern, wie sie fallen. Und Ihr Besuch ist immer ein Fest für uns«, erwiderte Herr von Brinken vergnügt.

»Sie beschämen mich, Herr von Brinken.«

»Mein Mann hat recht, lieber Graf.«

»Gnädige Frau, ich bitte, keine Umstände.«

»Gibt es nicht, Graf Detlev. Umstände machen wir nie. Sie nehmen einfach teil an unserem Abendessen, und mit Butterbrot und Tee ist mein Mann nicht zufrieden, wenn er sich den ganzen Tag draußen abgerackert hat.«

Damit nötigte die Hausfrau lächelnd ihren Gast, Platz zu nehmen.

Graf Detlev setzte sich Hanna gegenüber, die ihn hell und froh ansah. Er zog ein Buch aus der breiten Tasche seiner Reitjoppe.

»Der neueste Roman Ihres Lieblingsautors, Rudolf Herzog, Fräulein Hanna. Ich sah, wie er eben in einem Berliner Schaufenster placiert werden sollte. Das ist etwas für deine Freundin Hanna, dachte ich, und erstand das Buch. Hoffentlich macht es Ihnen ein wenig Freude.«

Hanna faßte mit einem strahlenden Blick nach dem Buch.

»Eine große Freude, Graf Detlev. Wie lieb von Ihnen, an mich zu denken.«

Sie klappte das Buch auf und sah, daß er eine Widmung hineingeschrieben hatte.

»Meiner tapferen Freundin, Fräulein Hanna von Brinken, für stille Stunden. Detlev Rastenau.«

Ein leiser zitternder Atemzug stieg aus Hannas Brust empor. Und ein verlorenes Lächeln huschte um ihren Mund. Sie streckte die Hand nach ihm aus.

»Dank, vielen Dank, Graf Detlev, für das Buch, für Ihr freundliches Gedenken und zumeist für die Widmung. Es freut mich so sehr, daß Sie mich Ihre Freundin nennen.«

Er küßte ihre Hand.

»Sind Sie das nicht?«

Sie nickte.

»Ja, bei Gott, ich bin es – Ihre ehrliche Freundin. Ich wollte, ich könnte es Ihnen einmal beweisen. Und daß Sie mich als solche anerkennen, tut mir wohl.«

Herr von Brinken hatte sich zurückgezogen, um schnell Reitanzug und derbe Stiefel gegen ein bequemes Hausgewand zu vertauschen. Frau von Brinken setzte sich zu Hanna und dem Grafen.

»Wissen Sie schon das Neueste, Graf Detlev? Hanna bekommt eine Gesellschafterin.«

»Ja, Ihr Herr Gemahl sagte es mir schon.«

»Ich werde also jetzt ganz vornehm«, scherzte Hanna.

»Hoffentlich ist Ihre Gesellschafterin ein frisches junges Blut, das Sie ein wenig aufheitert.«

Hanna nickte.

»Ja, sie ist jung – und sehr schön. Die Schönste von allen habe ich mir herausgesucht. Wir hatten gegen zwanzig Offerten.«

»Und von zwanzig jungen Damen die schönste? Das ist ja vielversprechend«, neckte er.

»Ja, denken Sie sich, lieber Graf, Hanna wollte durchaus die Schönste haben«, sagte Frau von Brinken mit einem kleinen Seufzer.

Hanna lachte fröhlich auf.

»Muttchen war ganz unglücklich darüber. Sie hätte mir am liebsten die Häßlichste ausgesucht, damit ich nicht zu sehr ins Hintertreffen komme. Aber da habe ich gestreikt. Sie hat es natürlich gut gemeint. Ich soll nicht nur Folie sein für meine schöne Gesellschafterin. Aber weil ich nun mal leider dem lieben Gott so häßlich geraten bin, muß ich doch nicht auch noch verdammt sein, immer ein häßliches Gesicht vor mir zu haben.«

Graf Detlev schüttelte ernst den Kopf.

»Wer sagt Ihnen denn, daß Sie häßlich sind?«

Sie sah ihn mit großen, stillen Augen an.

»Mein ehrlichster Freund – mein Spiegel.«

»Wenn er Ihnen sagt, daß Sie häßlich sind, dann lügt er. Sehen Sie doch Ihre Augen an, Ihre schönen gesunden Zähne, Ihre feinen, edlen Hände – damit ist man nicht häßlich, zumal nicht, wenn man eine so große, liebe, tapfere Seele hat wie Sie.«

Hanna errötete ein wenig, und dann streichelte sie liebevoll die Hand ihrer Mutter.

»Ich danke Ihnen, Graf Detlev – weil Sie Muttchen mit Ihren Worten wohlgetan haben. Sie trägt so schwer an dem Schicksal, eine häßliche Tochter zu besitzen.«

Frau von Brinken erhob sich und schüttelte den Kopf.

»Mir bist du immer schön genug gewesen, mein Hannchen. Das sollte mir das Herz nicht schwer machen, wenn du nur –«

Sie brach ab, weil sie ihre Stimme nicht mehr in der Gewalt hatte. Und sich tapfer bezwingend, sagte sie hastig zu Graf Detlev:

»Entschuldigen Sie mich fünf Minuten, ich will nur einmal nach der Küche sehen.«

Damit ging sie schnell davon.

Hanna sah ihr nach.

»Mein armes Muttchen! Sie trägt an meinem Fußleiden viel, viel schwerer als ich. Sie will und kann noch immer nicht glauben, daß ich ganz zufrieden mit meinem Schicksal bin.«

Er faßte ihre Hand mit festem, warmem Griff.

»Zufrieden? Sie sind tapfer und unverzagt, Fräulein Hanna. So wie Sie sich den scheuenden Pferden entgegenwarfen, um ein Häuflein Kinder vorm sicheren Untergang zu retten, so fassen Sie auch mit fester Hand Ihrem Schicksal in die Zügel und meistern es, daß es Ihnen nichts anhaben kann. Ich bewundere Sie oft im stillen, wenn Sie Ihren Eltern noch von Ihrer inneren Freudigkeit abgeben, damit sie nicht so sehr um Sie leiden sollen. Und deshalb schätze ich Sie so hoch und bin stolz darauf, daß Sie mich Ihrer Freundschaft für wert halten. Wenn ich bei Ihnen bin, dann ist mir immer so still und friedlich zumute, als lägen alle Kämpfe des Lebens weit hinter mir. Es geht etwas von Ihrem starken, gütigen Wesen aus wie ein heilkräftiger Zauber.«

Ein schönes Lächeln verklärte ihr Gesicht.

»Wie reich mich Ihre Worte machen, lieber Freund. Erhalten Sie mir Ihre Freundschaft, sie gehört zu meinen kostbarsten Gütern. Auch dann dürfen Sie mir dieselbe nicht entziehen, wenn Sie einmal eine junge Frau heim führen. Auf mich wird ja keine Frau eifersüchtig sein. Das ist auch wieder ein Gewinn meiner Häßlichkeit.«

Sie hatte das ganz ruhig und heiter gesagt. Ihre Seele hatte ja längst resigniert mit seiner Verheiratung gerechnet.

»Wenn Sie meine Freundin Hanna noch einmal häßlich nennen, bin ich ernstlich böse«, schalt er vorwurfsvoll.

Sie lächelte resigniert, aber nicht traurig.

»Aber nein, Ihren Zorn will ich mir gewiß nicht zuziehen.«

»Gut. Und was meine einstige Frau anbetrifft – sie muß mit Ihnen gut Freund werden, sonst passen wir nicht zusammen. Und vorläufig denke ich noch gar nicht daran, mich zu verheiraten.«

Sie vermochte ganz heiter zu lächeln.

»Das kommt vielleicht einmal schneller, als Sie denken.«

Er wehrte ab.

»Dies Thema gefällt mir nicht. Also, bitte irgendein anderes. Zum Beispiel Ihre neue Gesellschafterin. Wann trifft sie ein?«

Er ahnte nicht, wie sehr dieses Thema mit dem vorigen zusammenhing.

»Morgen mittag schon, Graf Detlev. Sie kommt von Berlin. Ich freue mich auf sie und hoffe, daß sie so sympathisch wie schön ist.«

»Photographien täuschen zuweilen.«

»Wir werden sehen. Ich wollte ja erst nicht dreinwilligen, daß mir die Eltern eine Gesellschafterin engagieren. Vater hat ohnedies zu tun, um alle Gehälter und Löhne zu schaffen. Aber die Eltern bestanden darauf. Und nun habe ich mich umsonst gesorgt. Die junge Dame will kein Gehalt annehmen. Sie hat selbst einiges Vermögen, und ihr ist nur darum zu tun, in guter Familie Anschluß zu finden. Sie ist Waise und steht allein im Leben. So stehen wir also gewissermaßen in einem Gegenseitigkeitsverhältnis, und sie ist eigentlich ihr eigener Herr.«

»Wird das nicht etwas schwierige Verhältnisse zeitigen?«

»Ich hoffe nicht. Jedenfalls werde ich versuchen, in ihr eine Freundin zu finden, und werde in ihr keinesfalls eine Untergebene sehen.«

»Nun, die Hauptsache ist, daß die junge Dame eine heitere, lebensfrische Persönlichkeit ist, die Sie aufmuntert.«

»Oh, ich bin doch auch keine Trauerweide, Graf Detlev! Ich brauche nur jemanden, der Zeit für mich hat. Die Hauptsache ist, daß wir uns gegenseitig gut gefallen.«

»Das allerdings. Und ich bin sehr neugierig, wie Sie sich mit der jungen Dame einleben werden.«

Hier kam Frau von Brinken zurück.

»Wir können zu Tisch gehen, Graf Detlev. Mein Mann folgt mir auf dem Fuße«, sagte sie.

Und wirklich erschien der Hausherr gleich nach ihr.

»Ich habe einen Bärenhunger«, brummte er gemütlich.

»Wir haben nur auf dich gewartet, Väterchen.«

Mit diesen Worten erhob sich Hanna und hängte sich in des Vaters Arm. Man ging in das behaglich eingerichtete Speisezimmer. Hier war der Tisch einladend gedeckt, und ein sauberes Mädchen mit weißer Schürze und Häubchen trug die Suppe auf.

Nach der Suppe gab es Eier auf Schinken mit dem ersten zarten Blattsalat, danach eine Platte mit kaltem Braten und Wurst und Schinken mit köstlichem Schwarzbrot und goldfrischer Butter. Ein leichter Tischwein wurde dazu serviert.

Es herrschte eine gemütliche Stimmung bei Tisch. Die Eltern strahlten, weil Hanna fröhlich war, und Graf Detlev fühlte sich immer wohl im Kreis dieser Menschen, die sich herzlich und natürlich gaben und ihm sehr sympathisch waren.

Nach Tisch rauchten die Herren draußen auf der Veranda eine Zigarette.

Dann musizierte Hanna mit Graf Detlev. Sie war Meisterin auf dem Flügel, und er hatte einen schönen Bariton, den er geschmackvoll beherrschte, obwohl er nie Gesangunterricht gehabt hatte.

Die alten Herrschaften hörten behaglich zu.

So verging der Abend in angenehmster Weise, und Graf Detlev wunderte sich, wie schnell er verstrichen war.

»Ich werde mit Ihrer Erlaubnis bald wiederkommen«, sagte er, als er sich verabschiedete.

»Halten Sie Wort, lieber Graf. Wir freuen uns immer, Sie zu sehen.«

Mit diesen Worten begleitete Herr von Brinken seinen jungen Gast zu seinem Pferd.

Hanna stand neben der Mutter auf der Veranda und winkte ihm einen Gruß nach.

Und als Graf Detlev langsam nach Hause ritt, es seinem Pferde überlassend, den richtigen Weg zu finden, da dachte er:

An der Seite einer Frau wie Hanna von Brinken würde ich vielleicht die Sehnsucht nach Liane Reinold mit der Zeit vergessen. In ihrer Gegenwart wird man so wunschlos und still. Aber ich bin der letzte Rastenau und muß eine gesunde Frau heimführen. Hanna wäre auch zu gut, um ohne Liebe zur Frau begehrt zu werden.

Gleich nach Graf Detlevs Entfernung hatte sie sich von ihren Eltern verabschiedet und war in ihr Zimmer gegangen.

Der Vater hatte gesagt:

»Das war ein reizender Abend. So ein bißchen Hausmusik ist so angenehm.«

Und darauf hatte Hanna erwidert:

»Nun, Väterchen, von morgen an wirst du vielleicht mehr Hausmusik haben, als dir lieb ist. Fräulein Reinold ist ja auch sehr musikalisch, sie spielt Klavier und singt, und zwar in deiner Lieblingslage – Mezzosopran. Da werden wir fleißig musizieren. Allein macht es mir nicht soviel Spaß wie in Gesellschaft.

Darauf hatte sie sich von den Eltern verabschiedet.

Und als sie nun allein in ihrem Zimmer vor dem Spiegel stand und mit scharfen, kritischen Blicken in ihr Antlitz sah, da nickte sie sich wehmütig lächelnd zu.

Zur Freundschaft bist du nicht zu häßlich, arme Hanna, dabei stört auch dein lahmer Fuß nicht. Aber zur Liebe reicht es nicht aus, dachte sie.

Aber ehe sie sich in Traurigkeit verlieren konnte, heiterte sich ihr Gesicht wieder auf.

Was würde es mir nützen, wenn ich schön wäre? Wer weiß, ob er mich dann lieben könnte. Alle schönen Frauen kann er doch nicht lieben. Und wenn ich schön wäre, und er liebte mich nicht, dann wäre ich noch viel schlimmer dran, denn dann würde seine zukünftige Frau nicht leiden, daß er freundschaftlich wie bisher mit mir verkehrte. Und das möchte ich nicht missen. Es macht mein Leben licht und schön. Er ist gut und edel. Deshalb habe ich ihn lieb – so lieb, daß mir zuweilen das Herz davon wehe tut, aber nur zuweilen.

Sie wandte sich vom Spiegel ab und nahm das Buch, das er ihr mitgebracht hatte. Sie schlug es auf, und ihre Augen ruhten auf der Widmung:

»Meiner tapferen Freundin«, sagte sie leise vor sich hin und drückte das Buch an ihr Herz.

»Schenke ihm ein großes, volles Glück, Vater im Himmel, daß ich mich daran sonnen und mein Herz daran wärmen kann«, betete sie inbrünstig.

10

Liane wurde an der Bahnstation von Herrn von Brinken erwartet. Er begrüßte sie freundlich und führte sie zu dem wartenden Wagen.

Von ihrer Schönheit war er fast betroffen. Ihre Photographie hatte bei weitem nicht den ganzen Zauber ihrer Persönlichkeit wiedergegeben, so wenig, wie die vornehm liebliche Art ihrer ganzen Erscheinung.

Da hat ja mein Hannchen freilich etwas, um ihre Augen daran zu laben, dachte er, und verglich im Geist ein wenig wehmutsvoll sein eigenes Töchterchen mit seiner schönen jungen Gesellschafterin.

Den Gepäckschein, den ihm Liane auf seinen Wunsch auslieferte, übergab er dem Stationsvorsteher mit dem Bemerken, daß ein anderer Wagen das Gepäck abholen würde.

Artig half er dann Liane auf den leichten Jagdwagen und setzte sich auf den Bock, um selbst zu kutschieren.

»In einer guten Viertelstunde sind wir zur Stelle, Fräulein Reinold. Hoffentlich sind Sie nicht zu müde von der Reise«, sagte er.

Liane schüttelte mit ihrem lieben Lächeln den Kopf.

»Ich bin gar nicht müde, Herr von Brinken.«

Na, ihrem Lächeln und ihren Augen nach zu schließen, ist das Mädelchen ein lieber Kerl, dachte Herr von Brinken befriedigt.

In schlankem Trab ging es die Landstraße entlang nach Brinkenhof. Liane sah mit großen, entzückten Augen auf die herrliche Umgebung. Sie kannte Thüringen überhaupt noch nicht und freute sich an den schönen Landschaftsbildern.

In ihrem Herzen war jetzt etwas mehr Ruhe als zuvor. Daß sie sich eins wußte mit Onkel Joachim im Denken und

Handeln gewährte ihr einige Erleichterung. Und nun wußte sie sich auch in seiner Nähe. Wenn sie ihn auch nicht sehen und sprechen konnte, so war doch der Gedanke, daß sie ihm nahe war, eine Beruhigung, ein Trost für sie.

Sie war froh gewesen, als sie Berlin hatte verlassen können, denn sie hatte immer Furcht gehabt, daß sie Frau Doktor Bartels noch einmal begegnen könnte. Diese Frau erschien ihr als der Inbegriff alles Schlimmen und Häßlichen. Sie erschauerte noch jetzt oft im Gedenken an das, was ihr diese Frau angetan hatte.

Als sie nun ihrem neuen Bestimmungsort zufuhr und die herrliche Umgebung so wohltuend auf sie einwirkte, war der heiße Wunsch in ihr, daß sie hier Frieden und sicheren Schutz finden möge.

Bald hatten sie Brinkenhof erreicht. Frau von Brinken kam eben aus dem Kuhstall herüber, wo sie nach einer kranken Kuh gesehen hatte, als der Wagen in den Gutshof einbog und vor der Tür des Gutshauses hielt. Sie trat an den Wagen heran, und es gab ihr doch einen leisen Stich durchs Herz, als sie in das schöne, liebreizende Mädchengesicht sah. Wie unvorteilhaft mußte sich ihre arme kleine Hanna neben dieser anmutigen und bezaubernden jungen Dame ausnehmen.

Mit einem einzigen Blick bemerkte sie auch, daß Fräulein Reinold ein sehr elegantes Reisekostüm trug und überhaupt einen sehr vornehmen Eindruck machte. Aber sie war doch eine viel zu gerechte Natur, um Liane in irgendeiner Weise empfinden zu lassen, daß sie mit ihrem Äußeren nicht ganz einverstanden war. Sie begrüßte sie freundlich und bat sie, ihr zu ihrer Tochter zu folgen. Ihren Gatten schickte sie gleich hinüber zum Stall, damit er selbst nach der erkrankten Kuh sehen konnte.

Liane schritt nun mit Frau von Brinken durch den großen Hausflur, in dem nach altem Brauch die Erntekränze früherer Jahre an der Decke hingen, und durch einige behaglich eingerichtete Zimmer.

Hanna saß, wie gewöhnlich bei schönem Wetter, auf der Veranda in ihrem Lehnstuhl. Als die Mutter mit Liane heraustrat, erhob sie sich. Ein leuchtender Blick aus ihren sanften dunkeln Augen umfaßte Lianes Erscheinung.

»Das ist meine Tochter Hanna, Fräulein Reinold«, sagte Frau von Brinken.

Liane lief schnell auf Hanna zu, um ihr den mühsamen Weg zu sparen.

»Bitte, bemühen Sie sich doch nicht, gnädiges Fräulein«, bat sie besorgt.

Hanna sah lächelnd zu ihr auf.

»Es tut mir gar nichts, wenn ich gehe. Nur komme ich nicht so schnell voran. Seien Sie mir herzlich willkommen, Fräulein Reinold. Möge es Ihnen gut in Brinkenhof gefallen.«

Damit reichte sie Liane die Hand. Diese fühlte sich seltsam angezogen durch Hannas freundliche Art.

»Ich danke Ihnen sehr für dieses Willkommen, gnädiges Fräulein. Was ich bisher von Brinkenhof und seiner Umgebung gesehen habe, gefällt mir sehr gut.«

»Das freut mich. Aber nun sollen Sie erst den Reisestaub abschütteln, und dann wird es Zeit sein, zu Tisch zu gehen. Nicht wahr, mein liebes Muttchen?«

Frau von Brinken nickte freundlich.

»So ist es, Fräulein Reinold. Ich will Sie gleich selbst in Ihre Zimmer führen.«

»Also bis nachher, Fräulein Reinold«, sagte Hanna freundlich.

Frau von Brinken führte Liane nun hinauf in den ersten Stock und wies ihr die Zimmer an. Dann ging sie wieder hinunter zu ihrer Tochter. Diese umarmte die Mutter mit strahlendem Gesicht.

»Ach, Muttchen, was ist das für ein entzückendes Geschöpf. Man wird ganz froh und glücklich, wenn man ihr ins Gesicht sieht, weil der liebe Gott so etwas Schönes und Liebes geschaffen hat.«

Frau von Brinken vergaß alle Herzbeklemmung über diesen Worten ihrer Tochter. Liane Reinolds Anblick hatte ihrer Hanna wohlgetan, damit hatte diese ihr Herz schon halb erobert.

»Du bist also zufrieden mit deiner Gesellschafterin?«

»Wenn sie nur halb so lieb ist, wie sie aussieht, ja. Du weißt doch, Muttchen, schöne Menschen sind nun einmal eine Augenweide für mich. Sie haben es immer leicht, mein Herz zu gewinnen.«

Frau von Brinken drückte ihre Tochter an sich.

»Hoffen wir, daß sie dir alles hält, was dir ihr Aussehen verspricht. Und nun muß ich dich noch ein Weilchen allein lassen.«

Mutter und Tochter küßten sich und Frau von Brinken ging davon.

Inzwischen stand Liane oben in ihrem Zimmer. Es waren zwei helle, freundliche Räume, die ihr Frau von Brinken angewiesen hatte. Das Schlafzimmer hatte Möbel aus Kirschbaumholz mit Vorhängen und Bezügen aus geblümtem Satin. Weiße gepunktete Mullgardinen waren in straffen Falten an die Scheiben der Fenster gespannt und mit farbigen Bändern geschmückt. Das sah sehr hübsch aus.

Das Wohnzimmer im echtesten Biedermeierstil gefiel Liane fast noch besser. Es paßte wunderbar in diesen alten Thüringer Edelsitz. Wie ein leiser Hauch von Lavendel lag es über diesen Räumen. Am Fenster des Wohnzimmers stand ein hübscher Nähtisch mit einem Lehnsessel. Ein großer frischer Fliederstrauß, zwischen dessen lila Blütendolden große rote Pfingstrosen glühten, schmückte in einer Tonvase diesen Nähtisch. Am anderen Fenster hatte ein Schreibtisch Platz gefunden. Eine Ecke des Zimmers nahm ein Diwan mit einem runden Tisch davor ein, um den sich einige Sessel gruppierten. In der anderen Ecke stand noch ein zierliches Schränkchen.

Auch auf dem Tisch vor dem Sofa gab es Blumen in einer flachen Schale. Und den Fußboden, dessen Holz blank gebohnert war, bedeckte ein hübscher Teppich im Stil des Zimmers.

Liane war sehr zufrieden mit ihrem neuen, behaglichen Reich. Aufatmend trat sie an das offene Fenster. Es lag nach einem großen Obstgarten hinaus, und hinter demselben erhob sich ein prachtvoller, dichter Laubwald, der sich bis zu den Bergen hinüberzog, die sich kulissenartig ineinanderschoben.

Die helle Mittagsonne lag über dem herrlichen Landschaftsbild. Ein Gefühl tiefen Friedens zog in Lianes Seele. Hier glaubte sie sich sicher vor ihrer gehässigen Feindin, vor allem Unbill der Welt. Ihr war, als habe sie eine Heimat gefunden, in der ihre Seele Ruhe finden würde. Hierher konnte ihr die giftige Verleumdung nicht folgen.

Aber trotzdem war noch ein uneingestandenes, stilles Weh in ihrer Brust. Hier würde sie auch niemals dem Mann begegnen, der in ihrer jungen Seele ein heißes Sehnen geweckt hatte, ein Sehnen nach etwas Wunderbarem, Niegekanntem, das alle Heimatwonnen der Welt in sich bergen mußte. Sie hatte versucht, ihre Gedanken abzulenken von Herrn Greifenberg. Aber immer mußte sie wieder an ihn denken. Und immer klangen ihr seine Worte im Herzen wieder, die er ihr beim Abschied gesagt: Ich werde Sie nie vergessen.

Ach, auch sie würde ihn nie vergessen – und sie wollte es auch nicht. Bei allem stillen Weh war es so schön, an ihn zu denken. Ihr war, als sei sie nicht mehr so ganz allein, wenn sie an ihn dachte. So lebendig zauberten ihn ihre Gedanken an ihre Seite, als sei er wirklich neben ihr, so wie damals am Wannsee, als er sie führte und stützte und sie so teilnahmsvoll ansah mit seinen warmen grauen Augen.

Die Augen brannten ihr, weil sie in das flimmernde Sonnenlicht gesehen hatte. Mit einem leisen Seufzer wandte sie sich vom Fenster ab und machte sich schnell für die Mittagstafel fertig.

Umkleiden konnte sie sich nicht, weil ihr Gepäck noch nicht da war. Sie hatte nur eine kleine Reisehandtasche bei sich mit dem Nötigsten. Aber eine frische Waschbluse konnte sie doch anziehen und sich vom Reisestaub befreien.

Und als das geschehen war, ging sie wieder hinunter.

Wenige Minuten später saß Liane mit der Familie von Brinken bei Tisch. Von allen Seiten wurde sie so freundlich aufgenommen, daß ihr ganz warm ums Herz wurde.

Am leichtesten machte es ihr Hanna, sich heimisch zu fühlen. Sie brachte Liane in taktvoller Weise dazu, einen kleinen Überblick über ihr Leben zu geben. Und als Frau von Brinken hörte, daß die junge Dame ihre Mutter schon verloren hatte, als sie kaum zwei Jahre alt war, da hatte Liane ihr gutes Herz ganz gewonnen.

»Und Sie waren dann bis vor kurzem in Madame Schöpfings Pension?« frage sie mitleidig.

»Ja, gnädige Frau«, erwiderte Liane etwas unsicher. »Weil ich keine Heimat hatte, blieb ich, solange es irgend anging dort.«

»Und Sie haben gar keine Verwandten mehr?«

»Nein – Verwandte nicht. Meine einzige Verwandte, Tante Lott, starb, als ich zwölf Jahre alt war. Ein Freund meiner Eltern hatte sich meiner angenommen – solange es eben anging. Aber – Familienverhältnisse machten es ihm unmöglich, sich weiter um mich zu kümmern. Und weil ich nicht allein bleiben kann und will, suche ich Schutz und Anschluß in einer Familie.«

Liane war es nicht leicht geworden, diese etwas lükkenhafte Erklärung zu geben, und sie schwieg nun aufatmend still.

»Das ist sehr vernünftig von Ihnen, Fräulein Reinold. Für eine junge Dame ist völliges Alleinstehen sehr gefährlich. Es spricht für Sie, daß Sie sich nach dem Schutz einer Familie sehnen. Ich hoffe, Sie werden sich bald in Brinkenhof heimisch fühlen. An uns soll es nicht liegen.«

Liane sah dankbar in Frau von Brinkens klare, gute Augen, so daß diese ihr lächelnd und ermutigend zunickte. Da faßte Liane ihre Hand und zog sie an ihre Lippen.

»Ich danke Ihnen sehr für Ihre Güte, gnädige Frau.«

Nach Tisch leistete Liane Hanna draußen auf der Veranda Gesellschaft. Die beiden jungen Damen plauderten lebhaft miteinander und suchten sich dabei gegenseitig näherzukommen. Das gelang ihnen auch.

Hanna bewunderte neidlos und entzückt Lianes Schönheit und vornehme Eleganz, und Liane fühlte sehr wohl aus Hannas Verhalten den wertvollen, edlen Menschen heraus. Dazu kam noch ihr inniges Mitleid mit Hannas Gebrechen. Sie umgab sie mit einer so zarten, unaufdringlichen Fürsorge, daß Hanna sich zum erstenmal seit ihrem Unfall willig und gern ein wenig verwöhnen ließ.

Später machten sie einen Spaziergang durch den Garten. Hanna hatte sonst immer das peinliche Gefühl, wenn sie mit einem fremden Menschen ging, daß sie diesen behindere beim ungestörten Vorwärtsschreiten. Liane ließ dies Gefühl aber gar nicht in ihr aufkommen. Taktvoll wußte sie es einzurichten, daß sie selbst nicht schneller vorwärts kam als Hanna. Sie blieb zuweilen stehen, um eine Blume zu betrachten, einen früchtetragenden Obstbaum zu bewundern oder ihre Augen entzückt auf die schöne Umgebung zu richten. Und dabei plauderte sie von der Welt da draußen, von Berlin mit seinem regen geistigen Leben, mit seinem atemlosen Hasten und Treiben.

»Wird Ihnen das alles nun nicht sehr fehlen hier in unserem stillen Brinkenhof, Fräulein Reinold?« fragte Hanna, die voll Interesse zugehört hatte.

Liane schüttelte den Kopf. Einst hatte sie sich freilich aus der Stille der Pension hinausgesehnt in die Welt. Aber man hatte ihr dort so weh getan, hatte sie erschreckt durch giftige, häßliche Worte, daß sie nun froh war, wie ein flügellahmer Vogel in der friedlichen Stille von Brinkenhof untertauchen zu können.

»O nein, es wird mir nichts fehlen, es ist so schön hier. Ich habe mir das Thüringer Land nicht so schön gedacht.«

Hannas Augen leuchteten auf.

»Ja, unsere Heimat ist schön. Und so ganz aus der Welt liegt Brinkenhof auch nicht. Eine halbe Stunde Wagenfahrt bringt Sie in den nächsten Kurort. Da ist im Sommer reges Leben und neuerdings, seit der Wintersport in Blüte gekommen ist, auch im Winter. Da gibt es Konzerte, Reunionen und sogar zuweilen Theater. Auch haben wir sonst einigen Verkehr mit unseren Nachbarn. Es liegen viele große Güter ringsum. Man hält auf dem Land viel von nachbarlichen Verkehr. Freilich, stiller als in Berlin werden Sie es trotzdem finden.«

»Das ist wohl eher ein Vorzug. Theater und Konzerte habe ich im letzten Jahre so viel besucht, daß ich eine lange Zeit davon zehren kann.«

»Wir wollen fleißig musizieren, wenn es Ihnen recht ist.«

»Gewiß – ich musiziere sehr gern.«

Sie kamen nun auf ihre Lieblingskomponisten zu sprechen und dann auch auf Literatur. Zufällig hatten sie beide so ziemlich den gleichen Geschmack. Das brachte sie einander noch etwas näher.

Am Gartenzaun kletterten einige Flachsköpfe aus dem Dorf herum, Hannas Schützlinge, bei deren Rettung sie sich ihr Gebrechen geholt hatte. Sie riefen und winkten dem gnädigen Fräulein zu. Für solche Fälle hatte Hanna immer ein Kästchen mit Bonbons in der Tasche. Sie teilte auch heute davon aus, und befriedigt liefen die Flachsköpfe davon.

Liane hatte Hanna im Verkehr mit den Kindern beobachtet.

»Sie sind sehr kinderlieb, gnädiges Fräulein«, sagte sie nun.

Hanna nickte und lächelte seltsam.

»Ich war es immer. Aber gerade diese vier Flachsköpfe sind mir ans Herz gewachsen. Ich habe mir gewissermaßen ein Anrecht an ihnen erworben.«

Und sie erzählte ganz schlicht, wie sie zu ihrem Fußleiden gekommen war. Gerade diese Schlichtheit ergriff Liane. Sie bekam feuchte Augen.

»Wie stolz können Sie sein, daß Sie vier junge Menschenleben retteten.«

Hanna schüttelte den Kopf.

»Ach nein, nicht stolz. Das hätte jeder andere an meiner Stelle auch tun müssen. Froh bin ich aber, daß ich wenigstens nicht umsonst habe leiden müssen. Und wenn ich die Flachsköpfe sehe, vergesse ich alles Ungemach.«

»Ich bewundere Sie, gnädiges Fräulein. Einer solchen Heldentat wäre ich nicht fähig gewesen.«

Hanna lächelte. »Ganz ehrlich, wenn ich gewußt hätte, daß ich mit meinem Fuß unter den Wagen kam, hätte ich es doch wohl nicht gewagt, mich den Pferden entgegenzuwerfen. Ich wollte nur versuchen, sie zum Stehen zu bringen oder doch aufzuhalten, bis sich die Kinder in Sicherheit gebracht hatten. Daß ich stürzen und zu Schaden kommen würde, ahnte ich nicht. Also eine Heldentat war es wirklich nicht. Zum Helden habe ich auch nicht das Zeug. Aber nun lassen Sie uns von anderen Dingen reden, die erfreulicher sind.«

Liane ging auf ein anderes Thema über. Aber von dieser Stunde an hegte sie für Hanna von Brinken eine so starke herzliche Teilnahme, wie nie zuvor für einen Menschen. Sie setzten sich nun eine Weile in einer Laube nieder und plauderten von allerlei Dingen. Dann gingen sie wieder ins Haus zurück, um mit Hannas Eltern den Tee zu nehmen.

Als die beiden jungen Damen dann mit Hannas Eltern am Teetisch saßen, übernahm Liane, wie ganz selbstverständlich, die Bedienung. Frau von Brinken mußte stillsitzen und sich ein wenig verwöhnen lassen. Hanna und ihr Vater freuten sich darüber.

»Ach, Muttchen, wie gut, daß du auch mal ein Weilchen stillsitzen mußt«, sagte Hanna. Und zu Liane gewendet fuhr sie fort: »Muttchen hat nämlich schrecklich viel Arbeit, Fräulein Reinold, weil ich ihr doch so gar nichts mehr abnehmen kann.«

»Vielleicht darf ich Ihnen zuweilen ein wenig helfen, gnädige Frau. Ich tue es sehr gern, wenn Sie mich brauchen können«, sagte Liane schnell.

Frau von Brinken schüttelte abwehrend den Kopf.

»Nein, nein, mit meiner Arbeit werde ich schon fertig, zumal ich nun Hanna in Ihrer Gesellschaft gut aufgehoben weiß.«

Aber trotz ihres Sträubens nahm Liane in der Folge Frau von Brinken mancherlei Arbeit ab, ohne daß diese es recht gewahr wurde. Sie wußte es geschickt so einzurichten, daß die Hausfrau zuweilen ein Stündchen behaglich bei ihrer Tochter sitzen konnte, während sie selbst dies und das für sie erledigte.

Hanna und ihr Vater bemerkten diese kleinen, klugen Manöver Lianes sehr wohl und dankten es ihr im Herzen. Schließlich merkte es Frau von Brinken auch, aber da war es schon zu spät, und Liane bestand lächelnd darauf, sie zu vertreten.

»Weißt du, Hannchen, deine Gesellschafterin ist doch ein patentes Kerlchen«, sagte Herr von Brinken nach einigen Tagen zu seiner Tochter, »sie sieht so fein und vornehm aus, aber sie scheut sich nicht, mal tüchtig zuzugreifen. Und ohne viel zu fragen sieht sie gleich, wo sie helfen kann. Ehe Muttchen dann revoltieren kann, ist es schon geschehen.«

Hanna nickte.

»Ja, Väterchen, du hast recht. Sobald sie mich bei fesselnder Lektüre gut aufgehoben weiß, huscht sie wie ein Heimchen hinter Muttchen her und nimmt ihr eine Arbeit ab. Überhaupt – so ein feines, liebes Ding ist sie, man muß ihr gut sein.«

Und auch Frau von Brinken dachte oft, wenn sie Liane beobachtete: Man muß ihr gut sein.

Gleich in den ersten Tagen schrieb Liane an Onkel Joachim – natürlich mit dem Umweg über seinen Berliner Bankier –, daß sie in Brinkenhof angekommen und sehr gut aufgenommen worden sei. Sie fühle sich außerordentlich wohl und zufrieden. Er möge ganz ohne Sorge um sie sein. Brinkens seien liebe, gute Menschen, und Hanna von Brinken sei ein Engel.

Graf Detlev war inzwischen nur einmal im Vorüberreiten in Brinkenhof gewesen, um den Damen guten Tag zu sagen. Und da war Liane gerade nicht zu Hause gewesen, sie hatte für Frau von Brinken einen Weg ins Dorf gemacht. Und da auch zufällig Lianes Name nicht genannt worden war, ahnte Graf Detlev noch immer nicht, daß der Gegenstand seiner unausgesetzten Sehnsucht ihm so nahe war.

Und auch Liane ahnte nicht, wer der zuweilen von Hanna erwähnte Graf Detlev war.

Sehr energisch bestand Hanna darauf, daß Liane jeden Tag ein gutes Stück spazierengehen konnte. Und Liane war damit zufrieden. Sie hatten dafür ein für allemal die Zeit am Vormittag festgesetzt, in der Hanna ihre gymnastischen Übungen zur Kräftigung ihres Fußes machen mußte.

Dabei mochte sie nie Gesellschaft haben, es war ihr peinlich. Nur eine Dienerin blieb stets in ihrer Nähe, falls sie einer Hilfe bedurfte.

So war Liane für diese Zeit ganz frei. Eine Stunde machte Hanna diese Übungen, und eine Stunde mußte sie danach ruhen, weil die Übungen sehr anstrengend waren.

So ging Liane wieder eines Morgens in den Wald. Es war am Ende der zweiten Woche ihres Aufenthaltes in Brinkenhof. Mit leuchtenden Augen sah sie um sich. Der Wald war so wundervoll kirchenstill. Wie ein grüner Dom wölbten sich die Blätterkronen über ihr.

Heute war sie in eine Richtung gegangen, die sie bisher noch nicht eingeschlagen hatte. Und als sie eine gute halbe Stunde unterwegs war, blieb sie plötzlich mit einem entzückten Ausruf wie gebannt stehen. Sie sah in eine Waldlichtung und durch dieselbe hatte sie eine wundervolle Aussicht. Vor ihr lag auf einem mäßig hohen Berg, hell von der Sonne beschienen, Schloß Greifenberg mit seinen malerischen Erkern und Türmen.

»Wie schön – wie wunderschön!« rief sie entzückt ganz laut in den stillen Wald hinein.

Und sie konnte sich von diesem Anblick nicht trennen. Sie ließ sich auf einem Baumstumpf nieder, um die Waldeinsamkeit in Ruhe eine Weile zu genießen.

Ihren Hut, den sie an einem Band am Arm getragen hatte, legte sie neben sich auf den Rasen, schlang die Hände um die Knie und bot so einen sehr hübschen, anmutigen Anblick. Ein zartes, duftiges Sommerkleid hüllte ihre schlanke, jugendschöne Gestalt ein, und auf dem wundervollen Goldhaar, das in schweren, dicken Flechten um den feinen Kopf gesteckt war, spielten die Sonnenlichter, die durch die Zweige fielen. Es war wirklich ein reizendes Bild, dieses schöne Mädchen in der friedlichen Waldeinsamkeit.

Ihre Augen, in denen sich die Sonnenstrahlen fingen, ruhten unausgesetzt auf Schloß Greifenberg. Sie ahnte, daß es Greifenberg sei, denn Hanna hatte es ihr neulich beschrieben und ihr auch die Richtung gezeigt, wo es lag. Sie wußte ja auch von Onkel Joachim, daß seine Besitzung Greifenberg nahe bei Brinkenhof lag. Ihr war, als sei sie hier Onkel Joachim besonders nahe.

Ob Rastenau auch so ein schönes, stolzes Schloß war? Wenn sie es doch auch einmal sehen könnte, nur aus der Ferne.

»Schloß Greifenberg«, sagte sie verträumt vor sich hin. Und der Name blieb ihr im Ohr hängen. Greifenberg! Er zauberte ihr ein gebräuntes Männergesicht vor die Seele. Und ihr Herz klopfte sehnsüchtig. Sie mußte so viel an Herrn Greifenberg denken und war sehr traurig, daß sie nicht einmal wußte, wo ihn ihre Gedanken suchen konnten. Sie hatte nicht gewagt, in der Pension Wesemann zu fragen, wo er sein Domizil hatte. Was hätte es ihr auch genutzt? Eine flüchtige Begegnung hatte sie einige Male zusammengeführt, nur wenig belanglose Worte waren gewechselt worden, und dann hatte sie das Leben wieder getrennt. Nur eines seiner Worte war nicht belanglos gewesen: Ich werde Sie nie vergessen.

Ob ihm der Abschied auch so schwer geworden war wie ihr? Und ob er wohl noch zuweilen an sie dachte?

Das hätte sie so gern gewußt!

Warum war er ihr nur gleich so lieb gewesen? Wirklich nur, weil er Onkel Joachim ein wenig ähnlich sah, weil er seine Augen und dieselbe sonderbare kleine Falte auf der Stirn hatte?

Ach – sie wußte es nicht, wußte nur, daß sie nie an einen Menschen so viel und voll Sehnsucht hatte denken müssen, wie an ihn.

»Greifenberg.«

Sie sagte den Namen vor sich hin. Wie seltsam, daß dieses stolze Schloß seinen Namen trug. Das würde sie auch immer wieder an ihn erinnern.

So saß sie in tiefe Gedanken verloren, bis sie plötzlich aufgeschreckt wurde. Das Schnauben eines Pferdes tönte an ihr Ohr. Auf dem weichen Waldboden hatte sie es nicht herankommen hören. Nun trat es ganz dicht neben ihr zwischen den Bäumen hervor. Sie sah erst den Pferdekopf, dann das ganze Pferd – und dann auch den Reiter, den das Pferd trug.

Und sie zuckte zusammen und sah wie gelähmt in das gebräunte, schmale Männergesicht, das sie im Geist jetzt immer vor sich sah.

Auch Graf Detlev erblickte in demselben Augenblick die junge Dame dicht vor sich auf dem Baumstumpf.

Er zuckte ebenfalls zusammen und hielt mit einem Ruck sein Pferd an. In seinen Augen leuchtete es auf, und dann versanken die beiden Augenpaare wie in atemlosem Staunen ineinander. Groß und ungläubig, wie im Traum, sahen sie sich an, als faßten sie nicht, daß sie sich wirklich hier wiedersahen.

Und dann sprang Graf Detlev plötzlich mit einem halberstickten Ausruf aus dem Sattel und trat nahe an Liane heran.

»Mein gnädiges Fräulein – an Waldfeen und andere trügerische Zauberwesen glaube ich nicht –, sonst müßte ich Sie für ein solches halten«, stieß er erregt hervor.

Liane war erst blaß geworden, und nun stieg zu seinem Entzücken das Blut verräterisch in ihr Antlitz.

»Herr Greifenberg – Sie sind –?«

Sie brach ihre Frage jäh ab und sah nach Schloß Greifenberg hinüber. Eine seltsame Ahnung stieg in ihr auf. Sein vornehmes, distinguiertes Wesen, seine Ähnlichkeit mit Onkel Joachim – ihr Herz klopfte hastig und laut. Sie wußte von Onkel Joachim, daß sein Neffe auf Schloß Greifenberg wohnte.

Wie gelähmt saß sie und blickte fassungslos zu ihm auf.

Er atmete tief auf, als müsse er sich Luft schaffen für das unsinnige Glücksgefühl, das ihn bei ihrem unerwarteten Anblick durchbebte.

»Ich stehe vor Ihnen wie vor einem Wunder, mein gnädiges Fräulein, und fürchte noch immer, Sie könnten plötzlich wie ein Zauberspuk in Nichts zerrinnen. Aber nein – Sie sind es wirklich. Das Fatum hat uns also doch ein Wiedersehen bestimmt.«

Mühsam kamen die Worte aus seinem Mund.

Sie suchte sich zu fassen.

»Es scheint so! Ich hätte mir allerdings nicht träumen lassen, daß ich Ihnen hier begegnen würde«, sagte sie mit einem schwachen Lächeln.

Er nahm die Reitmütze ab, als sei ihm zu heiß, und steckte sie in die Tasche.

»Nein – ich hätte es mir auch nicht träumen lassen, obwohl – ja – obwohl ich eben jetzt ziemlich lebhaft an Sie dachte. So lebhaft, daß ich glaubte, meine Gedanken hätten Gestalt angenommen, als ich sie hier sitzen sah. Wie seltsam! Erst begegnete ich Ihnen am Wannsee, dann in der Pension Wesemann – und nun hier. Überall hätte ich Sie mit meinen Gedanken gesucht, nur nicht hier im Greifenberger Wald.«

Sie sah sich ängstlich um.

»Ist dies Greifenberger Wald?«

»Ja.«

»Das wußte ich nicht. Und Sie – wie kommen Sie hierher?«

Ein leises Lächeln huschte um seinen ausdrucksvollen Mund.

»Verzeihen Sie, wenn ich erst jetzt ein Inkognito lüfte, das ich auf Reisen stets aus Bequemlichkeit führe. Ich bin Graf Rastenau. Auf den Namen Greifenberg habe ich ebenfalls Anspruch, und da ich auf Schloß Greifenberg wohne, nenne ich mich auf Reisen Greifenberg.«

Liane biß die Zähne fest in die Lippen, um keinen Laut herauszulassen. Ihr Herz schlug laut und schwer. Was eben noch wie eine Ahnung ihre Seele durchdrungen hatte, war Wahrheit – der Mann, den sie liebte – war Onkel Joachims Neffe.

Sie strich sich über die Stirn.

»Sie sind Graf Rastenau – Graf Detlev Rastenau?« entfuhr es ihr.

Es fiel ihm nicht auf, daß sie seinen Vornamen kannte. Er verneigte sich.

»So ist es, gnädiges Fräulein.«

Krampfhaft preßte sie die Hände zusammen und sah vor sich hin.

»Dann befinde ich mich also hier auf Ihrem Grund und Boden, Graf Rastenau?«

»In Vertretung meines Oheims bin ich allerdings jetzt Herr auf Greifenberg. Aber Sie zürnen mir sicher, daß ich unter falscher Flagge segelte, als wir uns kennenlernten.«

Sie hatte endlich ihre Fassung wieder zurückgewonnen und sah ihn mit ihren schönen Augen seltsam an.

»Sie hatten keinerlei Verpflichtung, mir gegenüber ein Inkognito zu lüften, das Sie draußen in der Welt fremden Menschen gegenüber zu benutzen pflegen. Ich bin nur etwas fassungslos, weil diese Begegnung mir ganz unerwartet kam.«

Sich zu einem leichten Ton zwingend, fuhr sie dann fort:

»Ich bewunderte eben Schloß Greifenberg in seiner malerischen Schönheit, ohne zu ahnen, daß es von Ihnen bewohnt wird.«

Auch er zwang sich zu einem leichten Tone.

»Das Rätsel meines Hierseins ist also nun gelöst. Wie aber soll ich nun Ihre Anwesenheit auf Greifenberger Boden deuten?«

Sie richtete sich auf, als müsse sie sich gegen ein feindliches Gefühl zur Wehr setzen.

»Das ist schnell erklärt, Graf Rastenau. Ich bin in Brinkenhof als Gesellschafterin Fräulein von Brinkens engagiert«, sagte sie stolz und ruhig.

Er fuhr betroffen zurück.

»Sie sind Fräulein Hannas Gesellschafterin? Unmöglich!« sagte er fassungslos.

»So ist es. Warum erscheint Ihnen das so unmöglich?«

Er strich sich über die Stirn.

»Wenn Sie mir gesagt hätten, Sie seien eine Fürstentochter, hätte ich das ohne weiteres geglaubt. Aber eine Gesellschafterin? Doch halt, da fällt mir ein, daß Fräulein Hanna mir erzählte, ihre Gesellschafterin habe diese Stellung nicht angenommen, um sich ihr Brot zu verdienen, sondern nur, um Familienanschluß zu erhalten. Weil Sie allein stehen, suchten Sie den Schutz einer Familie. Deshalb nur nahmen Sie diese bescheidene Position an, die zu Ihrer stolzen Persönlichkeit so gar nicht paßt. Ist es nicht so?«

Sie neigte das Haupt.

»Sie vergessen wohl, Herr Graf, daß ich ein schlichtes Bürgermädchen bin.«

Er seufzte tief auf.

»Nein, ich vergesse es nicht – darf es leider nicht vergessen, wenn ich auch –«

Er brach ab und biß die Zähne aufeinander.

Sie machte eine unschlüssige Bewegung.

»Ich muß nach Brinkenhof zurück.«

Unwillkürlich streckte er die Hand aus, als wolle er sie zurückhalten, ließ sie aber sogleich wieder fallen. Dann sagte er hastig:

»Ich bitte, noch eine Minute zu verweilen, gnädiges Fräulein. Vielleicht haben Sie schon gehört, daß ich häufig in Brinkenhof verkehre. Fräulein Hanna ist meine Freundin, die ich zuweilen ein wenig zu erheitern suche. Ich habe zum Beispiel für heute abend einen Besuch in Brinkenhof geplant. Wir werden uns dann sicher begegnen. Wie wünschen Sie, soll ich mich Ihnen gegenüber verhalten? Darf ich mich darauf berufen, daß ich Sie schon in Berlin kennengelernt habe und Ihnen heute morgen hier begegnet bin?«

Sie sah ihn betreten und hilflos an.

»Ihre Frage ist mir peinlich, und ich kenne die Herrschaften noch nicht genug, um zu wissen, wie ich da entscheiden soll. Sie kennen aber die Herrschaften schon länger. Bitte, sagen Sie mir, was Sie mir in diesem Fall raten. Heimlichkeiten sind mir sehr unangenehm.«

Es lag eine so reine Lauterkeit und zugleich ein so großes Vertrauen in ihren Worten, daß er sie am liebsten in seine Arme genommen und ihr gesagt hätte: Mein armes, scheues Vöglein, birg dich an meinem Herzen und laß mich dir Schutz und Hort sein.

Aber das durfte er leider nicht, und so sagte er nach kurzem Besinnen:

»Brinkens sind keine kleinlichen, mißtrauischen Menschen. Wenn es Ihnen also nicht selbst unangenehm ist, zu bekennen, daß wir uns nicht fremd sind, so ist es das beste, Sie berichten gleich nach Ihrer Heimkehr, daß wir uns begegnet sind und uns bereits von der Pension Wesemann aus kennen, wenn Sie auch jetzt erst meinen wahren Namen erfahren haben.«

Sie atmete auf.

»Ja, das ist mir auch das liebste. Ich werde es Fräulein Hanna gleich erzählen.«

»Tun Sie das«, sagte er weich und sah sie mit brennenden Augen an.

Sie richtete sich auf und neigte den Kopf.

»Leben Sie wohl – ich muß nach Hause.«

Damit wollte sie an ihm vorübergehen.

Er sah sie bittend an.

»Sie haben mir vorhin die Hand nicht zur Begrüßung gereicht – wollen Sie es auch nicht beim Abschied tun?«

Sie erglühte, und ihre Augen senkten sich. Einen Moment zögerte sie. Aber dann legte sie schnell, von seinem Blick bezwungen, ihre Hand in die seine.

Er fühlte, daß diese kleine Hand zitterte in der seinen. Da wallte ihm das Blut heiß zum Herzen, und er preßte sie an seine Lippen.

»Auf Wiedersehen – in Brinkenhof, mein gnädiges Fräulein.«

Sie konnte nicht antworten. Dieser Mann war ihr Schicksal, das fühlte sie. Die grauen Männeraugen hatten eine unwiderstehliche Macht über sie. Schnell zog sie ihre

Hand aus der seinen und eilte davon, ohne sich noch einmal umzusehen.

Schweratmend sah er ihr nach.

»Fatum – Fatum, was trägst du für holde Züge«, sagte er leise vor sich hin.

Erst als sie seinen Blicken entschwunden war, bestieg er sein Pferd wieder und ritt langsam davon.

Die Erregung zitterte in ihm nach. Lianes Anblick hatte einen neuen Sturm in seiner Brust entfesselt.

11

Am Abend konnte er die Zeit nicht erwarten, bis er nach Brinkenhof reiten konnte. Er redete sich vor, daß er hinüber mußte, weil er sich durch Herrn von Brinken schon den Damen hatte anmelden lassen. Aber damit betrog er sich nur selbst. Er ritt hinüber, weil es ihn mit tausend Fäden zu Liane zog.

Als er nach einem schnellen Ritt vor dem Brinkenhofener Gutshaus vom Pferd stieg, sah er Hanna und Liane zusammen auf der Veranda sitzen. Die Eltern waren noch unsichtbar.

Schnell eilte er zu den beiden Damen. Seine Augen flogen voraus und blieben aufstrahlend an Lianes leicht erblaßtem Antlitz hängen. Aber er begrüßte doch zuerst Hanna.

»Guten Tag, Fräulein Hanna, geht es Ihnen gut?«

Hanna reichte ihm lächelnd die Hand.

»Guten Abend, Graf Detlev. Mir geht es herrlich. Ich habe jetzt gute Tage, seit Fräulein Reinold hier ist. Und nun kommen auch Sie noch. Das ist schön. Vorzustellen brauche ich ja nicht. Fräulein Reinold hat mir schon erzählt, daß Sie alte Bekannte sind und heute bei der Begegnung eine gegenseitige Überraschung erlebt haben.«

»So ist es, Fräulein Hanna«, erwiderte er und begrüßte nun erst Liane sehr artig und höflich, aber doch etwas zurückhaltend. Er durfte Liane keinen Mißdeutungen aussetzen. Dann wandte er sich wieder an Hanna.

»Sie hatten mir ja völlig unterschlagen, daß Ihre neue Gesellschafterin Fräulein Reinold heißt.«

Hanna lächelte.

»Wenn ich geahnt hätte, daß Sie zu gleicher Zeit mit Fräulein Reinold in der Pension Wesemann gewohnt haben, dann hätte ich Ihnen den Namen sicher nicht unterschlagen. Und Fräulein Reinold hat auch nicht geahnt, daß mein guter Freund Graf Detlev, den ich schon verschiedentlich in ihrer Gegenwart erwähnt habe, mit Herrn Greifenberg aus der Pension Wesemann identisch ist. Aber jedenfalls sind Sie nun schon erfreulicherweise miteinander bekannt. Bitte, setzen Sie sich ein Weilchen zu uns, Graf Detlev. Die Eltern werden gleich kommen.«

Er nahm Platz, und die drei jungen Leute plauderten anscheinend ganz vergnügt und harmlos miteinander. Liane hielt sich so gut in der Gewalt wie der Graf. Hanna konnte ihnen nicht anmerken, wie es in ihren Herzen stürmte. Sie wunderte sich nur im stillen ein wenig, daß ihre schöne Gesellschafterin keinen stärkeren Eindruck auf Graf Detlev machte.

Dann kamen Hannas Eltern, und bald darauf ging man zu Tisch.

Graf Detlev neckte sich mit Hanna, um seine Erregung zu verbergen, und Liane vermied es, ihn anzusehen.

Nach Tisch sagte der Hausherr gemütlich:

»Nun sollen Sie aber heute einen besonderen Genuß zum Nachtisch haben, lieber Graf. In Brinkenhof ist nämlich eine Nachtigall eingezogen. Fräulein Reinold hat einen wundervollen Mezzosopran und hat uns schon wiederholt mit ihrem Gesang erfreut. Sie singen uns doch auch heute ein paar Lieder, Fräulein Reinold?«

Liane sah den alten Herrn lächelnd an.

»Nach Ihrer Anpreisung dürfte ich es eigentlich nicht wagen, zu singen, Herr von Brinken. Graf Rastenau wird nach dieser Ankündigung sehr enttäuscht sein.«

»Darauf können wir es ruhig ankommen lassen. Ich bin ganz sicher, daß er nicht enttäuscht ist.«

»Ich begleite Sie, Fräulein Liane«, sagte Hanna.

Heute nachmittag hatte Hanna Liane den Vorschlag gemacht, daß sie einander beim Vornamen nennen wollten, weil es bequemer und behaglicher sei.

»Wollen Sie sich bemühen, Fräulein Hanna? Sonst kann ich mich auch selbst begleiten.«

»Nein, nein, ich begleite Sie, ich will doch auch einige Lorbeeren ernten«, scherzte Hanna.

Graf Detlev führte sie zum Flügel. Liane folgte langsam und blätterte suchend in den Noten.

Graf Detlev ging zu Hannas Eltern zurück, die sich behaglich und erwartungsvoll in ihre Sessel niedergelassen hatten. Er nahm neben ihnen Platz.

Versonnen sah er auf die beiden Mädchengestalten am Flügel: Lianes blonde, lichtvolle Schönheit und Hannas dunkler, charakteristischer Kopf mit den unschönen Linien, die nur durch die großen dunklen Augen gemildert wurden – das war ein Kontrast, wie er schärfer nicht zu denken war.

Sie trugen beide leichte, duftige Sommerkleider, beide von einfachem Schnitt. Und doch erschien Liane auch in diesem schlichten Kleid stolz und lieblich, wie eine junge Königin. Hannas Augen flogen über den Flügel zu Detlev hinüber. Und da sah sie, daß sein Blick weltvergessen an

Lianes Zügen hing, daß seine Augen sehnsüchtig nach ihr hinübersahen.

Das fuhr ihr im Moment wie ein schmerzhafter Stich durch das Herz. Ihre Hände sanken schwer auf die Tasten, daß es einen leisen Mißton gab. Aber es ging schnell vorüber, sie riß sich selbst zusammen.

Und dann begann sie zu spielen, und ihr Antlitz bekam einen edlen, vergeistigten Ausdruck.

Nach Hannas Vorspiel setzte Lianes Gesang ein. Voll und klar und doch weich und süß quollen die Töne aus ihrer Brust hervor. Ihre Zuhörer lauschten atemlos, und Graf Detlev trank diese Töne in sich hinein wie einen Zauberquell. Und seine Augen hingen unverwandt an ihren lieblichen Zügen. Ein heißer Schmerz erfüllte seine Seele, daß ihm dieses herrliche Mädchen unerreichbar bleiben würde, weil sie ihm nicht ebenbürtig war. Er vergaß jedoch, daß er sie hätte fliehen müssen. Sein ganzes Sein drängte ihr entgegen in Lust und Qual zugleich.

Lianes Lied war verklungen und die Begleitung verhauchte in schluchzenden Lauten unter Hannas Händen.

Da wachte Graf Detlev aus seinen Träumen auf und sah um sich.

»Nun, lieber Graf, was sagen Sie zu diesem Genuß? Ist das nicht erstklassige Hausmusik, wie sie kein Fürst schöner zu bieten hätte?« sagte Herr von Brinken ganz stolz.

Graf Detlev atmete tief auf.

»Es war so schön, daß ich die Kühnheit besitze, um eine Fortsetzung dieses Genusses zu bitten«, sagte er sichtlich bewegt.

Hanna war am Flügel sitzengeblieben. Nun sah sie lächelnd zu Liane auf.

»Wollen Sie diese Bitte erfüllen, Fräulein Liane?«

»Gern – wenn ich Sie nicht ermüde.«

»Ach, das erleben Sie nicht, daß wir müde werden, Ihnen zuzuhören. Wenn Sie nur nicht müde werden, zu singen«, sagte Herr von Brinken.

»Also noch ein Lied, Fräulein Liane. Was wollen Sie singen?« fragte Hanna.

»Bitte, bestimmen Sie«, erwiderte Liane.

Hanna suchte in den Noten und legte dann ein Schumannsches Lied auf den Flügel.

»Schumann, Fräulein Liane! Das ist so recht das Geeignete für Ihre Stimme. Und nachher habe ich noch einen besonderen Wunsch. Graf Detlev – das geht Sie auch mit an.«

»Mich, Fräulein Hanna?« fragte dieser, seine Augen von Liane losreißend.

»Ja, Sie. Ich möchte gern, daß Sie mit Fräulein Liane ein Duett singen. Hier habe ich schon eines aus dem Notenstoß herausgeholt.«

Graf Detlev sah Liane fragend an.

»Ich weiß nicht, ob ich es wagen kann, meinen ungeschulten Bariton mit Fräulein Reinolds vorzüglich ausgebildetem Mezzosopran zusammenklingen zu lassen.«

Lächelnd nickte ihm Hanna zu, tapfer ihr Herzweh bezwingend.

»Sie dürfen es wagen, denn Sie haben das nötige musikalische Empfinden. Ich hätte meine Bitte nicht ausgesprochen, wenn ich mir nicht im voraus einen Genuß versprochen hätte. Ihre beiden Stimmen müssen wunderbar zusammenklingen.«

»Das glaube ich auch«, pflichtete die Hausfrau ihrer Tochter zu, und Herr von Brinken nickte Beifall.

»Nun also, dann füge ich mich. Wollen Sie es mit mir wagen, gnädiges Fräulein?«

Mit dieser Frage wandte sich Graf Detlev an Liane.

Sie lächelte. »Ich halte es für kein Wagnis, denn Fräulein Hanna hat ein sehr sicheres musikalisches Feingefühl.«

Er verneigte sich. »Davon habe ich mich allerdings auch schon oft überzeugen können. Also ich werde mir Mühe geben, das geehrte Auditorium zufriedenzustellen.«

Die letzten Worte sagte er scherzend zu Hannas Eltern.

Liane sang nun zuerst das Lied von Schumann. Wieder waren ihre Zuhörer entzückt und ergriffen. Eine Weile blieb alles still. Dann griff Hanna leise einige Akkorde und spielte ein Nokturno von Chopin. Es war, als wolle sie damit den Aufruhr in ihrem Inneren beschwichtigen. Als sie fertig war, legte sie die Noten des Duetts vor sich auf den Flügel und sah lächelnd von Liane zu Graf Detlev hinüber.

»So – nun meine Belohnung«, sagte sie scherzend.

Graf Detlev erhob sich und trat neben Liane an den Flügel.

»Was haben Sie ausgesucht«, fragte er und beugte sich mit Liane zugleich über das Notenblatt. Zu gleicher Zeit sagten sie:

»Still wie die Nacht, tief wie das Meer,
O Menschenherz, soll deine Liebe sein.«

Eine Sekunde sahen sie sich wie erschrocken in die Augen, und in Lianes Gesicht stieg eine flammende Röte. Verwirrt wandte sich sich von ihm ab. In seinen Augen brannte ein sehnsüchtiges Leuchten.

Hanna begann das Vorspiel. Ihre Augen blickten groß und ernst, mit einem fast überirdischen Ausdruck auf die Noten. Sie horchte in sich selbst hinein und wartete auf die beiden Menschenstimmen, die ihr das Lied von der Liebe singen sollten.

Etwas unsicher setzten die beiden Stimmen ein, aber dann schmolzen sie ineinander, suchten und faßten sich und hielten sich fest in tiefen und starken Tönen. Wie ein Hohelied der Liebe, wie ein seliges Suchen und Finden klang es zusammen.

Als sie geendet hatten, wagten sie einander nicht anzusehen. Auch Hanna sah nicht auf. Sie war bleich und ihre Augen brannten. Ihre Hände glitten von den Tasten und verschränkten sich im krampfhaften Druck.

Niemand sprach. Da erhob sich Hanna und klappte leise den Flügel zu.

Herr von Brinken ermannte sich.

»Schon Schluß, Hannchen? Ich kann von solcher Musik gar nicht genug kriegen«, sagte er, sich zu einem munteren Ton durchringend.

»Es war wundervoll! Wir sind beneidenswert, daß wir solche Musik hören dürfen«, bemerkte nun auch seine Gattin.

Hanna hatte sich gefaßt. Tapfer nahm sie ihr Herz in die Hände und wandte sich lächelnd zu ihren Eltern um.

»Ja – wundervoll haben Fräulein Liane und Graf Detlev gesungen. Aber nach diesem Duett möchte ich heute nichts mehr hören. Übertroffen kann das nicht werden. Deshalb machte ich so energisch Schluß. Wir wollen doch auch noch ein wenig plaudern.«

Sie legte die Hand auf Lianes Arm und ließ sich zu einem Sessel führen.

Graf Detlev und Liane fanden sich nur mühsam aus der Stimmung zurück, in die sie das gemeinsame Lied versetzt hatte, das so recht aus ihrem Herzen herausgekommen war. Aber Hanna half ihnen. Sie hatte mit ihrem feinen Empfinden einen Blick in die beiden Menschenherzen getan. Ihr hatte der Gesang mehr verraten als ihren Eltern. Und es war ein heißes Bangen in ihrer Seele – nicht um ihr eigenes Glück, sondern um das Glück des Mannes, den sie liebte.

Während man nun scheinbar harmlos plauderte, wurde sie wieder ruhiger. Sie redete sich ein, daß sie Gespenster sah, wo keine waren. Bildete sie sich da nicht allerlei ein, wofür sie noch keinerlei Beweise hatte? Da saß Graf Detlev ganz ruhig und heiter ihr gegenüber und plauderte harmlos mit ihr und mit Liane. Gewiß – seine Blicke vorhin hatten Wohlgefallen und Bewunderung verraten, als er Liane selbstvergessen ansah. Aber das mußte doch nicht gleich eine große, tiefe Liebe sein. Er wußte doch selbst ganz genau, daß er ein schlichtes Fräulein Reinold nicht heimführen konnte. Also würde er schon auf der Hut sein und sein Herz in acht nehmen. Sie war töricht, sich vorzeitig Sorgen zu machen, unnütze Sorgen wahrscheinlich. Er war doch ein Mann. Und Männer, meinte sie, seien nicht so subtil veranlagt wie Frauen. Bei Männern gingen solche Gefühle nicht so tief.

Da Graf Detlev sich jetzt aber heiter gab – er zwang sich dazu –, wehrte Hanna ihre Sorgen energisch von sich ab. Sie scherzte und lachte mit ihm, und auch Liane stimmte in den heiteren Ton ein, um nicht aufzufallen.

Zwischendurch kam freilich ab und zu wieder ein leises Bangen in Hannas Seele. Dann dachte sie: Wenn ich auch kein volles Lebensglück finde, darüber komme ich hinweg. Aber er soll glücklich werden, sehr glücklich, damit sich meine Seele daran freuen kann.

›Als Graf Detlev dann Anstalten machte aufzubrechen, erzählte er, daß er am übernächsten Tage, einem Sonntag, mit seiner Base Steffie ins benachbarte Kurbad fahren wollte.

»Haben die Herrschaften nicht Lust, sich uns anzuschließen?« fragte er.

Brinkens waren sogleich dabei.

»Wir müssen Fräulein Reinold eigentlich endlich die Umgegend zeigen, und daß hinter den Bergen auch noch Leute wohnen«, sagte Herr von Brinken. »Was meinst du, Mutter?«

Frau von Brinken sah Hanna an.

»Willst du, Hanna?«

Diese nickte lächelnd.

»Natürlich Muttchen! Du weißt, dabei bin ich immer.«

»Gut, also wir sind dabei, Graf Detlev. Treffen wir uns – wann und wo?«

Graf Detlev überlegte. Dann sagte er lebhaft:

»Das beste ist, wir fahren zusammen hinüber. Steffie kann im großen Mercedeswagen von Rastenau herüberkommen. Sie holt mich in Greifenberg ab, und wir halten dann in Brinkenhof, um Sie alle mitzunehmen. Der Wagen faßt bequem sechs Personen, und wir leisten uns schon auf der Fahrt Gesellschaft.«

»Gut, also abgemacht. Wann werden Sie hier sein?«

»Sagen wir um zwölf Uhr, dann kommen wir gerade zum Kurkonzert zurecht und speisen nachher zusammen im Weißen Hirsch. Aber, bitte, pünktlich fertig sein. Mein Bäschen wird sonst ungeduldig.«

Herr von Brinken lachte.

»Na, wir kennen doch Komteßchen Sausewind.«

»Das ist auch ein ganz passender Name für Steffie«, lachte Graf Detlev. »Baron Wachau hat sie Burgfräulein Übermut getauft.«

»Das gefällt mir. Aber nicht nur der Name, sondern das ganze lustige und lebensfrische Persönchen. Ich freue mich immer, sie zu sehen«, sagte Hanna.

Graf Detlev nickte ihr zu.

»Ja, sie ist ein Prachtmädel. Aber das ist kein Wunder bei solchen Eltern.«

»Sie haben recht, lieber Graf, das sind beides herrliche Menschen«, bestätigte Frau von Brinken.

»Also abgemacht, ich bin mit Steffie um zwölf Uhr hier, und dann kann der Betrieb losgehen, denn ohne dies tut es Steffie nicht.«

»Wir machen alles mit, Graf Detlev, soweit es sich nicht um große Fußtouren handelt«, scherzte Hanna.

»Dafür ist Steffie nicht. Sie will Menschen sehen, Musik hören und sich amüsieren.«

»Dafür wollen wir sorgen.«

»Also auf Wiedersehen, Sonntag um zwölf Uhr.«

Damit verabschiedete sich Graf Detlev.

Liane hatte mit seltsamen Empfinden zugehört, als von Komteß Steffie und ihren Eltern gesprochen wurde. Sie sah im Geiste das Bildchen vor sich, das ihr Onkel Joachim gezeigt hatte, und das seine Tochter unter dem blühenden Baum darstellte, wie sie mit dem Blumenstrauß aus dem Bild herauswinkte. Das Herz wurde ihr warm und weit und doch so schwer. Sie freute sich auf diese Begegnung mit Komteß Steffie und mußte doch denken, wie peinlich das hätte sein müssen, wenn Steffie in Begleitung ihrer Eltern gekommen wäre. Es war nicht ausgeschlossen, daß eines Tages eine solche Begegnung stattfand. Dann mußte sie Onkel Joachim fremd gegenüberstehen. Bei diesem Gedanken tat ihr das Herz sehr weh und sie wünschte, das möge ihr erspart bleiben.

Sie nahm sich vor, am nächsten Morgen Onkel Joachim zu schreiben, daß sie seine Tochter kennenlernen würde.

Ob ihm das Freude machte?

Und was er wohl dazu sagen mochte, wenn er hörte, daß sie und Graf Detlev sich kannten – schon von Berlin aus?

»Graf Detlev.«

Sie sagte das leise vor sich hin. Und ihr Herz klopfte laut und schwer. Sie wußte nicht, ob sie sich freuen sollte, daß sie den Mann, der ihr junges Herz im Sturm eroberte, hier wiedergefunden hatte, als Graf Detlev Rastenau – Onkel Joachims Neffen – oder ob sie darüber traurig sein sollte.

Und dann dachte sie daran, wie er sie ansah, als sie beide die Worte des Liedes gelesen hatten, das Hanna von Brinken für sie ausgesucht. Sie preßte die Hände aufs Herz und schloß die Augen.

Als Liane am nächsten Morgen ziemlich früh erwachte, schrieb sie sogleich an Onkel Joachim. Sie teilte ihm mit, wie und wo sie seinen Neffen kennengelernt hatte, und fuhr dann in ihrem Brief fort:

»Und morgen, mein lieber Onkel Joachim, morgen werde ich Dein Töchterchen Steffie kennenlernen. Graf Detlev will uns mit Deiner Tochter in Brinkenhof abholen, und wir werden den ganzen Tag zusammen sein. Froh und bang zugleich ist mir bei diesem Gedanken zumute.

In Brinkenhof gefällt es mir immer besser. Brinkens sind sehr liebe, gute Menschen und behandeln mich mehr wie einen lieben Gast des Hauses, als wie eine Angestellte. Fräulein Hanna muß man lieben, ihrer großen guten Eigenschaften halber. Sie ist sehr lieb zu mir, und ich fühle mich schon ganz heimisch. Du kannst also ganz außer Sorge um mich sein. Gestern habe ich Schloß Greifenberg liegen sehen. Es ist wunderschön. Am Abend wurde dann aber davon gesprochen, daß Schloß Rastenau noch viel größer und schöner ist. Und Du bist der Herr über diese herrlichen Besitzungen. Wie hätte ich mir das früher träumen lassen können. Man spricht überall mit Ehrfurcht und Hochachtung von Dir. Dann ist mir immer ganz beklommen und ich frage mich, ob Du für mich noch derselbe bist wie früher. Aber meine Liebe zu Dir ist doch dieselbe geblieben, daran wird nie etwas geändert werden. Vielleicht fügt es ein Zufall, daß ich auch einmal Schloß Rastenau von weitem sehe. Dann werde ich Dir so viel Grüße zuwinken, daß Du es fühlen mußt.

Vielleicht spricht Dir morgen nach ihrer Heimkehr Deine Tochter von mir, erzählt Dir vielleicht, daß sie ein Fräulein Reinold kennenlernte, die Gesellschafterin Fräulein von Brinkens. Dann wirst Du lächeln und an mich denken. Und ich werde es fühlen, es wird mich froh machen.

Aber nun will ich für heute schließen, ich muß nun hin-

unter zum Frühstück. Ich will Dir nur schnell noch sagen, daß Graf Detlev Deine Augen hat und dieselbe kleine, seltsame Falte auf der Stirn wie Du. Das war mir schon in Berlin an ihm aufgefallen, noch ehe ich wußte, wer er war. Mir war zumute, als sähe er mich mit Deinen Augen an. Deshalb gefiel er mir gleich sehr und ich hatte sofort Vertrauen zu ihm. Bitte, sage mir doch in Deinem nächsten Briefe, ob Du meinst, daß Graf Detlev böse sein würde, wüßte er, daß Du Dich meiner von meiner frühesten Jugend an so liebreich angenommen hast. Ich kann das nicht glauben. Er scheint Dich sehr zu lieben und zu verehren, und ich glaube, er ist ein guter, edler Mensch. Brinkens sind seines Lobes voll.

Aber nun schnell Schluß, mit vielen lieben Grüßen in kindlicher Liebe und Verehrung

Deine Liane.«

Diesen Brief, den Liane in ein an den Bankier adressiertes Kuvert steckte, legte sie, als sie zum Frühstück hinunterging, in die Posttasche, die schon zur Abholung bereit lag.

Liane fand nur Hanna und ihre Mutter am Frühstückstisch. Herr von Brinken war schon in aller Frühe auf die Wiesen hinaus, denn die Heuernte begann, und da gab es viel zu tun.

Frau von Brinken hielt sich auch nicht lange auf, und Liane erbot sich freiwillig, ihr an die Hand zu gehen, wenn Hanna ihre gymnastischen Übungen machte. Sie wollte heute auf ihren üblichen Spaziergang verzichten. Und Frau von Brinken nahm die gebotene Hilfe gern an, denn Liane war geschickt und willig.

Aber was Liane auch heute tat, stets waren ihre Gedanken bei Graf Detlev.

Der nächste Morgen brachte herrliches Wetter. Heute lag sonntägliche Ruhe über Brinkenhof. Die Knechte und Mägde hatten die nötigste Sonntagsarbeit schon getan, das Vieh war versorgt, und nun schritten sie im schönsten Sonntagsstaat über den Hof, um zur Kirche zu gehen.

Nach dem Frühstück zogen sich Hannas Eltern zurück, und die beiden jungen Damen blieben auf der Veranda sitzen. Sie plauderten über den geplanten Ausflug, und jetzt schien Hanna eine Gelegenheit gekommen zu sein, mit Liane über Graf Detlev zu sprechen.

»Er ist seines Onkels Nachfolger im Majorat. Graf Joachim hat keinen Sohn, nur eine Tochter. Und er sieht in Graf Detlev seinen Erben. Alle seine Güter gehören zum Majorat und fallen also nach seinem Tod an seinen Neffen, der nach ihm der letzte Graf Rastenau ist.«

Liane gab sich den Anschein, als sei ihr das alles fremd.

»Dann wird Graf Detlev Rastenau einst Herr über einen großen Besitz sein«, sagte sie.

Hanna nickte und sah Liane mit ernsten Augen an.

»Ja, das wird er. Aber dieser Besitz legt ihm auch große Verpflichtungen auf, die unter Umständen schwer erfüllbar sein werden.«

»Darf ich fragen, was das für Verpflichtungen sind?« fragte Liane leise.

Hanna atmete tief auf.

»Er darf zum Beispiel nicht ohne weiteres eine Frau nach seinem Herzen wählen, wenn er sich eines Tages verheiratet. Die Majoratsbestimmungen machen es ihm zur Pflicht, nur eine Frau heimzuführen, die ihm ebenbürtig ist. Sie muß von gleich altem Adel sein wie er selbst.«

Liane wurde einen Schein bleicher, behielt sich aber in der Gewalt.

»Er darf also nur eine Grafentochter heimführen«, sagte sie scheinbar ruhig.

»Das wohl nicht, aber jedenfalls eine Dame aus sehr altem Adelsgeschlecht. Es wäre also ein großes Unglück für ihn, wenn er sein Herz an eine Dame verlieren würde, die ihm nicht ebenbürtig ist.«

Mit großen Augen sah Liane Hanna an. Instinktiv fühlte sie, daß diese nicht ganz absichtslos gesprochen hatte. Und noch etwas fühlte sie – daß Hanna von Brinken Graf Detlev nicht mit kühler Herzensruhe gegenüberstand. Sie sahen sich beide ein wenig ins Herz, mit dem überfeinen Empfinden liebender Frauen. Aber was zwischen kleinlichen, niedrigen Charakteren sicher ein feindliches Empfinden geweckt hätte, das verband diese beiden hochherzigen und hochgesinnten Mädchen zu einer warmen Freundschaft.

Liane mußte denken, ob wohl Hanna Graf Detlev ebenbürtig sei. Aber sie schob diesen Gedanken energisch von sich. Es durfte sie nicht interessieren, wen Graf Detlev eines Tages heimführen würde. Bisher hatte sie daran noch gar nicht gedacht. Ihre eigenen Gefühle für Graf Detlev hatten sich noch nicht einmal zu der Ahnung eines Wunsches verdichtet. Daß er ihr lieb und teuer war, wußte sie zwar, aber darüber hinaus hatte sie noch gar nicht gedacht.

Hannas Worte hatten nun nicht nur einen Vorhang von ihrer Seele fortgezogen, hinter dem sie ihre Gefühle klar erkannte, sie wußte nun auch zugleich, wo für sie Gefahr lag. Es galt nun, doppelt auf der Hut zu sein, damit sie ihr Herz nicht unrettbar an ihn verlor.

Die beiden jungen Damen plauderten wieder von gleichgültigeren Sachen. Hanna war froh, daß sie ihre Warnung angebracht hatte, und Liane dankte ihr im Herzen, daß sie ihr eine Gefahr gezeigt hatte, in die sie sich ungewarnt sicher begeben hätte. Daß sie schon mitten darin war, gestand sie sich selbst nicht ein.

Endlich sagte Hanna:

»Nun müssen wir uns aber fertig machen, damit wir pünktlich um zwölf Uhr bereit sind.«

Und sie suchten ihre Zimmer auf, um sich umzukleiden für den Ausflug.

Zur festgesetzten Zeit fuhr der große, elegante Mercedeswagen an dem Brinkenhofener Gutshaus vor.

Liane sah ihn kommen. Sie stand neben Hanna auf der Veranda und sah entzückend aus in der duftigen Sommertoilette. Ein Staubmantel für die Autofahrt lag neben ihr bereit.

Wie gebannt schauten ihre Augen auf Komteß Steffie. Diese trug ein reizendes flottes Kleid mit einem kurzen, fußfreien Faltenrock, einer langen, losen Jacke in staubgrauer Farbe, die von einem roten Ledergürtel zusammengehalten wurde. Ein weißer Kragen in Spachtelstikkerei lag um den Hals. Die dunklen Zöpfe waren heute aufgesteckt und verschwanden zum Teil unter einem schlichten weißen Strohhut, der mit einem roten Lederband verziert war.

Mit einem Satz sprang sie aus dem Auto und kam mit schnellen Schritten auf die Veranda, immer zwei Stufen auf einmal nehmend.

»Guten Tag, Fräulein Hanna! Da sind wir. Ist alles zur Abfahrt bereit? Ich möchte nicht eine Minute von meinem freien Tag verlieren.«

Hanna zog sie in ihre Arme.

»Guten Tag, Komteßchen! Mir geht es gut. Ihnen auch, das sieht man. Und wir sind bereit. Wo haben Sie heute Fräulein Rückauf gelassen?«

Komteß Steffie zeigte lachend ihre prachtvollen Zähne, und ihre Augen funkelten vor Lebenslust.

»Oh, das Rückaufchen sitzt friedlich zu Hause und ist froh, daß sie sich mal einen Tag von mir erholen kann. Für heute nachmittag habe ich ihr eine Einladung zum Kaffee von der Mutter unseres Herrn Pastors verschafft. Eigentlich sollte sie ja als Anstandswauwau mitfahren. Mama wollte es. Aber zum Glück telephonierte Detlev, daß Sie alle mitfahren, weil ich doch den großen Wagen nehmen sollte. Und da hat Mama dem Rückaufchen Urlaub gegeben. Sie freut sich auf den Besuch im Pastorhaus, und ich freue mich, daß ich mal ohne Anstandswauwau in der Weltgeschichte herumgaukeln kann. Famos ist es, daß Sie mitkommen. Wir wollen vergnügt sein, gelt?«

Hanna nickte lachend.

»Gern. Hoffentlich werde ich Ihnen mit meinem lahmen Fuß nicht zum Hindernis.«

Komteß Steffie umarmte Hanna. Sie waren in einer Größe.

»Das müssen Sie nicht sagen, Fräulein Hanna. Sie sind immer froh und vergnügt, das ist die Hauptsache. Wir fahren ja die ganze Strecke. Auf der Kurpromenade schlendern wir ganz langsam, und nachher sitzen wir im Hotelgarten oder auf der Lästerallee.«

Hanna lachte.

»Schön. Aber nun will ich Sie doch erst einmal mit unserer lieben neuen Hausgenossin bekanntmachen, Komteßchen. Bitte, Fräulein Liane, kommen Sie doch herüber.«

Liane hatte etwas abseits gestanden und kam herbei. Die Komteß sah sie mit großen entzückten Augen an.

Hanna stellte vor:

»Komteß Steffie Rastenau, der größte und netteste Wildfang des ganzen Thüringer Landes – Fräulein Liane Reinold, seit zwei Wochen unser lieber Hausgeist, mein Sorgenbrecher und die Nachtigall von Brinkenhof.«

»Was für hübsche Namen Ihnen Fräulein Hanna gibt, und wie schön Sie sind und wie lieb – Sie gefallen mir«, sagte sie offenherzig.

Liane faßte schnell ihre Hand mit einem festen, warmen Druck. In ihren Augen glänzte es feucht.

»Es freut mich sehr, Komteß, daß ich Ihnen gefalle – Sie gefallen mir auch.«

Komteß Steffie schüttelte ihre Hand.

»Na, seien Sie lieber vorsichtig in Ihrem Urteil über mich. Manche Menschen können mich nicht ausstehen«, sagte sie lachend.

»Das glaube ich nicht«, erwiderte Liane überzeugt.

»Ach – das ist hübsch von Ihnen. Sind Sie heute mit von der Partie?«

»Ja, Komteß.«

»Famos. Also sechs Mann hoch geht es los. Aber wir haben bequem Platz im Wagen. Nun kommen Sie schnell.«

Und Komteß Steffie nahm Hannas Arm und schritt bedächtig neben ihr her, trotz aller Ungeduld.

Liane warf ihren Staubmantel über und folgte ihnen.

Graf Detlev hatte inzwischen Hannas Eltern begrüßt und kam den Damen nun entgegen, um ihnen guten Tag zu sagen.

Seine Augen strahlten auf, als er denen Lianes begegnete. Aber er bot Hanna seinen Arm, um sie gemeinsam mit Steffie zu dem Auto zu führen.

Dann faßte Steffie Lianes Hand und zog sie an das Auto heran.

»Kommen Sie, Fräulein Reinold, wir wollen Fräulein Hanna einen bequemen Eckplatz zurechtmachen.«

Sie klappten nun schnell alle Sitze zurück, bis auf den einen, den Hanna einnehmen sollte.

Die Komteß plauderte dabei vergnügt und übermütig, und Liane mußte herzlich über sie lachen.

»Ach, wie hübsch Sie lachen, Fräulein Reinold! Das kommt aus dem Herzen, darauf verstehe ich mich. Wenn Menschen nicht ehrlich und herzlich lachen können, mögen sie mir gestohlen werden. Ich glaube, wir werden gute

Freunde. Sie sind sicher niemals Spielverderber, wenn es lustig ist.«

Liane sah froh in ihre Augen.

»Nein, ganz sicher nicht. Ich bin auch gern lustig, wenn es irgend geht.«

»Famos! Wir wollen heute recht vergnügt sein.«

Nun wurde Hanna unter Scherzen und Lachen in ihr sicheres Eckchen placiert.

»Ach, ich werde wieder einmal sträflich verwöhnt«, sagte sie in ihrer lieben, bescheidenen Art.

Die Komteß küßte sie auf die Wange.

»Es macht mich froh, wenn ich Sie ein wenig verwöhnen kann, liebes Fräulein Hanna. So, hier neben Ihnen muß Ihr liebes Muttchen sitzen. Die beiden Mittelplätze nehmen die Herren ein, aber sie werden seitwärts niedergeklappt. Und Fräulein Reinold und ich, wir sitzen hier vorn und legen die Lehnen herum nach der anderen Seite. So sitzen wir alle im Kreise und können uns beim Plaudern alle ansehen.«

So dirigierte die Komteß vergnügt und resolut die ganze Gesellschaft.

»Komteßchen, Sie müssen Organisator werden«, scherzte Herr von Brinken. Als letzte schwang sich die Komteß auf ihren Sitz.

»Vorwärts!« rief sie dem Chauffeur zu.

Und da sauste der Wagen auch schon davon.

Eine vergnügte Stimmung herrschte während der ganzen Fahrt. Dafür sorgte schon Komteß Steffie.

Mit strahlenden Augen saß Liane neben ihr, glücklich, daß Onkel Joachims Tochter ihr so gut gefiel, und daß diese ihr so offen ihre Sympathie zeigte.

Der Weg führte durch herrliche Waldungen, ein Stück auf dem Rennsteig entlang, und dann über fruchtbare Wiesen und Felder. Und im Flug huschte das alles vorbei.

Der Wagen fuhr sehr schnell und legte den Weg in einer halben Stunde zurück.

Als man anlangte, promenierten die Kurgäste schon auf der Promenade. Das Konzert begann eben mit der Ouvertüre aus dem »Freischütz«. Das Auto hielt vor dem Kurhotel Weißer Hirsch. Man stieg aus. Der Portier begrüßte die ihm wohlbekannten Gäste. Graf Detlev bat ihn, sofort auf der Veranda einen Tisch zu belegen, den er näher bezeichnete.

»Der Eckplatz mit der Aussicht nach der Ruine«, sagte er.

Der Portier wußte sogleich, welcher Tisch gemeint war. Man gab ihm Mäntel und Tücher in Verwahrung, brachte die Kleidung in Ordnung, und dann ging man zum Kurkonzert.

Es war »großer Betrieb«, wie Steffie vergnügt feststellte. Die Kurgäste flanierten in sommerlich festlichen Toiletten vollzählig auf der Promenade. Man begrüßte einige Bekannte, Steffie summte die Melodien mit und erstand von ihrem Taschengeld allerlei unnütze Sachen in den Basaren.

Detlev wollte ihr abraten.

»Ich garantiere dir, daß du, wie gewöhnlich, nichts von diesen Sachen heil nach Hause bringst.«

»Laß mich nur, Detlev, in Rastenau habe ich nie Gelegenheit, Geld auszugeben. Und ich muß Rückaufchen und den Gören vom Schloßgärtner eine Freude machen. Ich verstaue nachher alles sorglich im Autokasten«, sagte sie.

Und sie kaufte für Fräulein Rückauf einen in Holz gebrannten Knäuelbecher und eine Spitzengarnitur. Und für die Kinder des Schloßgärtners kaufte sie bunte Perlenschnüre und ein halbes Dutzend rote und blaue Gummiballons, die ein Mann, an weiße Fäden gebunden, festhielt.

Die knüpfte sie an einen Knopf ihrer Jacke und ließ sie neben sich herfliegen.

»Du brauchst doch nur vier, Steffie«, sagte Detlev.

Sie schüttelte energisch den Kopf.

»Man muß mit möglichen Verlusten rechnen; wenn mir einer platzt oder davonfliegt, dann kann ich die Gören nicht alle vier befriedigen, und dann verhauen sich die Kinder nachher gegenseitig«, sagte sie.

Und sie stolzierte mit ihren Luftballons davon und amüsierte sich über das Anstarren der Leute, die ihr begegneten.

»Wenn du nur nicht mit den Ballons in die Luft gehst, Steffie«, neckte ihr Vetter.

Sie lachte.

»Keine Sorge, dazu bin ich mit meinen fünfundsechzig Kilo eine viel zu gewichtige Persönlichkeit.«

Sie eilte zum Hotel und verstaute ihre Einkäufe im Autokasten. Nur die Ballons ließ sie an ihrem Jackenknopf hängen, die genierten sie nicht.

Als sie zu den anderen zurückkam und nun nach einem anderen Zeitvertreib Ausschau hielt, zuckte sie plötzlich zusammen, und dunkle Röte stieg verräterisch in ihr Gesicht. Sie faßte Detlevs Arm.

»Detlev – sieh doch! Das ist doch Hans Wachau mit seiner Mutter!« rief sie ganz heiser vor Erregung.

Graf Detlev sah sich um. Und da erblickte er am Arm einer vornehmen alten Dame einen schlanken jungen Mann, der sich auf einen Stock stützte und ihnen langsam entgegenkam.

»Ja, Steffie, das ist wirklich Hans Wachau.«

Da war Steffie aber schon von seiner Seite verschwunden. Sie eilte auf Mutter und Sohn zu. Die Luftballons flogen hinter ihr her, als hätten sie Lust, sich loszureißen.

»Baron Wachau! Gottlob, Sie gehen wieder aufrecht – Sie sind wieder gesund!« rief sie, ein wenig blaß vor Erregung.

Baron Wachaus Augen strahlten auf.

»Burgfräulein Übermut! Das ist aber eine reizende Überraschung.«

Die Komteß küßte der Baronin die Hand.

»Beinahe hätte ich das in meiner Aufregung vergessen. Nicht böse sein, liebste Frau Baronin. Das war ja eine so große Überraschung.«

Die Baronin streichelte Steffie die Wange.

»Wie sollte ich böse sein, liebes Kind?«

»Also sind Sie nun ganz gesund, Baron Hans?«

Er lachte sie an und stand stramm.

»Melde mich gehorsamst gesund, Burgfräulein, nur noch ein bißchen schonungsbedürftig. Aber in drei, vier Wochen gehe ich wieder mit Ihnen über alle Hindernisse.«

»Famos – famos! Ach, wie mich das freut. Liebe Frau Baronin, nun ist Ihnen doch auch ein Stein vom Herzen herunter?«

Die Baronin nickte lächelnd.

»Ja, Kindchen, nun kann ich wieder aufatmen. Es war eine schlimme Zeit voller Unruhe und Sorge. Wie geht es zu Haus? Oder sind die Eltern mit hier?«

»Nein, ich bin in Detlevs und Brinkens Gesellschaft. Aber wie kommen Sie hierher, Baron Hans? Seit wann sind sie hier?«

»Seit gestern!«

»Ja, ich habe meinen Sohn selbst von Berlin abgeholt. Er soll sich einige Tage erholen, ehe wir nach Wachau zurückkehren.«

»Ich hatte eine leise Ahnung, Burgfräulein, daß ich Sie heute treffen würde. Deshalb habe ich eigentlich hier Station gemacht«, sagte Baron Hans, während seine Mutter nun auf Brinkens zuging, die inzwischen auch herangekommen waren.

Komteß Steffie errötete ein wenig.

»Na, eigentlich hätten Sie doch nach Rastenau melden können, daß Sie hier sind.«

»Das wollte ich nicht – ich wollte Sie überraschen.«

»Warum denn?«

Er lachte und sah sie mit seltsam unruhigen Augen an.

»Weil ich sehen wollte, was es für einen Eindruck auf Sie machen würde, wenn ich plötzlich vor Ihnen stehe.«

»Einen Todesschrecken habe ich bekommen«, sagte sie autatmend.

Er lachte.

»Bot ich einen so fürchterlichen Anblick?«

Sie zerrte an den Fäden, die die Ballons hielten.

»Schwatzen Sie doch nicht solchen Unsinn, Baron Hans.«

Seine Augen funkelten.

»Gottlob, das war ein echter Herzenston!« rief er lachend.

Sie lachte mit. Dann deutete sie auf sein Bein.

»Tut es noch weh?«

Er schüttelte den Kopf.

»Jetzt gar nicht mehr. Wo haben Sie denn die famosen Ballons her?«

Sie zeigte in die Richtung, wo der Verkäufer stand.

»Dort habe ich sie gekauft, für die Kinder unseres Gärtners.«

»Das sind doch nur vier, soviel ich weiß.«

»Ja – zwei zur Reserve.«

»Davon müssen Sie mir einen schenken. Ich möchte ihn so neben mir herfliegen lassen.«

Sie löste einen der Ballons und reichte ihn ihm.

Er hielt ihr den Knopf seines Rockes hin.

»Bitte, knüpfen Sie den Faden fest, ich bin zu ungeschickt.«

Sie tat es, und es mußte wohl eine schwere Arbeit sein, denn ihre Finger zitterten ein wenig. Als sie fertig war, sagte er aufatmend:

»Haben Sie den Faden auch ganz fest gebunden?«

Sie nickte.

»Der geht nicht wieder los.«

»Das soll er auch nicht.«

Nun kamen die anderen herbei und begrüßten und beglückwünschten den jungen Baron. Mutter und Sohn waren sowohl mit Rastenaus als auch mit Brinkens befreundet. Frau von Brinken stellte auch Liane vor.

»Fräulein Reinold, unsere junge Hausgenossin«, sagte sie, »die unserem Hannchen Gesellschaft leistet.«

Baron Hans verneigte sich artig vor Liane, und die Baronin begrüßte sie mit freundlichem Wohlwollen. Sie war eine wahrhaft vornehme Frau, die zwischen gebildeten Menschen keinerlei Unterschiede machte.

Graf Detlev hatte den Baron herzlich begrüßt.

»Was haben die Herrschaften vor?« fragte der Baron.

»Wir speisen nachher im Kurhotel. Auf der Veranda ist schon ein Tisch für uns belegt. Halten die Herrschaften mit?« fragte Herr von Brinken.

»Wenn es gestattet ist, gern. Nicht wahr, Mama?«

»Sehr gern.«

Man promenierte nun noch bis zum Ende des Konzerts und ging dann gemeinsam zum Hotel.

»Wenn Sie mir nur nicht davonfliegen, Burgfräulein Übermut«, sagte der Baron, auf die Ballons zeigend.

Die Komteß hatte ihr Gleichgewicht wiedergefunden.

»Der Witz ist schon gemacht worden von Detlev, Baron Hans«, sagte sie achselzuckend.

»Wie ist es Ihnen denn ergangen, seit wir uns nicht

gesehen haben? Haben Sie viel Unfug angestellt?« neckte er.

»Na, nicht soviel, als wenn Sie dabei gewesen wären«, gab sie prompt zurück.

»Gott sei Dank, ich finde Sie unverändert wieder«, sagte er lachend.

»Haben Sie daran gezweifelt?«

»Ich fürchtete, Sie seien inzwischen eine richtige junge Dame geworden.«

Sie reckte ihre Schultern.

»Na, erlauben Sie, ich werde siebzehn Jahre alt.«

»Weiß ich. Es war acht Tage nach unserer gemeinsamen Geburtstagsfeier, als ich das Malheur hatte, mit meinem Gaul zu stürzen.«

Sie wurde blaß.

»Das möchte ich nicht noch einmal erleben«, entfuhr es ihr.

Seine Augen hingen an ihrem Gesichtchen.

»Haben Sie sich ein wenig um mich gesorgt?«

Fast zornig sah sie ihn an.

»Na so eine dumme Frage«, stieß sie hervor, sich feindlich gegen ihre eigenen Gefühle zur Wehr setzend.

Er lachte.

»Sie können so herzerfrischend ehrlich sein.«

»Ach, sagen Sie mir lieber, wie das ausgerechnet Ihnen, dem tollen Reiter, passieren konnte. Sicher haben Sie nicht aufgepaßt.«

»Ganz recht. Ich war mit meinen Gedanken auf Abwegen, Burgfräulein – vielleicht noch bei meiner Geburtstagsfeier. Das merkte mein Gaul und überschlug sich mit mir. Ihm hat es zum Glück nichts geschadet.«

»Aber Ihnen desto mehr. Werden Sie wieder reiten können?«

»Gewiß, in einigen Wochen ist alles beim alten.«

Sie seufzte tief auf.

»Was man mit Ihnen für Sorge hat.«

Er hätte sie am liebsten in seine Arme genommen und herzhaft abgeküßt. Sie war zu reizend.

»Das sagte meine Mutter auch. Es ist lieb von Ihnen, daß Sie sich um mich sorgten.«

»Hätten Sie sich vielleicht nicht um mich gesorgt, wenn ich solches Unglück gehabt hätte?«

»Ganz gewiß.«

»Na also. Gottlob, daß alles wieder gut wird. Was hätte nur werden sollen, wenn Ihr Bein nicht wieder heil geworden wäre?«

»Dann hätten Sie mir wohl die Freundschaft gekündigt?«

»Ach, Unsinn! Aber die Augen hätte ich mir aus dem Kopf geweint.«

Er faßte ihre Hand.

»Komteßchen!« sagte er weich.

Da riß sie sich los, lief zu den anderen und hängte sich an Lianes Arm.

Hanna von Brinken ging neben Graf Detlev.

»Jetzt bin ich nicht die einzige, die langsam geht. Baron Wachau muß auch mein Tempo einhalten. Glauben Sie, daß es mir eine Erleichterung ist, zu wissen, daß man nicht nur meinetwegen dies Schneckentempo anschlägt«, sagte sie lächelnd.

Er blickte sie fast strafend an.

»Fräulein Hanna, es wird noch zur fixen Idee bei Ihnen, daß Sie sich einbilden, anderen Menschen ein Hindernis im Vorwärtskommen zu sein.« Und sich zu Liane wendend, fuhr er fort.

»Sie haben da eine dankbare Aufgabe zu erfüllen, Fräulein Reinold. Wissen Sie das?«

Liane sah ihn fragend an.

»Was für eine Aufgabe?«

»Sie müssen Fräulein Hanna von ihrer Angst kurieren, daß sie mit ihrem langsamen Gang ihrer Gesellschaft hinderlich ist. Daran krankt sie nämlich.«

Liane lächelte.

»Das weiß ich schon und habe mir viel Mühe gegeben, sie eines Besseren zu belehren.«

Hanna sah lächelnd von einem zum anderen.

»Zanken Sie nur mit mir herzhaft, das tut wohl. Wenn man von allen Seiten so schonungsvoll behandelt wird, fängt man schließlich an, Mitleid mit sich selbst zu fühlen. Und ich bin doch im Grunde gar nicht zu bemitleiden.«

»Nein, das sind Sie auch nicht, Fräulein Hanna. Wenn auch Ihre Füße nicht mehr so flink sind wie die anderer Leute. Ihr kluger Kopf ist um so flinker. Damit gewinnen Sie jedes Wettrennen«, sagte der Graf.

Hanna legte ihre Hand auf seinen Arm und lächelte ihm tapfer zu.

»Sie finden doch immer gute Worte für mich, lieber Freund. Haben Sie Dank.«

Liane war das Herz voll und weit. Sie fand auch, daß Graf Detlev eine liebe, gütige Art hatte, mit Hanna von Brinken umzugehen. Und sie fühlte, daß dies Hanna wohltat. An dieser vorbei sah sie in sein Gesicht. Seine Augen trafen in die ihren. Und wie immer, wenn das geschah, strahlten seine Blicke auf.

Er wußte nichts davon und glaubte, er beherrsche sich sehr gut. Lianes Zauber wurde mächtiger von Stunde zu Stunde. Immer wieder sagte er sich, daß er sie fliehen, daß er ihr aus dem Weg gehen müsse. Und doch zog es ihn mit Allgewalt zu ihr.

Inzwischen war man im Kurhotel angekommen. Baron Wachau und seine Mutter hatten hier Wohnung genommen, und die Baronin schickte einen Boten hinauf in ihre Zimmer. Er sollte ihrer Gesellschafterin melden, sie möge allein speisen, da sie mit ihrem Sohn in Gesellschaft von Freunden sei. Auf der Veranda war der gewünschte Tisch für die Herrschaften reserviert worden. Der Kellner schob schnell noch zwei Gedecke ein, und man nahm Platz.

In vergnügter Stimmung wurde getafelt. Die Kurkapelle setzte hier im Hotelgarten das Konzert fort. Neben Komteß Steffie hatte Baron Wachau einen Platz erobert, und sie führten in lustiger Weise Krieg miteinander.

Graf Detlev saß zwischen Hanna und Liane, an deren Seite die Komteß ihren Platz hatte. Am oberen Ende der Tafel saßen die älteren Herrschaften.

Was hier an vornehmen Kurgästen weilte, speiste im Kurhotel. Alle Plätze im Garten und auf der Veranda waren besetzt. Steffie prickelte das Vergnügen bis in die Fingerspitzen. Sie freute sich der Musik, all der festlich gestimmten Menschen, des Sonnenscheins – und vor allen Dingen Baron Wachaus Gesellschaft.

So angeregt sie sich auch im munteren Neckton mit ihm unterhielt, hatte sie doch noch immer Zeit, auch mit Liane zu plaudern. Diese gefiel ihr immer mehr. Sie war restlos entzückt von dem schönen Mädchen.

»Fräulein Hanna hat's gut. Wenn ich eine so reizende Gesellschafterin in Rastenau hätte, dann machte ich nicht halb so viele Dummheiten«, sagte sie zu dem Baron.

Man saß ziemlich lange bei Tisch. In harmloser Weise sprach man ein wenig über die vorübergehenden Menschen.

Endlich sagte Frau von Brinken zu Liane:

»Sie müssen aber unbedingt zur Fasanerie hinauf, Fräulein Reinold, und von der Ruine aus die herrliche Aussicht genießen.«

»Waren Sie noch nicht oben, mein gnädiges Fräulein?« fragte Baron Wachau artig.

Liane verneinte.

»Ich bin heute das erstemal hier.«

»Ach, dann müssen Sie unbedingt hinauf. Von hier aus erreichen Sie die Fasanerie in einer halben Stunde, und zehn Minuten weiter liegt die Ruine. Komteß Steffie begleitet Sie gewiß sehr gern, sie hat schon viel zu lange stillsitzen müssen. Ich weiß, daß ihr das schwerfällt.«

Komteß Steffie sprang auf.

»Sie haben recht, Baron Hans. Natürlich begleite ich Fräulein Reinold mit Vergnügen. Wer kommt noch mit? Die älteren Herrschaften wollen wir nicht belästigen. Und für Fräulein Hanna und Baron Hans ist der Weg zu beschwerlich. Also bleibst nur du übrig, Detlev. Kommst du mit?«

Graf Detlev hatte nur auf diese Aufforderung gewartet und erhob sich sogleich.

»Selbstverständlich stehe ich mit Vergnügen zur Verfügung.«

Komteß Steffie zog Liane lachend empor.

»Also einen Ritter haben wir auch. Kommen Sie schnell, Fräulein Liane. Der Blick von der Ruine lohnt den kurzen Weg.«

Unschlüssig sah Liane Hanna an.

»Soll ich Sie so lange allein lassen, Fräulein Hanna?«

Lächelnd nickte ihr Hanna zu. Zwar fühlte sie wieder eine leise Sorge um Detlev und einen leisen Schmerz, daß sie nicht leichtfüßig mit den anderen hinaufsteigen konnte. Aber sie bezwang sich tapfer.

»Das sollen Sie ganz gewiß, Fräulein Liane. Ich werde mich sehr gut mit Baron Wachau unterhalten, während Sie fort sind. Also vorwärts, zur Ruine hinauf, es ist ein lohnender Ausflug. Ich war früher sehr oft oben.«

Da fügte sich Liane.

Zwischen Graf Detlev und Komteß Steffie schritt sie dahin. Die Baronin Wachau sah ihr wohlgefällig nach.

»Das ist ja eine reizende junge Dame, liebe Frau von Brinken«, sagte sie bewundernd.

»Ja, ein sehr liebes Geschöpf, wir sind froh, sie in Brinkenhof zu haben«, erwiderte diese. Und sie sang Lianes Lob in allen Tönen.

12

Komteß Steffie war immer ein Stück voraus. Sie hatte schon viel zu lange stillsitzen müssen und mußte sich nun auslaufen.

Es führte ein breiter, wohlgepflegter Weg zur Ruine hinauf.

Graf Detlev folgte langsam an Lianes Seite. Und sein Herz schlug so rasch und laut wie das ihre.

»Sie dürfen sich jetzt nicht umsehen, bis wir oben sind, gnädiges Fräulein, damit Sie dann oben die schöne Aussicht als Überraschung genießen können«, sagte er.

»Ich werde Ihrem Rat folgen«, erwiderte sie.

»Wie gefällt es Ihnen hier?«

»Es ist, wie ganz Thüringen, soweit ich es nun kenne, wundervoll. Und die Berge – sie sind ja nicht so gigantisch wie die schneebedeckten Gipfel der Schweiz, wo ich meine Kindheit verlebte. Aber die Thüringer Berge sind lieblicher und friedlicher mit ihren schönen Waldungen. Ich habe seltsamerweise hier mehr ein Heimatsgefühl, als ich es in der Schweiz hatte.«

»Sie verlebten Ihre Kindheit in der Schweiz?«

»Ja.«

»Aber Sie sind eine Deutsche? Sie hatten deutsche Eltern?«

»Ja, mein Vater war deutscher Offizier. Und ich bin in

Hamburg geboren, wenige Wochen, nachdem meine Eltern von einem längeren Aufenthalt in England zurückkehrten, wo mein Vater seinen Urlaub verlebt hatte. Aber meine Mutter hatte Verwandte in der Schweiz, eine Tante. Und als meine Eltern gestorben waren, brachte mich Onkel –«

Sie hielt plötzlich inne. Fast hätte sie gesagt: Onkel Joachim.

Sich fassend, fuhr sie fort:

»Brachte mich ein Freund meiner Eltern, den ich Onkel nannte, zu dieser Tante meiner Mutter. Dort blieb ich, bis ich als zwölfjähriges Kind ins Pensionat kam.«

Er hatte ihr voll Teilnahme zugehört.

»Und nun stehen Sie ganz allein im Leben?«

Sie nickte traurig.

»Ja, ich bin ganz allein.«

»Und – verzeihen Sie, wenn ich neugierig erscheine – waren Sie deshalb so traurig an jenem Morgen am Wannsee, oder bedrückte Sie da ein anderer Schmerz?«

Sie wurde glühend rot. Aber dann sagte sie leise:

»Ich war unglücklich, weil mir gerade damals so recht zum Bewußtsein gekommen war, wie schutzlos und verlassen ich im Leben stehe. Aber nun ist es ja viel besser geworden, seit ich in Brinkenhof bin. Dort habe ich jetzt eine Heimat gefunden. Ich glaube nicht, daß ich je fortverlangen werde.«

Er sah sie mit brennenden Augen an.

»Vielleicht doch, eines Tages, wenn Sie sich verheiraten«, sagte er heiser.

Gedankenverloren sah sie vor sich hin.

»Ich werde mich nie verheiraten – niemals«, sagte sie leise. Denn sie wußte, daß sie nie einem anderen Mann angehören würde als dem, der neben ihr ging. Und dieser Mann mußte eine ebenbürtige Frau heimführen.

Er atmete gepreßt auf. »Sie sind noch zu jung, um solche Entschlüsse zu fassen.«

»Nein – dazu bin ich nicht zu jung«, sagte sie fest.

»Solche Entschlüsse fassen so junge Damen, wie Sie sind, nur aus einer ganz besonderen Veranlassung.«

Sie blickte auf in seine Augen, die unruhig in den ihren forschten.

»Welche Veranlassung meinen Sie?«

»Ich meine – eine unglückliche Liebe.«

Ein tiefes Rot färbte ihr Gesicht.

»Es kann doch noch andere Gründe geben, Graf Rastenau.«

Er schüttelte den Kopf.

»Alle anderen Gründe sind in solchen Fällen nicht stichhaltig. Und – Sie sind so sehr geschaffen, glücklich zu sein und glücklich zu machen.«

Sie sah ihn erschrocken an. Seine Augen leuchteten ihr brennend bis ins Herz hinein.

Unwillkürlich schritt sie schneller aus und strebte der vorauseilenden Steffie nach.

»Wir sind weit zurückgeblieben, Komteß Rastenau ist schon ein gutes Stück voraus.«

Er seufzte auf.

»Sie wollen mir ausweichen, gnädiges Fräulein, und – ich habe ja auch leider kein Recht, dieses Thema festzuhalten. Nein, kein Recht. Ich darf es nicht weiter ausführen – weil ich Graf Rastenau bin«, sagte er mit schwerer Betonung.

Ihr Herzschlag stockte.

»Sie sagen das so schwer, als sei es ein Verhängnis, Graf Rastenau zu sein«, sagte sie mit bebender Stimme.

»Ja, es ist auch ein Verhängnis für mich – ich weiß es erst seit kurzer Zeit. Und jetzt tauschte ich gern mit einem schlichten Bürger. Wissen Sie warum?«

Sie wagte nicht, ihn anzusehen. Stumm schüttelte sie den Kopf.

Er schob den Hut aus der heißen Stirn.

»Ich will es Ihnen sagen. Vielleicht bietet sich dazu nie mehr eine Gelegenheit. Denn – ich muß Sie meiden, mein gnädiges Fräulein, eben, weil ich Graf Rastenau bin. Ich möchte mit einem schlichten Bürger tauschen, weil ich ein Mädchen liebe, das einen bürgerlichen Namen trägt und nicht über die nötige Ahnenzahl verfügt, die eine Gräfin Rastenau haben muß.«

Liane preßte die Lippen zusammen. Sie war sehr bleich geworden. Erst nach einer Weile kam es gepreßt von ihren Lippen:

»Warum sagen Sie mir das – gerade mir?«

Er sah ihr tief in die Augen mit einem schmerzlichen Ausdruck.

»Ich bin vielleicht im Unrecht, wenn ich annehme, daß gerade Sie das interessieren könnte. Aber es würde mich trotz allem sehr glücklich machen, wenn es der Fall wäre.«

Sie atmete zitternd.

»Ich habe schon gewußt, Graf Rastenau, welchen Majoratsbestimmungen Sie sich zu fügen haben. Fräulein Hanna hat es mir gesagt – heute morgen.«

Er beugte sich vor und sah sie in atemloser Erregung an.

»Aber vorgestern abend, als Sie das Lied mit mir sangen, da wußten Sie es noch nicht?«

Verräterisch schoß ihr das Blut in die Wangen.

»Nein – da wußte ich es noch nicht.«

Er biß die Zähne zusammen. Dann sagte er mit verhaltener Stimme:

»Da blickten mich Ihre Augen auch ganz anders an als heute. Heute wichen Sie meinen Blicken aus. Und vorgestern abend, als bei Tisch die Rede vom Heiraten war, behauptete zwar Fräulein Hanna, daß sie nie heiraten würde. Sie aber blieben stumm.«

Sie sah zu Boden.

»Man muß doch nicht immer aussprechen, was man denkt und was man tun und lassen will.«

Seine Augen glühten.

»Bleiben Sie ehrlich, mein gnädiges Fräulein. Sagen Sie mir doch, daß Sie vorgestern abend noch nicht die Absicht hatten, unvermählt zu bleiben. Sagen Sie mir – ich flehe Sie an –, daß Sie diesen Entschluß erst heute gefaßt haben.«

Stolz richtete sie sich auf.

»Graf Rastenau – auf diese Frage kann ich Ihnen nicht antworten. Ich lüge nicht gern, wenn ich es umgehen kann. Und die Wahrheit würde mich demütigen.«

Ein Leuchten brach aus seinen Augen.

»Schicksal! Ich frage nicht mehr, mein gnädiges Fräulein. Mein Herz gibt mir Antwort auf meine Frage. Es kann ja auch gar nicht anders sein. Aber – ich weiß nun nicht, ob ich jubeln oder verzweifeln soll. Ich kann jetzt nichts von beidem tun. Wie gut ist's, daß wir Gesellschaftsmenschen von Jugend auf in der Selbstbeherrschung gedrillt sind. Sonst müßte mich jetzt die Erregung tausend Torheiten begehen lassen. So gehe ich äußerlich ganz ruhig neben Ihnen her. Wer uns sieht, wird meinen, wir plaudern über das Wetter oder sonst ein gleichgültiges Thema. Und doch zittert meine ganze Seele in meinen Worten.«

Sie wagte es nicht, ihn anzusehen.

»Graf Rastenau, ich bitte Sie, lassen Sie uns ein anderes Thema wählen.«

»Gleich, gleich! Nur eins muß ich Ihnen noch sagen, ich mag es jetzt nicht mehr verbergen. Ich floh vor Ihnen in Berlin, reiste früher ab, als ich wollte, um es mir unmöglich zu machen, Sie wiederzusehen, weil ich fürchtete, meine Selbstbeherrschung zu verlieren. Meine Flucht hat mir nichts genützt, das Schicksal hat mich erreicht. Ich hätte Ihnen trotzdem nichts von meinen Gefühlen verraten, denn ich habe kein Recht, davon zu sprechen. Aber ich muß Sie warnen vor mir. Ich bin ja auch nur ein Mensch. Meine kluge Freundin Hanna hat Sie wohl auch warnen wollen. Sie hat so feine empfindliche Sinne. Vielleicht hat sie herausgefühlt, vorgestern abend, wie es um mich steht. Deshalb hat sie Ihnen wohl gesagt, daß ein Graf Rastenau ein unfreier Mensch ist.«

Liane trank seine erregten Worte in sich hinein. Fest prägte sie sich dieselben ein, um sie für alle Zeiten festzuhalten. Und zugleich hatte sie ein Gefühl, als müsse sie stark sein, nicht für sich, sondern auch für ihn.

»Ganz freie Menschen gibt es wohl nicht, Graf Rastenau, und auch nicht viele, die ein volles Glück erringen. Man muß sich bescheiden. Nach der Sonne kann man nicht greifen.«

»Geben Sie sich so leicht mit diesem Gedanken zufrieden?« fragte er bitter.

Schmerzlich sah sie ihn an.

»Leicht? O nein! Aber ich habe lernen müssen, streng, mit mir umzugehen. Ich habe in meinem Leben gelernt, mich zu bescheiden, wenn andere Menschen vor vollen Freudenbechern saßen. Einsame Menschen wie ich gehen durch eine harte Schule – keiner hilft ihnen tragen.«

Er stöhnte leise auf.

»Wie gerne tät ich es. Die Sterne vom Himmel möchte ich Ihnen holen. Fühlen Sie das nicht?« brach es über seine Lippen.

Ehe sie antworten konnte, schreckte sie Komteß Steffies Stimme aus ihrer Versunkenheit.

»Hallo! Kommt ihr endlich? Ich bin schon lange oben.

Ihr kommt so langsam an wie alte Leute!« rief sie ihnen übermütig entgegen.

Gewaltsam faßten sich Liane und Graf Detlev. Sie mußten jetzt um jeden Preis auf den munteren Ton der Komteß eingehen.

Scheinbar interessiert besichtigten sie die Fasanerie und stiegen dann zur Ruine hinauf. Es waren die malerischen Reste einer alten Burg. Und durch die noch gut erhaltene Umrahmung eines Fensters bot sich eine herrliche Aussicht über bewaldete Berge und fruchtbare Täler, wie ein wundervolles Bild in einem Rahmen.

Schweigend standen die beiden jungen Menschen nebeneinander und sahen mit brennenden Augen hinab. Komteß Steffie sah Liane erwartungsvoll an.

»Nun, ist das schön? Hat sich der Aufstieg für Sie gelohnt, Fräulein Reinold?«

Liane nickte, und ihre Augen glänzten feucht.

»Ja, Komteß – bitte, lassen Sie mich noch ein Weilchen stumm genießen.«

Damit war Komteß Steffie zufrieden. Sie kletterte behend in der Ruine herum.

Graf Detlev blieb stumm bei Liane stehen. Ihr war, als sähe sie hinab in ein gelobtes Land. Das Glück hatte sie im Vorüberhuschen mit leisen Schwingen gestreift. Nun war es schon wieder entflohen.

Sie hörte die tiefen, schweren Atemzüge Graf Detlevs. Wie magnetisch angezogen, wandte sie ihm ihr Antlitz zu. Eine Weile hingen die beiden Augenpaare ineinander, als könnten sie nie mehr voneinander lassen.

Dann nahten andere Menschen. Und von draußen rief Komteß Steffie und mahnte zur Rückkehr.

Nun sie sich wieder einmal ausgelaufen hatte, drängte es sie zu Hans Wachau zurück. Und auch bergabwärts lief sie wieder ein Stück voraus.

Graf Detlev sah Liane unruhig an. Sie sah blaß und ernst aus. Tiefe Trauer lag über ihren reinen Zügen.

»Zürnen Sie mir, mein gnädiges Fräulein, daß ich Ihnen das alles gesagt habe?« fragte er.

Sie schüttelte den Kopf.

»Warum sollte ich Ihnen zürnen?«

»Ich habe Sie traurig gemacht.«

»Nein – nicht Sie. Es war das Schicksal. Ich werde mich aber nicht lange davon niederdrücken lassen. Auch Sie sollten es nicht tun. Man muß nicht Unerreichbarem nachstreben. Das Leben hat noch andere Werte, um die es sich lohnt zu leben – zumal für Sie.«

Er zog die Stirn zusammen.

»Sorgen Sie sich nicht um mich. So süß es auch für mich ist, zu wissen, daß Sie es tun – ich will und muß damit fertig werden. Ich weiß nur nicht, wie ich es ertragen soll, Sie zu sehen und Sie doch zu meiden.«

Sie sah traurig ins Weite.

»So muß ich Brinkenhof verlassen«, sagte sie leise.

Er erschrak.

»Nein, um keinen Preis! Die Sorge um Sie würde mich erdrücken. Nein, nein – seien Sie ganz ruhig, es ist unrecht von mir, Sie zu beunruhigen. Wenn ich es nicht ertragen kann, mit meinen heißen Wünschen in Ihrer Nähe zu leben, dann gehe ich fort von Greifenberg. Mein Onkel hat noch mehr Güter, eins davon liegt in Schlesien. Ich werde ihn bitten, mich dorthin gehen zu lassen. Sie müssen bleiben, wo Sie sind. In Brinkenhof weiß ich Sie gut aufgehoben. Und das wird mein einziger Trost sein, den Sie mir nicht rauben dürfen.«

Jetzt blieb Komteß Steffie stehen und hing sich an Detlevs Arm.

So konnten die Liebenden kein Wort mehr wechseln, das sie nicht hören durfte. Scheinbar harmlos plaudernd, kamen sie im Kurhotel an.

Hanna sah ihnen ein wenig unruhig entgegen. Und ihr entging weder der düstere Ausdruck in Graf Detlevs Augen, noch der feine Schmerzenszug um Lianes Mund.

Diese wurde nun von allen Seiten gefragt, wie ihr die Fasanerie und die Aussicht von der Ruine aus gefallen habe.

Sie gab im gezwungen munteren Ton Auskunft.

Während ihrer Abwesenheit war der Tisch abgeräumt und eine Bowle aufgetragen worden mit den ersten Thüringer Walderdbeeren.

Herr von Brinken braute sie selbst und füllte die Gläser.

Die Baronin Wachau fröstelte leicht und rief den Kellner heran.

»Bitte, schicken Sie doch auf meine Zimmer und lassen Sie meiner Gesellschafterin sagen, sie möge so freundlich sein, mir ein Tuch zu bringen.«

Das hatte Frau von Brinken gehört.

»Ich wußte gar nicht, daß Sie Fräulein Schlegel mit hier haben, liebe Baronin, wir hätten sie längst hierherkommen lassen können«, sagte sie.

»Fräulein Schlegel ist nicht mehr bei mir, liebe Frau von Brinken, sie ist mit ihrer kürzlich verwitweten Schwester zusammengezogen. Ich habe eine andere Dame engagiert und muß mich erst langsam an sie gewöhnen.«

»Das glaube ich Ihnen. Fräulein Schlegel war eine sehr liebenswürdige Persönlichkeit.«

»Ja, sie fehlt mir sehr. Ich bin ein so konservatives Gemüt und habe mich mit der Nachfolgerin meiner guten Schlegel noch gar nicht vertraut machen können. Aber das wird hoffentlich noch kommen. Jedenfalls ist es unrecht von mir, daß ich die Ärmste in Ihrer lieben Gesellschaft ganz vergessen habe. Sie hat allein speisen müssen und sitzt nun wahrscheinlich bei dem schönen Wetter im Zimmer und wartet auf mich. Sie gestatten doch, daß sie nun bei uns am Tisch Platz nimmt?«

Frau von Brinken stimmte natürlich sofort in liebenswürdigster Weise zu.

»Selbstverständlich, liebste Baronin.«

Liane hatte ihren Gedanken nachgehangen, während sie auf Komteß Steffies Plaudern nur scheinbar achtete. Sie saß mit dem Rücken dem Haus zu. Wohl merkte sie, daß die Baronin jemandem zuwinkte. Aber sie sah sich nicht um.

In demselben Moment wurde sie von Hanna in ein Gespräch gezogen. So achtete sie nicht auf die stattliche Dame, die sich, dem Wink der Baronin folgend, dem Tisch näherte.

Es war die Gesellschafterin der Baronin.

Liane sah erst auf, als die Baronin sagte:

»Gestatten die Herrschaften, daß ich vorstelle.«

Und da schrak Liane zusammen und wurde leichenblaß. So auffallend schrak sie zusammen, daß es nicht nur Graf Detlev, sonder auch Hanna und ihre Mutter bemerkten und sie betroffen ansahen.

Die Gesellschafterin der Baronin Wachau war – Frau Doktor Bartels, Lianes Feindin.

Diese hatte Liane noch nicht erblickt. Das geschah erst, als die Baronin sie Liane vorstellte. Und da sprühte es rachsüchtig und feindlich ih ihren kalten, harten Augen auf.

Liane sah ihrer Feindin in das heuchlerisch lächelnde Gesicht, als sei sie gelähmt. Eine Angst ohnegleichen, eine atemberaubende Furcht erfüllte ihr Herz. Sie wäre am liebsten mit einem gequälten Aufschrei geflohen.

»Ach – Fräulein Reinold«, sagte nun Frau Doktor Bartels mit einem falschen lauernden Blick in Lianes blasses Gesicht, mit ihrer öligen Stimme.

Liane raffte sich auf. Sie rief all ihren Stolz zu Hilfe und sah stumm und verächtlich auf ihre Feindin. Nicht um die

Welt hätte sie es über sich vermocht, einen Gruß oder ein Wort mit dieser Frau zu wechseln.

»Ach – die Damen kennen sich schon«, sagte die Baronin harmlos. »Liebe Frau Doktor, dann nehmen Sie wohl neben Fräulein Reinold Platz.«

Frau Doktor Bartels kam dieser Aufforderung nach. Graf Detlev sah, wie sich Lianes Gesicht wie in Ekel und Grauen zusammenzog und sie ihre Kleider zusammenraffte, als müsse sie jede Berührung mit dieser Frau vermeiden. Beunruhigt sah er in ihr blasses, verstörtes Gesicht.

Frau Doktor Bartels gab sich den Anschein, als bemerkte sie Lianes Verhalten nicht.

»Das ist allerdings ein seltsames Zusammentreffen, Fräulein Reinold. Ich glaubte Sie in Berlin«, sagte sie entschieden höhnisch.

Liane brachte es nicht über sich, ihr zu antworten. Wenn ihr Leben davon abgehangen hätte, sie hätte nicht mit dieser Frau sprechen können. Ganz sicher fühlte sie, daß ihr durch diese Begegnung neues Unheil drohte. Aber so sehr sie sich davor fürchtete, und so sicher sie wußte, daß sie ihre Feindin reizte, vermochte sie doch nicht, ihre Verachtung zu verbergen. Und unfähig, es neben ihr auszuhalten, erhob sie sich, sobald Frau Doktor Bartels neben ihr Platz genommen hatte, ohne ihr zu antworten, und trat hinter Hannas Stuhl. Sie wußte sehr wohl, daß es unklug war, aber sie konnte nicht anders.

Hanna sah befremdet zu Liane auf. Auch Graf Detlev und Frau von Brinken bemerkten dies Ausweichen Lianes, das einer Beleidigung gleichkam.

»Wünschen Sie etwas von mir, Fräulein Liane?« fragte Hanna.

»Ich möchte Sie bitten, mir zu gestatten, hier bei Ihnen zu bleiben«, erwiderte Liane tonlos.

Hanna war viel zu feinfühlig und kannte Liane schon zu gut, um nicht zu wissen, daß diese eine ganz besondere Veranlassung zu ihrem Verhalten haben mußte. Sie wechselte einen schnellen Blick mit Graf Detlev, der neben ihr saß und die kleine Szene mit Unruhe beobachtet hatte. Jetzt sprang er auf und schob einen Stuhl zwischen den seinen und den Hannas.

»Fräulein Reinold nimmt es genau mit ihren Pflichten, Fräulein Hanna, sie will Sie nicht allein lassen.«

So suchte Graf Detlev Liane zu Hilfe zu kommen.

Diese sank mit zitternden Knien in den Sessel. Sie wußte sehr genau, daß sie eine Torheit begangen hatte, indem sie ihre Feindin reizte, und in ihrer Seele bebte eine namenlose Furcht.

»Ich danke Ihnen«, hauchte sie und sah dann stumm vor sich hin.

Die anderen Herrschaften nahmen ihre Unterhaltung wieder auf. Aber der Baronin Wachau war doch auch das seltsame beleidigende Abrücken Lianes von Frau Doktor Bartels aufgefallen, und sie konnte es nicht mit dem sonstigen Verhalten der wohlerzogenen jungen Dame in Einklang bringen. Seltsamerweise hatte sie in diesem Moment ein unbehagliches Empfinden, das sich nicht etwa gegen Liane, sondern gegen Frau Doktor Bartels richtete. Warum, das wußte sie selbst nicht. Große Sympathien brachte sie ihrer neuen Gesellschafterin nicht entgegen, während Liane ihr gleich einen sehr angenehmen Eindruck gemacht hatte.

Komteß Steffie neckte sich mit Baron Wachau und merkte nun erst, daß sie eine andere Nachbarin bekommen hatte. Artig wandte sie sich Frau Doktor Bartels zu und plauderte mit ihr.

Frau Doktor Bartels hatte Liane mit giftigen, haßerfüllten Blicken nachgesehen, in denen es wie eine unheimliche Drohung funkelte.

Und während sie nun mit Komteß Steffie und Baron Hans plauderte, bemühte sie sich geschickt, sich zu orientieren, wie die Gesellschaft am Tisch eigentlich zusammenhing, und wie Liane hierherkam.

Schlau wußte sie die Komteß auszuforschen und hatte bald herausspioniert, daß Liane Fräulein von Brinkens Gesellschafterin sei, daß Komteß Steffies Vater Graf Joachim Rastenau und der vornehm und interessant aussehende Graf Detlev Rastenau ihr Vetter sei. Sie wußte auch herauszubringen, daß Rastenau und Greifenberg zusammenhingen und Brinkenhof in nächster Nachbarschaft dieser Güter lag.

Sofort reimte sie sich in ihrer skandallüsternen Phantasie die schändlichsten Dinge zusammen, fest überzeugt, daß Graf Joachim »seine Geliebte« hier in seiner nächsten Nähe in irgendeiner Stellung untergebracht hatte, um bequemer zärtliche Zusammenkünfte mit ihr vereinbaren zu können. Und niemand in ihrer Umgebung ahnte anscheinend etwas von diesen Beziehungen.

Frau Doktor Bartels konnte wieder einmal in moralischer Entrüstung schwelgen und fühlte sich berufen, diesem Skandal ein für allemal ein gründliches Ende zu bereiten, zumal diese »Person« sich auch noch so unverschämt gegen sie benommen hatte. Es würde sich ja wohl eine Gelegenheit finden, ihr das gehörig einzutränken.

Liane hatte ihre Selbstbeherrschung langsam wiedergefunden und vermochte wenigstens wieder Rede und Antwort zu stehen. Aber wer sie kannte, merkte ihr an, wie elend und traurig ihr zumute war.

Graf Detlev und Hanna beobachteten sie besorgt und erkannten sehr wohl, daß etwas Furchtbares sie quälen mußte, seit diese Frau Doktor Bartels aufgetaucht war.

In Graf Detlevs Herzen regten sich feindliche Gefühle

gegen diese Frau. Instinktiv fühlte er, daß Lianes Abscheu vor ihr berechtigt war.

Wie gern hätte er sie gebeten, ihm anzuvertrauen, was sie quälte, und ihm zu gestatten, sie zu beschützen. Aber er hatte kein Recht zu dieser Bitte.

In Lianes Hirn jagten sich qualvolle Gedanken.

Was sollte, was konnte sie gegen einen etwaigen Angriff von der Seite ihrer Feindin tun?

Nichts!

Nein, sie konnte sich nicht einmal verteidigen, konnte nichts erklären. Und selbst wenn sie zu erklären versuchte, würde man ihr glauben? Sie mußte ja zugeben, daß Onkel Joachim eine Wohnung für sie gemietet hatte, daß er tagelang mit ihr in dieser Wohnung zusammen gelebt hatte, und daß sie in keiner Weise mit ihm verwandt war.

Sie durfte Onkel Joachim nicht einmal zum Schutz herbeirufen, denn wenn er für sie eintrat, schaffte er für sich selbst eine schlimme Lage, ohne ihr helfen zu können. Auch er konnte niemand zum Glauben zwingen, daß zwischen ihm und ihr ein lauteres, reines Verhältnis bestand. Daß er seiner Familie dies Verhältnis verschwiegen hatte, warf ein falsches Licht darauf.

Ach, warum hatte Onkel Joachim seiner Frau nichts von ihrer Existenz gesagt – und warum hatte er ihr so lange verheimlicht, daß er verheiratet war?

So saß sie mit todtraurigem Herzen zwischen Hanna und Graf Detlev und dachte immer wieder in heißer Angst:

Deine Feindin wird dich vertreiben aus dem stillen Friedensasyl, das du gefunden hast. Sobald es ihr beliebt, ihr Gift über dich auszuspritzen, bist du wieder heimatlos. Und du mußt es wehrlos erdulden, als seiest du wirklich schuldig. Alle werden an deine Schuld glauben, auch Graf Detlev, und alle werden dich verachten.

Sie schauerte wie im Frost zusammen und biß die Zähne aufeinander.

Graf Detlev sah sie besorgt an.

»Ist Ihnen kühl, gnädiges Fräulein?« fragte er.

Mit erloschenen Augen blickte sie ihn an. »Nein, ich – ich fühle mich nur nicht wohl.«

»Was ist Ihnen, Fräulein Liane?« fragte nun auch Hanna.

»Ich habe starkes Kopfweh, Fräulein Hanna. Bitte, achten Sie nicht darauf.«

»Wir fahren ja nun bald nach Hause«, sagte Hanna tröstend.

Und wirklich brach man nach einer Stunde etwa auf.

Als man sich von Baron Wachau und seiner Mutter verabschiedete, drängte sich Frau Doktor Bartels geschickt an Liane heran. Sie mit haßerfülltem Blick musternd, flüsterte sie ihr zu:

»Man hat sich das sehr klug ausgedacht, dies ländliche Idyll mit dem sogenannten Onkel, von dem hier niemand etwas weiß. Schämen Sie sich – es ist ein Skandal!«

Liane war zumute, als müsse sie laut aufschreien vor Herzensnot. Aber die Kehle war ihr zusammengepreßt. Zitternd wich sie vor ihrer Peinigerin zurück. Diese wollte ihr folgen. Aber da stand plötzlich Graf Detlev neben Liane. Er wich nicht von ihrer Seite, bis sich ihre Angreiferin entfernte, die er mit feindseligem Blick maß.

Als er neben Liane auf das Auto zuschritt, sagte er leise:

»Diese Frau Doktor Bartels ist Ihre Feindin aus irgendeinem Grund, gnädiges Fräulein. Kann ich Ihnen dienen, Ihnen helfen, so lassen Sie es mich wissen. Mein Leben hat nur noch Wert für mich, soweit ich Ihnen damit nützen kann.«

Liane schüttelte müde und traurig den Kopf.

»Gegen diese Frau kann mir nichts und niemand helfen.

Sie ist allerdings meine Feindin, und ich verabscheue sie wie die Sünde.«

Mehr konnten sie nicht zusammen sprechen. Sie waren bei dem Wagen angelangt.

Baron Wachau hatte Komteß Steffie begleitet.

»Also Ehrenwort, Baron Hans, nächste Woche kommen Sie nach Rastenau«, sagte die Komteß.

Der Baron verbeugte sich lachend.

»Großes Ehrenwort, ich komme ganz bestimmt. Ich will nur hier erst noch eine Woche Übung laufen, damit ich in Rastenau sicher auftreten kann und mich nicht mehr auf den Stock stützen muß. Bitte, empfehlen Sie mich Ihren verehrten Eltern.«

»Das will ich tun. Auf Wiedersehen also!«

«Auf Wiedersehen, Burgfräulein Übermut.«

Hanna hatte inzwischen im Auto Platz genommen. Ihre Mutter folgte. Man nahm dieselben Plätze ein wie auf der Herfahrt.

Komteß Steffie stieg zuletzt ein und nickte Baron Hans noch einmal zu.

»Gute Besserung! Eilen Sie sich, daß Sie wieder fest auf den Füßen stehen können!«

Er sah sie lachend an und stand stramm.

»Kann ich schon.«

Das Auto fuhr davon.

Komteß Steffie schob zutraulich ihre Hand unter Lianes Arm und drückte ihn an sich.

»War das nicht ein reizender Nachmittag, Fräulein Reinold?«

Lianes Augen feuchteten sich. Fest preßte sie, von ihrem Gefühl überwältigt, Steffies Hand. Ach – wenn sie doch mit ihr nach Rastenau fahren dürfte zu Onkel Joachim, um sich in seine Arme zu flüchten. Wie wohl würde ihr da sein.

»Ja, es war sehr schön«, erwiderte sie, und ein scheuer Blick streifte Graf Detlevs Gesicht.

»Mir scheint aber, Sie sind heute abend nicht mehr so lustig wie heute nachmittag«, fuhr Steffie fort.

Das fiel auch allen anderen auf. Frau von Brinken sah Liane forschend an. Sie mußte daran denken, daß diese beim Auftauchen der Frau Doktor Bartels erschrocken zusammengezuckt war.

»Fräulein Liane hat Kopfweh, Komteßchen«, kam Hanna Liane zu Hilfe.

Komteß Steffie sah Liane an.

»Ja, Sie sehen sehr blaß aus. Aber das Kopfweh vergeht schon wieder. Sie müssen nur nicht daran denken.«

Nicht daran denken! Wer das könnte! Sie hätte so gern nicht mehr an das gedacht, was ihr Kopfweh und Kummer machte. Aber sie nahm sich energisch zusammen und zwang sich zur Heiterkeit.

»Du siehst auch nicht sehr vergnügt aus, Detlev«, konstatierte Steffie weiter.

Er zwang sich zu einem Scherz.

»Ich bin verdrießlich, weil der schöne Nachmittag zu Ende ist.«

»Ja, ja, lieber Graf, die Bowle war ausgezeichnet. Nichts geht über die erste Erdbeerbowle in jedem Jahr. Höchstens die zweite. Die müssen wir nächstens in Brinkenhof trinken«, scherzte Herr von Brinken.

»Dazu müssen Sie mich auch einladen, Herr von Brinken«, sagte Komteß Steffie übermütig.

»Das soll gelten, Komteßchen. Ich sehe gleich morgen im Wald nach, wie lange unsere Erdbeeren noch reifen müssen.«

Die Komteß klatschte vergnügt in die Hände.

»Ich komme ganz bestimmt.«

Graf Detlev grübelte schon wieder vor sich hin. Mehr und mehr sah er ein, daß er ein Wiedersehen mit Liane um jeden Preis vermeiden müsse, um ihretwegen wie um seinetwegen.

Und als wolle er sich ihr holdes Bild einprägen für alle Zeit, sah er fast unverwandt in ihr süßes, blasses Gesicht.

Auch Hanna war merklich stiller.

Herr von Brinken und Komteß Steffie trugen die Hauptkosten der Unterhaltung.

»Es war doch famos, daß wir Baron Wachau und seine Mutter trafen«, sagte Steffie.

»Ja, ich freue mich, daß Baron Hans wiederhergestellt ist. Seine Mutter hat sorgenvolle Wochen hinter sich. Ich kann es ihr gut nachfühlen«, erwiderte Herr von Brinken.

Seine Gattin streichelte verstohlen Hannas Hand.

»Es war mir eine Freude, den Baron gesund vor mir zu sehen«, bemerkte sie.

Komteß Steffie nickte.

»Mir auch.«

»Aber die neue Gesellschafterin der Baronin gefällt mir gar nicht. Da war mir Fräulein Schlegel bedeutend lieber«, fuhr der Baron fort.

Die Komteß atmete tief auf.

»Gottlob, daß Sie die Dame auch nicht leiden mögen, Herr von Brinken; sie ist unausstehlich. Und ich fand, daß es sehr ungemütlich wurde, als sie auftauchte.«

»Dasselbe Gefühl hatte ich auch, Komteßchen. Da sind wir uns wieder mal einig«, bestätigte Herr von Brinken.

»Kennen Sie Frau Doktor Bartels näher, Fräulein Liane?« fragte seine Gattin und sah die junge Dame forschend an.

In Lianes Gesicht stieg eine jähe Röte. Ein nervöses Zucken um ihren Mund verriet ihre Erregung.

»Ich kenne sie näher, als mir lieb ist, gnädige Frau. Aber ich bitte sehr, mir zu erlassen, von ihr zu sprechen«, sagte sie mit gepreßter Stimme.

»Ich merkte sehr wohl, daß Sie unangenehm berührt waren von ihrem Erscheinen.«

»Das war ich allerdings.«

»Sie scheint furchtbar neugierig zu sein«, nahm hier Steffie wieder das Wort. »Sie hat mich ausgeforscht wie ein Untersuchungsrichter. Alles wollte sie wissen. Sogar nach meinen Eltern hat sie sich erkundigt, bis auf den Vornamen meines Vaters. Und die Entfernung zwischen Rastenau und Brinkenhof hat sie so genau festgestellt, als wollte sie eine Fußtour von einem zum anderen machen. Hoffentlich bringt die Frau Baronin sie bei ihren Besuchen nicht mit nach Rastenau – ich mache jedenfalls einen weiten Bogen um sie. Wer weiß, was sie noch alles von mir wissen will.«

Liane erzitterte heimlich bei diesen Worten. Warum hatte sich ihre Feindin nach alledem so genau erkundigt?

»Es ist eine sehr unsympathische Persönlichkeit, die ich an Stelle der Frau Baronin Wachau nicht um mich dulden würde«, sagte Graf Detlev hart.

Herr von Brinken lachte.

»Na also – scheinbar ist die Dame uns allen unsanft auf die Nerven gefallen, trotz ihrer öligen Sanftmut. Hol's der Kuckuck! Solche salbungsvollen Menschen erwecken immer einiges Mißtrauen in meinem grobkörnigen Gemüt. Wenn ich ihr unrecht tun sollte, nehme ich reumütig alles zurück.«

Inzwischen war man in Brinkenhof angelangt. Frau von Brinken forderte Graf Detlev und Komteß Steffie auf, noch ein halbes Stündchen zu bleiben.

Aber Graf Detlev lehnte ab.

»Ich will mein Bäschen noch nach Rastenau begleiten und bitte, uns zu entschuldigen.«

Man verabschiedete sich herzlich. Als Liane einen Moment ihre Hand in die Graf Detlevs legte, merkte er, daß sie kalt war und zitterte. Unwillkürlich schloß er sie fest und warm in der seinen ein, und seine Augen trafen mit einem zärtlich weichen Ausdruck in die ihren.

Hanna sah das. Sie preßte die Hand an ihr Herz. Aber gleich darauf verabschiedete sie sich in ihrer alten lieben Art von dem Grafen.

Komteß Steffie küßte Hanna zum Abschied, schüttelte kräftig Herrn von Brinkens Hand, führte die seiner Gemahlin artig an die Lippen und legte dann beide Arme um Liane.

»Auf recht baldiges Wiedersehen, liebes Fräulein Reinold. Ich habe Sie herzlich liebgewonnen.«

Für diese Worte hätte Graf Detlev seine Base küssen mögen.

Liane drückte die Komteß einen Moment fest an sich.

»Dafür danke ich Ihnen, Komteß, und ich erwidere Ihre Gefühle von ganzem Herzen. Auf Wiedersehen – so Gott will.«

»Ach, er wird schon wollen«, lachte Komteß Steffie und stieg in das Auto.

Graf Detlev folgte ihr, nachdem er die überflüssigen Sitze zurückgeschlagen hatte. Er setzte sich neben sie, und sie winkten den Zurückbleibenden noch einmal zu.

Dann fuhr der Wagen davon.

Hanna sah ihm mit großen Augen nach, und über Lianes Augen lag ein Schleier.

13

»Du willst mich also nach Rastenau begleiten, Detlev?« fragte Steffie ihren Vetter, als sie allein im Wagen saßen.

»Ja, Steffie. Ich habe ohnedies etwas mit deinem Vater zu besprechen.«

»Das ist famos. Da habe ich doch bis nach Hause Gesellschaft. Meinst du, daß die Luftballons gut ankommen?«

»Sicher, sie hängen ja hier ganz sicher.«

»Du sollst sehen, wie sich die Gärtnerkinder darüber freuen. Ich trage sie ihnen heute abend noch hinüber. Und wenn ich alle fünf heil anbringe, dann lasse ich den fünften frei in die Lüfte fliegen.«

»Das tue nur, Steffi.«

Sie setzte sich plötzlich steif aufrecht und sah ihm ins Gesicht.

»Bist du verstimmt, Detlev? Es fiel mir schon den ganzen Nachmittag auf, daß du so ruhig warst. Du gefällst mir nicht.«

Er lachte forciert auf.

»Ach, geh, Steffie, du hast ja den ganzen Nachmittag keine Zeit gehabt, auf mich zu achten. Du hast dein Interesse zwischen Hans Wachau und Fräulein Reinold geteilt«, neckte er.

Sie nickte vergnügt.

»Natürlich, das waren mir auch die beiden interessantesten Menschen. Du, findet du nicht auch, daß Hans Wachau jetzt viel männlicher und bedeutender aussieht? Er hat entschieden durch seinen Unglücksfall gewonnen.«

»Wenn er das hört, ist er imstande und bricht sich noch ein Bein.«

»Ach nein, du, eitel ist er nicht. Und was Fräulein Reinold anbelangt – Herrgott, ist das ein entzückendes Geschöpf. Wenn ich ein Mann wäre, in die würde ich mich rettungslos verlieben.«

Er sah sie mit seltsam brennendem Blick an.

»Ach, kleine Steffie, was weißt du von der Liebe?«

»Na, erlaube mal, ein Wickelkind bin ich schließlich auch nicht mehr. Und wenn ich mit Fräulein Rückaufs Genehmigung auch nur Bücher sehen darf, in denen die Liebe sehr nebensächlich vorkommt, manchmal erwische ich doch eins, wo dies Thema ausführlicher beleuchtet wird. Na – und das übrige denkt man sich. Aber nun nochmals auf Fräulein Reinold zu kommen: es ist mir ganz schleierhaft, wie sie dazu kommt, eine Stellung als Gesellschafterin anzunehmen, noch dazu, wo sie kein Gehalt annimmt und es somit nicht braucht. Sie paßt gar nicht in die schlichten Verhältnisse von Brinkenhof und sieht viel vornehmer und eleganter aus als Fräulein Hanna. Findest du nicht auch?«

»Ja – ich finde es auch, Steffie. Vielleicht ist sie eine verwunschene Prinzessin.«

»Die gibt es leider nicht mehr. Aber ich würde mich gar nicht gewundert haben, wenn man mir gesagt hätte, sie sei eine Prinzessin.«

Graf Detlev atmete tief und schwer.

»Ich auch nicht, Steffie. Und eigentlich ist es schade, daß es keine verwunschenen Prinzessinnen mehr gibt.«

Das sagte er so seltsam, daß Steffie ihn verwundert ansah.

»Was hast du nur heute, Detlev? Du bist so sonderbar.«

Er strich sich über die Stirn und raffte sich auf.

»Mußt nicht darauf achten, Steffie. Mir geht eine ernsthafte Angelegenheit durch den Kopf, die ich mit deinem Vater besprechen muß. Und da erscheine ich dir wohl etwas zerstreut.«

»Na, dann sag doch einfach, daß dich meine Unterhaltung stört«, sagte sie ein wenig ärgerlich.

Er nahm ihre Hand und streichelte sie.

»Zank nicht, kleine Steffie. Ich tue Buße und kaufe mich bei Gelegenheit mit Schokolade los.«

Sie war schnell versöhnt.

»Ach, Unsinn, Detlev, ich zanke doch nicht. Aber du konntest mir gleich sagen, daß ich still sein soll. Und jetzt störe ich dich nicht mehr. Kein Wort sollst du mehr hören, bis wir in Rastenau sind.«

Und entschlossen legte sie sich in die Kissen zurück. Sie wollte tatsächlich schweigen. Aber ihr Plappermündchen vergaß das Schweigen bald wieder. Und Detlev nahm sich zusammen und plauderte mit ihr, so gut er es in seiner Stimmung konnte. In seinen Gedanken war er aber bei dem, was er Onkel Joachim sagen wollte.

Graf Joachim hatte in letzter Zeit eine besondere Liebhaberei. Er benutzte jede freie Minute, um im Archiv des Schlosses alte Papiere und Urkunden zu durchsuchen. In dem Archiv befand sich neben einer handgeschriebenen Chronik des Geschlechts der Grafen Rastenau manches interessante Dokument, allerlei Geheimschriften und Verträge. Er schien etwas ganz Besonderes zu suchen.

Seiner Gemahlin fiel das zwar auf. Aber sie fragte nicht danach. Er erschien ihr seit einiger Zeit so seltsam unruhig und zerstreut, daß sie mit Bestimmtheit annehmen mußte, daß ihn etwas schwer bedrücke.

Auch an diesem Sonntag, während seine Tochter mit seinem Neffen weggefahren war, hatte er einige Stunden im Archiv zugebracht, und dann war er plötzlich im Zimmer seiner Gemahlin erschienen mit heller Miene und strahlenden Augen, wie ein Mensch, den eine große innerliche Freude belebte.

Als sie ihn, froh lächelnd über sein befreites Wesen, liebevoll ansah, faßte er ihre Hand und drückte sie an seine Lippen.

»Du bist eine wundervolle Frau, Stefanie. Kein Wort der Anklage ist über deine Lippen gekommen, obwohl ich in letzter Zeit unleidlich war.«

Sie schüttelte den Kopf.

»Unleidlich? O nein, Joachim. Du hast mir freilich Sorge gemacht durch deine nervöse Unruhe.«

Wieder küßte er ihre Hand.

»Eine andere Frau an deiner Stelle hätte mich mit Fragen gequält. Du tatest es nicht. Laß dir danken. In Zukunft sollst du dich nicht mehr um mich sorgen müssen. Es hat mich etwas gequält, aber ich kann dir auch heute nicht davon sprechen, was es ist. Nicht, weil ich kein Vertrauen zu dir hätte – du weißt, keinem Menschen vertraue ich rückhaltloser als dir –, sondern nur, weil ich dich nicht mit meinen Grillen plagen will.«

Sie war errötet und sah sehr hübsch und jugendlich aus.

»Geplagt hättest du mich sicher nicht damit. Ich möchte gern alles mit dir teilen, Leid und Freud.«

Er atmete tief auf.

»Dich vor Leid zu bewahren, ist meine heilige Aufgabe. Und nun ist ja auch alles wieder gut. Ich bin wieder im klaren Fahrwasser. Also sorge dich nicht mehr.«

Herzlich sah sie ihn an.

»Wenn du so ruhig und heiter aus den Augen blickst wie heute, dann sorge ich mich gewiß nicht.«

Sie plauderten nun von anderen Dingen.

»Wann wird denn unser Wildfang heimkommen?« frage der Graf.

»Ich hoffe, bald«, erwiderte die Gräfin.

Sie waren noch nicht mit dem Abendessen fertig, als unten am Schloßportal das Auto vorfuhr. Sie hörten die Hupe und traten lächelnd an das Fenster. Da sahen sie, daß mit Steffie auch Graf Detlev ausstieg.

Wenige Minuten später stürmt das Komteßchen jubelnd ins Zimmer und umarmte und herzte und küßte die Eltern, als sei sie von einer langen Reise zurückgekommen.

»Da bin ich wieder! Habt ihr große Sehnsucht nach mir gehabt?« sagte sie.

»Sehr große. Wir sind froh, daß du wieder da bist, es ist so unheimlich still ohne dich«, erwiderte lächelnd die Gräfin.

»Habt ihr schon gespeist?« examinierte Steffie weiter.

»Eben sind wir fertig geworden.«

»Ach, wie schade! Na, dann muß mir Detlev Gesellschaft leisten. Komm, Detlev, hier gibt es noch gute Bissen. Du wirst auch Hunger haben.«

Graf Joachim hatte seinem Neffen herzlich die Hand geschüttelt.

»Es ist eine unerwartete Freude, daß du Steffie begleitet hast. Mit deinem Kommen haben wir heute nicht mehr gerechnet.«

Graf Detlevs Gesicht hatte gespannte Züge. Seine Augen sahen unruhig in die des Onkels.

»Ich wäre auch nicht mit herübergekommen, wenn ich nicht etwas mit dir zu besprechen hätte, Onkel Joachim. Hast du Zeit für mich?«

Graf Joachim sah ihn forschend an.

»Soviel du willst. Aber möchtest du nicht erst mit Steffie zu Abend essen?«

Graf Detlev schüttelte den Kopf.

»Nein, wenn du gestattest, möchte ich gleich mit dir sprechen. Ich will heute abend noch nach Greifenberg zurück.«

Graf Joachim glaubte zu wissen, was seinem Neffen auf der Seele lastete. Er schob die Hand unter seinen Arm.

»Ich stehe sogleich zu deiner Verfügung, mein lieber Junge.«

Graf Detlev küßte der Gräfin die Hand.

»Du verzeihst, Tante Stefanie, wenn ich dir Onkel auf ein halbes Stündchen entführe.«

Gräfin Stefanie lächelte gütig und strich ihm mütterlich über die Stirn.

»Laßt euch nicht stören.«

»Also du ißt nicht mit mir, Detlev?« fragte Komteß Steffie. »Du hast doch seit mittag nichts mehr zu dir genommen.«

»Ich habe noch keinen Hunger, Steffie. Laß es dir gut schmecken. Ich esse dann, wenn ich nach Greifenberg zurückkomme.«

»Na, mit dir stimmt heute etwas nicht, Detlev. Also ich esse allein.«

»Tue das.«

Graf Joachim streichelte Steffie über die heißen Wangen.

»War es nett, Steffie?«

Sie fiel ihm um den Hals.

»Reizend. Ich muß euch viel erzählen.«

»Hast sicher wieder nach Herzenslust getollt?«

Sie schüttelte den Kopf.

»Gar nicht! Ich komme doch nun so langsam in ein gesetztes Alter, Papa.«

Der Graf lachte.

»Mit einem Mal ist dir diese Erkenntnis aufgegangen?«

Sie nickte.

»Ja. Und daß es nicht eher geschah, ist eure Schuld.«

»Unsere Schuld?« fragten ihre Eltern wie aus einem Mund.

»Jawohl«, bekräftigte Steffie. »Ihr hättet mir schon lange eine Erzieherin ersparen müssen. Mit einer Erzieherin fühlt man sich so unfertig, so kindisch. Und Fräulein Rückauf in allen Ehren, aber ein Vorbild, dem ich nachstreben möchte, ist sie doch nun mal nicht. Heute habe ich eine junge Dame kennengelernt, Hanna Brinkens Gesellschafterin, Fräulein Liane Reinold – ein entzückendes Geschöpf! So wie die möchte ich werden. Wenn ich so eine

Gesellschafterin hätte, dann solltet ihr mal staunen, wie schnell ich manierlich würde.«

Graf Joachim zog Steffie fest an sich und küßte sie auf die Stirn. In seinen Augen leuchtete ein seltsames Licht. Er wandte sich dann schnell ab und faßte Detlevs Arm.

»Komm, mein Junge.«

Komteß Steffie wollte sich eben zu Tisch setzen. Da fuhr sie wieder auf.

»Ach so – ich muß ja noch zum Schloßgärtner hinüber. Ich habe den Gören was mitgebracht. Gleich bin ich wieder da, Mama!«

Damit huschte sie aus dem Zimmer. Die Gräfin sah ihr lächelnd nach und nickte dann den beiden Herren zu, die sich entfernten, um hinüber in Graf Joachims Arbeitszimmer zu gehen.

»So, mein Junge, nimm Platz. Da stehen Zigaretten – bediene dich«, sagte Graf Joachim, als sie allein waren.

Graf Detlev schob die Zigaretten dankend zurück und ließ sich nieder.

»Ich möchte jetzt nicht rauchen. Erst laß mich vom Herzen herunter haben, was mich drückt.«

»Wie du willst. Also sprich.«

Graf Detlev stützte die Arme auf die Knie und beugte sich vor. In seinem Gesicht zuckte es erregt, und in den Augen lag eine stumme Qual.

»Ganz ohne Umschweife, Onkel Joachim, ich habe eine Bitte an dich. Laß mich nach Schlesien gehen auf dein Gut Uerzen. Ich möchte nicht mehr in Greifenberg leben. Oder vielmehr – ich darf nicht bleiben.«

Graf Joachim richtete sich auf. Seine Augen sahen ernst in des Neffen Gesicht.

»Uerzen ist ein viel kleinerer Besitz als Greifenberg, Detlev. Wollte ich deinen Wunsch erfüllen, so würdest du den kürzeren ziehen.«

»Ich weiß es, Onkel Joachim. Und daß ich trotzdem diese Bitte ausspreche, wird dir beweisen, daß ich schwerwiegende Gründe habe.«

»Das muß ich allerdings annehmen. Ich lasse dich nicht gern aus unserer Nähe. Und auf Greifenberg bist du mir wichtiger als auf Uerzen. Also – darf ich deine Gründe kennenlernen?«

Graf Detlev richtete sich empor.

»Ich habe nie ein Geheimnis vor dir gehabt, will's auch jetzt nicht haben. Du sollst alles wissen, damit du mich verstehst. Du wirst dich erinnern, daß ich dir das letztemal, als ich hier vor dir saß, berichtete, daß ich in Berlin mein Herz an eine Dame bürgerlicher Herkunft verloren hatte, und daß ich deshalb Berlin fluchtartig verließ.«

Graf Joachim nickte.

»Ja, Detlev, ich weiß es noch gut.«

Tief atmete Graf Detlev auf.

»Ich habe mir redliche Mühe gegeben, die junge Dame zu vergessen, das kannst du mir glauben. Es gelang mir freilich nicht in der kurzen Zeit. Ob es mir je gelungen wäre – ich weiß es nicht. Aber als ich vor einigen Tagen durch den Greifenberger Forst ritt, sah ich dieselbe junge Dame, vor der ich geflohen war, auf einem Baumstumpf sitzen, als wäre sie herbeigezaubert worden. Was ich bei ihrem Anblick empfand – erlaß es mir, das zu beschreiben. Nur eins will ich dir sagen, daß ich im Moment über ihren Anblick so glücklich war, daß ich alles andere vergaß. Ich sprang vom Pferd und begrüßte sie. Und da erfuhr ich, daß sie jetzt in Brinkenhof lebt, als Gesellschafterin Hanna von Brinkens. Trotz aller guten Vorsätze war ich schon denselben Abend drüben in Brinkenhof, weil mich die Sehnsucht hintrieb. Und es kühlte mich natürlich nicht ab, als ich merkte, daß sie mir ebensowenig gleichgültig gegenüberstand wie ich ihr. Wir haben musiziert, und sie hat sich mir mit ihrer süßen Stimme vollends ins Herz gesungen. Ich fühlte, wie ich mich mehr und mehr in dieses Gefühl verlor. Und allen Vernunftgründen zum Trotz war ich heute wieder mit ihr zusammen, sie war mit im Kurbad. Nach Tisch sollte sich Fräulein Reinold die Ruine ansehen. Steffie wollte sie begleiten und forderte mich ebenfalls auf. Ich ging nur zu gern mit. Steffie eilte uns in ihrer lebhaften Art voraus. So waren war auf dem ganzen Weg allein. Und – da habe ich ihr angedeutet, wie es um mich steht, habe ihr gesagt, daß ein Graf Rastenau keine unebenbürtige Gemahlin heimführen darf. Ich sagte ihr, daß ich sie warnen wollte vor mir.«

»Und sie?« fragte Graf Joachim erregt.

Graf Detlev strich sich über die Stirn und sah mit großen, brennenden Augen vor sich hin.

»Sie nahm es auf wie ein unvermeidliches Schicksal, so ruhig und tapfer. Sie sagte mir, daß sie von den Majoratsbestimmungen schon durch Hanna Brinken gehört habe und – daß sie nie heiraten würde. So lieb sprach sie zu mir, so tapfer. Man müsse sich bescheiden, und das Leben hätte noch andere Werte. Und als ich ihr sagte, daß ich es nicht ertragen könne, sie zu sehen und doch meiden zu müssen, da sagte sie, traurig ergeben, sie wolle Brinkenhof verlassen, um mir aus dem Weg zu kommen.«

Graf Joachim fuhr auf.

»Sie wollte fort?«

»Ja, sie wollte dieses Opfer bringen, obwohl sie froh war, ein Friedensasyl in Brinkenhof gefunden zu haben. Das darf ich nie zulassen, Onkel Joachim. Sie steht allein und schutzlos im Leben. Und deshalb ist es an mir, zu gehen – und ich will und muß gehen –, sonst stehe ich für nichts. Ich könnte ganz vergessen, daß ich ein Rastenau bin. Deshalb hilf mir, Onkel Joachim, schick mich nach Schlesien, damit ich der Versuchung aus dem Weg gehen kann.«

Graf Joachim beschattete seine Augen mit den Händen. Nun ließ er sie sinken und betrachtete Detlevs Gesicht, dem die tiefe Erregung anzusehen war.

»So sehr liebst du sie also?« fragte er und seine Stimme klang heiser vor Bewegung.

Graf Detlev nickte.

»Ja, Onkel Joachim, ich weiß auch nicht, wie das so schnell über mich gekommen ist. Ich weiß nur, daß ich sie mehr liebe als mein Leben.«

»Und du würdest sie zu deiner Frau machen, wenn dich die Majoratsbestimmung nicht daran hinderte?«

Graf Detlev sprang auf.

»Ja, Onkel! Wenn ich nicht schleunigst aus ihrer Nähe komme, dann heirate ich sie allen Majoratsbestimmungen zum Trotz und verzichte lieber auf das Majorat.«

Tief und schwer atmete Graf Joachim.

»Das würdest du tun?«

Graf Detlev setzte sich wieder und faßte seine Hände.

»Weiß Gott, ich möchte dich nicht gern betrüben. Ich bin dir so viel Dank schuldig. Dächte ich nicht an dich – ich wäre schon längst schwach geworden, denn Liane Reinold ist meiner Liebe wert und ist wert, daß man ihr Opfer bringt.«

Fest und warm drückte der alte Herr die Hände seines Neffen, und seine Augen leuchteten auf.

»Mein lieber, lieber Junge – ich verstehe dich ja, verstehe dich besser, als du denkst. Und schon, als du mir neulich von deiner Flucht erzähltest, ahnte ich, wie ernst die Sache für dich ist. Ich weiß doch, daß du dich in Herzenssachen nicht mit Kleinigkeiten abgibst. Und da habe ich mir die Angelegenheit in diesen Tagen sehr durch den Kopf gehen lassen. Dabei habe ich der verwünschten Majoratsbestimmung weidlich gegrollt, wie einem Feind. Und einem Feind muß man zu Leibe gehen. Das habe ich versucht.

Erst wollte ich ihn stellen: man muß seine Feinde gründlich kennen, um sie bekämpfen zu können. Deshalb habe ich in diesen Tagen unten neben der Bibliothek das ganze Archiv durchsucht nach der Urkunde, die alle Majoratsbestimmungen enthält. Ich fand sie lange nicht. Sie war zwischen alte Akten und Verträge geraten. Heute habe ich sie endlich gefunden. Und als ich sie aufmerksam durchlas, da habe ich eine seltsame Entdeckung gemacht.«

Graf Detlev horchte auf.

»Was für eine Entdeckung?«

Langsam erhob sich Graf Joachim und trat zu seinem Schreibtisch.

»Ich habe die Urkunde mit heraufgebracht und verwahre sie hier in meinem Schreibtisch, denn ich will sie dir zeigen.«

Er nahm ein vergilbtes Pergament, das zusammengerollt war, aus einem Fach seines Schreibtischs. Behutsam glättete er es, indem er es erst einmal fest nach der entgegengesetzten Richtung rollte. Dann legte er es vor Detlev hin.

»Also hier – lies diese rot angestrichene Stelle. Das ist die Bestimmung, daß die Grafen Rastenau nur eine Frau heimführen dürfen, die aus einem gleichalten Adelsgeschlecht stammt, falls sie nicht aller Ansprüche an das Majorat verlustiggehen wollen.«

Graf Detlev nickte gequält.

»Ich kenne ja diese Bestimmung genau, Onkel Joachim.«

Der alte Herr schüttelte den Kopf.

»Nein, du kennst sie so wenig genau, wie ich sie kannte. Mir fiel ein, daß ich als halbwüchsiger Junge einmal meinen Vater von einer Klausel reden hörte, die seines Wissens dieser Bestimmung angefügt worden sei. Es geschah bei einem Meinungsaustausch, den er mit einem Freund über seltsame Bestimmungen alter Geschlechter hatte.

Ganz zufällig kam mir diese Bemerkung meines Vaters in den Sinn, als du mir neulich von deiner Liebe erzähltest. Bis dahin hatte ich sie vollständig vergessen. Und deshalb suchte ich nach der Urkunde. Meine Erinnerung hat mich nicht getrogen. Da – lies diesen letzten Satz, der dieser Bestimmung angefügt ist.«

Graf Detlev beugte sich herab. Sein Onkel bezeichnete mit dem Finger die Stelle. Sie lautete:

»Item soll es in einem besonderen Falle erklären, wenn nämlich ein Graf Rastenau ein Gemahl, so ihm nicht ebenbürtig ist, heimführen will, und diese Jungfrau sich als so holdselig und tugendhaft erweiset, daß alle noch lebenden Grafen Rastenau sie einstimmig für wert erklären, eine Gräfin Rastenau zu werden, so soll diese Bestimmung erlöschen und aufgehoben werden, bis wiederum ein gleicher Fall eintritt.«

Graf Detlev war vor Erregung blaß geworden. Mit großen Augen sah er nun auf.

»Onkel Joachim!« rief er mit verhaltener Stimme. Dieser legte ihm die Hand auf die Schulter.

»Hast du das begriffen, Detlev? Da steht es schwarz auf weiß, daß es in unserer beider Möglichkeit liegt, diese üble Bestimmung aufzuheben. Denn wir sind die beiden letzten Rastenaus. Und wenn ich meine Einwilligung gebe zu deiner Vermählung mit Fräulein Liane Reinold – dann hat dir niemand dreinzureden.«

Mit einem Satz sprang Graf Detlev empor und umfaßte seinen Onkel.

»Onkel Joachim – Onkel Joachim! Würdest du es tun? Würdest du mir deine Erlaubnis geben?« stieß er heiser hervor.

Graf Joachim lächelte mit feuchten Augen.

»Kannst du mir denn versichern, daß die Jungfrau Liane Reinold sich mir als so holdselig und tugendhaft erweiset, daß ich sie wert halte, eine Gräfin Rastenau zu sein?« fragte er mit feinem Humor.

»Ach, Onkel Joachim, ich weiß genau, daß du sie für wert befinden wirst, einen Königsthron zu besteigen.«

Fest faßte Graf Joachim seines Neffen Hände.

»Ich glaube dir, mein Junge, daß du deine Liebe keiner Unwürdigen schenken würdest. Und Steffie hat auch ein sehr unbestechliches Urteil. So wollen wir also in Gottes Namen diese böse Bestimmung für ungültig erklären. Du sollst nicht unglücklich werden, mein lieber Junge, wenn ich es verhindern kann.«

Graf Detlev umkrampfte seine Hände. Sein Atem ging erregt, seine Augen glänzten wie im Fieber.

»Wie soll ich dir danken – wie soll ich dir danken!« stammelte er außer sich.

Ein seltsames Lächeln huschte um Graf Joachims Mund.

»Stände ich jetzt vor dir, wie du vor mir – würdest du wollen, daß ich unglücklich würde, oder würdest du dann auch durch einen Machtspruch diese Bedingung ungültig machen?«

Graf Detlev atmete tief auf.

»Ich würde handeln wie du, Onkel Joachim.«

»Nun also! Sieh, mein Junge, wenn ich vor zweiundzwanzig Jahren nur, wie du, mit einem Grafen Rastenau zu rechnen gehabt hätte, wenn ich diesen Nachsatz gekannt hätte – dann hätte ich wohl auch Himmel und Hölle in Bewegung gesetzt, mir die Einwilligung zu einer unebenbürtigen Vermählung zu erringen. Damals lebten aber nicht nur Onkel Magnus und sein Sohn noch, sondern auch du. Und – hätte ich auch die Einwilligung Onkel Magnus' und seines Sohnes erhalten – die deine hätte ich nicht erhalten können.«

»Warum nicht, Onkel Joachim – ich hätte sie dir sicher nicht verweigert.«

Der alte Herr lächelte.

»Du warst damals unmündig und hättest nicht verzichten dürfen. Aber ich danke dir trotzdem, daß du mir sagst, du hättest es getan. Damit sind wir quitt. Und ich freue mich, daß es in meiner Macht steht, dich glücklich zu machen mit meiner Einwilligung – dich und Liane Reinold, an deren Gegenliebe du glaubst.«

Graf Detlev beugte sich plötzlich herab und preßte seine Lippen auf die Hand des Onkels.

Erschrocken zog dieser seine Hand zurück. Seine Stirn rötete sich.

»Nicht doch, Detlev, das mußt du nicht tun. Meine Handlungsweise ist nicht frei von Eigennutz.«

Glücklich lachte Detlev auf.

»Diesen Eigennutz möchte ich kennenlernen.«

Mit einem seltsamen Blick sah ihn der alte Herr an.

»Schließlich entspringt doch alles menschliche Tun dem Egoismus. Vielleicht knüpfen sich besondere Wünsche an mein Tun; vielleicht will ich dich mir verpflichten, vielleicht will ich dich nur nicht aus meiner Nähe lassen, weil ich dich liebe wie einen Sohn. Aber ich will dir soviel wie möglich Gutes tun, damit du nicht danach trachten sollst, mich recht bald zu beerben. Wir Menschen müßten immer dafür sorgen, daß unsere Erben von unserem Leben mehr oder doch ebensoviel profitierten, wie von unserem Tod, dann würden uns unsere Erben immer ein langes Leben wünschen und ehrlich um uns trauern, wenn wir sterben.«

Lächelnd schüttelte Graf Detlev den Kopf.

»Du willst mit solchen Reden nur meine Dankbarkeit abwehren.«

»Ich will nicht deine Dankbarkeit, sondern deine Sohnesliebe.«

»Die gehört dir. Und du hast wirklich gesorgt, daß ich

deinen Tod als ein großes Unglück betrachten würde. Gott erhalte dich uns noch recht lange – und laß dir danken und dir meine Liebe gefallen. Und das Mädchen, das ich liebe und das ich nun, dank deiner Güte, heimführen darf, soll dich auch lieben und verehren, wie ich es tue.«

Bewegt drückte Graf Joachim die Hand an die Augen.

»Mag Gott helfen, daß du immer so gut von mir denken kannst wie jetzt. Ich bin auch nur ein Mensch – und wer unter uns ist ohne Schuld? Aber nun nichts mehr davon. Laß uns jetzt zu Tante Stefanie und Steffie hinübergehen und bleib noch ein Stündchen bei uns. Jetzt treibt dich ja nichts mehr in deine Einsamkeit. Morgen werde ich sofort die nötigen Schritte tun, um die leidige Majoratsbestimmung aufzuheben.«

»Ich bleibe gern noch bei euch, Onkel Joachim. Jetzt würde mich höchstens die Sehnsucht nach Brinkenhof treiben, um Liane sagen zu können, daß alle Hindernisse zwischen uns beseitigt sind dank deiner Güte. Aber bis ich dorthin komme, liegt alles im tiefen Schlaf. Ich muß schon bis morgen warten.«

In Graf Joachims Augen lag ein glückliches Leuchten. Er wußte nun, daß Lianes Schicksal sie in einen sicheren Hafen führen würde. Nun mußte noch alles gut werden. Der Himmel hatte es herrlich gefügt, daß er Detlev und Liane in Liebe zusammenführen durfte.

»Geh schon hinüber, Detlev. Ich will die Urkunde noch gut verwahren. Die brauche ich, um die Angelegenheit glatt zu erledigen. Steffie wird wohl noch bei Tisch sitzen, und jetzt wirst du doch vielleicht etwas essen können«, sagte Graf Joachim lächelnd.

Detlev umarmte ihn.

»Mein bester, treuester Freund – mein Wohltäter. Gott vergelte dir, was du mir getan hast.«

Graf Joachim schob ihn hastig aus der Tür und schloß

sie hinter ihm. Eine Weile blieb er so stehen. Dann richtete er sich auf und nahm das Dokument, um es in seinem Schreibtisch zu verschließen. Nachdenklich sah er darauf herab.

»Ihr Glück – und das seine, es hing an einem Faden. Und für mich? Vergib uns unsere Schuld«, sagte er leise vor sich hin.

Und tief bewegt schloß er sorgsam das Dokument fort.

Dann folgte er langsam seinem Neffen.

Dieser saß schon in einer glückselig übermütigen Stimmung mit Steffie zusammen am Tisch.

»Papa, was hast du mit Detlev angestellt? Seit er mit dir gesprochen hat, ist er wie ausgewechselt. Vorhin war er der reine Griesgram. Jetzt weiß er vor Übermut nicht, was er tun soll!« rief Steffie ihrem Vater entgegen.

Graf Joachim trat zu seiner Frau und legte den Arm um ihre Schultern. Sie lächelte zu ihm auf.

»Wahrhaftig, Joachim, du scheinst Detlev etwas sehr Gutes angetan zu haben. Ich sah ihn noch nie so froh wie jetzt.«

Er küßte ihre Hand.

»Detlev hat mir Zukunftspläne vorgelegt, und ich habe sie gebilligt, das ist alles.«

»Gibt es eine Neuigkeit, Papa?« fragte die Komteß.

»Ja, Steffie, eine große und freudige Überraschung.«

»Ach, da bin ich aber neugierig. Was kann es sein? Detlev – du hast dich am Ende gar verlobt oder wenigstens verliebt?«

Überrascht sah Gräfin Stefanie ihren Gatten an und dann zu Detlev hinüber. Dieser sprang auf, küßte seiner Tante in tiefer Bewegung die Hand und setzte sich dann wieder zu der Komteß.

»Verlobt habe ich mich noch nicht, Steffie, aber was nicht ist, kann noch werden.«

Steffie sprang auf und tanzte übermütig durchs Zimmer. Dann blieb sie vor Detlev stehen und schüttelte seine Schulter.

»Du, besinn dich nur nicht lange, es ist höchste Zeit für dich.

Des Lebens Mai, zwei drei,
Ist bald vorbei, zwei drei.«

Alle lachten.

»Ich will es mir merken, Steffie, und mich tunlichst beeilen.«

»Tu das! Aber das bitte ich mir aus, wenn du dich verloben solltest, dann such dir eine Braut aus, die auch mir gefällt.«

»Das verspreche ich dir – auf Ehrenwort.«

»Herrgott, bist du aber leichtsinnig.«

»Nein, nur zuversichtlich.«

Gräfin Stefanie sah ihren Gatten fragend an. Er streichelte ihre Hand.

»Nur noch einige Tage Geduld, Stefanie.«

Sie nickte ihm mit ihrem gütigen Lächeln zu.

»Ich kann warten.«

»Aber ich bin sehr ungeduldig und neugierig. Ihr beiden, du, Papa, und Detlev, ihr seid schrecklich geheimnisvoll. Mir scheint ja wirklich, daß da eine Verlobung spukt. Aber mit wem soll sich Detlev nur verloben? Hier im weiten Umkreis wüßte ich keine junge Dame, die zu Detlev paßt. Denn Hanna von Brinken kommt doch wohl nicht in Betracht.«

»Nein, Steffie! Zerbrich dir nur lieber nicht den Kopf, du ratest es ja doch nicht«, scherzte Detlev.

Sie sah ihn mit nachdenklichem Gesicht an. Dann hob sie mit einer schlauen Miene den Kopf.

»Ha – ich weiß!«

»Was denn, Steffie!«

»Wo du dein Herz verloren hast.«

»Nun – wo denn?«

»In Berlin, denn als du von Berlin kamst, ist mir gleich was an dir aufgefallen.«

Er küßte sie lachend auf die Wange.

»Kleine Hellseherin!« neckte er.

14

Inzwischen hatte Liane Reinold sehr unglückliche Stunden durchlebt. In Brinkenhof war man gleich nach der Heimkehr zu Tisch gegangen, um zu Abend zu essen.

Liane hatte sich mit Aufbietung aller Kraft gezwungen, ruhig und heiter zu erscheinen. Aber sie war sehr froh gewesen, als man heute etwas zeitiger als sonst zur Ruhe ging. Erst als sie in ihrem Zimmer allein war, ließ sie die Maske fallen und sank zu Tode erschöpft in einen Sessel.

Dieser Tag hatte ihr zu viele Aufregungen gebracht. Erst am Morgen Hannas Erklärung, daß Detlev nur eine ebenbürtige Frau heimführen dürfe, dann das Zusammentreffen mit Onkel Joachims Tochter. Kaum hatte sie sich darüber beruhigt, kam die aufregende Aussprache mit Graf Detlev, die ihr Gewißheit gab, daß er sie liebte, wie sie ihn liebte, und daß er unglücklich war, weil er von ihr lassen mußte. Und dann zuletzt das Auftauchen ihrer Feindin!

Das war das schlimmste. Daß diese hier in ihrer Nähe lebte – Wachau lag kaum eine Stunde von Brinkenhof entfernt –, und daß sie vielleicht immer wieder mit ihr zusammentreffen würde, erfüllte sie mit Angst und Unruhe. Könnte sie das Gift ihrer Verleumdung auch hier über sie ausgießen und sie in den Augen der Menschen, die ihr wohlwollten, verächtlich machen?

Liane zweifelte nicht daran, daß sie es probieren würde. Wie sie in Berlin die Dienstboten gegen sie beeinflußt hatte, so daß diese verächtlich ihre Entlassung forderten, so würde sie hier Brinkens gegen sie einnehmen. Und dann erfuhr auch Graf Detlev, was ihr diese Frau Schlimmes andichtete.

Und Onkel Joachim? Wie, wenn Frau Doktor Bartels nun doch noch durch Verleumdungen den Frieden seiner Ehe störte? Den Worten nach, die sie ihr zugeflüstert hatte, schien sie weiterhin an unerhört schändliche Dinge zu glauben.

Mußte sie Onkel Joachim nicht vor dieser Frau warnen, mußte sie ihm nicht mitteilen, daß diese jetzt Gesellschafterin der Baronin Wachau war? Vielleicht gelang es ihm dann noch beizeiten, diese Frau wenigstens für sich selbst und seine Familie unschädlich zu machen.

Liane sprang auf und zündete Licht an. Sie wollte sogleich an Onkel Joachim schreiben. Der Brief mußte spätestens morgen früh abgehen. Mit blassem, müdem Gesicht setzte sich Liane an den Schreibtisch. Sie ahnte nicht, daß zur selben Stunde in Schloß Rastenau ein freundliches Schicksal für sie bereitet werden sollte.

Voll dumpfer Angst und Sorge schrieb sie:

»Lieber, teurer Onkel Joachim!

Heute im Kurbad tauchte plötzlich Frau Doktor Bartels als Gesellschafterin der Baronin Wachau auf. Sie ist mir noch immer feindlich gesinnt, und ich fürchte, sie vertreibt mich mit ihren Verleumdungen aus Brinkenhof. Sie flüsterte mir häßliche Worte zu und glaubt, Du hättest mich hierher in Deine Nähe geholt – als Deine Geliebte. Lieber, lieber Onkel Joachim, was habe ich nur dieser Frau getan, daß sie so schlecht von mir denkt? Ich fürchte mich, so unsinnig und namenlos vor ihr, daß ich blindlings davonlaufen möchte, so weit mich meine Füße tragen. Auch fürchte ich, daß sie versuchen wird, Dir zu schaden und Unfrieden ins Haus zu bringen. Ich flehe Dich an, triff alle Vorsichtsmaßregeln, daß Dir nichts geschehen kann, und daß dieses böse Weib nicht auch noch Deiner Frau und Deiner Tochter Schmerzen bereitet.

Ich bin heute abend so unglücklich wie noch nie in meinem Leben. Wenn ich daran denke, daß ich mit diesem häßlichen Verdacht gebrandmarkt, wie eine Verlorene vor den Augen der Menschen stehen soll, die mir hier so freundlich und lieb entgegenkommen: Brinkens, Deine Tochter Steffie und Graf Detlev, lieber Onkel Joachim –, dann möchte ich viel lieber sterben.

Verzeihe, daß ich Dir mit meinem Kummer Sorge mache, aber ich habe ja keinen Menschen außer Dir, zu dem ich mich mit meinem schweren Herzen flüchten kann.

Könnte ich doch endlich Ruhe finden, meinetwegen im Grab. Nur Ruhe will ich haben – und niemandem durch mein Dasein Leid bereiten. Mir ist, als krieche die Verleumdung schon wieder an mich heran wie ein ekles, giftiges Reptil. Aber vielleicht hat diese Frau Erbarmen und schweigt. Sie muß ja einsehen, daß sie uns unrecht tut. Ahnte sie, daß ich vor Dir geflohen bin, nur um einen solchen Verdacht zu entkräften, so müßte sie sich ihrer häßlichen Gedanken schämen. Ich kann Dir heute in meiner Herzensnot nicht vortäuschen, daß ich tapfer bin. Zuviel ist auf mich eingestürmt. Ich weiß ja, daß Du mir nicht helfen kannst, und daß Dich diese gemeine Verleumdung trifft, wie mich selbst. Aber du mußt auch wissen, daß diese Frau in Deiner Nähe ist.

Zürne mir nicht, weil ich Dich betrüben muß. Behalte mich lieb und sei herzlich gegrüßt von

Deiner Liane.«

Als Liane diesen Brief beendet hatte, war ihr ein wenig leichter ums Herz. Ein Mensch auf der Welt war wenigstens von ihrer Unschuld überzeugt. Aber diesen einen traf leider derselbe häßliche Verdacht wie sie selbst.

Müde und traurig ging sie zu Bett. Aber sie lag noch lange wach, ehe sie Schlaf fand. Und ihr armes Herz rief sehnsüchtig nach dem Mann, den es liebte.

Wie schutzbereit er sich an ihre Seite gestellt hatte, als Frau Doktor Bartels sich an sie herandrängte.

Aber sie durfte ihm nichts sagen, gerade ihm nicht. Und sie hätte es auch nicht gekonnt. Die Scham hätte ihr den Mund geschlossen.

Unglücklich und verzagt starrte sie mit brennenden Augen ins Dunkel. Und während sie hier einsam und verlassen mit ihren Schmerzen rang, sah Graf Detlev mit glückseligem Übermut dem nächsten Tag entgegen, der ihm, wie er wähnte, die Erfüllung seines Glückes bringen sollte.

Sehr früh hatte es am nächsten Morgen Graf Detlev von seinem Lager getrieben. Er verlangte voll sehnsüchtiger Unruhe nach einem Wiedersehen mit Liane und hoffte, wenigstens einige Minuten mit ihr allein sein zu können, wenn er nach Brinkenhof kam, um ihr zu sagen, daß alle Hindernisse zwischen ihnen beseitigt waren.

Mit seinem Onkel hatte er am Abend vorher noch verabredet, daß er, sobald er Lianes Jawort habe, ihm Mitteilung machen sollte. Dann wollte Onkel Joachim Tante Stefanie und Steffie vorbereiten. Alles Weitere würde sich finden.

Graf Detlev wunderte sich gar nicht, daß Onkel Joachim so ohne weiteres seine Einwilligung gegeben hatte zu seiner Verbindung mit Liane, obwohl er, wie er meinte, diese gar nicht kannte und sich von ihrer »Holdseligkeit und

Tugendhaftigkeit«, von der in der Urkunde die Rede gewesen war, nicht hatte überzeugen können. Ihm schien es so selbstverständlich wie jedem Liebenden, daß jeder Mensch vom Wert seiner Geliebten so überzeugt war wie er selbst.

Mit frohem Eifer erledigte er einige dringende Geschäfte.

Dann ließ er sein Pferd satteln und ritt nach Brinkenhof hinüber.

Er sagte sich zwar, daß er etwas früh dort ankommen würde. Aber auf dem Land ist man mit der Besuchsstunde nicht so ängstlich wie in der Stadt.

Sehnsüchtig spähten seine Augen schon voraus, als er vor das Gutshaus von Brinkenhof ritt. Und da sah er über die Gartenmauer hinweg, daß Liane mit Hanna langsam im Garten promenierte.

Sie bemerkten ihn nicht, und ohne ihnen ein Zeichen zu geben, sprang er wenige Schritte weiter vom Pferd und führte es selbst in den Stall, um es einem Knecht zu übergeben. Dieser sagte ihm, der gnädige Herr sei auf die Wiesen hinaus, und die gnädige Frau befinde sich im Milchkeller.

Graf Rastenau gab ihm ein Trinkgeld und winkte ab. Mit raschen Schritten ging er, ohne sich Frau von Brinken melden zu lassen, zum Garten hinüber.

Einige Minuten später stand er vor den beiden jungen Damen, und zwar mit einem lachenden, frohen Gesicht.

Hanna von Brinken fiel ein Stein vom Herzen, als sie ihn so sah. Sie hatte sich um ihn und Liane schon wieder schwere Sorgen gemacht.

»Wieder einmal umsonst, du törichte Hanna«, sagte sie zu sich selbst und begrüßte Graf Detlev freudig.

»So früh schon unterwegs, lieber Freund«, sagte sie, ihm die Hand reichend.

»Ich muß um Verzeihung bitten, daß ich so früh komme. Aber ich konnte nicht erwarten, die Damen zu fragen, wie der gestrige Ausflug bekommen ist.«

Mit einem heißen Glücksgefühl hatte er bemerkt, daß Liane bei seinem Anblick jäh errötet war und nun sehr blaß aussah. Es fiel ihm auf, daß dunkle Schatten um ihre Augen lagen und um den feinen Mund ein herber Leidenszug gezeichnet war.

Den muß ich fortküssen sobald wie möglich, dachte er.

Sie erschien ihm schöner denn je.

Sie hat um mich gelitten – wie will ich es ihr danken, dachte er weiter und überlegte ungeduldig, wie er ein Alleinsein mit ihr herbeiführen konnte.

»Nun kommen Sie mit uns ins Haus, Graf Detlev. Sie müssen mit uns frühstücken. Wie Sie sehen, ist uns der gestrige Tag gut bekommen«, sagte Hanna, während er Liane artig begrüßte und dabei ihre Hand ein wenig fester hielt, als es erlaubt war.

»Wenn ich darf, frühstücke ich sehr gern mit Ihnen.«

»Das dürfen Sie ganz gewiß. Ein Viertelstündchen müssen Sie aber noch warten. Muttchen ist im Milchkeller und Vater noch nicht vom Felde zurück. Ihre Anwesenheit wird die Eltern sehr freuen.«

Er machte ein komisch zerknirschtes Gesicht.

»Wirst du wo gut aufgenommen,
Sollst du nicht bald wiederkommen«,

deklamierte er launig.

Hanna lachte.

»Sie können gar nicht oft genug wiederkommen. Im übrigen freut es mich, Sie in so guter Stimmung zu sehen.«

Er sah strahlend in Lianes Augen.

»Ach, Fräulein Hanna, Sie ahnen ja nicht, wie gut meine Stimmung ist. Übrigens müssen Sie mich nächstens auch einmal in Greifenberg besuchen. Und von Steffie soll ich grüßen, sie läßt Ihnen sagen, daß Sie sich bald einmal in Rastenau sehen lassen sollen. Fräulein Reinold müsse aber auch dabei sein.«

»Ach, es ist nur für unsere Pferde ein bißchen weit bis Rastenau, und über ein Auto verfügen wir nicht.«

»Dann holt Sie einfach das Auto meines Onkels ab und bringt Sie wieder nach Hause. Fräulein Reinold muß doch Schloß Rastenau kennenlernen.«

Er sah dabei Liane mit heißen Augen an und merkte, wie sie erschrak.

Sie faßte sich aber sogleich wieder und dachte: An dem Tag, an dem Fräulein Hanna nach Rastenau fährt, muß ich krank sein, damit ich Sie nicht begleiten kann.

Er deutete sich ihr Erschrecken anders und glaubte, sie sei vor seinem heißen Blick erschrocken.

Langsam gingen sie dem Haus zu. Liane sprach gar nicht. Es tat ihr fast weh, daß Graf Detlev so fröhlich sein konnte. Sie merkte sehr wohl, daß diese Fröhlichkeit echt war und aus dem Herzen kam. In ihren eigenen Kummer hinein berührte sie das wie ein Mißton. Als sie auf der Veranda anlangten, sagte Hanna:

»Ich will Muttchen sagen, daß sie hier sind, Herr Graf.«

Liane wollte sie zurückhalten.

»Lassen Sie mich gehen, Fräulein Hanna.«

Diese schüttelte aber lächelnd den Kopf.

»Sie wissen doch, Fräulein Liane, ich verstehe Muttchen am besten von ihren Milchkübeln fortzulocken. Auf Sie wird sie gar nicht hören. Ich bin gleich wieder da.«

Graf Detlev atmete auf, als er endlich mit Liane allein war.

»Das war mir das Schicksal schuldig, gnädiges Fräulein«, sagte er, glückselig in ihre Augen schauend.

Sie richtete sich auf wie in unbewußter Abwehr.

»Herr Graf –!«

Er faßte trotz ihres Sträubens ihre Hand und preßte seine Lippen darauf, wieder und wieder.

»Nicht so – nicht so, Liane, teuerste, angebetete Liane. Ich bin ja heute so froh, so glücklich! Fühlen Sie es nicht, Liane? Das muß Ihnen doch sagen, daß die Hoffnungslosigkeit von gestern von mir genommen worden ist.«

Sie sah ihn unruhig fragend an.

»Was ist geschehen, Graf Rastenau?«

Wieder küßte er ihre Hand in stürmischer Inbrunst.

»Viel ist geschehen, Liane, sehr viel. Alle Hindernisse zwischen uns sind beseitigt, die Majoratsbestimmung, die uns trennte, kann umgestoßen werden – wird es werden. Ich darf um Sie werben, Liane, und ich tue es, mit jedem Atemzug, mit jedem Blick, mit jedem Wort. Wie ich dich liebe, Süße, Holde. Nein, nein – erschrecken Sie nicht. Das Recht, Ihnen das traute Du geben zu dürfen, hole ich mir zu einer anderen Stunde, wenn wir allein sind, ganz allein. Ich liebe Sie unsagbar, Liane! Wissen Sie es, fühlen Sie es? Und Sie lieben mich wieder, nicht wahr? Schnell – sagen Sie es mir, ehe jemand kommt, daß Sie mich lieben, ich muß es sogleich von Ihnen hören. Liane!«

Das letzte Wort flog wie im jähen Schrecken über seine Lippen. Er hatte gesehen, daß Liane bleich geworden war, daß ihre Augen ihn angesehen in heißer Sehnsucht und Innigkeit. Aber jetzt taumelte sie, als verliere sie den Boden unter ihren Füßen, und ehe er sie halten konnte, sank sie kraftlos in einen Sessel. Ihr Gesicht war bleich und die Augen geschlossen.

Er faßte ihre beiden Hände und drückte diese erschrokken an sein Herz.

»Was ist Ihnen, Liane? Sprechen Sie doch – lieben Sie mich? Lassen Sie mich nicht ohne Antwort. Lieben Sie mich?« drängte er leidenschaftlich.

Da sah sie zu ihm auf mit Tränen in den Augen. Sie zitterte.

»Mehr als mein Leben – Sie müssen es wissen, Graf Detlev«, sagte sie leise.

»Liane!«

Wie ein Jubelruf brach es über seine Lippen. Er wollte sie in seine Arme reißen. Aber ihr flehender Blick bannte ihn.

»Fräulein Hanna kommt«, hauchte sie.

Er lachte glückselig.

»Wenn sie es auch merkt, wie lieb ich dich habe. Aber nein – erst will ich dich für mich allein haben eine ungestörte Stunde. Morgen früh, Liane, um zehn Uhr, da erwarte ich meine Braut an derselben Stelle, wo ich dir neulich im Wald begegnete. Hörst du, Süße? Wirst du kommen? Vielleicht komme ich inzwischen noch einmal hierher. Aber wenn ich verhindert sein sollte, dann sehen wir uns morgen früh. Sag schnell, daß du kommst.«

»Ich werde kommen«, flüsterte sie, denn Hanna trat jetzt wieder auf die Veranda heraus.

Lianes flehende Blicke bannten Graf Detlev, daß er sich zur Ruhe zwang und Hanna entgegenging. So hatte Liane Zeit, sich zu fassen.

»Muttchen wird gleich hier sein. Ich habe sie glücklich von ihren Milchkübeln fortgelockt. Sie will nur noch das Frühstück in der Küche bestellen.«

»Ist sie nicht böse, daß ich schon wieder da bin?« neckte er.

Hanna lachte.

»Furchtbar böse! Da kommt ja auch Vater zurück.«

Hanna trat an die Brüstung der Veranda und winkte ihrem Vater zu. Inzwischen konnte Graf Detlev Liane schnell noch einmal die Hand drücken. Sie lächelte matt. In ihren Augen strahlte noch kein volles Glücksleuchten wie in den seinen.

Sie glaubt noch nicht daran, daß alles gut ist, daß uns

nichts mehr trennen kann. Morgen werde ich ihr alles sagen und sie überzeugen, dachte er.

Für ihn hatte der Himmmel keine Wolken mehr. Sie liebte ihn, und zwischen ihnen würden alle Hindernisse beseitigt werden. Diese Gewißheit machte ihn glücklich und froh. Und als er dann mit Brinkens und Liane am Frühstückstisch saß, erzählte er, um Liane ruhig und sicher zu machen, daß er gestern abend noch ziemlich lange in Rastenau gewesen sei.

»Mein Onkel hat im Schloßarchiv ein sehr interessantes Dokument gefunden: die Majoratsbestimmungen unseres Geschlechtes. Und darin haben wir eine Klausel gefunden, die uns noch nicht bekannt war.«

Diese Worte galten hauptsächlich Liane, und das wußte sie auch.

»Darf man wissen, was das für eine Klausel ist, Graf Detlev? Ich interessiere mich für solche Sachen ganz besonders«, sagte der Hausherr.

Graf Detlev atmete tief auf und warf Liane einen frohen Blick zu.

»Sie wissen doch, Herr von Brinken, daß die Rastenaus, sofern sie nicht von der Erbfolge ausgeschlossen sein wollten, keine unebenbürtigen Gemahlinnen heimführen durften.«

»Weiß ich, weiß ich, lieber Graf.«

Graf Detlev berichtete nun von dem in der Urkunde befindlichen Nachsatz zu dieser Bestimmung.

Hanna reckte sich plötzlich empor. Ihre Augen bekamen einen gespannten Ausdruck. Dann sagte sie mit seltsam schwingender Stimme:

»Also – wenn Ihr Herr Oheim in die Aufhebung dieser Bestimmung willigte, könnten Sie auch eine unebenbürtige Ehe eingehen, ohne daß Ihnen das Majorat verloren wäre.«

Graf Detlev, der Liane nicht aus den Augen gelassen hatte, sah nun Hanna groß und voll an.

»So ist es, Fräulein Hanna.«

Da lehnte sich Hanna wieder in ihren Sessel zurück. Nun wußte sie sich seine glückselige Stimmung zu deuten. Ihre Vermutung, daß er Liane liebte, wurde ihr zur Gewißheit.

Gott schenke ihm Glück, das Leid sei mein, dachte sie erschauernd.

Aber sie zwang die Trauer mutig in sich nieder. In diesem tapferen Mädchen lebte eine große heilige Kraft, die Kraft der Resignation, die Kraft der Menschen, die nichts für sich wollen, und alles für die, die sie lieben.

Sie sah zu Liane hinüber und merkte nun auch, daß diese heimlich mit ihrer Erregung kämpfte.

Keine Ahnung hatte Graf Detlev, wie heldenhaft seine kleine tapfere Freundin Hanna ein großes Herzeleid in sich niederzwang, das er ihr, ohne es zu wissen, zufügte.

Der Graf plauderte noch eine Weile mit Hannas Eltern über die Majoratsbestimmungen und sah dabei immer wieder zu Liane hinüber, in deren Augen er lesen wollte, daß sie nun ruhiger und froher in die Zukunft blickte.

Er wußte ja nicht, daß Liane sich ihres Glücks nicht freuen konnte, weil noch ein dunkler Schatten über ihr schwebte.

Es gelang ihm heute auch nicht mehr, sie noch einmal allein zu sprechen. Aber vorläufig war er zufrieden. Morgen früh würde er sie bestimmt wiedersehen und dann alles mit ihr besprechen können. Sie wußte nun, daß er sie liebte und alle Hindernisse zwischen ihnen beseitigt würden. Und er wußte, daß sie ihn liebte. Nun mochte sie erst zur Ruhe kommen und die Erregung bekämpfen, die in ihr war. Bald wollte er sie dann Brinkens als seine Braut vorstellen.

In glücklichster Stimmung verabschiedete er sich nach dem Frühstück.

»Wann kommen Sie wieder, lieber Graf?« fragte Herr von Brinken.

Graf Detlev überlegte. Er hatte heute viel zu tun und würde sich kaum noch einmal frei machen können.

»Morgen abend vielleicht, wenn Sie gestatten«, sagte er endlich.

»Aha! Sie wollen wieder Musik hören? Na ja, das kann ich Ihnen nicht verdenken. Also kommen Sie nur. Unsere Nachtigall wird schon singen.«

»Das hoffe ich allerdings, Herr von Brinken. Gnädiges Fräulein, Sie werden mir doch diese Hoffnung nicht zuschanden machen?« fragte er Liane.

Sie sah ihn scheu und unruhig an.

»Wenn ich kann, singe ich gern, Graf Rastenau.«

Seine Augen leuchteten tief in die ihren.

»Ich werde Sie bitten, das Duett nochmals mit mir zu singen, das wir neulich vortrugen:

Still wie die Nacht, tief wie das Meer,
O Menschenherz, soll deine Liebe sein.

Ich glaube, morgen abend werde ich es besser singen können als neulich.«

Die Worte des Liedes sprach er mit ganz besonderer Betonung. Liane wandte sich errötend mit einem leisen Neigen des Kopfes ab. Und Hanna von Brinken umkrampfte fest die Lehne ihres Sessels, als müsse sie einen Halt haben.

Zwei Paar Mädchenaugen sahen dem Grafen nach, als er davonritt.

15

Die Baronin Wachau hatte ihren Sohn, nachdem sie sich am Sonntag von ihren Freunden vor dem Hotel verabschiedeten, auf sein Zimmer begleitet. Er sollte ein Stündchen ruhen, da er sich heute ziemlich viel zugemutet hatte. Baron Hans wollte zwar nichts mehr von Schonung hören, aber um seine Mutter zu beruhigen, legte er sich doch gehorsam auf das Ruhebett. Als ihm die Mutter sorglich eine Decke überlegte, küßte er ihre Hand und sagte lächelnd:

»Du verwöhnst mich wie ein kleines Kind, Mama.«

Sie strich ihm das Haar aus der Stirn.

»Und bist doch schon ein Mann, mein lieber Hans. Aber für deine Mutter wirst du immer ein wenig Kind bleiben. Müttern gefällt es gar nicht sehr, wenn ihre Kinder flügge werden. Sie möchten immer noch schützend ihre Hände ausbreiten über sie. Und wenn dann mal wieder so ein großer Junge Pflege braucht, dann sieht die Mutter das Kind in ihm, das ihr ganz gehört. Gönne mir diese Fürsorge, mein Lieber. Ich weiß ja doch, daß ich nun bald noch mehr von dir abgeben muß. Mein Hans hat schon Heiratspläne.«

Er umfaßte sie und sah sie mit leuchtenden Augen an.

»Ist es dir zu früh, Mama?«

Lächelnd schüttelte sie den Kopf.

»Nein, nein! Jung gefreit hat niemand gereut. Ein wenig mußt du ja doch noch warten, bis das Komteßchen ausgereift ist.«

»Aber sonst bist du einverstanden, ja?«

»Voll und ganz. Mädchen wie Steffie Rastenau werden die besten Frauen. Und die Verhältnisse sind durchaus passend. Auch sind mir ihre Eltern sehr sympathisch. Also meines Segens bist du sicher. Und dein Vater hat noch kurz vor seinem Tod zu mir gesagt: Wenn unser

Hans mal nach Rastenau freien geht, dann erfüllt er mir einen Herzenswunsch, denn da wächst ein frisches, kerniges Burgfräulein heran, das mir gefällt.«

Baron Hans küßte seiner Mutter die Hand.

»Wenn wir Steffie erst in Wachau haben, Mama, dann wird es auch für dich besser. Du hast dann ein liebes Töchterchen und brauchst dich nicht mehr mit einer bezahlten Gesellschafterin herumzuplagen. Fräulein Schlegel war ja sehr nett, aber ihre Nachfolgerin ist unangenehm. Wie konntest du sie nur engagieren. Sie gefällt dir doch auch nicht.«

Die Baronin seufzte.

»Sie gefällt mir auch nicht. Erst machte sie einen ganz leidlichen Eindruck auf mich. Und dann hatte ich auch den Kopf so voll Sorge deinetwegen, da war ich nicht sehr wählerisch. Und es machte sich so leicht. Außerdem war sie die einzig ältere Dame, die auf mein Inserat antwortete. Und ich wollte doch eine Person in gesetzten Jahren haben. Schließlich kann sie ja auch nichts dafür, daß sie mir bei näherer Bekanntschaft mißfällt, und ich kann sie doch nun nicht ohne weiteres entlassen.«

»Nein, das bringst du in deiner Gutherzigkeit natürlich nicht fertig. Lieber quälst du dich mit ihr herum.«

»Aber das geht doch wirklich nicht, Hans. Und jetzt lasse ich dich allein. Vielleicht schläfst du ein wenig.«

Er lachte.

»Soll ich partout Fett ansetzen, liebste Mama? Du tust, als sei ich todkrank gewesen und müsse mich nun erholen. Und dabei hatte ich so eine faule Zeit. Dir zuliebe will ich mich noch einige Tage verwöhnen lassen, aber dann ist es genug.«

Die Baronin nickte lächelnd und ging hinaus.

Sie wollte noch einen Spaziergang machen mit Frau Doktor Bartels. Diese erwartete sie schon in der Vorhalle.

Schweigend gingen die beiden Damen eine Weile nebeneinander her. Frau Doktor Bartels überlegte, wie sie es anfangen sollte, dem »Skandal« ein Ende zu machen. Da kam ihr die Baronin ahnungslos selbst zu Hilfe.

»Es ist mir aufgefallen, Frau Doktor, daß die junge Gesellschafterin Fräulein von Brinkens, Fräulein Reinold, in recht auffallender, ich will nicht sagen beleidigender Weise Ihnen auswich. Hat dieses Benehmen irgendeinen Grund? Die junge Dame erschien mir sonst wohlerzogen und taktvoll.«

Frau Doktor Bartels holte tief Atem, und ihre Augen funkelten gehässig. Aber sie antwortete mit salbungsvoller Miene:

»Es hatte allerdings eine besondere Bewandtnis, Frau Baronin. Fräulein Reinold hat alle Veranlassung, eine Begegnung mit mir sehr unangenehm zu finden.«

Mit fragenden Augen sah die Baronin zu ihr auf. Sie hatte dabei ein unangenehmes Gefühl.

»Wie soll ich das verstehen?«

Frau Doktor Bartels bereitete sich zu einer längeren Rede vor.

»Das möchte ich Ihnen erklären, Frau Baronin. Ich bin schon mit mir zu Rate gegangen, wie ich es Ihnen sagen sollte. Daß ich es tun muß, stand fest bei mir, sobald ich Fräulein Reinold in Ihrer Gesellschaft sah. Dem dürfen Sie um keinen Preis wieder ausgesetzt sein. Ich habe bemerkt, daß Sie mit der Familie von Brinken befreundet sind, und es muß Ihnen daher am Herzen liegen, die Herrschaften vor unreinen Elementen zu warnen, die sich, wahrscheinlich unter betrügerischen Angaben, in ihr Haus geschlichen haben.«

Betroffen sah die Baronin in ihr Gesicht.

»Unreine Elemente? Wollen sie mit diesem Ausdruck etwa Fräulein Reinold bezeichnen?«

Die Miene der Frau Doktor Bartels wurde noch salbungsvoller, und sie seufzte tief auf wie im Schmerz über die verderbte Welt.

»Sie dürfen mir glauben, Frau Baronin, daß ich sehr ungern diese Angelegenheit zur Sprache bringe. Aber wie gesagt, ich halte es für meine Pflicht. Ich muß weiter ausholen, um mich verständlich zu machen, und bitte um Verzeihung. Vor etwa Jahresfrist wurde ich von einem älteren Herrn – den Namen möchte ich aus Schonung für seine Familie verschweigen – als Hausdame und als Gesellschafterin für seine Nichte engagiert. Dieser Herr bewohnte mit dieser Nichte eine elegant eingerichtete Etage im Westen Berlins. Harmlos nahm ich diese Stellung an. Es fiel mir allerdings auf, daß die Nichte dieses hochadligen Herrn einen bürgerlichen Namen hatte, und daß Onkel und Nichte auffallend zärtlich miteinander verkehrten; aber ich dachte mir durchaus nichts Böses dabei. Es befremdete mich auch, daß der Herr in etwa vierteljährlichen Zwischenräumen, jedesmal nur wenige Tage, meistens eine Woche, zu Hause war und die übrige Zeit angeblich auf Reisen verbrachte. Briefe, die ihm gesandt wurden, mußten immer über seinen Bankier gehen, der sie ihm an seine jeweilige Adresse nachsandte. Dies alles erschien mir, wie gesagt, sonderbar, aber ich glaubte trotzdem an das verwandtschaftliche Verhältnis der beiden Menschen. Aber eines Tages wurden mir die Augen geöffnet. Durch einen Zufall erfuhr ich, daß der Aristokrat sozusagen ein Doppelleben führte. In Wahrheit befand er sich nicht auf Reisen, sondern wohnte auf seinen Gütern. Er, der sich als Junggeselle ausgab, besaß eine Familie, die keine Ahnung hatte von dieser sogenannten Nichte. Und wenn er angeblich von seinen Reisen nach Hause kam, hatte er nur für kurze Zeit sein wirkliches Heim und seine Familie verlassen, um in der Berliner Wohnung einige Zeit mit ihr zusammen zu leben. In Wahrheit war er mit dieser Person gar nicht verwandt. Es war seine Geliebte. Und diese Geliebte ist Fräulein Liane Reinold.«

Mit einem befriedigten Atemzug machte Frau Doktor Bartels hier eine wirkungsvolle Pause.

Die Baronin fuhr empört auf.

»Nicht möglich! Dieses junge, vornehm aussehende Mädchen sollte solch eine verrufene Person sein?«

Frau Doktor Bartels nickte mit tragischer Gebärde.

»Es ist dennoch so, Frau Baronin. Natürlich gab ich sofort die Stellung auf, aber ehe ich ging, sprach ich Fräulein Reinold eingehend ins Gewissen. Sie blieb dreist und frech und wollte mir die Tür weisen. Erst als ich ihr drohte, der Gemahlin des Herrn alles zu enthüllen, gab sie klein bei und suchte mich durch Tränen zu entwaffnen. Dem ›Onkel‹ hatte ich ebenfalls ins Gesicht gesagt, daß ich sein Doppelleben durchschaute und was ich von ihm halte. Ich verließ das Haus. Wahrscheinlich hat er nun doch gefürchtet, ich könnte seiner Familie Mitteilung machen. Jedenfalls hat Fräulein Reinold gleich nach mir die Wohnung verlassen, zumal sich auch die Dienstboten weigerten, ferner einer solchen Person zu dienen. Und nun können Sie sich meine Entrüstung denken, Frau Baronin, als ich heute dieses Fräulein Reinold hier als Gesellschafterin einer jungen Dame aus guter Familie wiederfinde, und zwar – in der Nähe der Besitzung ihres angeblichen Onkels. Man hat sich also wahrscheinlich die zärtlichen Zusammenkünfte hier in der Nähe bequemer eingerichtet. Ich bin fest überzeugt, daß Fräulein Reinold nur deshalb eine derartige Stellung angenommen hat. Wie ich hörte, bekommt sie kein Gehalt. Nun ja – sie braucht es nicht, ihr Liebhaber wird sie freigebig, wie bisher, mit allem versorgen, denn er scheint sehr reich zu sein, und Geld spielte nie eine Rolle, wenn sie einen Wunsch hatte.«

Die Baronin war über das Gehörte außer sich. Sie konnte nicht an der Wahrheit dieser Worte zweifeln. Ihre Gesellschafterin brachte ihre Angaben so bestimmt vor. So erfindet man nicht, dachte sie. Und daß Frau Doktor Bartels geschickt Wahrheit und Dichtung vermischte, konnte sie nicht wissen.

»Mein Gott im Himmel, wenn Brinkens das ahnten! Das kann man doch nicht ruhig so weitergehen lassen.«

Frau Doktor Bartels nickte befriedigt.

»Das ist auch meine Meinung, Frau Baronin. Ich sagte mir, es sei meine Pflicht, diesem Skandal ein Ende zu machen. Ich bitte, ganz nach Gutdünken über meine Mitteilungen zu verfügen.«

»Sie ermächtigen mich also, Gebrauch davon zu machen!«

»Gewiß, Frau Baronin, und ich werde jederzeit für die Wahrheit meiner Worte eintreten.«

Nachdenklich sah die Baronin vor sich hin.

»Und Sie wissen bestimmt, daß der betreffende Herr hier in der Nähe seine Besitzung hat?«

»Ja, ich weiß es ganz bestimmt.«

»Dann müßte ich ihn doch auch kennen, mir sind doch alle Gutsbesitzer im weiten Umkreis bekannt.«

Frau Doktor Bartels neigte würdevoll das Haupt.

»Ich weiß, daß Sie ihn kennen, Frau Baronin. Sie haben seinen Namen schon in meiner Gegenwart ausgesprochen.«

»Und Sie wollen ihn mir nicht nennen?«

»Ich würde Ihnen den Namen nicht vorenthalten, wenn ich nicht der Ansicht wäre, daß die Schmach dann auch auf seine unschuldige Familie fallen würde. Und das will ich vermeiden.«

Frau Doktor Bartels triefte förmlich vor Edelmut. Die Baronin konnte sich aber trotzdem eines unangenehmen

Gefühls nicht erwehren in ihrer Gegenwart. Sie gehörte nicht zu den Frauen, die sich mit Vergnügen Skandalgeschichten auftischen lassen.

»Es ist lobenswert von Ihnen, daß Sie das verhüten wollen«, sagte sie trotzdem anerkennend. »Mir tut die Frau dieses Mannes namenlos leid, weil sie so betrogen wird.«

»Mir auch, im tiefsten Herzen. Aber bedenken Sie, Frau Baronin; wenn Sie an Stelle der Ärmsten wären, würden Sie nicht Klarheit und Wahrheit vorziehen, auch wenn sie noch so bitter wäre, als immerfort die Betrogene zu sein?«

Die Baronin richtete sich auf.

»Allerdings, ich würde unbedingt die Wahrheit vorziehen.«

»Das wollte ich nur von Ihnen hören, Frau Baronin. Ich hatte beschlossen, mir als Richtschnur dienen zu lassen, was Sie mir auf diese Frage antworten würden. Ich werde also der betrogenen Frau die Wahrheit enthüllen. Dann kann sie die geeigneten Schritte tun, ihren Gatten von dieser Person zu lösen, und ich bin nicht gezwungen, den Namen der Familie preiszugeben.«

Die Baronin überlegte.

»So wird es das beste sein, Frau Doktor. Ein öffentlicher Skandal muß aus Rücksicht auf die Familie vermieden werden. Fassen Sie Ihren Bericht an die Ärmste aber so schonend wie möglich ab. Und im übrigen – Frau von Brinken muß ich auf alle Fälle aufklären, wen sie sich ins Haus genommen hat. Ich werde gleich morgen nachmittag hinüberfahren. Man muß verhindern, daß Fräulein von Brinken länger in Gesellschaft dieser Person bleibt. Auch Komteß Rastenau, die in ihrer Unschuld so freundlich mit diesem Fräulein Reinold verkehrt, darf nicht mehr mit ihr zusammentreffen.«

Mit einer seltsamen Miene nickte Frau Doktor Bartels.

»Ganz recht – Komteß Rastenau darf nicht wieder in ihre Nähe.«

Die Baronin schüttelte bekümmert den Kopf.

»Daß man sich in einem Menschen so sehr täuschen kann! Dieses Fräulein Reinold machte mir einen so guten Eindruck. Also wir müssen jedenfalls handeln, Frau Doktor. Sie begleiten mich morgen nach Brinkenhof, damit Sie eventuell Frau von Brinken selbst alles bestätigen können. Möglicherweise wird Sie Frau von Brinken Fräulein Reinold gegenüberstellen wollen. Würden Sie das auf sich nehmen?«

Es klang noch ein letzter leiser Zweifel aus den Worten der Baronin.

»Selbstverständlich nehme ich das auf mich, Frau Baronin. Ich habe schon vorhin, als die Herrschaften aufbrachen, eine Gelegenheit benutzt, Fräulein Reinold meine Entrüstung über ihr Hiersein ins Gesicht zu sagen. Natürlich mag sie nicht wenig erschrocken gewesen sein, als ich auftauchte. Sie haben ja selbst bemerkt, Frau Baronin, wie auffallend sie vor mir zurückwich.«

»Allerdings, das habe ich so gut bemerkt wie die anderen Herrschaften. Ich glaubte aber, ihr Benehmen sei eine Beleidigung für Sie. Deshalb fragte ich Sie. Mir ist, offen gestanden, diese ganze Angelegenheit höchst peinlich, aber keinesfalls darf ich Brinkens in Unwissenheit lassen über das alles. Also morgen nachmittag fahren wir nach Brinkenhof.«

»Wie Sie wünschen, Frau Baronin; ich halte es auch für das beste.«

»Unbedingt ist es richtig. Und – was ich sagen wollte – sprechen Sie in Gegenwart meines Sohnes nicht davon. Es wäre mir peinlich. Und die ganze Angelegenheit muß so diskret wie möglich aus der Welt geschafft werden.«

»Ich verstehe, Frau Baronin, junge Herren pflegen mit

solchen Sünderinnen nicht sehr scharf ins Gericht zu gehen, und eine gefährlich schöne Person ist dieses Fräulein Reinold entschieden.«

Die Baronin richtete sich stolz auf und sah ihre Gesellschafterin abweisend an.

»Sie mißverstehen mich, Frau Doktor; meinem Sohn wird dieses Fräulein Reinold sicher nicht gefährlich.«

Das Lächeln, welches Frau Doktor Bartels Lippen umspielt hatte, verschwand schnell wieder.

»Verzeihung – ich meinte ja auch eigentlich nicht den Herrn Baron. Es fiel mir nur auf, daß der junge Graf Rastenau sich sehr auffällig zum Ritter Fräulein Reinolds aufwarf.«

Das war die Rache der Frau Doktor für Graf Detlevs feindlichen Blick.

Erschrocken sah die Baronin auf.

»Mein Gott – allerdings. Graf Detlev zeigte sich besonders aufmerksam, ja, ja. Kommen Sie, Frau Doktor, lassen Sie uns umkehren. Mir ist die Lust vergangen an einem weiteren Spaziergang.«

Am nächsten Nachmittag fuhren die beiden Damen wirklich nach Brinkenhof.

Hanna und Liane befanden sich im Garten in der Laube und plauderten. Herr von Brinken war auf den Wiesen, und Frau von Brinken saß über ihren Wirtschaftsbüchern, als ihr die beiden Damen gemeldet wurden.

Überrascht und erfreut kam sie ins Empfangszimmer, wohin man die Damen geführt hatte, und begrüßte die Baronin herzlich, Frau Doktor Bartels mit freundlicher Höflichkeit.

»Wie mich das freut, liebe Baronin, daß Sie uns schon heute aufsuchen. Ich will doch Hanna gleich rufen lassen«, sagte sie.

Die Baronin hielt ihre Hand fest.

»Nein, liebe Frau von Brinken, rufen Sie bitte Ihr Töchterchen noch nicht. Ich möchte Ihnen erst eine Eröffnung machen. Wir kommen in einer schwierigen Angelegenheit, bei deren Erörterung eine junge Dame nicht am Platze ist.«

Betroffen sah Frau von Brinken in das ernste Gesicht der Baronin.

»Das klingt ja beinahe unerfreulich, liebste Baronin. Was ist denn geschehen?«

Die Baronin zog Frau von Brinken neben sich nieder.

»Eine Pflicht, die sich aus unserer langjährigen Freundschaft ergibt, führt mich diesmal hierher, liebe Frau von Brinken. Als sie gestern fortgefahren waren, machte mir Frau Doktor Bartels eine peinliche Eröffnung. Sie haben doch sicher auch bemerkt, daß sich Fräulein Reinold, die Gesellschafterin Fräulein Hannas, in recht auffallender Weise gegen Frau Doktor Bartels benahm.«

Frau von Brinken sah etwas unbehaglich zu Frau Doktor Bartels hinüber. Sie glaubte, diese habe sich durch Lianes Ausweichen beleidigt gefühlt und verlange nun eine Entschuldigung der jungen Dame.

»Allerdings ist mir das aufgefallen, Frau Baronin.«

»Sie hörten auch, daß Frau Doktor und Fräulein Reinold von früher miteinander bekannt waren?«

»Gewiß, und mir schien, als habe diese Bekanntschaft keine angenehme Erinnerung hinterlassen«, erwiderte Frau von Brinken, ein wenig kriegerisch gegen die unangenehme Frau Doktor gestimmt.

Die Baronin nickte.

»Sie haben recht bemerkt. Also kurz und bündig – leicht wird mir diese Eröffnung wahrhaftig nicht –, ich muß Sie vor diesem Fräulein Reinold warnen.«

Betroffen sah Frau von Brinken die Baronin an.

»Warnen? Vor Fräulein Reinold warnen?«

»Ja, liebste Frau von Brinken.«

»Aber warum? Was ist mit ihr? Was hat sie denn getan?«

Die Baronin seufzte, richtete sich aber entschlossen auf.

»Alles Zögern hilft nichts. Sie müssen wissen, liebe Freundin, daß Fräulein Reinold die Geliebte eines verheirateten Mannes ist, eines Mannes aus unseren Gesellschaftskreisen, dessen Besitzung in unserer Nähe liegt. Frau Doktor will den Namen dieses Herrn nicht nennen, um seine Familie zu schonen. Aber an der Tatsache läßt sich leider nichts ändern. Fräulein Reinold hat wahrscheinlich die Stelle in Brinkenhof nur angenommen, um dem betreffenden Herrn nahe zu sein.«

Frau von Brinken saß da, als habe der Blitz vor ihr eingeschlagen. Erst nach einer Weile sagte sie erregt:

»Das ist unmöglich! Das kann nicht sein. So sehr kann man sich in einem Menschen nicht täuschen.«

Die Baronin faßte ihre Hand.

»Ich habe es auch nicht glauben wollen. Fräulein Reinold machte mir einen ganz anderen Eindruck. Aber Frau Doktor machte mir so bestimmte Angaben, daß ich nicht zweifeln konnte. Bitte, Frau Doktor, erzählen Sie Frau von Brinken selbst, was Sie über diese Angelegenheit wissen.«

Frau Doktor Bartels ließ sich nicht lange nötigen. Sie brannte schon darauf, ihre Anklage zu erheben. Sie berichtete genau, was sie gestern der Baronin erzählt hatte, das, was sie selbst glaubte und was sie dazugelogen hatte. Daß sie von Graf Joachim entlassen worden war, verschwieg sie auch hier.

Frau von Brinken hörte fassungslos zu, und als der Bericht zu Ende war, erhob sich die Hausfrau und sah mit einem scharfen, forschenden Blick in das unangenehm heuchlerische Gesicht der Frau Doktor.

»Die Anklage gegen die junge Dame ist so schwer, daß

ich nicht nur Sie, sondern auch Fräulein Reinold darüber hören muß. Ich lasse sie sofort rufen und werde ihr sagen, welche Anschuldigung Sie gegen sie erheben. Wenn das geschehen ist, mag sie Ihnen gegenübertreten, Frau Doktor. Ich kann an die Ehrlosigkeit dieses Mädchens nicht glauben. Wenn sie sich freilich nicht rechtfertigen könnte, dann allerdings – dann wäre ihres Bleibens nicht in unserem Haus, dann müßte sie es sofort verlassen. Aber, wie gesagt, ich kann es nicht glauben.«

Frau Doktor Bartels neigte salbungsvoll das Haupt.

»Ich verstehe Ihre Erregung, Ihren Unglauben, gnädige Frau. Habe ich doch einst selbst nichts Böses von Fräulein Reinold glauben wollen. Ich bitte Sie, ganz nach Gutdünken zu verfahren, und bin natürlich bereit, in Ihrer Gegenwart Fräulein Reinold meine Anklage ins Gesicht zu wiederholen.«

»Liebe Frau von Brinken, das alles ist mir überaus unangenehm«, klagte die Baronin.

Frau von Brinken drückte ihr die Hand.

»Sie haben recht gehandelt. Diese Angelegenheit muß klargestellt werden. Entschuldigen Sie mich einige Minuten.«

»Bitte sehr, wir werden geduldig warten, bis Sie uns brauchen.«

Frau von Brinken ging hinaus. Sie schickte eine Dienerin in den Garten mit der Weisung, Fräulein Reinold möge sogleich zu ihr ins Wohnzimmer kommen.

Aufgeregt, immer wieder ungläubig den Kopf schüttelnd, ging Frau von Brinken dann im Wohnzimmer auf und ab.

Die Dienerin ging zu Liane und bestellte, was ihr aufgetragen war.

Liane erhob sich sogleich und folgte Frau von Brinkens Ruf, ahnungslos, was ihrer wartete.

»Sie wünschen mich zu sprechen, gnädige Frau?«

Frau von Brinken trat an sie heran.

Es kann nicht sein, ich kann es nicht glauben, dachte sie.

Liane stützte sich leicht auf die Lehne eines Sessels und sah Frau von Brinken erwartungsvoll an.

»Fräulein Reinold, ich habe eben Besuch bekommen, Frau Baronin Wachau und Ihre Gesellschafterin, Frau Doktor Bartels, sind hier.«

Liane erblaßte noch mehr und umklammerte die Lehne des Sessels, als brauche sie einen Halt.

Da ist das Verhängnis, dachte sie, und ein Zittern lief über sie hin. Aber sie brachte kein Wort hervor. Die Kehle war ihr vor Angst und Grauen wie zugeschnürt.

Frau von Brinken fühlte einen Zweifel in sich aufsteigen. Mit etwas härterer Stimme fuhr sie fort:

»Frau Doktor Bartels hat eine furchtbare Anklage gegen Sie erhoben, Fräulein Reinold. Aber ich will nicht daran glauben, will Sie nicht ungehört verdammen. Sie behauptet, Sie seien die Geliebte eines verheirateten Manns, der hier in der Umgegend Besitzungen hat.«

Wie von einem Schlag getroffen, sank Liane, von Scham, Furcht und Entsetzen überwältigt, an dem Sessel hernieder und barg ihr blasses, verstörtes Gesicht in den Händen. Die brennende Scham, daß Frau von Brinken das Furchtbare von ihr glauben könne, glauben müsse, vernichtete sie. Und dazu schüttelte sie Ekel und Abscheu vor ihrer Verleumderin.

Erschrocken sah Frau von Brinken auf sie nieder. Lianes Zusammenbrechen hielt sie für ein Eingeständnis ihrer Schuld.

»Also doch wahr? Unglückliches Geschöpf – ich wollte es nicht glauben, trotz der bestimmten Angaben dieser Frau. Mein Gott im Himmel, wie konnte das geschehen? Frau Doktor Bartels will ja den Namen des Mannes nicht nennen, um seine Familie zu schonen, aber er müßte an den Pranger gestellt werden, daß er ein so junges Geschöpf dem Verderben preisgab«, sagte sie erschüttert und entsetzt.

Liane faßte sich mühsam. Sie hörte aus alledem nur, daß Onkel Joachims Name nicht genannt werden sollte. Langsam erhob sie das Haupt.

Frau von Brinken erschrak vor dem jammervoll verstörten Ausdruck. Sich mit aller Kraft zusammennehmend, sagte Liane tonlos:

»Sie würden mir ja doch nicht glauben, gnädige Frau, wenn ich Ihnen sagte, daß ich schuldlos bin, daß man mich verleumdet. Ich kann diese Anklage nicht entkräften, der Schein ist gegen mich.«

In Frau von Brinkens Gesicht spielte ein tiefes Erbarmen, aber kein Glauben mehr.

»Wenn Sie schuldlos sind, dann kommen Sie mit mir hinüber. Im Empfangszimmer sitzt Frau Doktor Bartels und wartet darauf, daß Sie ihr gegenübertreten.«

Liane schauerte zusammen. Sie lag noch immer auf den Knien. Ihre Hände glitten über ihre Schultern und an den Oberarmen herab, als müsse sie etwas Ekles, Schmutziges abstreifen. Sie biß die Zähne zusammen. Wie in wilder Verzweiflung schüttelte sie den Kopf. Es war ihr nicht möglich, vor ihre Feindin zu treten, ihr ins Gesicht zu sagen, daß sie eine Verleumderin sei. Damit reizte sie das niedrig denkende Weib nur, und dann sprach sie im Zorn vielleicht doch noch Onkel Joachims Namen aus. Dann war auch der mit Schmach bedeckt, ohne daß ihr damit geholfen wäre. Und ihre Feindin sollte sich auch nicht an ihrer Qual weiden. Trostlos schüttelte sie den Kopf.

»Ich kann dieser Frau nicht gegenübertreten – kann mich nicht rechtfertigen. Und ich will es auch nicht. Ich weiß, daß ich nun Brinkenhof verlassen muß. Seit gestern, seit ich diese Frau wieder sah, wußte, fürchtete ich, daß ich nun auch aus diesem Friedensasyl vertrieben würde. Verzeihen Sie mir, daß ich zu Ihnen kam, gnädige Frau, und haben Sie Dank für alle Güte. Glauben Sie mir, Sie beherbergten keine Unwürdige in Ihrem Haus. Ich bin unglücklich, aber nicht schuldig.«

Frau von Brinken war wider Willen ergriffen. Es war ein Jammer ohnegleichen, daß dies schöne, liebliche Geschöpf auf falsche Wege geraten war.

»Sie sehen wohl ein, daß Ihres Bleibens hier nicht länger sein kann. Ich muß Sie bitten, noch heute unser Haus zu verlassen. Ein Wiedersehen mit meiner Tochter kann ich Ihnen nicht gestatten. Bitte, gehen Sie gleich auf Ihr Zimmer und packen Sie Ihre Sachen. Ich sende Ihnen eines der Mädchen zum Helfen. Wie lange brauchen Sie, um reisefertig zu sein?«

Liane erhob sich mühsam und strich sich über die Stirn.

»Zwei Stunden genügen – und ich werde allein fertig.«

»Es ist gut, in zwei Stunden wird ein Wagen für Sie bereit sein, der Sie zum Bahnhof bringen kann. Kurz vor sieben Uhr geht ein Zug, den werden Sie erreichen.«

Liane neigte das Haupt.

»Ich danke Ihnen – leben Sie wohl, gnädige Frau.«

»Leben Sie wohl – und Gott erbarme sich Ihrer.«

Mit gesenktem Kopf und müden Schritten verließ Liane das Zimmer wie eine Schuldige, wie eine Gerichtete. Sie schleppte sich auf ihr Zimmer und schloß sich ein. Und dann schlug sie wie ein gefällter Baum zu Boden, zu kraftlos, sich aufrechtzuhalten, und doch mit dem klaren Bewußtsein ihrer qualvollen Lage. Keine wohltätige Ohnmacht entrückte sie ihrem Schmerz.

Frau von Brinken hatte ihr mit schmerzlicher Beklommenheit nachgesehen. Nun ging sie bedrückt zu den beiden Damen zurück.

»Fräulein Reinold weigert sich, Ihnen gegenüberzutreten, Frau Doktor. Sie war wie vernichtet, als ich ihr sagte, wessen sie von Ihnen angeklagt wird, und hatte doch diese Anklage schon seit gestern erwartet. Ich muß sagen, mich hat selten etwas so tief erschüttert, wie die Verzweiflung dieses Mädchens. Zwar machte sie durch ihr Verhalten den Eindruck einer Schuldigen, aber sie behauptete dennoch, unschuldig zu sein. Man geht wohl nicht fehl, wenn man annimmt, daß sie eine Verführte ist. Sie steht schutzlos und allein im Leben. Wer will da richten?«

Die Baronin faßte ihre Hand.

»Ich verstehe Ihre Betrübnis, liebe Freundin. Das war für mich eine unangenehme Mission. Man spielt nicht gern den Henker.«

»Nein, wirklich nicht. Aber ich danke Ihnen trotzdem, daß Sie zu mir kamen. Fräulein Reinold verläßt in zwei Stunden unser Haus, ohne noch einmal mit meiner Tochter zusammenzutreffen.«

»Dann wollen wir heute nicht länger stören. Hoffentlich ist uns bald ein froheres Wiedersehen beschieden.«

»Das hoffe ich auch.«

»Grüßen Sie Fräulein Hanna und Ihren Herrn Gemahl.«

»Ich danke Ihnen, liebe Baronin. Einen herzlichen Gruß Ihrem Herrn Sohn.«

Die beiden Damen reichten sich die Hände.

Frau Doktor Bartels verneigte sich vor Frau von Brinken.

»Gnädige Frau – es war auch für mich ein schwerer Weg«, sagte sie falsch und scheinheilig.

Frau von Brinkens scharfe klare Augen bohrten sich in ihr Gesicht.

»Ich beneide Sie allerdings nicht darum«, sagte sie kalt, ohne ihr die Hand zu reichen. Sie wußte nicht, warum sie dieser Frau im Herzen so abweisend gegenüberstand. Große Anerkennung hatte Frau Doktor Bartels jedenfalls nicht erworben, obwohl sie als Siegerin den Platz verließ.

Frau von Brinken hatte sich erst ein wenig beruhigt und gefaßt, ehe sie in den Garten zu ihrer Tochter ging.

Hanna sah ihr unbefangen lächelnd entgegen.

»Hat dich Fräulein Liane einmal wieder ein Weilchen abgelöst, mein liebes Muttchen? Das ist hübsch. Komm, setz dich zu mir.«

Frau von Brinken ließ sich seufzend neben Hanna nieder und legte den Arm um sie.

»Mein liebes Hannchen, du wirst leider nun wieder ohne Fräulein Reinold auskommen müssen. Sie wird noch heute unser Haus verlassen.«

Erschrocken sah Hanna ihre Mutter an.

»Was ist geschehen, Muttchen? Ich merke erst jetzt, daß du ganz blaß und verstört aussiehst.«

Frau von Brinken strich sich über die Augen.

»Ja, mein Hannchen, ich habe eine böse Stunde hinter mir. Und was geschehen ist, kann ich dir nicht so ganz rückhaltlos erklären, aber so viel sollst du wissen, die Baronin Wachau war mit ihrer Gesellschafterin hier. Und diese hat mir leider die peinliche Eröffnung gemacht, daß – daß Fräulein Reinolds Ruf nicht tadellos ist. Sie ist dermaßen belastet worden, daß ich sie sofort entlassen mußte.«

Hanna zuckte zusammen und wurde blaß. Ihr erster Gedanke war Graf Detlev. Sie schüttelte mit einer heftigen Bewegung den Kopf.

»Nein, Muttchen, das kann nicht wahr sein, man hat Fräulein Reinold verleumdet. Dieser Frau Doktor Bartels traue ich zu, daß sie jemand böswillig verleumdet.«

»Aber liebes Kind, denkst du denn, ich hätte Fräulein

Reinold ungehört verdammt? Ich habe sie aufgefordert, Frau Doktor Bartels entgegenzutreten und sich zu rechtfertigen. Aber sie vermochte es nicht. Wie vernichtet sank sie zu Boden, eine Verzweifelte, eine Unglückliche – aber keine Unschuldige. Laß uns nicht mehr davon reden, Kind. Das ist nichts für dich. Wir müssen sie zu vergessen suchen.«

Hanna sah starr vor sich hin. War das möglich? Konnte Liane eine Schuldige sein? Konnte Graf Detlev sein Herz an eine Unwürdige verloren haben? Sie faßte den Arm ihrer Mutter und sah sie bittend an.

»Kann nicht ein Irrtum vorliegen, Muttchen? Ich kann von Fräulein Liane nichts Schlimmes denken. Sie kann sich doch nicht so verstellt haben. Bitte – laß mich zu ihr, laß mich mit ihr reden. Wenn wir ihr unrecht tun? Es könnte doch sein.«

Frau von Brinken schüttelte den Kopf.

»Nein, Kind, es ist besser, du siehst sie nicht wieder, erspare es dir. Wenn du gesehen hättest, wie vernichtet sie zusammenbrach, hättest du auch nicht an ihre Schuldlosigkeit glauben können. Und wenn sie sich hätte rechtfertigen können, dann hätte sie es sicher getan.«

Das war Frau von Brinkens ehrliche Überzeugung. Sie ahnte ja nicht, daß die Scham der Unschuldigen und die Angst um Onkel Joachim Liane jede Rechtfertigung unmöglich machten. So mußte sich Hanna fügen. Aber sie tat es schweren Herzens. Die Sorge, wie das auf Graf Detlev wirken mußte, drückte sie nieder. Sie wußte ja, daß er Liane liebte und daran dachte, sie zu seiner Frau zu machen. Wie würde er es ertragen, eine Unwürdige in ihr zu sehen?

Liane hatte inzwischen so schnell, wie es ihr möglich war, ihre Sachen gepackt. Das Mädchen, welches ihr Frau von Brinken trotz ihrer Abwehr zum Helfen schickte, hatte sie gar nicht eingelassen. Sie wollte mit ihrem Schmerz allein bleiben.

Interesselos warf sie alles, was ihr gehörte, in ihre Koffer. Sie war sonst so eigen und akkurat mit ihren Sachen. Heute achtete sie nicht darauf, ob die Kleider zerknüllt wurden. Was galten ihr jetzt Äußerlichkeiten, was galt ihr alles, außer dem einen, daß man ihr erbarmungslos ihren guten Ruf gestohlen und sie zu den Verlorenen geworfen hatte?

In ihrem armen Kopf irrten die Gedanken umher wie gehetzte Tiere, die nicht Ruhe finden konnten. Immer wieder fragte sie sich, was sie tun konnte, um wenigstens dem einen Menschen, ihm, den sie liebte mit allen Fasern ihres Seins, eine Art Rechtfertigung zukommen zu lassen. Hatte er nicht ein Recht darauf nach dem, was er heute morgen zu ihr gesagt hatte?

Morgen früh sollte sie ihn im Wald treffen. Als seine Braut sollte sie zu ihm kommen, hatte er ihr gesagt.

Ach, sie konnte nicht kommen, konnte ihm nicht vor das Antlitz treten, schmachbeladen, wie sie war, trotz ihrer Unschuld. Die Scham, daß sie so vor ihm stehen müßte, würde sie töten. Nein, wiedersehen durfte sie ihn nicht.

Aber – schreiben konnte sie ihm!

Dieser Gedanke durchzuckte sie wie eine Offenbarung. Ja, sie wollte ihm schreiben. Und wenn sie Brinkenhof verlassen hatte und wieder in Berlin war, dann wollte sie Onkel Joachim mitteilen, was geschehen war, auch, daß sie Graf Detlev liebte und er sie zur Frau begehrte. Dann konnte ihr Onkel Joachim doch vielleicht helfen, Graf Detlev zu überzeugen, daß sie schuldlos war – nur ihn. Sie wollte auf das Glück einer Vereinigung mit ihm verzichten, weil es das Schicksal nicht zuließ, daß sie ihm angehörte. Aber verachten sollte er sie nicht, nicht glauben, daß er seine Liebe einer Unwürdigen geschenkt hatte.

Schnell warf sie ihre letzten Sachen in ihre Koffer und schloß diese ab. Dann setzte sie sich an ihren Schreibtisch und schrieb:

»Graf Rastenau!

Was man Ihnen auch über mich sagen wird, glauben Sie nur das eine – daß ich unschuldig bin. Mir sind leider die Hände gebunden aus Rücksicht auf eine von mir hochverehrte Persönlichkeit, ich kann mich nicht rechtfertigen. Diese Worte hätte ich nicht an Sie geschrieben, wenn Sie mich heute morgen nicht gebeten hätten, morgen früh als Ihre Braut mit Ihnen zusammenzutreffen. Da Sie es getan haben, müssen Sie wissen, daß Sie Ihre Liebe keiner Unwürdigen schenkten, und daß ich nur eine unschuldig Verfolgte bin. Das schwöre ich Ihnen bei dem Höchsten, was in meiner Seele lebt, bei meiner Liebe zu Ihnen.

Trotzdem weiß ich, daß Sie nicht eine Frau heimführen dürfen, die man mit Schmach beladen hat. Auch wenn Sie mir glauben werden, was ich inbrünstig hoffe und wünsche, kann es keine Gemeinschaft zwischen uns geben. Und deshalb verschwinde ich aus Ihrem Leben – ich kann Sie nicht wiedersehen, weil ich mich schäme, daß man mich mit Schmutz bewerfen durfte, ohne daß ich mich dagegen zu wehren vermochte.

Gotte schenke Ihnen Glück und Frieden, ich will darum beten. Leben Sie wohl!

Ihre unglückliche

Liane Reinold.«

Diesen Brief kuvertierte sie und versah ihn mit Graf Detlevs Adresse. Sie wollte ihn an der Bahnstation in den Postkasten werfen. Dann bekam er ihn spätestens morgen früh, ehe er aufbrach, um mit ihr zusammenzutreffen.

Mit einem tiefen Atemzug erhob sie sich. Nun hatte sie

wenigstens etwas tun können, um den Schlag zu mildern, den ihre Feindin ihr versetzt hatte.

Etwas gefaßter machte sie sich vollends reisefertig. Und da hörte sie unten auch schon den Wagen vorfahren, der sie zur Bahnstation bringen sollte.

Sie klingelte dem Hausmädchen und bat es, jemand heraufzuschicken, der ihre Koffer hinabtragen konnte.

Hinter den Knechten her, die ihre Habe trugen, schritt sie in müder Haltung durch den Hausflur. Kein Mensch war zu sehen außer den beiden Knechten und dem Hausmädchen, das ihr einige Kleinigkeiten nachtrug. Sie bestieg den Wagen und warf sich erschöpft in die Kissen. Die Tränen, die sie nicht weinen konnte, würgten ihr in der Kehle. Leichenblaß starrte sie geradeaus. Wie eine Verfemte, Geächtete hatte sie dies Haus verlassen müssen.

Wieder einmal war sie heimatlos. Das Leben warf sie von Scholle zu Scholle, ohne daß sie Wurzeln fassen konnte.

Nur im Tod werde ich Ruhe finden, dachte sie trostlos.

16

Graf Detlev sah am anderen Morgen nur flüchtig die Postsachen durch. Er erwartete voll Sehnsucht und Unruhe die Stunde, da er Liane wiedersehen sollte. Als er Lianes Brief in die Hand bekam, stutzte er und sah befremdet darauf nieder. Unter all den großen geschäftlichen Kuverts fiel dieses schmale längliche Format mit der klaren schönen Handschrift besonders auf.

Er schob die anderen Briefe zurück und öffnete diesen einen mit dem dolchartigen Brieföffner. Schnell zog er das Briefblatt hervor und las.

Von dem, was gestern in Brinkenhof geschehen war, hatte er keine Ahnung. So sicher hatte er sich seines Glücks gefühlt, daß ihn nun diese Nachricht Lianes wie ein Schlag traf.

Wie gelähmt starrte er auf ihre Worte herab. Er vermochte den Sinn nicht zu fassen und las sie wieder und wieder. Und dann sprang er plötzlich auf wie von Sinnen. Er riß das Fenster auf und ließ auf einem silbernen Pfeifchen einen schrillen Pfiff ertönen.

Ein Reitknecht eilte auf das Signal herbei.

»Mein Pferd – schnell«, rief er diesem zu.

Wenige Minuten später jagte er im schnellsten Tempo nach Brinkenhof.

Sein Pferd war mit Schaumflocken bedeckt, als er dort ankam. Hanna saß einsam und traurig auf der Veranda. Als sie ihn kommen sah, zuckte ihr Herz im tiefen Weh. Ein Blick in sein Gesicht verriet ihr, daß er von Lianes Abreise wußte. Und da wußte sie auch, daß nur Liane selbst es ihm mitgeteilt haben konnte.

Er sprang vom Pferd und nahm in großen Sätzen die Verandatreppe. Tief atmend und sehr bleich stand er vor ihr.

»Guten Morgen, Fräulein Hanna! Verzeihen Sie, wenn ich störe. Sie sehen mich in großer Aufregung. Bitte, entschuldigen Sie deshalb, wenn ich mit der Tür ins Haus falle. Sie waren mir immer eine gute, ehrliche Freundin, und Sie sollen zuerst hören, was noch niemand weiß: Fräulein Liane Reinold ist seit gestern morgen meine Braut. Leider konnte ich gestern kein längeres Alleinsein mit ihr herbeiführen und ihr daher nur flüchtig sagen, daß die Hindernisse, die uns trennten, weggeräumt werden würden. Ich bat sie, weil ich ihr mancherlei unter vier Augen zu sagen hatte, mich heute vormittag im Wald zu treffen. Sie sagte es mir auch zu. Statt dessen erhalte ich aber heute morgen einen Brief von ihr, daß sie Brinkenhof gestern noch verlassen hat. Was ist geschehen, Fräulein Hanna?«

Seine Worte sprangen schnell und erregt über seine Lippen, und seine Augen blickten sie unruhig forschend an.

Hannas Gesicht war bleich, aber kein Zucken darin verriet, daß er ihr mit seinen Worten den herbsten Schmerz zufügte, den ein Frauenherz erdulden kann. Sie vermochte sich selbst zu vergessen und war mit all ihrer Sorge nur bei ihm.

»Genau weiß ich selbst nicht, was geschehen ist, lieber Freund. Ich weiß nur, daß gestern nachmittag die Baronin Wachau mit ihrer Gesellschafterin, Frau Doktor Bartels, in Brinkenhof war und mit meiner Mutter gesprochen hat.«

Seine Augen glühten feindselig auf.

»Ach – von dieser Seite also erfolgte der Angriff!«

Hanna nickte.

»So ist es, lieber Freund. Frau Doktor Bartels hat Liane angeklagt – aber nein, ich kann Ihnen doch nicht volle Klarheit geben in dieser Angelegenheit, denn ich weiß, wie gesagt, selbst nicht viel davon. Ich will Muttchen rufen, sie soll Ihnen alles sagen.«

Er hielt sie fest.

»Sagen Sie mir nur erst das eine – ist Liane wirklich fort?«

Sie nickte traurig.

»Ja, Graf Detlev, gestern abend noch. Und ich bin sehr, sehr traurig darüber. Denn das will ich Ihnen gleich jetzt noch sagen: Ich glaube nicht an Lianes Schuld. Ich könnte ja nie mehr einem Menschen vertrauen, wenn ich mich in ihr getäuscht hätte. Ich habe sie leider nicht mehr sprechen dürfen, aber je länger ich darüber nachdenke, je unmöglicher erscheint es mir, daß sie schuldig ist.«

Er zog den Brief hervor, den ihm Liane geschickt hatte.

»Bitte, lesen sie das, Fräulein Hanna. Und dann rufen Sie mir, bitte, Ihre Frau Mutter. Ich habe das Recht, völlige Klarheit in dieser Angelegenheit zu verlangen, und die Pflicht, für meine Braut einzustehen.«

Hanna nahm mit bebender Hand den Brief.

Sie las ihn, und ihr Glaube an deren Unschuld wuchs noch mehr. Sie gab ihm den Brief zurück und sah Detlev groß und ernst an.

»Sie ist unschuldig, lieber Freund. Lassen Sie sich nicht wankend machen in Ihrem Glauben, was Sie auch hören werden.«

Er preßte ihre Hand an seine Lippen.

»Dank für dieses Wort, liebe, teure Freundin.«

Sie drückte ihm fest die Hand.

»Jetzt rufe ich Ihnen Muttchen herbei.«

Sie nahm ihren Stock und eilte, so schnell sie konnte, ins Haus.

Er ging unruhig auf und ab, bis nach einigen Minuten Frau von Brinken kam. Sie sah ihn betroffen an, als er erregt ihre Hand faßte und fragte:

»Gnädige Frau, was ist mit Fräulein Reinold geschehen, weshalb ist sie fort?«

»Wie kommen Sie zu dieser Frage, Graf Detlev? Woher wissen Sie überhaupt, daß etwas mit Fräulein Reinold geschah, daß sie fort ist?«

Statt aller Erklärung gab er ihr Lianes Brief.

»Bitte, lesen Sie.«

Sie tat es und erblaßte.

»Graf Detlev – Sie wollten Fräulein Reinold zu Ihrer Frau machen?« stammelte sie fassungslos.

»Ich wollte nicht nur, gnädige Frau, sondern ich will. Ich betrachte Fräulein Reinold nach wie vor als meine Braut.«

Sie seufzte und sank in einen Sessel, Graf Detlev einen anderen zum Sitzen anweisend.

»Ach, mein Gott, das werden Sie sich wohl anders überlegen müssen, lieber Graf. Bitte, setzen Sie sich. Ich will Ihnen alles erzählen. Sie müssen jetzt alles wissen.«

»Ich bitte dringend um vollste Offenheit.«

Frau von Brinken erzählte nun genau und ausführlich alles, was gestern nachmittag geschehen war. Kein Wort unterschlug sie ihm.

Mit brennender Unruhe hörte er zu.

»Sie sehen«, schloß Frau von Brinken ihren Bericht, »daß Fräulein Reinold sich nicht einmal zu einer Rechtfertigung ihrer Anklägerin gegenüber entschließen konnte. Weiß Gott, sie hat mir leid getan in ihrer Verzweiflung, und ganz sicher ist sie viel mehr unglücklich als schuldig. Aber zu zweifeln ist nach alledem an den Worten der Frau Doktor Bartels nicht. Und deshalb meine ich, Sie müssen es noch als ein Glück ansehen, daß Sie von dieser Affäre erfuhren, ehe Sie Ihre Verlobung mit Fräulein Reinold proklamierten.«

Graf Detlev richtete sich straff empor, und seine grauen Augen erschienen in der Erregung fast schwarz.

»Meine gnädige Frau, dies alles ändert nichts an meinem Entschluß. Wie sich auch alles verhält, sicher ist, daß Fräulein Reinolds Reinheit für mich unangetastet feststeht. Und es soll meine heiligste Aufgabe sein, ihre Unschuld einwandfrei zu beweisen.«

Frau von Brinken sah ihn nachdenklich an.

»Ihre Zuversicht könnte ansteckend wirken. Niemand würde sich mehr freuen als ich, wenn Sie recht hätten. Aber geben Sie sich keinen trügerischen Hoffnungen hin. Eine Unschuldige wäre ihrer Anklägerin stolz und ruhig gegenübergetreten und hätte ihr gesagt: Sie lügen, Sie verleumden mich.«

Er schüttelte den Kopf.

»Wer mag wissen, wodurch dieses Verhalten diktiert war. Es scheint da ein Geheimnis zugrunde zu liegen und – das muß ich aufklären. Leben Sie wohl, gnädige Frau, ich will keine Minute versäumen. Bitte, grüßen Sie Fräulein Hanna, der ich für ihren Glauben an meine Braut danke, und Ihren Herrn Gemahl.«

»Das will ich tun. Leben Sie wohl, und Gott mit Ihnen. Hoffentlich sehen wir Sie bald wieder.«

Er eilte davon, warf sich auf sein Pferd und jagte nach Greifenberg zurück.

Hanna hatte ihn vom Fenster aus fortreiten sehen. Nun kam sie zu ihrer Mutter. Ihre Augen leuchteten und waren feucht. Sie fiel ihrer Mutter um den Hals.

»Mein liebes Muttchen, ich glaube wie Graf Detlev fest an Lianes Unschuld. Und Gott mag geben, daß er sie an den Tag bringt. Es geht um sein Glück.«

Besorgt sah Frau von Brinken in Hannas erregt zukkendes Gesicht.

»Hanna – ist dir denn Graf Detlevs Glück so wichtig?«

Hannas Herz zuckte schmerzhaft. Aber tapfer und fest sah sie die Mutter an. Diese durfte um keinen Preis ahnen, was ihr Graf Detlev war, sonst sorgte sie sich zu sehr.

»Er ist doch mein liebster Freund, Muttchen, und hat mir in meinen schlimmsten Zeiten mit seiner Teilnahme und seinem Zuspruch so wohlgetan. Soll ich nun ruhig zusehen, wie sein Glück gefährdet ist?«

Frau von Brinken ließ sich durch ihre Ruhe täuschen.

»Mein liebes Hannchen, ich hatte schon Angst, er sei dir mehr als ein Freund.«

Hanna vermochte zu lächeln.

»Ach, Muttchen, mit solchen Gedanken mußt du dich nicht plagen. Siehst du, der liebe Gott richtet alles so herrlich ein. Weil er mich in anderer Beziehung etwas stiefmütterlich bedachte, hat er mir einen Ersatz gegeben. Ich habe vor schönen jungen Damen voraus, daß ich einen Freund haben darf, ohne daß jemand das kritisiert. Und diese Freundschaft will ich mir erhalten, denn sie ist mir, nach eurer Liebe, das wertvollste Gefühl und soll für mein ganzes Leben reichen.«

»Meine Hanna!« sagte die Mutter leise. Und der Schmerz um das Leiden ihrer Tochter durchdrang sie wieder einmal mit voller Wucht.

Hanna lächelte sie an.

»Ja, Muttchen, darauf kannst du dich verlassen, Graf Detlev wird mir immer ein teurer Freund sein. Und mit dieser Freundschaft bin ich nie ganz verlassen. Gott mag ihm helfen, daß er sein gefährdetes Glück in einen sicheren Hafen rettet. Denn ich will meinen bescheidenen Anteil an diesem Glück haben.«

»Weil dir selbst nie ein eigenes Glück beschieden sein wird«, klagte die Mutter.

Liebevoll streichelte Hanna ihre Hände.

»Ach, Muttchen, liebes, rede dir doch nicht so etwas ein. Kann man denn nur glücklich sein, wenn man verheiratet ist? Wie schlimm wäre das für alle, die nicht heiraten können. Male dir nur mein Los nicht so schrecklich aus. Ich bin sehr zufrieden damit. Und Zufriedenheit ist Glück. Schnell, mach wieder ein frohes Gesicht, sonst betrübst du mich. Sei doch froh, daß mich kein Mann von dir fortholt. Denke, es hätte einer kommen können, der mich sehr unglücklich gemacht hätte. Wie viel beklagenswerter wäre dann mein Los. So bleibe ich zufrieden bei meinem goldenen Muttchen und meinem lieben Väterchen und lasse mich weiter schrecklich verwöhnen.«

Mutter und Tochter küßten sich innig, und Frau von Brinken gelang es, wieder ein frohes Gesicht zu machen.

»Wo bekommen wir aber nun eine neue Gesellschafterin für dich her, Hanna?« fragte die Mutter.

Hanna schmiegte sich zärtlich an die Mutter an.

»Darum sorge dich nur nicht, Muttchen. Ich will dir, gerade heute, etwas verraten, was ich dir noch nicht sagen wollte, weil ich meiner Sache noch nicht sicher war. Ich hoffe, daß ich in Zukunft nicht mehr so viel an den Lehnstuhl gefesselt sein werde. Meine gymnastischen Übungen scheinen doch meinen kranken Fuß sehr zu kräftigen, ich fühle es von Tag zu Tag mehr. Gib einmal acht, Muttchen!«

Damit legte Hanna ihren Stock, auf den sie sich immer stützte, auf den Tisch und ging ohne jede Stütze die Veranda entlang bis zum Ende und dann wieder zur Mutter zurück.

Und es war wenig davon zu merken, daß sie lahmte.

Frau von Brinken sah es mit großer Bewegung. Das hatte Hanna nie mehr gekonnt seit ihrem Unfall. Sie umfaßte ihr Kind mit krampfhaftem Druck.

»Mein Hannchen – mein Hannchen, ach, Gott im Himmel, willst du ein Wunder tun an meinem Kind?«

Hanna lächelte, ergriffen von ihrer Erregung.

»Gelt, Muttchen, das freut dich. Und ich fühle es, das wird alle Tage besser. Ich kann den Fuß viel besser bewegen, und er wird kräftiger. Und heute mittag gehe ich Väterchen ohne Stock entgegen.«

Durch diese Freude hatte Hanna vollends ihre Mutter abgelenkt.

An demselben Morgen holte Graf Joachim Rastenau beim Frühstück aus der Posttasche allerlei Geschäftsbriefe und darunter auch einen von seinem Bankier, in dem das Schreiben Lianes vom Sonnabend morgen und auch das vom Sonntag abend eingeschlossen war. So erhielt er die beiden Briefe zugleich.

Außerdem enthielt die Posttasche einige Schreiben für seine Gemahlin und eine Ansichtskarte für Steffie.

Die letzte war von Baron Wachau und seiner Mutter. Baron Hans hatte auf die Karte geschrieben:

»Mit herzlichen Grüßen erlaube ich mir anzufragen, wie Burgfräulein Übermut der Ausflug bekommen ist.«

Und die Baronin hatte herzliche Grüße hinzugefügt.

Steffie freute sich sehr über diese Karte und nahm sie mit sich, als sie mit Fräulein Rückauf abging, um den Unterricht zu beginnen.

Graf Rastenau verabschiedete sich mit einem Handkuß von seiner Gemahlin, um sich in sein Arbeitszimmer zurückzuziehen.

Gräfin Stefanie vertiefte sich nun in die Lektüre ihrer Briefe. Der eine war von ihrer Modistin, der andere von ihrem Juwelier, dem sie ein Schmuckstück zur Reparatur gesandt hatte.

Den dritten Brief betrachtete die Gräfin prüfend, ehe sie ihn öffnete. Der Poststempel zeigte, daß er aus dem nahegelegenen Kurort kam.

Zwar wußte die Gräfin, daß ihre Freundin, die Baronin Wachau, mit ihrem Sohne dort weilte, aber beider Handschriften kannte sie genau, und die Adresse dieses Briefes zeigte eine fremde Schrift.

Schnell öffnete sie das Schreiben und zog das Briefblatt hervor. Zuerst las sie die Unterschrift.

»Helene Bartels.«

Sie schüttelte den Kopf. Eine Person dieses Namens war ihr unbekannt. Ohne sonderliches Interesse begann sie zu lesen. Aber bald richtete sie sich erregt auf, und in ihrem Antlitz kam und ging die Farbe in jähem Wechsel.

Der Brief lautete:

»Hochgeehrte gnädigste Gräfin!

Verzeihen Sie, wenn eine Fremde sich gestattet, einige Bitten an Sie zu richten. Sie sind diktiert von aufrichtiger Teilnahme und dem Wunsch, Ihnen helfen zu können.

Gedrängt von dem Bestreben, einen Skandal aus der Welt zu schaffen und Ihnen und Ihrer Familie Schande zu ersparen, wende ich mich mit meinen Mitteilungen ausschließlich an Sie, es Ihnen anheimstellend, dieselben nach Gutdünken zu benutzen.

Wenn ich Ihnen dabei weh tun muß, verzeihen Sie mir. Aber ich kann nicht länger schweigend dulden, daß Sie schamlos hintergangen werden. Ihr Herr Gemahl, Graf Joachim Rastenau, hat eine Geliebte. Sie werden wohl bemerkt haben, daß er sich alle Vierteljahre auf einige Tage von Schloß Rastenau entfernte. Diese Zeit brachte er stets bei seiner Geliebten zu, einem jungen Mädchen, das er für seine Nichte ausgab, und der er eine elegante Wohnung in Berlin eingerichtet hatte. Er gab sich als unverheirateter Mann aus. Seine Geliebte heißt Liane Reinold. Ich hatte das Unglück, von Ihrem Herrn Gemahl unter falschen Angaben als Hausdame und Beschützerin der angeblichen Nichte engagiert zu werden, und kam erst nach längerer Zeit durch Zufall dahinter, wie die Verhältnisse lagen. Ich habe diese Stellung verlassen und bin jetzt als Gesellschafterin bei Frau Baronin Wachau engagiert. Durch Zufall brachte ich in Erfahrung, daß Fräulein Reinold sich jetzt in ihrer nächsten Nähe befindet, als Gesellschafterin Fräulein von Brinkens auf Brinkenhof. Ich sah sie am Sonntag sogar in Gesellschaft Ihrer Komteß Tochter und des jungen Grafen Detlev Rastenau. Die beiden jungen Herrschaften hatten natürlich keine Ahnung, mit wem sie da in freundlicher Weise verkehrten. Ich aber war so empört, daß ich beschloß, diesem Skandal ein Ende zu machen. Und deshalb, gnädigste Gräfin, teile ich Ihnen dies alles mit.

Ich bin gern bereit, mit weiteren Einzelheiten zu dienen, und bitte, über mich zu verfügen.

Zum Schluß gebe ich Ihnen noch meine ehrenwörtliche Versicherung, daß ich den Namen Ihres Herrn Gemahls in dieser Affäre nicht genannt habe und auch nicht nennen werde aus Rücksicht für sie. Nur dafür habe ich gesorgt, daß dieses Fräulein Reinold sofort aus Brinkenhof entfernt wurde.

Mit ergebenster Empfehlung
Hochachtungsvoll

Helene Bartels.«

Adresse: Frau Doktor H. Bartels, zur Zeit Kurhotel Weißer Hirsch.

Gräfin Stefanie ließ den Brief fassungslos sinken und starrte eine Weile vor sich ins Leere. Aber dann hob sich ihre Brust in einem tiefen Atemzug, und mit einer energischen Bewegung schüttelte sie den Kopf.

»Nein! Das hätte er mir nicht angetan – das kann nicht sein«, sagte sie laut vor sich hin, als wolle sie damit jeden Zweifel beseitigen.

Sie dachte an Steffies begeisterte Schilderung der jungen Gesellschafterin Fräulein Hannas. Den ganzen Tag hatte sie gestern von ihr geschwärmt. Und ihr Gemahl hatte mit einem frohen Lächeln diese Schwärmereien angehört. Er hatte Steffie zärtlich an sich gezogen, sie geküßt und ihr gesagt, sie möge diesem Vorbild nachstreben. Nein, das hätte er nicht getan, wenn das, was in diesem Brief stand, Wahrheit wäre.

Sie richtete sich entschlossen auf. Nur nicht erst lange diese Unruhe mit sich herumtragen. Gleich an die rechte Stelle wollte sie gehen und in ihres Gatten Augen lesen, daß diese Frau Doktor Bartels die Unwahrheit geschrieben hatte.

Den Brief fest in der Hand haltend, eilte sie, ihre Erregung meisternd, in das Arbeitszimmer ihres Gatten.

Er hatte soeben Lianes Briefe gelesen und er sah aus dem letzten, was ihr durch Frau Doktors Bartels angetan worden war. Nun fiel ihm ein, daß er vorhin seiner Gattin einen Brief eingehändigt hatte, der den gleichen Poststempel trug. Ein heftiger Schreck durchzuckte ihn. Und er überlegte gerade, was er tun sollte, um sich Gewißheit zu schaffen, von wem dieser Brief war – da trat seine Frau ins Zimmer.

Als er in ihr blasses, unruhiges Gesicht sah, wußte er sofort, was geschehen war. Er stand auf und ging ihr besorgt entgegen.

»Was bringst du mir, Stefanie?« fragte er ernst.

Sie ließ sich, ein wenig kraftlos, in einen Sessel sinken. Mit großen Augen zu ihm aufsehend sagte sie:

»Lieber Joachim, uns beide hat einst nicht die Liebe zusammengeführt. Aber Hochachtung und Vertrauen haben wir uns immer entgegengebracht. Und jetzt, meine ich, sind wir uns so nahe gekommen, wie es zwei Menschen in einer harmonischen Ehe nur tun können. Deshalb komme ich auch mit meinem höchsten Vertrauen zu dir. Da hat mir eine fremde Frau einen Brief geschrieben, der mich erschrecken könnte, wüßte ich nicht genau, daß du mir nicht angetan haben kannst, wessen man dich anklagt. Du sollst mir nun selbst sagen, wie die Dinge wirklich stehen. Bitte, lies den Brief.«

Sie reichte ihm das Schreiben.

Er lehnte sich neben sie an seinen Schreibtisch und las den Brief durch. Die Adern an seiner Stirn schwollen an, ein düsterer Zorn blitzte aus seinen Augen.

Und als sie das sah, wurde sie ganz ruhig. Das Herz wurde ihr wieder leicht und frei.

Als er zu Ende gelesen hatte, ließ er den Brief sinken. Er

war sehr blaß, und in seinem Antlitz zuckte die Erregung. Aber seine Augen sahen fest und klar in die seiner Frau.

Er faßte ihre Hand.

»Ich danke dir, Stefanie, daß du mit diesem Brief zu mir gekommen bist, ohne Zweifel, ohne Schwanken. Ich danke dir für dein Vertrauen. Und das Wichtigste zuerst: nein, das hätte ich dir bei Gott nicht angetan. Dazu stehst du mir zu hoch – dazu habe ich dich viel zu lieb. Ja, Stefanie, ich kann jetzt ehrlich sagen, daß ich dich liebe, dich allein. Dieser Brief ist die Ausgeburt einer niedrigen Phantasie, die häßliche Verleumdung einer gehässigen Person. Nicht alles in diesem Brief ist erlogen. Ich werde durch denselben gezwungen, dir ein Geheimnis zu enthüllen, was ich schon lange gern getan hätte. Ich muß dir nun beichten, wie das alles zusammenhängt. Sieh mich an, Stefanie – glaubst du mir?«

Groß und ernst sah sie ihn an.

»Ich glaube an dich, wie an mich selbst, Joachim.«

Innig zog er ihre Hand an seine Lippen. Und dann setzte er sich ihr gegenüber.

»Also hör mich an, Stefanie. Liane Reinold ist mein Schützling – meine Pflegetochter. Ich halte sie im Herzen wie ein eigenes Kind. Als ihre Mutter starb, stand sie im zweiten Lebensjahr. Sie wurde mir eine Tochter. Ich brachte sie zu einer Tante ihrer Mutter und besuchte sie damals jedes Jahr einige Male. Sie nannte mich Onkel Joachim und liebte mich wie einen Vater. Nach dem Tod ihrer Großtante brachte ich sie in ein Pensionat. Dort blieb sie bis zu ihrem neunzehnten Jahr. Auch dort besuchte ich sie zuweilen, um mich von ihrem Wohlergehen zu überzeugen.«

»Und warum ließest du mich nicht an diesem Liebeswerk teilnehmen, Joachim?« fragte die Gräfin ernst.

Er strich sich über die Stirn.

»Warum? Darauf kann ich dir auch heute keine erschöpfende Antwort geben, in deinem eigenen Interesse. Als wir uns verheirateten, war Liane drei Jahre alt. Du und ich, wir standen uns damals ziemlich fremd gegenüber, ich kannte dich nicht so, wie ich dich heute kenne. Damals glaubte ich, ich dürfe dir nicht zumuten, daß du dich um dieses dir fremde Kind kümmertest. Später aber hatte ich nicht mehr die Unbefangenheit, dir von meinem Pflegetöchterchen zu sprechen. Außerdem hatte ich Liane nichts davon gesagt, daß ich mich verheiratet hatte. Weil ich sie nicht in mein Haus nehmen konnte, wollte ich sie nicht fühlen lassen, daß darin kein Platz für sie war. Sie hielt mich also für völlig alleinstehend. Als sie dann schließlich zu alt wurde, um länger in der Pension zu bleiben, wußte ich nicht, wohin mit ihr. Ein Mann ist in solchen Fällen unbeholfen und unpraktisch. Ich mietete also eine Wohnung und gab sie für mein eigenes Heim aus, in das ich Liane nun holte. Weil ich selten bei ihr sein konnte, ließ ich sie glauben, meine Geschäfte führten mich immer auf Reisen, so daß ich nur zuweilen wenige Tage ›zu Hause‹ sein könne. Zu ihrem Schutz engagierte ich diese Frau Doktor Bartels. Sie schien darauf zu spekulieren, daß ich sie eines Tages zur Gräfin Rastenau machen würde. Als sie merkte, daß diese Hoffnung vergeblich war, begann sie, Liane gegenüber einen häßlichen Ton anzuschlagen. Diese beklagte sich bei mir und beschwerte sich zugleich über allerlei Frivoles im Wesen dieser Frau. Ich kündigte ihr also, und sie machte mir eine Szene.«

Graf Joachim erzählte nun, was weiter geschehen war.

Dann erhob er sich und nahm Lianes Briefe aus einem Fach seines Schreibtisches. Die legte er vor seine Gemahlin hin.

»Du kannst alle diese Briefe lesen, Stefanie, und wirst am besten daraus sehen, wie wir zusammen stehen. Ich gebe dir mein Ehrenwort, daß ich für Liane nur väterlich empfinde, und daß auch sie mich liebt wie ein Kind seinen Vater. Glaubst du mir das?«

Die Gräfin hatte still zugehört und ihren Gatten dabei nicht aus den Augen gelassen.

»Ich glaube dir, Joachim. Aber, was du mir nicht sagen willst, um mich zu schonen, das weiß ich nun auch.«

Er wurde ein wenig blaß.

»Was meinst du?« fragte er leise.

Sie faßte seine Hand.

»Du hast mir verschwiegen, daß die Mutter von Liane Reinold die Frau war, die du einst geliebt hast. Nur so kann ich mir dein warmes Interesse für ihr Kind erklären.«

Er faßte ihre Hand und drückte sie an seine Augen. Eine Weile saß er so. Dann hob er den Kopf und sah sie mit einem Blick an, der sie bis ins Herz traf, so weh und leidvoll war er.

»Ich verschwieg es dir, weil ich dir nicht weh tun wollte. Ja, Stefanie, ich habe Lianes Mutter einst über alles geliebt – so geliebt, daß ich ihr willig jedes Opfer gebracht hätte. Als sie starb, war mein Leben lange ohne Sonne, mein einziger Trost – ihr Kind. Verzeih mir, wenn ich dir mit dieser Eröffnung weh tat. Aber du mußtest es wissen, da du es wünschtest.«

Tief atmete Gräfin Stefanie auf.

»Ich habe nichts zu verzeihen, Joachim. Wir haben uns damals ehrlich gesagt, daß wir einander keine Liebe geben können. Und da dies eine Stunde der Bekenntnisse ist, will auch ich dir ein solches machen. Ehe ich dich kennenlernte, hatte auch ich mein Herz einem anderen geschenkt. Er hieß Georg von Verden und – war arm, wie ich. Es gab keine Möglichkeit für uns, einander anzugehören. Er ging nach Südwest. Dort ist er gefallen. Ein Jahr nach seinem Tod wurde ich deine Frau. Ich habe Georg von Verden lange in meinem Herzen betrauert – bis es sich dir langsam zuwandte. Nun sind wir quitt, Joachim.«

Er küßte ihr beide Hände.

»Du liebes, großes Herz«, sagte er innig. Sie errötete wie ein junges Mädchen. Und um ihre Verwirrung zu bemänteln, sagte sie lebhaft:

»Aber schelten muß ich dich doch wegen deiner Unklugheit. Wie du mir das alles erzählt hast, ist es kein Wunder, daß deine arme Pflegetochter in so einen schlimmen Verdacht kam. Das arme Kind! Wir müssen es schnell nach Rastenau holen und diese Lästerzunge zum Schweigen bringen.«

Seine Augen strahlten auf.

»Stefanie – das wolltest du tun?«

Sie lächelte.

»Zweifelst du daran?«

»Ich bewundere deine Größe – und ich kann es kaum fassen, daß sich nun das alles so wunderbar leicht entwirren lassen wird durch deine Güte.«

»Hättest du nur längst Vertrauen zu mir gefaßt. Denke nur, wie Steffie sich freuen wird, wenn ihre schwärmerisch verehrte Liane Reinold ins Haus kommt.«

Er küßte ihre Hände wieder und wieder.

»Lange wird sie nicht bei uns bleiben, Stefanie. Du weißt noch nicht alles. Nun sollst du auch das hören. Detlev hat Liane schon in Berlin in der Pension Wesemann kennengelernt, ohne daß er wußte, in welchem Zusammenhang sie mit mir stand. Er liebt sie und will sie zu seiner Frau machen. Das war es, was wir Sonntag abend besprachen.«

Überrascht sah ihn die Gräfin an.

»Aber Joachim – er darf doch nur eine ebenbürtige Gemahlin heimführen.«

Zärtlich legte er den Arm um ihre Schultern und berichtete von der Klausel in der Urkunde und von allem, was er mit Detlev besprochen hatte.

»Weiß Detlev nun, wie du zu Liane stehst?« fragte die Gräfin, als er zu Ende war.

Er schüttelte den Kopf.

»Nein, noch weiß er von nichts. Ich habe mir diese Sache durch den Kopf gehen lassen und wollte es dir und ihm an einem Tag sagen. Nun wird er es etwas später erfahren als du.«

Sinnend sah die Gräfin vor sich hin. Ein seltsames Lächeln lag in ihren Augen. Sie strich leise über des Gatten Stirn.

»Ist dir nun nicht wohler, weil du dein Herz erleichtert hast?«

Er atmete gepreßt und legte wieder ihre Hand an seine Augen. Noch hatte er ein Geheimnis vor seiner Frau, eins, das sie nie erfahren durfte. Wie gern hätte er sich noch von dieser Last befreit – aber er durfte es nicht tun.

»Ja, Stefanie, nun ist mir viel wohler. Ich danke dir für dein gütiges, liebevolles Verstehen und Verzeihen. Und nun nimm bitte Lianes Briefe mit dir und lies sie durch.«

Die Gräfin schüttelte den Kopf.

»Ich glaube dir auch ohnedies.«

»Trotzdem bitte ich dich, sie zu lesen, du lernst auf diese Weise Liane am besten kennen und auch das Verhältnis, das zwischen uns besteht.«

»Gut, dann will ich sie lesen.«

Sie nahm die Briefe an sich. In demselben Moment hörten sie ein Auto vorfahren. Sie traten an das Fenster. Unten sprang eben Graf Detlev aus dem kleinen Auto, das er in Greifenberg immer zur Verfügung hatte, falls er rasch nach Rastenau wollte.

»Du läßt mich, bitte, vorläufig mit Detlev allein, Stefanie. Sicher hat er mir etwas Besonderes zu melden. Bitte, lies inzwischen Lianes Briefe. Und nochmals: Dank für deine Güte.«

Sie wehrte lächelnd ab.

»Von Selbstverständlichkeiten mußt du kein Aufhebens machen. Also ich gehe in mein Zimmer. Wenn du mich brauchst, laß mich rufen.«

Er küßte ihr die Hand, und sie winkte ihm lächelnd zu. Dann ging sie hinaus, die Briefe mit sich nehmend.

Gleich darauf meldete ein Diener, daß Graf Detlev seinen Oheim zu sprechen wünsche.

Der Graf ließ seinen Neffen eintreten. Er sah ihm sofort an, daß er in großer Erregung war.

»Was ist geschehen, Detlev?«

Dieser faßte erregt seine Hände.

»Lieber Onkel, du siehst mich in einer furchtbaren Stimmung. Liane Reinold ist fort. Man hat sie in Brinkenhof plötzlich entlassen. Eine böswillige Verleumderin hat sie angeklagt. Ich bitte dich, lies diesen Brief, den sie mir geschrieben hat. Dann will ich dir weiteres erzählen. Ich bin gekommen, um dich um einen längeren Urlaub zu bitten, denn ich muß Liane suchen und diese mysteriöse Angelegenheit aufklären. Bitte, laß dich durch dieses Vorkommnis nicht an Liane irremachen. Für ihre Unschuld und Reinheit stehe ich ein.«

Der Graf nahm Lianes Brief an Detlev und las ihn. Er war sehr erschrocken, als er hörte, daß Liane schon Brinkenhof verlassen hatte. Auch sein Antlitz war blaß und erregt.

»Sag mir alles, was du weißt, mein Junge«, bat er.

Detlev erzählte, was er von Frau von Brinken erfahren und auch, was er mit Hanna besprochen hatte. Graf Joachim hörte zu. Sein Gesicht war wie versteinert. In dieser Stunde wurde ihm klar, daß er Lianes Ruf nur dann fleckenlos wiederherstellen konnte vor aller Welt, wenn er seines Lebens Geheimnis enthüllte. Detlev mußte vor allem die rückhaltlose Wahrheit wissen – auch das, was er gern für immer verschwiegen hätte; die große schwere Schuld seines Lebens, die längst von ihm gebeichtet worden wäre, wenn er damit nicht zugleich seine Familie ins Unglück gestürzt hätte.

Er atmete schwer. Aber in seinen Augen leuchtete ein fester Entschluß. Jetzt mußten alle anderen Rücksichten fallen. Er durfte Liane nicht opfern, um seine Frau und Steffie zu schonen. An sich dachte er nicht.

»Nun will ich Liane suchen, Onkel Joachim. Und wenn ich sie gefunden habe, muß sie mir alles sagen, damit ich ihr helfen kann, die Wahrheit und ihre Unschuld ans Licht zu bringen«, schloß Graf Detlev seine Erzählung.

Sein Onkel sah ihn groß an.

»Mein lieber Detlev. Du brauchst nicht lange nach der Wahrheit zu suchen. Du findest sie hier bei mir. Der Mann, dessen Geliebte Liane Reinold angeblich sein soll, sitzt vor dir. Ich bin es selbst«, sagte er fest und ruhig, wenn auch blaß bis in die Lippen.

Graf Detlev zuckte zusammen und sah ihn betroffen an.

»Du, Onkel Joachim?«

»Ja ich, mein Junge. Diese Frau Doktor Bartels hat ihre häßliche Verleumdung auch nach Rastenau berichtet. Meine Frau erhielt einen Brief von ihr mit den gleichen Anschuldigungen gegen Liane und mich. Ich habe eben mit meiner Frau eine Aussprache gehabt, und sie sitzt jetzt in ihrem Zimmer und liest Lianes Briefe an mich. Ich habe ihr eben erklärt, daß Liane Reinold meine Pflegetochter ist, das Kind einer Frau, die ich einst über alles geliebt habe, und die mir der Tod entrissen hat, ein Jahr bevor ich Tante Stefanie heimführte.«

Detlevs Augen leuchteten glücklich auf.

»Ach, Gott sei Dank! Ich wußte ja, daß es eine Verleumdung war. Nun ist ja alles gut.«

Graf Joachim schüttelte den Kopf.

»Nein, mein Junge! Mit dieser Erklärung gibst du dich wohl zufrieden und Tante Stefanie auch. Aber nicht die Welt. Die Verleumdung hat schon zu weite Kreise gezogen, und es würde vielleicht doch ein Verdacht auf Liane haftenbleiben. Man wird forschen und fragen und wird mißtrauen. Ein Mittel gibt es aber, um jeden Verdacht eines unlauteren Verhältnisses zwischen Liane und mir gründlich auszurotten. Und dies Mittel will und muß ich jetzt anwenden. Es bleibt mir keine Wahl. Ich muß dir ein schwerwiegendes Geständnis machen, Detlev. Es fällt mir schwer, es sollte mein Geheimnis bleiben, bis nach meinem Tod. Jetzt aber muß es mir vom Herzen. Und nun ich mich zu dem Entschluß durchgerungen habe, werde ich vielleicht froh sein, wenn mir die Last vom Herzen ist. Ich habe eine große schwere Schuld auf mich geladen, und sie ist nicht dadurch kleiner geworden, daß ich sie nicht für mich beging, sondern für die Frau, die ich so namenlos geliebt habe. Ich habe schwer darunter gelitten. Komm, setze dich zu mir – und laß mich beichten.«

Sie nahmen einander gegenüber Platz, und Graf Detlev sagte beklommen:

»Was werde ich hören müssen, Onkel Joachim?«

Eine Weile sah dieser starr vor sich hin. Dann begann er mit heiserer Stimme, durch welche die Erregung zitterte:

»Du wirst dich erinnern, Detlev, daß ich dir neulich davon sprach, daß ich vor zweiundzwanzig Jahren sehr froh gewesen wäre, wenn die Majoratsbestimmung, die eine ebenbürtige Ehe von uns verlangt, hätte aufgehoben werden können, wie wir es jetzt getan haben. Ich war damals in einer sehr bedrückten Lage. Der Majoratsherr, Graf Magnus, zahlte mir einen bescheidenen Wechsel als Zuschuß zu meinem Leutnantsgehalt, aber das reichte nur knapp für mich selbst. Und damals lernte ich Dora Reinold kennen, ein bildschönes, liebes, entzückendes Geschöpf. Liane ist ihr Ebenbild, ist ihrer Mutter an Leib und Seele ähnlich. Weiter brauche ich dir nichts über sie zu sagen.

Sie war arm, eine Waise, und bekleidete eine Stellung als Gesellschafterin in einer mir befreundeten Familie. Ich liebte sie unsagbar, und meine Liebe wurde erwidert. Aber es gab für uns keine Hoffnung auf Vereinigung. Selbst wenn ich auf die Erbfolge im Majorat verzichtet hätte – wovon sollten wir leben?

In dieser Zeit wurde ich plötzlich überraschenderweise Majoratsherr. Nun war ich mit einem Schlag ein reicher Mann, hatte große Einkünfte und hätte ein armes Mädchen heiraten können – wenn es mir ebenbürtig gewesen wäre.

Ich zerbrach mir den Kopf nach einem Ausweg. Und da nahte mir der Versucher. Kurzum, ich will jetzt nicht ausführlich werden: Ich bewog Dora, nach England zu reisen, sich dort mit mir zu treffen – und meine Frau zu werden, ohne daß hier in Deutschland jemand etwas davon erfuhr!«

Graf Detlev richtete sich überrascht auf.

»Onkel Joachim!«

Dieser nickte schwer.

»Ja, Detlev, Dora Reinold wurde meine Frau. Und nachdem wir einige Zeit in England gelebt hatten, verschaffte ich für meine Frau Papiere, die ihr gestatteten, als Frau Dora Reinold aufzutreten, während sie in Wahrheit Gräfin Rastenau war.

Niemand als ihre alte Tante Lott wußte darum. Unseren Trauschein verwahrte ich gut. Er liegt mit allerlei Aufzeichnungen im Geheimfach der Deutschen Bank. Nach meinem Tod sollte ihn da meine Tochter Liane finden.«

Graf Detlev sprang auf. Er faßte Graf Joachims Schultern und rüttelte sie wie außer sich.

»Onkel Joachim – Liane ist deine Tochter?« kam es wie ein Aufschrei aus seiner Brust. Nur dieses eine hatte er aus alledem gehört. Das war ihm die Hauptsache.

»Ja, sie ist meine Tochter aus erster Ehe, aber sie weiß es so wenig wie sonst ein Mensch. Wie schwer es mir geworden ist, meinem Kind als ein Fremder gegenüberzustehen, das weiß nur ich allein. Aber ich konnte mich auch ihr nicht zu erkennen geben, ich hätte ihr ja meine Schuld beichten und ihre junge Seele mit Sorge belasten müssen, und ich nahm es hin als Buße für meine Schuld, daß ich mich nicht zu meiner Tochter bekennen durfte. Ich hielt das Geheimnis fest in meiner Brust verschlossen. Lianes Mutter starb schon nach zweijähriger Ehe, die ein kurzes, aber namenloses Glück für uns war. Liane brachte ich nach Doras Tod zu deren Tante Lott. Und dann verheiratete ich mich zum zweiten Mal. Niemand erfuhr, daß es nicht das erstemal war. Wie ich mich mit meinen Pflichten gegen Liane abfand, erzähle ich dir später. Nur so viel noch: diese Frau Doktor Bartels engagierte ich als Ehrendame für meine Tochter, weil ich sie doch viel allein lassen mußte und nur selten einige Tage bei ihr sein konnte.

Und dieses Weib sah in unserem zärtlichen Verhältnis in ihrer unreinen Phantasie etwas Böses. Das war wieder eine schwere Strafe für mein Vergehen. Aber meine Tochter litt mit mir.«

Graf Joachim erzählte seinem Neffen nun, wie Frau Doktor Bartels Liane beschimpft hatte, wie diese in ihrer Herzensangst nicht gewußt hatte, was sie tun sollte, und wie sie erst zur Pension Wesemann und dann nach Brinkenhof gekommen war.

»Nun kannst du dir denken«, fuhr er dann fort, »wie es auf mich wirkte, als ich hörte, daß du Liane liebst. Ich suchte krampfhaft nach einer Möglichkeit, euch zu eurem

Glück zu verhelfen. Aber selbst wenn ich dir gesagt hätte, daß Liane meine Tochter ist – da sie eine bürgerliche Mutter hatte, wäre sie dir nicht ebenbürtig gewesen. Ich litt Höllenqualen in dieser Zeit.

Gottlob fand ich die Klausel, die mir den Ausweg zeigte. Da hoffte ich, daß alles gut würde, ohne daß ich meine Schuld zu beichten brauchte. Aber nun muß doch alles an den Tag. Lianes Ruf soll rein bleiben. So viel bin ich meiner Tochter schuldig geblieben – ihren makellosen Ruf darf und will ich ihr nicht vorenthalten. Und nun stehe ich vor dir, mein lieber Detlev, als ein Schuldiger. In Wahrheit bist du der Majoratsherr von Rastenau, denn ich bin durch meine erste Ehe des Rechts verlustig gegangen, die Erbfolge anzutreten. Verzeih mir, daß ich dich schädigte. Ich habe schwer genug gebüßt. Nun trete ich dir meine Rechte ab. Und ich flehe dich an, laß meine Familie nicht darunter leiden.«

Detlev beugte sich erregt zu seinem Onkel herab und umarmte ihn.

»Onkel Joachim du weißt doch, daß wir beide die törichte Majoratsbestimmung aufgehoben haben. Was für mich gelten soll, muß auch für dich gelten. Wollte ich jetzt auf mein Recht pochen, was hülfe es mir, wenn du die Bestimmung aufrechterhalten würdest? Nein, nein, es besteht kein Gesetz mehr, das dich und mich von der Erbfolge ausschließt. Und ich weiß nicht, ob ich in deinem Falle nicht ebenso gehandelt hätte, wenn kein anderer Ausweg gefunden worden wäre, um Liane zu meiner Frau zu machen. Du hast mich nicht darben lassen, warst mir ein treuer Vater. Ich verzeihe dir gern. Kein Mensch ist ohne Schuld. Und du hast schwer gebüßt.

Es bleibt alles beim alten. Das Majorat bringt genug ein für uns alle, mehr, als wir brauchen können. Du bist mir nichts schuldig. Aber ich schulde dir abermals Dank –

dafür, daß du Dora Reinold heiratetest und sie Lianes Mutter wurde. Du gibst mir deine Tochter zur Frau, damit machst du mich reicher als durch tausend Majorate.«

Erschüttert sah Graf Joachim zu ihm auf und faßte mit festem Druck seine Hände.

»Mein Sohn – mein lieber Sohn! Wie soll ich dir danken, daß du mir so viel Verständnis entgegenbringst, daß du mich nicht verdammst.« Graf Detlev legte ihm die Hand auf den Mund.

»Sag nicht so etwas. Du mußt schwer gelitten haben.«

»Das weiß Gott.«

»Das soll nun alles vergessen sein. Diese Frau Doktor Bartels wollte Unheil anrichten und hat statt dessen Gutes gestiftet. Nur eins fehlt nun noch zu meinem Glück – daß ich meine Liane wiederfinde.«

Graf Joachim sah ihn wie ein Begnadigter an.

»Dazu kann ich dir gottlob schnell helfen. Liane ist in der Pension Wesemann und wartet dort auf Nachricht von mir.«

Graf Detlev atmete tief auf.

»Gott sei Dank, nun soll sie bald aus aller Angst und Not erlöst sein und endlich eine Heimat finden.«

»Ja, Gott sei Dank, Detlev! Und nun komm zu Tante Stefanie. Auch sie soll nun den letzten Rest meiner Beichte hören. Gott gebe, daß sie mir verzeihen kann. Und dann wollen wir gemeinsam beraten, was weiter geschehen soll.«

17

Gräfin Stefanie hatte Lianes Briefe gelesen und war im tiefsten Herzen bewegt. Ihre Augen blickten feucht, als ihr Gemahl bei ihr eintrat.

Sie kam ihm entgegen.

»Lieber Joachim, das arme Kind muß sofort nach Rastenau kommen. Eben wollte ich dich aufsuchen und das mit dir besprechen. Wo ist Detlev?«

»Er begrüßt Steffie und kommt dann zu dir. Er hat mich erst einmal allein zu dir geschickt, weil ich dir vorhin doch noch etwas verschwiegen habe. Auch das soll nun von meinem Herzen herunter. Du sollst jetzt erfahren, wer Liane Reinold in Wahrheit ist.«

Mit einem gütigen Lächeln legte die Gräfin die Hand auf seinen Arm und sah zu ihm auf.

»Brauchst mir nichts mehr zu sagen, Joachim. Ich habe es gleich geahnt, gefühlt, als du mir von Liane sprachst. Sie ist nicht nur die Tochter der Frau, die du liebtest – sondern sie ist auch deine Tochter.«

Er sah sie überrascht an.

»Das wußtest du, Stefanie?«

Sie lächelte fein.

»Für solche Dinge haben wir Frauen einen sechsten Sinn, Joachim. Ich wußte sogleich, daß Liane deine Tochter ist – deine natürliche Tochter.«

Er schüttelte den Kopf und sah sie bedrückt und schmerzlich an.

»Nicht meine natürliche Tochter, Stefanie, sondern meine Tochter aus erster Ehe. Du bist meine zweite Frau.«

Nun war die Gräfin doch überrascht.

»Wie denn, Joachim? Warum heißt deine Tochter denn Liane Reinold?«

Er führte sie zu einem Sessel und berichtete nun rückhaltlos alles, was er Detlev soeben eröffnet hatte. Die Gräfin hörte mit atemloser Teilnahme zu.

Sie strich über seine Stirn, als er geendet hatte. Dieser gütigen Frau lag es fern, die strenge Richterin zu spielen.

»Was hast du alles erlitten, mein armer Joachim. Bei deinem Charakter muß diese Schuld wie ein Alp auf dir gelastet haben.«

Das war ihre Antwort auf seine Beichte. Er ließ sein Antlitz auf ihre Hände sinken und fühlte sich entsühnt und begnadigt.

In dieser Stunde erhielt die Ehe des Grafen Rastenau die letzte Weihe. Zwei Menschen erschlossen sich endlich ihre Herzen voll und ganz für alle Zeit.

Und als Graf Detlev zurückkam, nachdem er Steffie begrüßt hatte, fand er Onkel und Tante Hand in Hand in innigstem Frieden miteinander.

Er umarmte sie beide und küßte sie.

»Liebste Tante Stefanie, ich sehe, du hast Onkel Joachim seinen Frieden wiedergegeben. Nun hilf auch mir über die letzten Hindernisse zu meinem Glück hinweg, damit ich endlich zu meiner Braut komme.«

Gräfin Stefanie lächelte.

«Ich selbst hole sie – dir die Braut, Onkel Joachim und mir die Tochter und Steffie die Schwester. Das müßt ihr mir überlassen. Ich will mich bei meinem neuen Töchterchen gleich als Glücksbringerin einführen und als gute Mutter. Ich reise noch heute nach Berlin.«

Da wurde sie von beiden Seiten umarmt und geküßt. Sie lachte glücklich. Aber dann wurde sie ernst und sagte eindringlich:

»Ihr habt inzwischen eine andere Aufgabe, nämlich Lianes Ehre wiederherzustellen. Ihr fahrt zu Brinkens und Wachaus und sagt dort, wie sich alles in Wahrheit verhält. Auch diese Frau Doktor Bartels muß das mit dem nötigen

Nachdruck erfahren. Durch eure gemeinsame Aufhebung der Majoratsbestimmung und eure Einigung fällt der Grund fort, lieber Joachim, deine erste Ehe länger zu verschweigen. Das ist auch eure eigene Angelegenheit, die keinen anderen angeht. Und wenn es euch möglich ist, dann bereitet dieser Frau Doktor Bartels eine recht unangenehme Stunde, als Strafe dafür, daß sie Liane so geängstigt und gehetzt hat.«

Die drei Menschen berieten nun in Eile noch das Nötigste. Als das geschehen war, ertönte von draußen ein heller trillernder Schrei – Steffies Signal.

»Da kommt unser Wildfang, Joachim. Ich habe noch eine gute Stunde Zeit bis zu meiner Abreise. Und die will ich benutzen, um Steffie auf unverfängliche Art zu unterrichten, daß sie eine Schwester hat. Ich bitte euch, Zeuge dieser Unterhaltung zu sein, damit ihr die Lesart kennenlernt, in der ich ihr die Neuigkeit unterbreite.«

Die beiden Herren stimmten zu. Gleich darauf trat Komteß Steffie ins Zimmer.

»Ah, da seid ihr ja alle!«

»Ja, Wildfang, da sind wir. Aber wie kommst du her? Du hast doch wohl noch Unterricht bei Fräulein Rückauf.«

Komteß Steffie lachte übermütig.

»Ach – ihr werdet mich nicht lange mehr mit Rückaufchens Erziehungsversuchen quälen. Ich finde nun wirklich, daß ich auf der Schulbank nichts mehr zu suchen habe. Ich lerne ja doch nichts mehr. Fräulein Rückauf kann entlassen werden«, erwiderte Steffie, ihre Arme um Vater und Mutter zugleich schlingend und sie bittend ansehend.

Graf Detlev sah Steffie lachend an.

»Ich will ein gutes Wort für dich einlegen, Steffie.«

Diese nickte ihm zu.

»Tu das, Detlev, du verdienst dir einen Gotteslohn.«

»Also, lieber Onkel, liebe Tante, entlaßt Steffie aus dem

Schulzwang. Was sie noch zu lernen hat, wird sie das Leben selbst lehren.«

Graf Joachim und seine Gemahlin sahen sich lächelnd an.

»Ja – aber was tun wir mit Fräulein Rückauf? Wir können sie doch nicht ohne weiteres entlassen. Was soll mit ihr geschehen?« fragte die Gräfin.

Komteß Steffie lachte übermütig auf.

»Oh – die versorge ich glänzend.«

»Du?«

»Ja, Mama – ich verheirate Rückaufchen mit unserem Herrn Pastor.«

Sprachlos sahen sie die Eltern an.

»Wie willst du denn das machen, Steffie?« fragte Graf Detlev.

»Oh, sehr einfach – die beiden lieben sich nämlich schon lange. Das habe ich bemerkt. Aber sie konnten, wie die berühmten Königskinder, nie zusammenkommen. Sie waren nämlich nie allein. Da habe ich nun ein wenig nachgeholfen. Ich habe eins von den Gärtnergören, die für mich durchs Feuer gehen, heute morgen zum Herrn Pastor geschickt, er möge sofort in den Schloßgarten kommen unter den großen Kirschbaum an der Mauer, ich hätte ihm was Wichtiges zu sagen. Na – und er kam. Rückaufchen wurde rot und blaß. Und da habe ich dem Herrn Pastor gesagt, ich müsse etwas sehr Wichtiges mit ihm besprechen, aber erst müsse ich zu euch gehen, und er möge in Fräulein Rückaufs Gesellschaft warten, bis ich zurückkomme. Damit bin ich fort und habe im Gebüsch gewartet, bis der Herr Pastor Mut zu einer Liebeserklärung gefunden hat. Als er Fräulein Rückauf den Verlobungskuß gab, bin ich vergnügt und froh davongegangen. Die beiden Glücklichen werden nicht so ungeduldig auf meine Rückkehr warten.«

»Aber Steffie! Was machst du für Sachen?« sagte ihre Mutter, während die beiden Herren sich des Lachens kaum erwehren konnten.

Steffie lachte.

»Ach, liebe, goldige Mama, zwing dich doch nicht zu einem strengen Gesicht. Gesteh doch ein, daß mein Verhalten einfach werktätige Nächstenliebe war. Die beiden hätten sich noch ewig mit ihrer ungestillten Sehnsucht herumgeplagt. Und ich fühle einfach die Verpflichtung in mir, Rückaufchen zu entschädigen für alles, was sie an mir erlebt und erlitten hat. Außerdem brauchen wir uns nun nicht mehr über ihre Zukunft den Kopf zu zerbrechen.«

Graf Detlev umarmte Steffie.

»Du Goldkerlchen, ich muß dir einen Kuß auf dein Stumpfsnäschen geben«, sagte er lachend.

Sie rüttelte ihn bei den Schultern.

»Du, Detlev – du hast mir doch eine freudige Überraschung versprochen. Deshalb bin ich hier. Also los! Laßt mich nicht lange zappeln. Ihr seht alle so verklärt aus. Sicher hat sich Detlev verlobt. Und ich möchte nun wissen, mit wem.«

Die Gräfin nahm Steffie in ihre Arme.

»Das will ich dir sagen, Kind. Also – mit deiner Schwester hat sich Detlev verlobt.«

Verdutzt sah die Komteß ihre Mutter an.

»Aber, Mama! Ich habe doch gar keine Schwester.«

»Doch, Steffie, du hast eine. Wir haben es dir nur aus gewissen Gründen bisher verheimlicht.«

Ungläubig sah die Komteß den Vater und Detlev an.

»Ach, macht doch nicht solche Scherze mit mir! Wie soll ich nun mit einem Mal zu einer Schwester kommen?«

»Das will ich dir sagen. Bisher mußte es für dich ein Geheimnis bleiben. Papa war, ehe er mich kennenlernte, schon einmal verheiratet. Seine Frau starb nach kurzer Ehe und hinterließ ihm ein Töchterchen. Das ist bei einer Verwandten in der Schweiz und in einem Pensionat erzogen worden. Allerlei Majoratsbestimmungen, um die wir uns jetzt nicht mehr zu kümmern brauchen, hinderten Papa, seine Tochter vor der Welt anzuerkennen, und auch du durftest bisher nichts wissen, damit du es im Unbedacht nicht ausplaudertest. Aber nun kann es alle Welt wissen – und du sollst es zuerst erfahren. Wirst du dich darüber freuen?«

Die Komteß sah ihren Vater an und fiel ihm um den Hals.

»Ach, Papa – du weißt doch, daß ich mir immer eine Schwester gewünscht habe. Mir hättest du es doch sagen können. Ich hätte es bestimmt nicht ausgeplaudert. Es war nicht recht von dir, es mir zu verschweigen.«

Graf Joachim drückte sein Töchterchen fest an sich.

»Nein, Steffie – es war nicht recht von mir«, sagte er bewegt. »Aber dafür sollst du nun auch eine liebe, schöne Schwester bekommen.«

»Ja? Ist sie lieb und schön?«

»Du hast es uns selbst gesagt, daß sie lieb und schön ist, Steffie«, nahm ihre Mutter wieder das Wort.

Die Komteß schüttelte erstaunt den Kopf.

»Ich, Mama? Ich kenne sie doch gar nicht.«

»Doch, du kennst sie. Du solltest sie erst unbefangen kennenlernen. Deshalb brachten wir sie mit dir zusammen, ohne daß du wußtest, wer sie war. Am Sonntag hast du sie kennengelernt – in Brinkenhof. Deine Schwester, die Komteß Liane Rastenau ist niemand anderes als Fräulein Liane Reinold.«

Komteß Steffie ließ sich ohne jede Grazie wie ein Plumpsack in den Sessel fallen.

»Jetzt bin ich aber sprachlos, Mama!«

»Ich wette, du bleibst es nicht fünf Minuten, Steffie«, neckte Detlev.

Und er hatte recht. Komteß Steffie sprang sogleich wieder auf und umarmte jubelnd Vater und Mutter zugleich.

»Ist das nun wirklich wahr? Die reizende Liane meine Schwester? Haltet ihr mich auch nicht zum Narren?«

»Nein, nein, Kind, mit solchen Dingen scherzt man doch nicht. Liane ist wirklich deine Schwester. Und bald wird sie Detlevs Frau.«

Komteß Steffie schluckte ein wenig. Irgend etwas stieg ihr im Hals auf. Als Rührung wollte sie es nicht gelten lassen. Aber ihre Augen wurden doch feucht.

Sie sah von einem zum andern.

»In meinem Kopf dreht sich das alles wie ein Mühlrad. Laßt mich doch mal fünf Minuten darüber nachdenken«, sagte sie, und man ließ sie lächelnd gewähren. Aber bald sprang sie in ihrer lebhaften Art wieder auf.

»Wißt ihr was? Jetzt fahre ich nach Brinkenhof und hole Liane. Was soll sie noch dort? Sie gehört doch uns. Und wir wollen doch etwas von ihr haben, ehe sie mit Detlev nach Greifenberg geht.«

Die Mutter umfaßte sie lächelnd.

»Mußt deine Sehnsucht schon noch ein Weilchen bezwingen, Steffie. Sie ist nicht mehr in Brinkenhof. Sie ist in Berlin. Und ich reise mit dem Mittagszug dahin, um sie heimzuholen.«

Steffie umarmte die Mutter stürmisch.

»Nimm mich mit, Mama.«

»Nein, Kind, jetzt kann ich dich nicht brauchen. Morgen um diese Zeit komme ich mit Liane zurück. Du darfst inzwischen Zimmer für sie aussuchen, sie schmücken und bereitmachen lassen.«

Steffie klatschte in die Hände.

»Ein richtiges Fest will ich vorbereiten zu ihrem Empfang. Du gibst mir freie Hand, Mama, ja?«

Die Gräfin lächelte und strich ihr die dunklen Locken aus der Stirn.

»Ich werde dich ganz nach deinem eigenen Ermessen schalten und walten lassen. Und ich hoffe, du zeigst, was du kannst.«

Erfreut tanzte die Komteß im Zimmer herum.

»O fein, fein! Ihr sollt euch wundern. Und nicht wahr, Mama, wenn Detlevs und Lianes Verlobung gefeiert wird, dann werde ich endlich in die Gesellschaft eingeführt als erwachsene junge Dame?«

Lächelnd sahen sich die Eltern an.

»Was sollen wir tun, Joachim?« fragte die Gräfin.

Graf Detlev legte den Arm um Steffie.

»Bitte, lieber Onkel, liebe Tante, erfüllt Steffies Wunsch. Ich stehe dafür ein, daß sie sich durchaus damenhaft benehmen wird und von diesem Tag an nicht mehr auf die Bäume klettert«, sagte er lachend.

»Nun also, es sei, Steffie. Ich kann dir heute keinen Wunsch versagen«, erwiderte ihr Vater.

Da drehte Steffie ihren Vetter vor Freude im tollen Wirbel im Zimmer herum.

»Halt, halt, Wildfang! Ist das etwa der Auftakt zur Damenhaftigkeit?« fragte Graf Detlev lachend.

Sie blieb aufatmend stehen.

»Nein, das war das Finale meiner Backfischzeit. Graf Detlev – Ihren Arm. Bitte, führen Sie mich zu meinen Eltern«, sagte sie gehalten und würdevoll.

Lachend reichte ihr der Vetter den Arm. Graziös legte sie die Fingerspitzen darauf und schritt gravitätisch neben ihm her auf die Eltern zu. Vor diesen machte sie einen tiefen regelrechten Hofknicks.

Aber sie vergaß doch die neue Würde gleich wieder und küßte Vater und Mutter bis zur Atemloskeit. Und dann half sie der Mutter, sich für die Reise fertigzumachen.

Als die Herrschaften nach einiger Zeit herunterkamen in die Schloßkapelle, traten gerade der Herr Pastor und Fräulein Rückauf mit etwas verlegenen Mienen ein.

»Ach, Herr Pastor – Sie hatte ich völlig vergessen! Mama muß nämlich plötzlich verreisen. Und weshalb ich Sie herbitten ließ, ist nun völlig hinfällig geworden. Verzeihen Sie mir«, sagte die Komteß schelmisch.

Der Pastor verneigte sich.

»Bitte sehr, gnädigste Komteß, ich bin gern gekommen. Und wenn die Herrschaften gestatten – ich möchte nicht aufhalten –, aber ich erlaube mir nur zu melden, daß ich mich soeben mit Fräulein Rückauf verlobt habe. Würden Sie gestatten, daß ich meine Braut zu meiner Mutter bringe?«

Man gratulierte herzlich, und Fräulein Rückauf wurde beurlaubt. Die Komteß umarmte ihre Erzieherin und flüsterte ihr zu:

»Rückaufchen, habe ich's recht gemacht? Ohne meinen Gewaltstreich hätte der Herr Pastor noch lange nicht den Mut gefunden.«

»Komteßchen?« fragte Fräulein Rückauf betreten.

Diese nickte.

»Ja, ich habe ihn eigens zu seiner Verlobung herzitiert. Die Geschichte dauerte mir zu lange. Die Quälerei konnte ich nicht mehr mit ansehen. Sind Sie böse?«

Fräulein Rückauf sah verschämt lächelnd in das strahlende junge Gesicht und schüttelte den Kopf.

Da war Komteß Steffie herzlich zufrieden.

Sie stand unter dem Portal und winkte den Eltern und Detlev zu, als diese davonfuhren. Und als sie sich dann in die Halle zurückwandte, sah sie gerade noch, wie der Herr Pastor und Fräulein Rückauf auseinanderfuhren.

»Ich gebe Ihnen Urlaub bis heute abend, Rückaufchen. Heute lerne ich nicht mehr – überhaupt nicht mehr. Ich empfehle mich als erwachsen.«

Sie machte einen Knicks vor dem Brautpaar und eilte lachend die Treppe hinauf. Arm in Arm schritt das Bautpaar davon.

Die beiden Grafen Rastenau fuhren vom Bahnhof aus gleich nach Brinkenhof. Sie trafen dort gerade ein, als man zu Tisch gehen wollte.

Brinkens begrüßten die beiden Herren sehr herzlich.

»Das ist eine seltene Freude, Sie in Brinkenhof zu sehen, lieber Graf. Seien Sie uns herzlich willkommen«, sagte Herr von Brinken zu Graf Joachim.

»Ja, wahrhaftig, mein Mann hat recht. Sie machen sich rar bei uns. Und nun müssen Sie bei uns unbedingt zu Tisch bleiben und einen Löffel Suppe mit uns essen«, fügte seine Frau hinzu.

Graf Joachim küßte ihr die Hand.

»Sehr gern, gnädige Frau, wenn wir keine Umstände verursachen.«

»Umstände gibt es nicht.«

»Dann nehmen wir dankend an. Aber vorher müssen Sie uns gestatten, Ihnen eine Eröffnung zu machen. Wir kommen nicht zufällig zu Ihnen, sondern in ganz bestimmter Absicht.«

Frau von Brinken sah Graf Joachim mit ihren klugen Augen an und nickte.

»Das konnte ich mir denken. Ich gehe wohl nicht fehl, wenn ich annehme, daß Ihr Erscheinen mit Graf Detlevs Besuch von heute morgen zusammenhängt?«

»So ist es, liebe gnädige Frau. Sie gestatten, daß ich sogleich, auch in Gegenwart Fräulein Hannas, spreche?«

Hanna hatte in Graf Detlevs glückstrahlenden Augen gelesen und drückte verstohlen die Hand auf das unruhig klopfende Herz. Nun sagte sie tapfer lächelnd zu ihm:

»Ich hoffe, lieber Freund, Sie sind auf irgendeine Weise Ihrer Sorgen und Unruhen ledig geworden.«

Detlev küßte ihr die Hand.

»Ja, Fräulein Hanna. Ich habe meinem Onkel gesagt, wie fest Ihr Glaube an die Unschuld meiner Braut war. Und er will Ihnen dafür danken.«

Graf Joachim führte ebenfalls Hannas Hand an seine Lippen.

»Ja, Fräulein Hanna – ich danke Ihnen von Herzen dafür. Und damit Sie nun den Zweck unseres Besuches kennenlernen, will ich Ihnen sagen, daß ich gekommen bin, um Liane Reinolds Ruf in Ihren Augen wiederherzustellen, meine verehrten Herrschaften. Die junge Dame ist fälschlich verleumdet worden. Ich kann Ihnen dafür die sicherste Mitteilung machen, denn ich bin der ›angebliche Onkel‹, den Frau Doktor Bartels in eine so häßliche Beziehung zu Liane Reinold brachte.«

Brinkens sahen betroffen in sein Gesicht.

»Sie, Graf Rastenau?« fragte Frau von Brinken konsterniert.

»Ja, meine gnädige Fau, ich bin der Mann, der für Fräulein Reinold eine Wohnung einrichtete und Frau Doktor Bartels als Ehrendame für sie angestellt hat. Ich habe damit einen schlechten Griff getan, denn diese Frau war ihr nicht ein Schutz, sondern eine Gefahr. Sie wußte allerdings nicht, was fast allen Menschen bisher ein Geheimnis war, daß Liane Reinold in Wirklichkeit die Komteß Liane Rastenau, meine Tochter aus erster Ehe mit Dora Reinold, einer Dame aus bürgerlichen Kreisen, ist. Um weiteren Mißverständissen vorzubeugen, teile ich Ihnen, meine verehrten Herrschaften, diese Tatsache, die bisher Familiengeheimnis war, mit, zugleich mit der Nachricht, daß ich meinem Neffen die Hand meiner Tochter Liane zugesagt habe.«

Brinkens waren fassungslos über diese Nachricht. Aber diese guten, vornehm denkenden Menschen freuten sich herzlich, daß Lianes Ruf zweifelsfrei wiederhergestellt wurde.

Hanna faßte sich zuerst. Tief erblaßt, mit feuchtschimmernden Augen reichte sie Graf Detlev die Hand.

»Gott sei Dank! Wir haben ja beide gewußt, daß sie schuldlos war, lieber Freund. Ich hätte auch nie wieder an einen Menschen glauben können«, sagte sie mit verhaltener Stimme. Auch Frau von Brinken atmete auf.

»Lieber Graf, glauben Sie mir, ich freue mich herzlich, mich getäuscht zu haben. Nie ist es mir schwerer geworden, an eines Menschen Schuld zu glauben. Aber die junge Dame war so verzweifelt, so vernichtet, daß ich nicht anders konnte.«

»Sie wollte sich nicht rechtfertigen, aus Angst, mir Ungelegenheiten zu bereiten. Übrigens weiß sie selbst noch nicht, daß sie meine Tochter ist. Sie hält sich für meine Pflegetochter, mich für einen Freund ihrer Eltern. Aber nur ein so niedriger Charakter wie Frau Doktor Bartels konnte unserem Verhältnis eine solche Deutung geben. Nichts als ihre häßliche Phantasie berechtigte sie, an ein anderes Verhältnis zwischen uns zu glauben, als es zwischen Vater und Tochter üblich ist.«

Bei Tisch gab es dann eine erregte Unterhaltung über die Geschehnisse. Graf Joachim berichtete Brinkens so viel wie er für nötig hielt, über sein langjähriges Geheimnis.

Diese begnügten sich vollständig mit seiner Erklärung. Sie fragten und forschten nicht nach Sachen, die nur die gräfliche Familie angingen.

Gleich nach Tisch brachen die beiden Herren auf, um zu Wachaus zu fahren.

Dort angekommen, ließen sie sich bei der Baronin melden und wurden von dieser angenommen.

Auch die Baronin wurde aufgeklärt und sprach ihr Bedauern wegen dieses Mißverständnisses aus. Sie war außer sich, daß ihre Gesellschafterin ihr so phantastische, häßliche Vermutungen als Wahrheit aufgetischt hatte. Dadurch wurde sie ihr vollends widerwärtig.

Als sie Graf Joachim bat, Frau Doktor Bartels herbeirufen zu lassen, nickte sie lebhaft.

»Sofort, lieber Graf. Erteilen Sie ihr eine tüchtige Lektion. Das hat sie verdient. Und ich werde sie sofort entlassen. Ihr Betragen ist nicht derart, daß ich sie länger um mich dulden möchte. Man ist wahrhaftig nicht sicher, daß sie ihr verleumderisches Handwerk nicht weiter treibt. Sie scheint eine ganz gefährliche Person zu sein«, sagte sie erregt.

Frau Doktor Bartels wurde gerufen.

Als sie eintrat und die beiden Herren erblickte, verfärbte sie sich, und ihre Augen bekamen einen falschen, scheuen Blick. Aber sie faßte sich schnell und richtete sich kampfbereit auf.

Graf Joachim trat ruhig vor sie hin und sah sie mit großen Augen an.

»Frau Doktor Bartels, Sie haben über mich und Fräulein Liane Reinold böswillige Verleumdungen verbreitet. Sogar meine Frau haben Sie damit zu belästigen gewagt. Wider besseres Wissen haben Sie das getan, denn ich hatte Ihnen ausdrücklich gesagt, daß Familienangelegenheiten das etwas geheimnisvolle Verhältnis zwischen Fräulein Reinold und mir nötig machten. Ich will Ihnen nicht sagen, was ich über Ihre Handlungsweise denke.«

Frau Doktor Bartels richtete sich kriegerisch auf.

»Ich habe getan, was ich für meine Pflicht hielt.«

Finster sah er sie an.

»Solange ich Sie in Ihrer bequemen Stellung beließ, sahen Sie Ihre Pflicht von einer anderen Seite an. Erst als ich

Ihnen kündigte, wurden Sie agressiv. Aber ich will mich nicht weiter darüber verbreiten. In aller Kürze will ich Ihnen nur mitteilen, um weitere Verleumdungen Ihrerseits zu unterbinden, daß Fräulein Liane Reinold nicht meine Pflegetocher, sondern meine Tochter aus erster Ehe, die Komteß Liane Rastenau ist. Ich mache Sie darauf aufmerksam, daß ich weitere Verleumdungen Ihrerseits strengstens strafrechtlich verfolgen lassen werde.«

Frau Doktor Bartels war fassungslos. Ihr Unterkiefer klappte haltlos herab. Ihre ganze falsche Würde war ihr abhanden gekommen. Betreten sah sie nach der Baronin hinüber, die sich verächtlich von ihr abwandte.

Endlich stieß sie unsicher hervor:

»Das habe ich nicht gewußt, Herr Graf.«

»Ebensowenig haben Sie gewußt, was Sie verbreitet haben. Aber Sie behaupteten es mit unerhörter Dreistigkeit, als hätten Sie Beweise dafür.«

Sie knickte zusammen unter seinem strafenden Blick.

»Ich bitte um Entschuldigung. Ich handelte nach bestem Ermessen und habe das Beste gewollt.«

»Sie gestatten, daß ich das bezweifle.«

»Herr Graf – vergessen Sie doch bitte nicht, daß ich Ihren Namen schonte. Kein Mensch außer Ihrer Frau Gemahlin hat ihn von mir gehört.«

Er sah sie verächtlich an.

»Meinen Namen wagten Sie wohl nicht zu verunglimpfen, wie den meiner schutzlosen Tochter, die Sie freilich für noch schutzloser hielten als sie es ist. Sie hätten sie erbarmungslos vernichtet, wenn es in Ihrer Macht gelegen hätte.«

Hier mischte sich die Baronin in das Gespräch.

»Da muß ich Ihnen beipflichten, lieber Graf. Ich halte Sie für einen sehr gefährlichen Charakter, Frau Doktor, in dessen Nähe man vor nichts Schlimmem sicher ist. Und deshalb muß ich Sie bitten, Ihre Stellung bei mir sofort zu verlassen. Es ist wohl das beste, Sie reisen noch heute ab. Was Ihnen an Entschädigung zusteht, lasse ich Ihnen anweisen. Sie können sich sogleich zurückziehen und Ihre Sachen packen.«

Damit war Frau Doktor Bartels' wenig verdienstvolle Mission beendet. Sie verneigte sich ziemlich betreten und ging hinaus.

Die Zürückbleibenden schwiegen eine Weile. Dann sagte die Baronin aufatmend:

»Ich bin sehr ärgerlich über mich selbst, daß ich mich von dieser unangenehmen Person so düpieren ließ, statt dem guten Eindruck zu glauben, den Komteß Liane auf mich machte.«

»Sie müssen sich nicht darüber ärgern, gnädigste Baronin. Wie konnten Sie annehmen, daß diese Frau ihre Anschuldigungen aus der Luft griff? Wir wollen die ganze Angelegenheit als erledigt ansehen.«

Gleich darauf kam Baron Hans von einem Spaziergang nach Hause.

Er erfuhr nun erst von der ganzen Angelegenheit und war empört über die entlassene Gesellschafterin seiner Mutter.

»Gottlob, daß du sie los bist, Mama, ich habe sie immer unausstehlich gefunden«, sagte er.

Graf Detlev bestellte ihm lächelnd einen Gruß von Steffie und erzählte lachend ihren neuesten Streich, der die Verlobung ihrer Erzieherin zur Folge hatte.

Baron Hans sah strahlend zu seiner Mutter hinüber.

»Prachtvoll hat Burgfräulein Übermut das gemacht. Sie ist ein goldiger Mensch«, sagte er entzückt.

Graf Joachim teilte nun Mutter und Sohn mit, daß Graf Detlev die Komteß Liane zu seiner Gemahlin machen würde.

Die Herrschaften freuten sich mit ihm und gratulierten herzlich.

Graf Joachim fuhr dann fort:

»Zur Feier dieser Verlobung werden wir alle unsere Freunde in Schloß Rastenau sehen. Ich will bei dieser Gelegenheit nicht nur meine älteste, sondern auch meine jüngste Tochter der Gesellschaft vorstellen. Steffie hat sich ihrer Erzieherin durch deren Verlobung so energisch entledigt, daß wir sie als erwachsene junge Dame gelten lassen müssen.«

Baron Hans nickte lebhaft.

»Und mit Recht. Großartig, daß es die Komteß durchgesetzt hat.«

Graf Joachim lachte.

»Ich fürchte, unser Wildfang wird noch manch liebes Mal aus der Rolle fallen.«

»Und ich hoffe, daß sie niemals ihre ursprüngliche, natürliche Frische verliert. Gott sei Dank, daß sie kein gedrechselter Schablonenmensch ist«, ereiferte sich Baron Hans.

Seine Mutter und Graf Joachim sahen sich verstohlen lächelnd an. Sie hatten, im Verein mit Gräfin Stefanie, vor einiger Zeit darüber gesprochen, wie gern sie es sähen, wenn aus Baron Hans und Komteß Steffie ein Paar würde.

Als nach etwa einer Stunde die beiden Grafen nach Hause fuhren, kam Baron Hans mit einem großen Rosenstrauß herbei, an dem ein Brief befestigt war. Den legte er in den Wagen.

»Lieber Detlev, du bist so freundlich, Rosen und Brief Komteß Steffie mit einem ergebenen Gruß von mir zu übergeben«, bat er.

Graf Detlev nickte und reichte ihm mit kräftigem Druck die Hand.

»Wird prompt besorgt, Hans.«

Der Wagen fuhr davon.

Frau Doktor Bartels sah ihm mit sehr gemischten Gefühlen nach vom Fenster ihres Zimmers aus. Jetzt erfüllte sich an ihr, was sie Liane zugedacht hatte – sie war schimpflich entlassen worden.

Als die beiden Grafen Greifenberg passierten, gab Graf Detlev dort Weisung, daß er die Nacht in Rastenau bleiben wolle.

In Schloß Rastenau angelangt, überreichte er Steffie die Blumen und den Brief.

Errötend öffnete Steffie den Umschlag und zog die Visitenkarte Baron Wachaus heraus. Da las sie:

Herzlichen Glückwunsch zum Eintritt in den Bund der Erwachsenen. Mit einem ergebenen Handkuß

Ihr Baron Hans Wachau.

Vergnügt schwenkte Steffie die Rosen. Und dann eilte sie davon. Sie behauptete, unheimlich viel zu tun zu haben.

Lächelnd sahen ihr die beiden Herren nach. Und dann plauderten sie über die Erlebnisse der letzten Tage, bis sie mit Steffie zur Abendtafel gingen.

18

Liane war in einer verzweifelten Stimmung in Berlin angekommen. Sie fand Aufnahme in der Pension Wesemann, und zwar erhielt sie wieder dasselbe Zimmer, das sie das erstemal bewohnt hatte.

Müde und elend saß sie nun dort den ganzen Tag, wie gebeugt unter einer schweren Last, in einem Sessel am

Fenster und starrte vor sich hin. Ihr Herz war voll Kummer und Not. Aller Lebensmut war ihr genommen.

Ihre Koffer standen noch unausgepackt. Sie hatte keine Lust, etwas zu tun. Es war ihr alles, außer ihrer Herzensnot, so gleichgültig. Das Essen hatte man ihr aufs Zimmer gebracht, sie hatte es kaum berührt. Unablässig flogen ihre Gedanken zwischen Greifenberg und Rastenau hin und her. Was würden die beiden Männer tun, die ihres Lebens Inhalt geworden waren, jeder in einer anderen Weise.

Sie fand keine Antwort auf diese Frage. Ganz verlassen und verloren kam sie sich vor in der weiten Welt. Nachts hatte sie keinen Schlaf finden können und lauschte auf das nie ersterbende Leben der Großstadt. In Brinkenhof war es so lautlos still gewesen. Der Gegensatz fiel ihr auf. Wagen um Wagen fuhr da unten vorüber, verlorene Laute von Menschenstimmen drangen zu ihr herauf. Und sie war allein – allein. Nun war sie müde nach der durchwachten Nacht, und schließlich fielen ihr die Augen zu.

Erschrocken wachte sie auf, als an ihre Tür geklopft wurde. Auf ihren Anruf erschien eine Dienerin.

»Gnädiges Fräulein, eine Dame, die eben angekommen ist und hier Wohnung genommen hat, wünscht Sie zu sprechen.«

Liane erblaßte. Sie war schreckhaft geworden. Ihr unruhiges Gemüt spiegelte ihr neue Schrecknisse vor.

»Eine Dame?« fragte sie scheu.

»Ja – eine ältere Dame –, sie mag etwa vierzig Jahre alt sein.«

»Und sie will mich sprechen?«

»Ja. Sie fragte gleich bei ihrer Ankunft, ob Sie hier wohnen. Und nun hat sie mich zu Ihnen geschickt mit der Bitte, Sie möchten ihr eine Unterredung gestatten.«

»Wie ist ihr Name?« fragte Liane unruhig.

»Das will sie Ihnen selbst sagen. Es sei eine dringende Familienangelegenheit, sie käme vom Grafen Joachim Rastenau.«

Liane sprang auf. Ihr Herz klopfte rasch und laut. Onkel Joachim – er schickte ihr Nachricht?

»Ich lasse bitten«, sagte sie heiser vor Erregung.

Die Dienerin verschwand. Gleich darauf ließ sie eine elegante, sehr vornehm aussehende Dame ins Zimmer treten, die Liane ganz fremd war.

Einen Augenblick standen sich die beiden Frauen gegenüber und sahen sich stumm und forschend an. Gräfin Stefanie fühlte sich tief bewegt, als sie in das schöne, traurige Mädchengesicht sah.

»Was verschafft mir die Ehre, gnädige Frau?« fragte Liane endlich, auf einen Sessel deutend.

Gräfin Stefanie ließ sich jedoch nicht nieder. Sie trat auf Liane zu und faßte ihre Hand.

»Mein armes, liebes Kind, ich bin gekommen, um dich heimzuholen nach Rastenau, wohin du gehörst, wo deine Heimat ist.«

Liane erzitterte.

»Gnädige Frau! – Wer sind Sie, gnädige Frau?«

Die Gräfin lächelte gütig.

»Wer ich bin? Deine Mutter von heute an, mein liebes Kind, wenn du es mich sein lassen willst. Ich bin die Gräfin Rastenau – die Gattin Graf Joachim Rastenaus.«

Liane zuckte zusammen und sah sie mit großen erschrockenen Augen an.

»O mein Gott!« rief sie ängstlich.

Aber die Gräfin ließ ihr keine Zeit, sich in ihre Unruhe hineinzusteigern. Sie nahm Liane ohne Umstände in ihre Arme, an ihr gütiges Herz.

»Meine arme, kleine Liane, was hat man dir angetan. Aber nun sollst du das alles vergessen. Du bist mein liebes

Kind. Ich weiß alles – mehr als du selbst. Und damit ich mich gleich als deine gute Mutter zeige und du mich ein wenig liebgewinnst, will ich mich gut bei dir einführen. Ich bringe dir herrliche Geschenke mit. Weißt du, was ich dir bringe?«

Liane schüttelte den Kopf. Ihr war, als träume sie einen herrlichen Traum. »Ich weiß nur, daß mir zumute ist, als sei mir der Himmel geöffnet worden.«

Liebevoll küßte die Gräfin Liane auf die Stirn.

»Also gib acht, Liane, wenn ich meine Gaben vor dir ausbreite. Ich bringe dir einen Vater, eine Schwester, einen Verlobten, mich selbst – und eine Heimat. Was sagst du dazu?«

Liane stürzten die Tränen aus den Augen. Sprechen konnte sie nicht. Sie barg ihr Antlitz an der Schulter der Gräfin und weinte sich ihre ganze Angst und Not vom Herzen. Beruhigend streichelte die Gräfin ihr Haar.

»Nun mußt du vor allen Dingen eines hören, Liane. Der Mann, den du Onkel Joachim nanntest, der ist in Wahrheit – dein Vater.«

Liane zuckte zusammen und starrte sie ungläubig an.

»Mein Vater? Mein Vater?« rang es sich über ihre Lippen.

»Ja, Liane. Du bist nicht Liane Reinold, sondern die Komteß Liane Rastenau.«

Außer sich barg Liane ihr Gesicht in den Händen.

»Mein Gott! Kann denn das wahr sein?« fragte sie erschüttert.

»Ja, mein Kind, es ist wahr. Ich will dir alles erzählen und erklären.«

Sie nahm Liane wieder in die Arme und begann mit ihrem Bericht. Nichts verschwieg sie ihr, auch nicht das Unrecht ihres Vaters. Denn gerade das mußte Liane zeigen, wie groß die Notwendigkeit für Graf Joachim gewesen war, bisher seine Tochter zu verleugnen.

Wie im Traum hörte Liane zu, wie in einem holden, schönen Traum, aus dem sie zu erwachen fürchtete.

Und als die Gräfin geendet hatte, sprach sich auch Liane alles vom Herzen, was sie noch bedrückte, und was ihr noch unklar war.

Innig umschlungen, wie Mutter und Tochter, saßen die beiden Frauen beisammen und kamen sich mit jeder Minute im Herzen näher.

»Und morgen früh reisen wir heim, mein liebes Kind. Zu Hause warten sie alle voll Sehnsucht auf dich. Wer die größte Sehnsucht hat, ob der Vater, Steffie oder Detlev, das weiß ich wirklich nicht. Am liebsten wären sie alle mitgekommen, um dich heimzuholen. Aber das ließ ich nicht zu. Ich wollte mir doch auch erst mein Anrecht an deine Liebe verdienen«, sagte die Gräfin lächelnd.

Liane umarmte sie impulsiv.

»Meine liebe, gütige Mutter, wie will ich dich lieben und dir danken für deine Herzenswärme.«

Komteß Steffie hatte seit der Abreise ihrer Mutter eine fieberhafte Tätigkeit entwickelt. Alle Dienstboten wirbelte sie durcheinander. Auch Fräulein Rückauf mußte, als sie glückstrahlend aus dem Pfarrhaus zurückkam, mithelfen.

»Sie binden Girlanden und Blumensträuße und füllen alle Vasen, Rückaufchen. Denn zu einer prosaischeren Arbeit sind Sie doch in Ihrem Brautglück nicht zu gebrauchen«, sagte Steffie.

Ganze Körbe voll Blumen ließ sie herbeischleppen. Und die schönsten Rosen schmückten Lianes Zimmer.

Ihr Vater ließ sie lächelnd gewähren. Gerührt strich er über ihr Haar, wenn sie ihn wieder und wieder von seiner Arbeit fortholte, damit er eine neue Anordnung bewundern sollte. Die Gräfin und Liane wurden mit dem Mittagzug erwartet. Sie würden eine Stunde vor Beginn der

Tafel in Schloß Rastenau eintreffen. Und natürlich bestimmte Steffie auch das Menü. Es mußte sehr festlich werden. Unter fünf Gängen tat sie es nicht. Sekt wurde kaltgestellt. Die herrlichsten Leckerbissen wurden ausgesucht. Es durfte an nichts fehlen.

Auf den Schreibtisch in Lianes künftigen Zimmern stellte sie die neuesten Photographien von sich, den Eltern und Detlev. Die letztere umkränzte Steffie selbst mit kleinen Rosenknospen.

Detlev war am Morgen noch einmal in Greifenberg gewesen. Als er eine Stunde vor Eintreffen des Zugs wieder in Rastenau anlangte, zog ihn Steffie eiligst vor sein umkränztes Bild in Lianes Zimmer.

»Sieh dir das an, Detlev. Wie gefällt es dir?«

Er lachte, um seine Rührung zu verbergen.

»Wundervoll nehme ich mich aus zwischen den Röschen.«

Sie gab ihm einen kleinen Nasenstüber.

»Du – gelacht wird nicht darüber. Das ist eine sehr ernsthafte Angelegenheit. Natürlich habe ich dein Bild nicht mit Rosen umkränzt, weil sie dir so besonders gut zu Gesicht stehen, sondern nur, um Liane eine Freude zu machen.«

Er umarmte und küßte sie.

»Zank nicht, Steffie. Aber wenn einem vor Glück das Herz im Leibe lacht, dann kann man doch kein ernsthaftes Gesicht machen.«

Sie nickte schnell versöhnt.

»Nun ja, das kann ich schon verstehen. Sag mal, habe ich die Blumen nicht famos angeordnet? Den ganzen Garten habe ich geplündert. So ein Tag wie heute, der kommt so bald nicht wieder. Und bis zu eurem Verlobungsfest wachsen wieder welche nach.«

»Wachsen die so schnell?« fragte er neckend.

»Na, sonst läßt du aus Greifenberg welche herüberschaffen.«

Er atmete tief auf.

»Einen Korb voll der schönsten roten Rosen habe ich von Greifenberg schon heute mitgebracht, Steffie. Ich möchte doch Liane auch mit Blumen begrüßen. Aber hier hast du mir ja gar keinen Platz gelassen.«

Sie stutzte.

»Ach so! Daran hätte ich eigentlich denken können. Aber warte, das werden wir gleich ändern. Deine Blumen müssen natürlich den besten Platz haben, hier mitten im Zimmer auf dem runden Tisch. Was da steht, wird noch hinunter in die Halle gebracht, da ist noch viel Platz. Schnell, laß deine Rosen heraufbringen.«

Das geschah.

Steffie ordnete sie in einer großen Jardiniere und gab ihnen frisches Wasser.

»So, Detlev – reizend sieht das aus. Und wie sie duften! Hast du auch etwas dazu geschrieben?«

Er nickte und holte ein Kuvert hervor.

Sie steckte es in die Blumen.

»Hast du am Ende gar ein Gedicht gemacht, Detlev?«

Er küßte sie lachend.

»Mir ist schon zum Versemachen, Steffie. Aber ich glaubte, sie würden mir trotzdem sehr schlecht geraten. Und was ich Liane zu sagen habe – das ist auch in Prosa echte Poesie.«

Verträumt blieb Steffie eine Weile vor den Rosen stehen, und ihre Brust hob sich in einem tiefen Atemzug.

»Ach, Detlev – verloben muß wunderschön sein.«

Er schob die Hand in ihren Arm.

»Mach's uns bald nach, Steffie, du bist ja nun erwachsen.«

Sie schüttelte errötend den Kopf.

»Wer weiß, ob mich einer mag. Ich bin so ein unnützer Wildfang und – ich fürchte, ein wenig werde ich das immer bleiben.«

Lächelnd sah er sie von der Seite an.

»Das sollst du auch. Hans Wachau sagte gestern auch, als wir von dir sprachen, er hoffe, daß du niemals deine ursprüngliche, natürliche Frische verlieren würdest. Als ich ihm erzählte, wie du Fräulein Rückauf verlobt hast, meinte er, du seiest ein goldiger Mensch. Der will dich also sicher nie anders haben, als du bist.«

Sie atmete auf. Ihre Augen strahlten.

Komteß Steffie war eben erst mit ihrem Umzug fertig und kam gerade die Treppe herab, als der Wagen mit der Gräfin und Liane vorfuhr.

Und wenige Minuten später lag Liane fassungslos in den Armen ihres Vaters.

Auch er hatte feuchte Augen.

Gräfin Stefanie führte Graf Detlev und ihre Tochter leise und still ins Nebenzimmer.

»Ihr beiden kommt auch an die Reihe«, sagte sie mit ihrem gütigen Lächeln.

Vater und Tochter hatten sich nicht mehr viel zu sagen. Die Gräfin hatte alles erklärt und berichtet. Sie sahen sich an und hielten sich umschlungen.

»Ich habe dich immer geliebt, wie ich nur einen Vater lieben konnte«, sagte Liane halb erstickt vor Erregung.

»Mein Kind, mein liebes Kind – endlich darf ich dich so nennen«, stammelte Graf Joachim tief bewegt.

Nach einer Weile aber ließ er sie aus den Armen und rief Steffie herein. Und er legte die beiden Schwestern einander in die Arme. Sie lachten und weinten durcheinander und herzten und küßten sich.

Steffie dachte aber dann an Detlevs sehnsüchtige

Augen. Er lief drüben im Nebenzimmer wie ein gefangenes Tier auf und ab.

Sie küßte Liane noch einmal herzhaft auf den Mund, und dann schob sie ihre Hand unter des Vaters Arm.

»So, Papa – wir haben jetzt vorläufig einmal unser Teil, nun soll auch Detlev zu seinem Recht kommen«, sagte sie, ihn mit sich hinausziehend. Und drüben faßte sie Detlev bei den Schultern und schob ihn ins Zimmer zu Liane.

»Bis wir zu Tisch gehen, lasse ich euch nicht stören«, flüsterte sie ihm zu und schloß die Tür energisch hinter ihm.

Liane stand hold erglühend und schöner als je vor Detlev. Schnell trat er zu ihr und faßte ihre zitternden Hände.

»Liane – ist nun alles gut? Willst du nun mein eigen sein für alle Zeit?« fragte er mit verhaltener Zärtlichkeit und sah sie mit brennender Sehnsucht an.

Sie blickte zu ihm auf mit ihren herrlichen, goldig schimmernden Augen.

»Ich habe dich lieb, Detlev, unsagbar lieb – und lege freudig mein Geschick in deine Hände.«

Da zog er sie mit einem tiefen Atemzug fest in seine Arme, und ihre Lippen fanden sich in seliger Wonne im ersten süßen Kuß der Liebe. Es war, als wollten sie sich so halten in alle Ewigkeit.

Endlich löste sie sich errötend aus seinen Armen und sah sich um nach den anderen. Aber sie waren ganz allein. Und er nahm sie wieder in seine Arme.

»Bist du nun glücklich, mein liebes, süßes Herz?« fragte er zärtlich.

Sie schmiegte sich an ihn.

»So reich und glücklich, daß mir bangen könnte. Jetzt habe ich so viel zu verlieren.«

Er küßte ihre Augen.

»Nicht bangen, Liebling. Du hast viel Kummer und Herzeleid hinter dir, vor dir kann nur noch heller Sonnenschein liegen. Alle Schatten sind gebannt.«

Sehr lange konnten sich die Liebenden freilich nicht angehören. Mit energischem Ruck öffnete Steffie wieder die Tür.

»Komm nun auf dein Zimmer, Schwesterlein, damit du schnell den Reisestaub abschütteln kannst. Wir wollen zu Tisch gehen«, sagte sie.

Als sie dann in dem rosengeschmückten Zimmer stand, umfaßte sie Steffie innig.

»Du hast das so schön für mich geschmückt, Schwesterchen.«

»Ich wollte dir doch auch etwas zuliebe tun, Liane. Aber der Strauß da auf dem Tisch ist von Detlev. Und es steckt auch ein Briefchen drin. Ich lasse dich jetzt allein. Aber in zehn Minuten mußt du fertig sein. Ich hole dich wieder ab.«

Sie küßten sich noch einmal, und Steffie ging.

Liane barg ihr heißes Antlitz in den frischen Rosen. Dann nahm sie den Brief heraus, öffnete ihn und las:

Meine Liane!

Ich glaube, wenn ich Dich sehe, ist mein Herz so voll, daß ich nicht sprechen kann. Deshalb will ich Dir hiermit sagen: Meines Herzens Sehnsucht ist bei Dir Tag und Nacht. Ich hätte nicht von Dir lassen können, auch dann nicht, wenn ein gütiges Geschick nicht alle Hindernisse aus unserem Weg geräumt hätte. Laß Dir von diesen Rosen sagen, wie lieb ich Dich habe, und werde bald mein eigen.

In heißer, inniger Liebe

Dein Detlev.

Eine Weile stand sie mit geschlossenen Augen da. Dann breitete sie die Arme aus: »Vater im Himmel, behüte mein Glück, für das ich dir danke aus Herzensgrund.«

Komteß Liane Rastenau wurde an ihrem Verlobungsfest in alle ihre Rechte eingesetzt. Eine große, glänzende Gesellschaft füllte die Festräume des Schlosses. Natürlich waren auch Brinkens und Baron Wachau mit seiner Mutter geladen. Hanna und Liane umarmten sich schweigend, als sie sich wiedersahen.

Niemand ahnte, daß Hannas große leuchtende Augen von dem edelsten Sieg sprachen, den ein Mensch erringen kann: dem Sieg über das eigene Herz. Sie gönnte Liane neidlos ihr Glück, weil sie zugleich Graf Detlev glücklich machte.

Komteß Steffie sah neben ihrer schönen Schwester aus wie eine liebliche Rosenknospe neben einer eben erblühten Rose. Bewundernde Blicke folgten dem reizenden Schwesternpaar. Und Graf Joachim drückte immer wieder verstohlen die Hand seiner Gemahlin und sah ihr strahlend in die Augen. Ein zärtlicher Stolz auf seine schönen Töchter leuchtete aus seinen Blicken.

Graf Detlev wich kaum von der Seite seiner Verlobten. Und Baron Wachau rechnete immer wieder aus, wie lange er noch warten müsse, bis er um Komteß Steffie anhalten könne. Und bei jedem neuen Exempel kürzte er die Wartezeit noch ein wenig.

Den Rest des Sommers, den Herbst und Winter blieb Liane in Schloß Rastenau – ein glückliches, beschütztes und behütetes Menschenkind.

Aber um die Osterzeit holte sie dann Graf Detlev heim nach Greifenberg. Schwer genug war ihm die lange Frist geworden. Und doch hatte er Onkel Joachim seine Tochter nicht gleich wieder entführen wollen. Und während der

Hochzeitsfeier des jungen Paares fanden sich zwei andere junge Herzen zusammen fürs Leben.

Komteß Steffie hatte sich in den letzten Monaten, im steten Zusammensein mit der geliebten Schwester, die ihr ein herrliches Vorbild war, sehr damenhaft entwickelt, ohne jedoch das mindeste an ihrer frischen Natürlichkeit einzubüßen. Und zum Hochzeitsfest ihrer Schwester sah sie entzückend aus.

Das fand vor allen Dingen Baron Wachau, der sie nicht aus den Augen ließ. Zwischen den beiden jungen Menschen herrschte noch immer der heitere Neckton, aber zuweilen klang durch denselben das leise Vibrieren eines wärmeren Empfindens.

Und heute nun, bei Lianes Hochzeitsfeier, kam plötzlich im größten Festtrubel eine traurige Stimmung über Steffie. Liane würde fortgehen mit Detlev, und wenn sie von der Hochzeitsreise zurückkamen, wohnten sie in Greifenberg, und sie konnte nicht, wie jetzt immer zu Liane laufen, wenn sie etwas auf dem Herzen hatte.

Einsam würde es werden auf Schloß Rastenau, viel einsamer als früher, ehe Liane kam. Da war wenigstens Detlev oft dagewesen. Der würde auch nicht mehr so oft kommen.

Steffie sah sich um. Da bemerkte sie, daß sich Hans Wachau sehr angeregt mit einer jungen Dame unterhielt, die ihm entschieden schöne Augen machte.

Und da schoß ihr die Erkenntnis ihrer Liebe zu Hans Wachau wie ein Blitz durch ihre Seele. Zugleich wachte etwas wie zornige Eifersucht auf. Wie konnte ihn die junge Dame so ansehen?

Eifersucht, Angst, Herzeleid und allerlei noch unverstandene Gefühle trieben sie aus dem frohen Trubel der Hochzeitsgesellschaft in die Einsamkeit.

Sie suchte ihr Schmollwinkelchen auf, warf sich in einen

Sessel, legte die Arme auf den davorstehenden Tisch und barg das Gesicht darinnen.

Baron Hans aber, der sie auch im Gespräch mit der anderen jungen Dame nicht aus den Augen gelassen hatte, war ihr gefolgt. Und als er sie weinend fand, erschrak er sehr. Er hatte Steffie noch nie weinen sehen.

Schnell war er an ihrer Seite.

»Komteßchen, liebes Komteßchen – warum weinen Sie denn?« fragte er ganz außer sich.

Sie erschrak, als er plötzlich neben ihr stand. »Ich weine doch nicht«, stieß sie trotzig hervor, und suchte verstohlen die Tränen zu trocknen.

Er half ihr gutmütig dabei.

»Sie weinen nicht, aber das sind doch Tränen? Hat Ihnen jemand etwas zuleide getan? Sagen Sie es mir – ich – ja, ich bringe ihn einfach um.«

»Dann bringen Sie sich nur selber um«, entfuhr es ihr in unrettbarer Wahrheitsliebe.

»Mich, Komteßchen? Ach, das ist doch nicht Ihr Ernst. Was habe ich Ihnen denn getan?«

Sie hatte sich gesetzt. »Ach, das ist ja Unsinn. Ich habe nur geweint, weil Liane fortgeht und ich nun wieder allein bleiben muß.«

Er sah sie forschend an.

»Deshalb haben Sie nicht geweint, Komteßchen. Seien Sie doch ehrlich, wie immer. Was habe ich getan, daß Sie darum geweint haben?«

Da kamen ihr schon wieder die Tränen. Und ärgerlich über sich selbst fuhr sie ihn an.

»Lassen Sie mich in Ruhe, gehen Sie wieder zu Fräulein von Hagen, mit der Sie sich vorhin so gut unterhalten haben.«

Da zuckte es in seinen Augen auf. Und plötzlich faßte er sie bei beiden Händen und zog sie zu sich empor.

»Eifersüchtig, Komteßchen?« jubelte er.

Sie wollte sich empört losmachen. Aber er hielt sie fest und zog sie näher zu sich heran.

»Nein, mein süßer Trotzkopf, ausreißen gibt es nicht! Jetzt heißt es Order parieren, Burgfräulein Übermut – jetzt bist du gefangen, und ich lasse dich nicht mehr los, nie, nie mehr.«

Entsetzt sah sie ihn an.

»Sie nennen mich ja du, Baron Hans.«

Er lachte und zog sie fest in seine Arme.

»Jawohl, und du mußt mich auch du nennen.«

»Ach nein – das kann ich nicht.«

»Ich will es dich lehren. Jetzt sprich mir einmal alles nach.«

Sie sah ihn verwirrt und unsicher an.

»Was denn?«

»Also aufgepaßt! Sag: Lieber, lieber Hans – ich will deine Frau werden.«

»Nein!« rief sie erschrocken.

»Ja. Sag es schnell.«

Sie schüttelte den Kopf.

»Das kann ich nicht.«

Da nahm er ihren Kopf ganz weich und behutsam in seine Hände und küßte sie fest und innig auf den Mund.

»So – nun wird es gehen. Oder geht es noch nicht? Dann muß ich dich noch einmal küssen.«

»Untersteh dich!« rief sie erschrocken.

Aber er tat es doch, wieder und wieder. Erst sträubte sie sich, dann hielt sie still in seinen Armen – und dann küßte sie ihn wieder.

Nach einer Weile sagte sie dann auch gehorsam: »Ich will deine Frau werden.«

Da war er zufrieden. Sie saßen sehr lange in dem Eckchen und vergaßen die anderen ganz.

Aber dann standen plötzlich Liane und Detlev vor ihnen, die sich zur Abreise umkleiden wollten.

Steffie fiel ihrer Schwester um den Hals.

»Er hat mich geküßt, und ich habe ihm allerlei Torheiten nachsagen müssen, Liane. Was soll ich da tun?«

Liane lachte herzlich. Und dann reichte sie dem Baron die Hand.

»Es freut mich, daß ich die Gewißheit mit mir nehmen kann, daß mein Schwesterchen auch ihr Glück gefunden hat.«

Baron Hans küßte ihr die Hand.

»Eine Hochzeit zieht immer andere Opfer nach, gnädigste Gräfin«, sagte er lachend.

»Da hörst du, Liane, wie unerhört er sich benimmt. Was tue ich nur mit ihm?«

»Bring ihn zu Papa, Steffie, da vergeht ihm schon der Übermut«, riet ihr Detlev lachend.

Sie nickte energisch.

»Das tu ich. Glückliche Reise für euch – und laßt von euch hören.«

Herzlich verabschiedeten sich die Herren, zärtlich die beiden Schwestern.

Und eine halbe Stunde später verkündete Graf Joachim die Verlobung seiner jünsten Tochter Steffie mit Baron Hans Wachau.

Man brachte manches Hoch aus auf das junge Paar.

Zur selben Zeit verließen Liane und Detlev das Schloß, um ihre Hochzeitsreise anzutreten.

An einem Fenster des Festsaales stand Hanna von Brinken und sah mit großen dunkeln Augen dem Wagen nach. Und in ihrer Seele war ein Gebet um das Glück des Mannes, den sie wunschlos liebte. Ein wenig tat es weh, aber sie bezwang sich tapfer.

»Alle Menschen können nicht glücklich sein. Besser, daß das Glück mich übergeht als ihn«, dachte sie.

Und dieser Gedanke hob sie über alles Leid hinweg.

Band 12018

Hedwig Courths-Mahler

Siddys Hochzeitsreise

Überglücklich hat Siddy Frank Nordaus Heiratsantrag angenommen. Doch nun, da sich das junge Paar an Bord eines Luxusdampfers auf dem Weg nach Amerika befindet, bringt sie ihm nichts als kühle Höflichkeit entgegen. Während Frank unablässig über Siddys merkwürdiges Verhalten grübelt, erfährt er, daß seine Ex-Geliebte seine junge Frau vor ihrer Abreise heimlich getroffen hat...

Band 12172

Hedwig Courths-Mahler

Die Schwestern Randolf

Schön sind sie beide, jedoch grundverschieden im Wesen. Während für Sandra nur ein Leben in Prunk und Glanz zählt, hat Liselott ihr Herz an den armen Leutnant Heinz Rottmann verloren. Zufällig begegnet Sandra dem jungen Mann – und setzt alles daran, ihn der Schwester auszuspannen. Liselott blutet darüber das Herz, denn sie weiß, das Sandra ihn fallenlassen wird, sobald der heißersehnte betuchte Freier in Sicht ist...

BASTEI LÜBBE